Le Manticore

David Staunton ne s'est jamais remis du choc causé par la mort mystérieuse de son père, retrouvé noyé dans le lac Ontario, au volant de sa voiture, avec un étrange caillou dans la bouche. Contrairement à la police, David est convaincu que son père a été assassiné. Pour se débarrasser de cette obsession, David se rend en Suisse, à l'institut Jung, pour entreprendre une psychanalyse. Guidé par d'étranges personnages, il pénètre dans un monde irrationnel, familier aux lecteurs de Robertson Davies : ils y retrouveront les héros de *L'Objet du scandale* (comme Dunstan Ramsay), et ce climat à mi-chemin du mélodrame et du fantastique qui caractérise la *Trilogie de Deptford*.

Né en 1913 dans l'Ontario, Robertson Davies fait ses études à Oxford avant de se lancer dans une carrière multiforme : acteur à l'Old Vic de Londres, metteur en scène, directeur de journal, recteur de Massey College, il est avant tout l'auteur de deux trilogies romanesques éblouissantes qui ont fait de lui un des plus grands prosateurs en langue anglaise de notre époque.

Du même auteur

Robertson Davies

Le Manticore

roman

TRADUIT DE L'ANGLAIS PAR
LISA ROSENBAUM

Éditions Payot

TEXTE INTÉGRAL

EN COUVERTURE : René Magritte,
le mal du pays, 1940
Archives Giraudon
© ADAGP 1991

Titre original : *The Manticore*
Éditeur original : The Viking Press, New York
© 1972, Robertson Davies

ISBN 2-02-013122-6
(ISBN 2-228-88219-4, 1ʳᵉ publication)

© Éditions Payot, pour la traduction française, 1989

I

Pourquoi je suis allé à Zurich

1

« Quand avez-vous décidé de venir à Zurich, monsieur Staunton ?

— Quand je me suis entendu crier dans le théâtre.

— Vous avez pris votre décision à ce moment-là ?

— Je crois que oui. Ensuite, pour plus de certitude, je me suis fait subir l'examen habituel, mais je pense pouvoir affirmer que j'ai pris ma décision dès que j'ai entendu ma voix.

— L'examen habituel ? Pouvez-vous m'en dire un peu plus là-dessus ?

— Bien sûr. Je veux parler de cette sorte d'examen que l'on fait pour déterminer la nature de la conduite d'une personne, son degré de responsabilité, et cætera. Dans mon cas, c'était parfaitement clair : je ne contrôlais plus mes réactions. Je devais entreprendre quelque chose, et cela avant que d'autres ne soient obligés de le faire pour moi.

— Décrivez-moi de nouveau cet incident, je vous prie. Avec un peu plus de détails, si c'est possible.

— Cela s'est passé avant-hier soir, c'est-à-dire, le 9 novembre vers onze heures moins le quart au théâtre Royal Alexandra, à Toronto, la ville où j'habite. J'avais une très mauvaise place, au dernier balcon, ce qui est déjà un fait exceptionnel en soi. Le spectacle, au titre quelque peu ronflant – *Une soirée d'illusions magiques* –, était donné par un prestidigitateur du nom de Magnus Eisengrim. Il paraît que cet homme est bien connu des amateurs de ce genre de divertissement. Un de ses numéros s'appelle *La Tête d'Airain du frère Bacon*. Une grosse tête de la couleur du laiton, mais faite en réalité d'une matière transparente, semblait flotter au milieu de la scène. Impossible de voir comment ils obtenaient cet effet : à l'aide de fils, je suppose. La Tête donnait de prétendus conseils à certains membres de l'assistance. C'est cela qui m'a rendu furieux car il s'agissait de propos bêtes et inconsidérés, d'insinuations relatives à des scandales et des adultères, de bribes de potins croustillants. L'intérêt que le public manifestait pour ces inepties m'irritait de plus en plus. C'était ni plus ni moins qu'une ingérence dans la vie privée des spectateurs. Et puis ce prestidigitateur – un simple charlatan, vous savez – qui prenait des airs supérieurs et regardait de haut des gens sérieux! Je savais que je m'agitais sur mon siège, mais ce n'est qu'en entendant ma voix que je me suis rendu compte que j'étais debout et apostrophais la scène.

— Qu'avez-vous crié?

— Qu'aurais-je bien pu crier, selon vous? J'ai crié aussi fort que j'ai pu – et j'ai de l'entraînement dans ce domaine : " Qui a tué Boy Staunton? " Cela a provoqué un beau tumulte.

— Dans la salle?

— Oui. Un homme, debout dans une des loges, a poussé un cri et s'est effondré. Beaucoup de spectateurs protestaient; certains se sont levés pour essayer de voir qui avait crié. Mais le calme est revenu dès que la Tête a parlé.

— Qu'a-t-elle dit?

— Eh bien, il existe plusieurs versions à ce sujet.

D'après le présentateur des informations, elle a insinué que Boy Staunton avait été tué par un gang. Moi, je n'ai entendu que ceci : " ... par la femme qu'il connaissait... par la femme qu'il ne connaissait pas ", paroles qui, évidemment, ne pouvaient que désigner ma belle-mère. A dire vrai, j'étais en train d'essayer de sortir au plus vite de la salle. Or, à ce balcon, il y avait beaucoup de marches à gravir avant d'atteindre les portes. De plus, j'étais surexcité et j'avais honte de ce que je venais de faire. Je ne suis donc pas certain d'avoir bien entendu. Je n'avais qu'une idée : m'enfuir avant qu'on me reconnaisse.

— Parce que vous êtes Boy Staunton?
— Mais non, pas du tout! Boy Staunton était mon père.
— Et il a été tué?
— Bien sûr! Vous ne lisez donc pas les journaux? Ce n'était pas un banal fait divers local, un vieux grippe-sou assassiné dans un taudis pour une poignée de dollars. Mon père était une huile. Je n'exagère pas en disant que la nouvelle de sa mort a fait un titre dans l'actualité internationale.
— Je comprends. Désolé, je n'étais pas au courant. Et maintenant, revoyons les principaux points de votre histoire, voulez-vous. ›

Nous reprîmes donc mon récit depuis le début, une longue et souvent pénible épreuve pour moi. Mon interlocuteur, cependant, posait des questions intelligentes et, par moments, j'avais conscience d'être un médiocre témoin : je supposais en effet qu'il savait des choses que je ne lui avais pas dites ou qu'il ne pouvait pas savoir. J'avais honte de répondre si souvent ‹ bien sûr! ›, comme si je fournissais des preuves directes au lieu de ce qui n'étaient, au mieux, que des présomptions — attitude que je n'aurais jamais admise chez un témoin personnellement. J'étais gêné de me montrer si stupide face à une situation dans laquelle je m'étais juré, et je m'en vantais, de ne jamais tomber : consulter un psychiatre pour lui demander de l'aide, tout en doutant qu'il fût capable de m'en donner. En effet, que peuvent faire ces gens-là qu'un homme intelligent ne puisse faire tout seul pour lui-même ? J'ai connu beaucoup de personnes qui s'appuyaient sur un psychiatre ; toutes avaient besoin de dépendre de quelqu'un. Elles se seraient appuyées sur un prêtre si elles avaient vécu à une époque de foi, sur une liseuse de marc de café ou sur un astrologue si elles n'avaient pas eu les moyens de s'offrir les services d'un charlatan appartenant à une catégorie supérieure. Mais voilà, j'étais ici, et tout ce que je pouvais faire maintenant, c'était aller jusqu'au bout.

L'expérience avait des côtés amusants. Je ne savais trop ce qui m'attendait, mais je pensais qu'on me ferait étendre sur un divan et qu'on m'interrogerait sur ma vie sexuelle — ce qui eût été une perte de temps, vu que je n'en ai aucune. Mais ici, dans le bureau du directeur de l'Institut Jung, au 27 Gemeindestrasse à Zurich, on ne voyait aucun divan. Il n'y avait qu'un bureau, deux fauteuils, une ou deux lampes et quelques tableaux de style vaguement oriental. Et le docteur Tschudi. Ainsi que le chien du docteur, un grand berger allemand dont le regard empreint d'une curiosité polie et vigilante ressemblait d'une manière hallucinante à celui de son maître.

« Votre garde du corps ? avais-je demandé en entrant dans la pièce.

— Ha, ha », avait fait le médecin d'une façon que j'allais apprendre à bien connaître en Suisse.

C'est une façon polie de vous montrer qu'on a enregistré votre plaisanterie, mais sans aucunement vous encourager à poursuivre. J'eus toutefois l'impression — et je suis assez perspicace — que dans son petit cabinet si typiquement suisse le médecin devait parfois avoir affaire à de drôles de zèbres et que le rôle du chien ne se bornait pas à tenir compagnie.

L'ensemble de l'Institut Jung, pour ce que je pus en voir, me déconcerta. C'était une de ces hautes maisons zurichoises qui ne ressemblent ni à des demeures privées ni à des locaux professionnels, mais qui tiennent des deux. J'avais été obligé de sonner plusieurs fois pour me faire ouvrir ; les petits carreaux de la porte vitrée empêchaient de voir si quelqu'un venait. La secrétaire qui m'introduisit aurait pu être médecin elle-même : elle n'arborait pas un de ces sourires engageants propres aux personnes chargées des relations avec le public. Pour parvenir chez le docteur Tschudi, je dus grimper un escalier très raide dont l'écho me rappela la vieille école de ma sœur. Je ne m'attendais pas du tout à ça ; j'imaginais sans doute un lieu qui allierait les caractéristiques d'une clinique au climat d'une maison de fous tel qu'on le montre dans les mauvais films. Mais ce lieu-ci... eh bien, il était simplement suisse. Très suisse, car même si rien n'y évoquait le coucou, la banque ou le chocolat au lait, il avait un côté bourgeois dénué de confort, quelque chose de tout à fait banal et pourtant inclassable qui me mettait en état d'infériorité. Je me doutais qu'en consultant un psychiatre je perdrais un peu de mon privilège professionnel, celui d'être toujours dans une position avantageuse, mais, naturellement, cette situation ne pouvait que me déplaire.

L'heure d'entretien que j'eus avec le Directeur aboutit à plusieurs conclusions importantes. Premièrement, le médecin pensait que quelques séances d'investigation avec un analyste me feraient probablement du bien. Deuxièmement, cet analyste ne serait pas lui-même, mais un confrère qui pouvait encore accepter un nouveau patient − confrère qu'il recommanderait et auquel il enverrait un rapport. Troisièmement, je devais tout d'abord subir un examen médical minutieux pour établir si c'était bien d'une analyse et non d'un traitement physique dont j'avais besoin. Enfin le docteur Tschudi se leva et me serra la main. Je fis mine de vouloir serrer aussi la patte du chien, mais l'animal dédaigna ma bouffonnerie et son maître eut un sourire glacial.

Quand je me retrouvai dans la Gemeindestrasse, je me sentis parfaitement ridicule. Le lendemain matin, je reçus à mon hôtel un mot m'indiquant à quel endroit aurait lieu la visite médicale. Il m'invitait également à me présenter trois jours plus tard, à dix heures du matin, chez le docteur J. von Haller. J'y étais annoncé.

2

Je n'avais encore jamais passé de visite médicale aussi minutieuse. En plus des humiliations habituelles — attendre à moitié nu en compagnie d'inconnus dans la même tenue, uriner dans des bouteilles et les tendre, chaudes et fumantes, à de très jeunes infirmières, tousser sur commande pendant que le médecin vous tâte l'arrière du scrotum, répondre à des questions très intimes pendant que le même médecin vous enfonce profondément le doigt dans l'anus et essaie de prendre votre prostate en défaut, monter et descendre des marches pendant que l'homme de l'art compte ; inspirer, expirer, tirer la langue, rouler les yeux dans les orbites et toutes ces autres pitreries qui révèlent tant de choses au praticien tout en ridiculisant le patient — on me fit subir deux ou trois épreuves que je ne connaissais pas encore. On me prit une assez grande quantité de sang en plusieurs points du corps — bien plus que les quelques gouttes que l'on prélève d'habitude au lobe de l'oreille. Je bus un verre d'une mixture chocolatée, puis chaque heure, pendant six heures, on m'attacha, tête en bas, sur une table mobile de radiologie et on prit des clichés pour voir comment l'affreuse potion que j'avais absorbée descendait dans mes tripes. On fixa à ma personne toutes sortes de fils électriques dont je ne pus que supputer l'utilité, mais comme on faisait tourner et basculer mon fauteuil, j'en déduisis que cet attirail avait un rapport avec mon système nerveux, mon sens de l'équilibre, mon ouïe et des choses de ce genre. On me posa également d'innombrables questions : jusqu'à quel âge avaient vécu mes grands-parents, mes parents, et de quoi ils étaient morts. Quand je déclarai que mon père avait été assassiné, le clinicien cilla légèrement des yeux. Je fus tout content d'avoir troublé un instant son solide flegme suisse. Je n'étais déjà pas bien en arrivant à Zurich ; après deux jours de brutalités médicales, je me sentis tellement fatigué et démoralisé que j'étais prêt à repartir, certainement pas chez moi, mais ailleurs. Cependant, je me dis que je devais aller voir le docteur J. von Haller au moins une fois, ne serait-ce que pour le plaisir de m'engueuler avec lui.

Pourquoi étais-je si hostile à une ligne de conduite que j'avais adoptée de mon propre gré ? Il n'y avait pas qu'une seule réponse à cette question. Comme je l'avais déclaré au Directeur, ma décision reposait sur la raison et je comptais bien m'y tenir. Enfant, quand je devais faire quelque chose de désagréable – prendre un médicament, m'excuser pour une sottise, avouer une faute qui me vaudrait une correction de mon père –, Netty me recommandait toujours de me conduire en « petit soldat ». A ce que je croyais comprendre, les petits soldats n'hésitaient jamais ; ils accomplissaient leur devoir sans poser de questions. Je me conduirais donc en petit soldat et irais voir le docteur J. von Haller au moins une fois.

Mais les petits soldats avaient-ils jamais besoin de consulter un psychiatre ? Ils allaient souvent chez le dentiste et j'étais parti bien des fois dans cette direction, mon petit mousqueton invisible sur l'épaule. Ce rendez-vous-ci était-il tellement différent ? Oui, tout à fait.

Je comprenais fort bien l'utilité d'un dentiste. Un

dentiste, ça pouvait vous meuler, creuser, boucher et, de temps en temps, arracher une dent. Mais à quoi servait un psychiatre? Ceux que j'avais vus au tribunal se contredisaient les uns les autres, avaient l'art de noyer le poisson et se dissimulaient derrière un jargon que, la plupart du temps, lors des contre-interrogatoires j'arrivais néanmois à percer. A moins de ne pouvoir faire autrement, je n'avais jamais recours à eux en tant que témoins. Pourtant, tout le monde pensait qu'ils pouvaient être utiles dans des cas comme le mien. Quelle que fût mon opinion là-dessus, je devais adopter ce qui semblait être la meilleure ligne de conduite. Il n'était pas question de simplement rester à Toronto et de perdre la boule.

Pourquoi étais-je venu à Zurich? Le Directeur trouva cette décision parfaitement normale, mais que savait-il de ma vie? Pour rien au monde je n'aurais consulté un psychiatre de Toronto : bien que ce genre de thérapie soit censée être confidentielle, tout le monde semble savoir qui va régulièrement chez certains médecins et pourquoi. On présume généralement qu'il s'agit d'un problème d'homosexualité. J'aurais pu me rendre à New York, mais tous ceux qui l'ont fait ont l'air d'être tombés sur des freudiens et, à mon avis, les résultats obtenus n'étaient pas probants. Certes, ce n'était peut-être pas nécessairement la faute des freudiens. Comme je l'ai dit, ces patients étaient des faibles, des gens qui avaient besoin de dépendre de quelqu'un, et même Freud, je suppose, n'aurait pas pu grand-chose pour eux. Comme le disait mon grand-père : « un sac vide ne tiendra jamais debout ». Je ne savais rien des jungiens, sinon que les freudiens les détestaient. L'une de mes connaissances, en analyse freudienne, s'était un jour moquée des gens qui allaient à Zurich pour

écouter les sermons
De mystiques allemands
Qui prêchent de dix à quatre.

Mais avec l'esprit de contradiction qui me saisit parfois quand je dois prendre une décision concernant ma vie privée, je résolus d'en essayer un. Deux recommandations négatives jouaient en faveur des jungiens : les freudiens les haïssaient et ils se trouvaient à Zurich, c'est-à-dire très loin de Toronto.

3

A ma stupéfaction, je découvris que le docteur J. von Haller était une femme. Je n'ai rien contre les femmes, mais il ne m'était jamais venu à l'esprit que je pourrais parler à l'une d'elles des choses extrêmement intimes qui m'avaient amené à Zurich. Deux des médecins que j'avais rencontrés lors de la visite médicale étaient des femmes ; elles n'avaient suscité en moi aucune gêne. Je leur concédais aussi volontiers qu'à n'importe quel homme le plaisir de regarder à l'intérieur de mon corps. Mon esprit, toutefois, c'était une autre paire de manches. Une femme comprendrait-elle, *pouvait*-elle comprendre, ce qui n'allait pas chez moi ? Selon une vieille idée fort répandue, les femmes seraient des êtres très sensibles. Celles que j'ai eues comme clientes ou comme adversaires sur le plan professionnel ont détruit toutes les illusions que je pouvais entretenir à ce sujet. Certaines femmes le sont, incontestablement, mais dans ma vie je n'ai jamais eu la moindre preuve qu'elles tendent, dans l'ensemble, à l'être plus que les hommes. J'avais besoin d'être traité avec délicatesse, pensai-je. Le docteur J. von Haller serait-elle à la hauteur ? Je n'avais jamais entendu parler de femmes psychiatres en dehors du domaine de la pédiatrie. Or mes problèmes n'étaient certainement pas ceux d'un enfant.

Pourtant, voilà que j'étais ici, en face d'elle qui semblait jouer un rôle plus mondain que médical. La pièce dans laquelle elle me recevait devait être son salon : les chaises étaient disposées d'une manière si peu professionnelle que c'était moi qui étais assis dans l'ombre alors que la lumière de la fenêtre tombait directement sur elle. Il n'y avait pas de divan.

Le docteur von Haller avait l'air plus jeune que moi. Trente-huit ans, estimai-je, car malgré son expression juvénile elle avait quelques cheveux gris. Un beau visage aux traits assez marqués, mais sans rien de rude. Un nez splendide. Aquilin, si l'on voulait employer un terme flatteur, mais, pour être tout à fait exact, un peu crochu. Une grande bouche et de jolies dents auxquelles il manquait toutefois cette blancheur typiquement américaine. De beaux yeux bruns assortis à ses cheveux. Une agréable voix grave et une maîtrise imparfaite de la langue anglaise parlée. Léger accent. Vêtements sans originalité, ni à la mode ni démodés, un style que Caroline qualifierait de « bon chic-bon genre ». Quelqu'un qui inspire confiance. Tout comme moi, d'ailleurs, et je connais toutes les ficelles du métier qui permettent d'obtenir ce résultat : se taire et laisser parler le client ; se garder de toute suggestion — que le client s'épanche ; guetter des mouvements nerveux révélateurs. Le docteur J. von Haller pratiquait tout cela, mais comme je faisais de même, cela donna une conversation extrêmement guindée, du moins au début.

« C'est donc la mort de votre père qui vous a décidé à venir vous faire soigner ici ?

— N'est-ce pas une raison suffisante ?

— La mort du père représente toujours un moment critique dans la vie d'un homme, mais celui-ci a généralement le temps de s'y préparer. Le père vieillit, il ne demande plus rien à l'existence, il se prépare manifestement à sa fin. Une mort violente cause certainement un

16

choc terrible. Mais vous deviez tout de même savoir que votre père mourrait un jour ?

— Je suppose que oui, mais je n'ai pas le souvenir d'y avoir jamais pensé.

— Quel âge avait-il ?

— Soixante-dix ans.

— On ne peut pas vraiment parler de mort prématurée.

— Mais c'était un meurtre.

— Qui l'a tué ?

— Je n'en sais rien, personne ne le sait. Quelqu'un, à moins que ce ne soit lui-même, a conduit sa voiture pardessus le bord d'un quai du port de Toronto. Quand on a repêché le véhicule, mon père agrippait si fort le volant qu'on a eu beaucoup de mal à lui desserrer les doigts. Il avait les yeux grands ouverts et une pierre dans la bouche.

— Une pierre ?

— Oui. Celle-ci. »

Je lui tendis le caillou couché à plat sur ma paume et sur le mouchoir de soie dans lequel je le transportais. C'était la pièce à conviction numéro un dans l'affaire du meurtre de Boy Staunton : un morceau de granite rose canadien, approximativement de la grosseur et de la forme d'un oeuf.

Le docteur von Haller l'examina minutieusement. Puis, avec lenteur, elle le poussa dans sa propre bouche en me regardant d'un air solennel. Du moins à ce qu'il me sembla. Ou bien y avait-il une lueur malicieuse dans ses yeux ? Je ne sais pas. J'étais beaucoup trop étonné par son geste pour pouvoir le dire. Au bout d'un instant, elle sortit le caillou, l'essuya soigneusement avec son mouchoir et me le rendit.

« En effet, c'est possible, dit-elle.

— Eh bien, vous ne manquez pas de sang-froid, vous !

— Certes. Ma profession en exige beaucoup, du sang-

17

froid, savez-vous? Dites-moi, personne n'a-t-il jamais avancé l'hypothèse que votre père se soit suicidé?

— Absolument pas. Il n'aurait jamais fait ça. Cela ne lui ressemblait pas du tout. Mais pourquoi pensez-vous tout de suite à une pareille éventualité? Je viens de vous dire qu'il a été assassiné.

— Oui, mais cela n'a jamais été prouvé.

— Comment le savez-vous?

— Quand j'ai reçu le rapport que le docteur Tschudi avait écrit sur vous, j'ai demandé au bibliothécaire de la *Neue Zürcher Zeitung* de consulter les archives. Ce journal a effectivement parlé du décès de M. Boy Staunton : votre père était en affaires avec plusieurs banques suisses. Bien entendu, l'article était bref et discret. On en retirait toutefois l'impression que le suicide constituait l'explication généralement admise.

— Il a été assassiné.

— D'après le rapport de Tschudi, vous semblez penser que votre belle-mère était pour quelque chose dans cette mort.

— Oui, mais pas directement, bien sûr. Elle a détruit mon père, elle l'a rendu malheureux. Il n'était plus lui-même. Mais je n'ai jamais insinué qu'elle avait précipité sa voiture dans les eaux du port. Elle l'a assassiné psychologiquement...

— Tiens, tiens. Je croyais que vous n'accordiez que peu d'importance à la psychologie, monsieur Staunton.

— La psychologie joue un grand rôle dans ma profession. Je suis un avocat assez connu — mais c'est peut-être là un détail que vous avez déjà découvert aussi. J'ai besoin de savoir comment fonctionnent les gens. Si je n'avais pas un sens aigu de la psychologie, je ne pourrais pas faire mon métier, à savoir, tirer les vers du nez de mes interlocuteurs. C'est aussi le vôtre, n'est-ce pas?

— Non. Le mien est d'écouter les gens parler de choses dont ils ont grand besoin de parler et que personne d'autre, croient-ils, ne pourrait comprendre. Vous, vous vous servez de la psychologie comme d'une arme offensive, dans l'intérêt de la justice. Moi, je m'en sers comme d'une thérapie. Un avocat aussi fin que vous comprendra la différence. Vous avez déjà montré votre subtilité. Vous pensez que votre belle-mère a tué votre père psychologiquement, mais vous ne pensez pas que cela aurait suffi à le pousser au suicide. Pourtant j'ai déjà vu des cas de ce genre. Mais si ce n'est pas elle, le véritable assassin, qui aurait pu l'être à votre idée?

— Celui qui a mis la pierre dans la bouche de mon père.

— Voyons, monsieur, personne n'aurait pu la lui mettre dans la bouche sans lui casser les dents et créer des traces évidentes de violence. J'ai essayé de le faire. Vous? Non? C'est bien ce que je pensais. Votre père l'a certainement mise lui-même dans sa bouche.

— Pourquoi?

— Quelqu'un lui en a peut-être donné l'ordre, quelqu'un à qui il ne pouvait ou ne voulait pas désobéir.

— C'est absurde. Personne n'a jamais réussi à faire faire à papa une chose contre son gré.

— Peut-être avait-il envie de la faire. Peut-être voulait-il mourir. Cela arrive, vous savez.

— Mais lui, il aimait la vie! Je n'ai jamais connu quelqu'un qui avait autant de vitalité!

— Même après que votre belle-mère l'eut tué psychologiquement? >

Je perdais du terrain, et c'était humiliant. Moi, un expert en contre-interrogatoire, je me faisais sans cesse prendre en flagrant délit de contradiction par cette femme médecin! Mais il ne tenait qu'à moi d'arrêter les frais.

< Je ne pense pas que ce genre de discussion puisse être bénéfique ou nous mener à quoi que ce soit d'utile pour moi, déclarai-je. Si vous voulez avoir l'amabilité de

19

m'indiquer le montant de vos honoraires, nous mettrons fin à cette consultation.

— Comme vous voudrez. Toutefois, je ferais bien de vous prévenir que beaucoup de gens n'aiment pas leur première consultation et ne pensent qu'à prendre la porte. Ensuite, ils reviennent. Vous êtes un homme d'une intelligence au-dessus de la moyenne. Ne serait-il pas plus simple de sauter l'étape de la fuite préliminaire? Vous êtes certainement trop raisonnable pour avoir pu croire que cette sorte de thérapie serait indolore. Elle est toujours pénible au début, surtout pour des personnes dans votre genre.

— Ah. Parce que vous m'avez déjà classé?

— Je m'excuse. Non, ce serait bien impertinent de ma part de prétendre quoi que ce soit de pareil. Je voulais simplement dire que les personnes intelligentes et riches, qui ont l'habitude de faire leurs quatre volontés, se montrent souvent hostiles et susceptibles au début d'une analyse.

— Vous me conseillez donc de serrer les dents et de continuer?

— De continuer, oui, mais pas de serrer les dents. J'ai l'impression que vous avez beaucoup trop crispé les mâchoires ces derniers temps. Nous pourrions peut-être employer une méthode plus douce.

— Vous trouvez que c'est " doux " d'insinuer que mon père s'est suicidé alors que je vous dis qu'il a été assassiné?

— Je ne faisais que vous rapporter l'explication sous-entendue dans cet article de presse. Ça ne doit tout de même pas être la première fois que vous l'entendez. Mais je sais que cette interprétation-là est généralement mal acceptée. Alors, changeons de sujet. Rêvez-vous beaucoup?

— Ah bon, nous en sommes donc déjà aux rêves? Non, je rêve peu. Ou, plus exactement, je n'accorde pas grande attention aux rêves que je fais.

– En avez-vous eu récemment? Depuis que vous avez décidé de venir à Zurich? Depuis votre arrivée? »

Devais-je lui en parler? Cette séance me coûtait de l'argent. Alors autant qu'elle me fît le grand jeu, pour voir ce que c'était.

« Oui, j'ai rêvé cette nuit.

– Eh bien?

– C'était même un rêve exceptionnellement intense. D'habitude, mes rêves se réduisent à des fragments insignifiants qui ne laissent aucune trace. Celui-ci était fort différent.

– En couleurs?

– Oui. Très coloré, même.

– Et quelle en était l'atmosphère générale? Je veux dire : était-il agréable?

– Oui, plutôt agréable.

– Racontez-le-moi.

– J'étais dans un bâtiment inconnu qui pourtant me semblait familier. D'une certaine façon, il était associé à ma personne. J'y jouais un rôle important. Peut-être serait-il plus exact de dire que j'étais *entouré* d'un bâtiment. L'édifice ressemblait en effet à un collège, un de ces collèges d'Oxford. J'étais en train de traverser rapidement la cour pour sortir par le portail de derrière. Alors que je franchissais la voûte, deux hommes qui y étaient de service — concierges, policiers, fonctionnaires ou gardiens quelconques — me saluèrent en souriant comme s'ils me connaissaient; j'agitai la main dans leur direction. Ensuite, je me trouvai dans une rue. Au lieu d'une rue canadienne, c'était plutôt celle d'une jolie ville d'Angleterre ou d'un autre pays d'Europe. Vous voyez ce que je veux dire : une rue bordée d'arbres et de coquettes maisons d'habitation, quoiqu'il semblait y avoir aussi deux ou trois magasins. Un autobus bondé passa à côté de moi. Je me dépêchais parce que je devais me rendre quelque part. Je pris bientôt à gauche et sortis

21

dans la campagne. J'étais sur une route, le dos tourné à la ville. Je longeais ce qui avait l'air d'être un champ où on procédait à des excavations. Je savais qu'on était en train d'y mettre des ruines au jour. Je traversai ce champ et me dirigeai vers la petite cabane de fortune qui avait été érigée au milieu du site archéologique – je savais que c'en était un – et entrai. L'intérieur de ce lieu ne correspondait aucunement à ce que j'attendais. De l'extérieur, comme je l'ai déjà dit, on aurait pu prendre cette construction pour une remise temporaire où l'on rangeait outils, plans, et cætera. L'intérieur, toutefois, était de style gothique : un plafond bas, mais pourvu d'une admirable voûte à arêtes, le tout en pierre de taille. J'aperçus deux gars d'une vingtaine d'années, d'aspect quelconque, qui bavardaient en haut de ce que je savais être un escalier circulaire menant dans la terre. Voulant descendre, je demandai à ces deux types de me laisser passer, mais ils ne bougèrent pas et, sans me répondre, poursuivirent leur conversation. Je compris qu'ils me considéraient comme un simple curieux qui n'avait pas de raison vraiment sérieuse de descendre. Je quittai donc la cabane et remontai sur la route pour rentrer en ville. C'est alors que je rencontrai une femme. Une femme très étrange. Elle ressemblait à une gitane, mais au lieu de l'accoutrement voyant habituel, elle portait des vêtements démodés, des haillons qui paraissaient avoir été délavés par la pluie et le soleil, et un chapeau de velours noir à larges bords tout cabossé qu'ornaient quelques plumes de couleur criarde. Elle semblait avoir quelque chose d'important à me communiquer et ne cessait de m'importuner, mais je ne comprenais pas un traître mot à ce qu'elle disait. Elle parlait une langue étrangère, le romani, supposai-je. Elle ne mendiait pas, mais il était clair qu'elle voulait quelque chose de moi. « Chaque pays a les étrangers qu'il mérite », pensai-je – remarque tout à fait stupide quand on y réfléchit. Comme j'avais l'impression d'être pressé, je me hâtai vers la ville, tournai abruptement, à droite cette fois, et m'engouffrai dans le porche du collège. L'un des gardiens me cria : « Vous arrivez juste à temps, monsieur ! Vous n'aurez pas d'amende cette fois. » Et, l'instant d'après, j'étais assis à une table, dans ma robe d'avocat, en train de présider une réunion. Voilà, ça s'arrête là.

— Un très bon rêve. Vous êtes peut-être meilleur rêveur que vous ne pensez.

— Vous n'allez tout de même pas me dire que ce rêve a une signification !

— Tous les rêves en ont une.

— Peut-être pour Joseph et le pharaon, ou pour la femme de Pilate, mais vous aurez du mal à me convaincre qu'ils en ont une de nos jours.

— J'aurai du mal, c'est certain. Mais, pour l'instant, dites-moi sans trop réfléchir si vous avez reconnu certains des personnages de votre rêve.

— Aucun.

— Pensez-vous qu'ils puissent être des gens que vous n'avez encore jamais vus ? Ou que vous n'aviez pas vus hier ?

— La seule personne que j'ai vue et que je ne connaissais pas hier, c'est vous, docteur.

— C'et bien ce que je pensais. Pourrais-je avoir été l'un quelconque des protagonistes de votre rêve ?

— Attendez une minute ! Êtes-vous en train de suggérer que j'aurais pu rêver de vous avant de faire votre connaissance ?

— Cela paraîtrait insensé, n'est-ce pas ? Mais répondez tout de même à ma question.

— Je ne vois pas qui, dans mon rêve, aurait pu être vous, à moins que vous ne fassiez allusion à cette gitane incompréhensible, et ça, je refuse de l'avaler !

— Oh, je sais parfaitement que personne ne pourrait faire avaler des absurdités à un aussi bon avocat que

23

vous, monsieur Staunton. Mais c'est tout de même étrange, vous ne trouvez pas, que vous ayez justement rêvé d'une femme très différente de celles que vous rencontrez d'habitude, d'une femme qui essayait de vous communiquer quelque chose d'important dans une langue que vous ne pouviez ni ne vouliez comprendre parce que vous étiez bien trop pressé de retourner à votre agréable petit monde clos, à vos robes d'avocat et à votre rôle de président?

— Écoutez, docteur, sans vouloir vous offenser, je pense que votre ingénieuse interprétation repose sur du vide. Vous devez savoir que jusqu'au moment où j'ai franchi votre porte je n'avais pas la moindre idée que J. von Haller était une femme. Donc, même si j'avais rêvé de la présente consultation d'aussi curieuse manière, je n'aurais pas pu connaître le sexe de l'analyste, n'est-ce pas? Je me serais trompé sur ce fait.

— Ce n'est un fait que dans la mesure où toutes les coïncidences sont des faits. Dans votre rêve, vous avez rencontré une femme; or je suis une femme, quoique pas nécessairement cette femme-là. Je vous assure qu'il arrive souvent qu'un nouveau patient fasse un rêve très important et révélateur avant le début de son analyse, avant même qu'il ait fait la connaissance de son thérapeute. Mais les rêves anticipatoires contenant un fait inconnu sont très rares. Enfin, laissons cela pour l'instant. Nous pouvons en reparler une autre fois.

— Y aura-t-il une autre fois? Dans mon rêve, je n'entends goutte à ce que me dit la gitane et retourne à mon petit monde familier. Qu'en déduisez-vous?

— Les rêves ne prédisent pas l'avenir. Ils ne font que révéler des états d'esprit qui peuvent contenir l'avenir en germe. Dans votre état d'esprit actuel, vous n'avez aucune envie de converser avec des femmes incompréhensibles. Mais cela peut changer, n'est-ce pas?

— Je n'en sais rien. J'ai l'impression que cette consultation a été une bagarre d'un bout à l'autre, une lutte pour avoir le dessus. L'analyse continuera-t-elle dans ce style?

— Peut-être pendant quelque temps. Mais nous n'arriverions à rien ainsi. Bon, je vois que notre heure est presque écoulée. Il faut donc que je mette les choses au point franchement et rapidement. Pour que je puisse vous aider, il sera indispensable que vous me parliez avec la meilleure partie de vous-même, c'est-à-dire avec confiance et sincérité. Si vous continuez à le faire avec votre moi inférieur, avec ce côté soupçonneux de votre être qui essaie de me prendre en flagrant délit de charlatanisme, cette thérapie sera inefficace et vous interromprez votre analyse au bout de quelques séances. C'est peut-être ce que vous avez envie de faire tout de suite. Il nous reste une minute, monsieur. Viendrez-vous à notre prochain rendez-vous ou non? Ne croyez pas, s'il vous plaît, que je serais vexée si vous décidiez de ne pas poursuivre : un grand nombre de patients aimeraient me voir et, si vous les connaissiez, ils vous assureraient que je ne suis pas un charlatan, mais un médecin sérieux et expérimenté. Eh bien, quelle est votre réponse? »

J'ai toujours détesté être mis au pied du mur. J'enrageais. Mais quand je tendis le bras pour prendre mon chapeau, je m'aperçus que ma main tremblait. L'analyste s'en aperçut aussi. Je ne pouvais tout de même pas continuer à sucrer les fraises de cette manière!

« Je viendrai à l'heure convenue, répondis-je.

— Bien. Arrivez cinq minutes plus tôt, s'il vous plaît. J'ai un emploi du temps très serré. »

Je me retrouvai dans la rue, furieux contre moi-même et contre le docteur von Haller. Mais, tout au fond de moi, l'idée de la revoir ne me déplaisait pas.

4

Pendant les deux jours qui s'écoulèrent entre cette consultation et la suivante, je changeai plusieurs fois d'avis, mais l'heure du rendez-vous me trouva dans la salle d'attente du docteur von Haller. J'avais ruminé la conversation que nous avions eue au cours de la première séance et pensé à toutes sortes de choses intelligentes que j'aurais pu dire si elles m'étaient venues à l'esprit en temps opportun. Le fait que l'analyste fût une femme m'avait dérouté plus que je ne voulais l'admettre. J'ai des raisons personnelles d'avoir horreur qu'une femme me donne des instructions — et ce n'est pas parce que je les associe toutes à cette intolérable vieille sorcière de Netty Quelch qui m'avait eu sous sa férule d'aussi loin que je m'en souvienne. De plus, je n'aimais pas le petit jeu de l'interprétation des rêves : il était contraire à toutes les règles du témoignage que je connaissais. Le but principal de la justice, c'est de découvrir la vérité ; j'avais consacré le meilleur de moi-même à l'accomplissement de cette tâche ; or pouvait-on trouver la vérité dans les brumes du rêve ? Une dernière chose, enfin, m'avait déplu : la brusquerie avec laquelle la thérapeute m'avait demandé de prendre une décision, de ne pas lui faire perdre son temps et d'être ponctuel. J'avais eu l'impression de n'être plus qu'un stupide témoin en justice, ce qui est bien le contraire de ce que je suis en réalité. J'avais toutefois décidé de ne pas capituler avant d'avoir contre-attaqué le docteur au moins une fois.

Un annuaire m'avait appris qu'elle se prénommait Johanna. A part cela et le fait qu'elle était Prof. Dr Med. und Spezialarzt für Psychiatrie, je ne découvris rien sur elle.

Bon, mes mains tremblaient. Il n'y avait pas de quoi en faire un drame. C'étaient les nerfs, voilà tout. Mais n'était-ce pas précisément à cause de mes nerfs que j'étais venu à Zurich ?

Cette fois, le docteur von Haller ne me reçut pas dans son salon, mais dans son cabinet. C'était une pièce assez sombre remplie de livres et de quelques sculptures modernes qui me parurent de grande qualité quoiqu'il me fût impossible de les regarder de près. Il y avait aussi un morceau de vitrail ancien suspendu devant la fenêtre. En soi, c'était un bel objet, mais l'ensemble avait un côté artificiel qui m'agaça. Une photo dédicacée du docteur Jung trônait sur le bureau. La thérapeute ne s'assit pas derrière ce meuble, mais dans un fauteuil placé près du mien. Je connaissais cette tactique : chercher à inspirer confiance en abattant cette barrière naturelle que représente le bureau du spécialiste. Cette fois, je surveillai le médecin ; j'avais bien l'intention de ne rien lui passer.

Elle était tout sourire.

« Pas de bagarre aujourd'hui, j'espère. N'est-ce pas, monsieur Staunton ?

— Je l'espère aussi, mais cela dépend entièrement de vous.

— Entièrement ? Très bien. Avant de commencer, je voulais vous dire que j'ai reçu le rapport de la clinique. Votre état général laisse à désirer et vous êtes un peu... nerveux. Autrefois, on aurait dit « neurasthénique ». Quelques douleurs d'ordre névralgique. Poids plutôt insuffisant. Par intermittence, tremblement notable des mains.

— Oui, c'est là un phénomène récent. Je viens de vivre une période de très grande tension.

— Est-ce la première fois ?

— Non, quand je suis surchargé de travail, il m'arrive parfois d'être tendu.

— Combien d'alcool avez-vous bu ce matin ?

— Un bon petit verre au petit déjeuner, et un autre avant de venir ici.

— Est-ce là votre dose matinale habituelle ?

— C'est ce que je bois les jours où je vais au tribunal.

– Considérez-vous que venir ici c'est comme aller au tribunal?

– Absolument pas. Mais, comme je vous l'ai déjà dit plusieurs fois, je viens de vivre une période de grande tension, et c'est là ma façon d'y faire face. Vous pensez sûrement que j'ai tort. Je suis d'un autre avis.

– Vous devez connaître tous les inconvénients de l'abus d'alcool?

– Oh oui, je pourrais vous débiter sur-le-champ un excellent sermon sur la tempérance. J'en suis fermement partisan, de la tempérance, mais pour les gens auxquels elle profite. Je n'en fais pas partie. La tempérance est une vertu petite-bourgeoise; or le destin, ou la chance, si vous préférez, ne m'a pas fait naître dans cette classe. Au contraire, je suis riche et, de nos jours, on peut sortir de sa classe grâce à sa fortune, à condition de ne pas l'avoir bâtie soi-même, ce qui n'est pas mon cas. Notre famille a de l'argent depuis trois générations déjà. Être riche signifie être différent. Êtes-vous riche?

– Aucunement.

– Vous le niez bien vite, je trouve. Vous semblez avoir le style de vie d'un membre aisé des professions libérales, ce qui équivaut à de la richesse pour beaucoup de gens dans le monde. Moi, en tout cas, je suis *vraiment* riche, quoique pas tout à fait autant qu'on l'imagine. Un homme riche doit découvrir sa propre vérité, établir en grande partie ses propres règles. La morale petite-bourgeoise ne lui sert à rien. S'il s'y plie, elle lui jouera des tours et le rendra ridicule.

– Qu'est-ce que c'est pour vous, la richesse?

– Beaucoup d'espèces sonnantes et trébuchantes, docteur. Pas les richesses de l'intellect ou de l'esprit, ou d'autres pompeuses conneries de ce genre. Pour être plus précis, j'estime qu'un homme est riche lorsque son revenu annuel *brut* dépasse cent mille dollars. Dans ce cas, il a d'ailleurs plein d'autres signes extérieurs de richesse. Ma fortune à moi s'élève à beaucoup plus que cela. Je gagne une grande partie de cet argent moi-même du fait que je suis un " éminent " avocat, comme on dit. Or si être riche et " éminent " exige également de boire un verre avant le petit déjeuner, je suis tout disposé à payer ce prix-là. Mais notez que je n'oublie pas entièrement mes grands-parents qui considéraient l'alcool comme l'œuvre du Diable : je prends toujours mon premier verre de la journée avec un œuf cru dedans. Cela constitue mon petit déjeuner.

— Combien buvez-vous par jour?

— A peu près une bouteille. Davantage en ce moment parce que, comme je ne cesse de vous le répéter, je viens de connaître une période de grande tension.

— Qu'est-ce qui vous a fait penser que vous aviez besoin d'une analyse plutôt que d'une cure de désintoxication?

— Parce que je ne me considère pas comme un alcoolique. L'alcoolisme est un problème petit-bourgeois. Dans mon pays, ma réputation est telle que j'aurais l'air franchement ridicule en membre des Alcooliques anonymes. Si deux « frères » venaient m'apporter la bonne parole, je les intimiderais. De toute façon, je ne casse pas tout autour de moi, je ne tombe pas sous la table et je ne me conduis pas comme un imbécile. Simplement, je descends pas mal d'alcool et me mets à parler assez franchement. Si je devais accompagner un autre membre des A.A. chez un ivrogne, celui-ci prendrait peur dès qu'il me verrait : il penserait qu'il a commis quelque acte terrible sous l'effet de la boisson, que je suis son avocat et que la police va venir l'embarquer d'un moment à l'autre. La thérapie de groupe n'est pas faite pour moi non plus. J'ai participé une fois à une séance. Je ne suis pas un de ces intellectuels snobs, docteur — du moins, c'est ce que je vous dis maintenant — mais ces réunions ont un côté " copain-copain " qui me hérisse. Je n'aime pas me confesser : je préfère encourager les autres à le faire, surtout quand ils sont à la barre des témoins. Non, je ne suis pas alcoolique, car l'alcoolisme n'est pas ma maladie, mais son symptôme.

— Comment appelez-vous votre maladie, alors ?

— Si je le savais, je vous le dirais. En revanche, j'espère que *vous* vous pourrez me le dire.

— La définir ne nous serait pas d'une grande utilité maintenant. Appelons-la : tension nerveuse consécutive à la mort de votre père. Si nous commencions par parler de cela ?

— Ah bon, je croyais que nous commencerions par mon enfance. Ça ne vous intéresse pas de savoir comment on m'a appris à être propre ?

— Je voudrais que vous me parliez de vos ennuis actuels. Remontons au moment où vous avez appris la mort de votre père.

— Il était environ trois heures du matin, le 4 novembre dernier. Ma gouvernante me réveilla pour me dire que la police me demandait au téléphone. C'était un inspecteur de ma connaissance. Il me dit de venir immédiatement sur les quais du port car il y avait eu un accident. Il s'agissait de la Cadillac de mon père. Le policier ne voulut pas m'en dire plus ; quant à moi, je me montrai très laconique pour ne pas alerter ma gouvernante qui rôdait dans la pièce en dressant l'oreille. J'appelai donc un taxi et partis sur les docks. J'y trouvai ce qui me parut être une grande pagaille ; en fait, tout se déroulait avec autant d'ordre que le permettait la situation. J'aperçus un homme-grenouille en tenue de plongée ; c'était lui qui avait repéré la voiture. Emmenée là par les pompiers, une grue placée sur un camion était en train de remonter le véhicule. Il y avait des voitures de police et un camion qui éclairait l'opération avec des projecteurs. Je trouvai l'inspecteur. Il me dit qu'on avait la certitude que c'était la Cadillac de mon père et qu'il y avait un corps à la place du conducteur. Pour autant que la police pouvait en juger, le véhicule avait sauté du bout d'une jetée à la vitesse de soixante-cinq kilomètres à l'heure environ; il avait encore parcouru une certaine distance après avoir touché l'eau. Entendant le bruit d'éclaboussures, un gardien avait aussitôt donné l'alerte, mais le temps que la police arrive, la voiture avait complètement disparu et il était devenu difficile de la localiser avec exactitude. Ensuite, il avait fallu plonger, aller chercher la grue et fixer une chaîne à l'avant de la carrosserie. Tout cela avait pris plus de deux heures. Les flics n'avaient donc vu la plaque d'immatriculation que quelques minutes avant de m'appeler. C'était une voiture qu'ils connaissaient bien. Elle avait un numéro minéralogique spécial, à chiffres réduits.

« Je me trouvais dans une de ces horribles situations où contre toute logique, contre l'évidence, on continue à espérer que ce qui se passe n'est pas vrai. Seul mon père conduisait cette voiture. Enfin celle-ci fut déposée, sale et ruisselante, sur le quai. Deux pompiers ouvrirent les portières aussi lentement que le leur permettait la pression de l'eau à l'intérieur — la police voulait éviter qu'un indice quelconque put être emporté dans le flux — mais ensuite la Cadillac se vida rapidement et mon père apparut. Il était assis au volant.

« Ce qui me choqua le plus, ce fut le terrible désordre de sa tenue. Mon père a toujours été très élégant. Couvert de boue, d'huile et d'immondices du port, il agrippait le volant, les yeux grands ouverts. Les pompiers essayèrent de l'extirper du véhicule. C'est alors que nous découvrîmes qu'il étreignait si fort le volant qu'on ne pouvait pas lui faire lâcher prise. Vous savez ce qui se passe dans des circonstances critiques : on a recours à des moyens qu'on n'emploierait jamais autrement. Enfin les pompiers réussirent à le détacher du volant, mais ils lui avaient affreusement tordu les mains — plus tard, je

31

découvris que presque tous les doigts étaient cassés. Je ne leur en voulus pas : ils n'avaient pas eu le choix. Ils couchèrent le corps sur une bâche, puis tout le monde s'écarta et je compris que c'était à mon tour d'agir. Je m'agenouillai à côté de mon père et lui nettoyai la figure avec un mouchoir. C'est alors que je remarquai que sa bouche avait quelque chose de bizarre. Le médecin de la police vint à mon aide ; quand il eut forcé les mâchoires de mon père, nous trouvâmes la pierre que je vous ai montrée. Cette pierre que vous avez mise dans votre bouche parce que vous doutiez de mes paroles.

— Je regrette de vous avoir choqué. Mais les patients racontent parfois de drôles d'histoires... Continuez, je vous prie.

— Je connais la procédure policière. Les flics se montrèrent aussi gentils que possible, mais ils étaient bien obligés d'emporter le corps à la morgue, de rédiger des rapports et de faire tous les examens de routine qu'exige un accident sortant de l'ordinaire. Ils firent une concession : ils me permirent de garder la pierre. Celle-ci constituait pourtant une preuve matérielle. Mais ils devaient savoir que je la mettrais à leur disposition en cas de besoin. Toutefois, un journaliste m'avait vu l'ôter de la bouche de mon père, à moins que par quelque ruse il n'eût arraché ce renseignement au médecin. Toujours est-il que ce caillou joua un rôle important aux informations. Mais maintenant tout le monde avait du travail : moi aussi, à la différence que je devais le faire sans l'aide de personne.

« Je m'exécutai donc. Je commençai par me rendre à la maison de mon père où je réveillai Denyse (c'est ma belle-mère) et la mis au courant... Je ne sais pas ce que j'attendais. Une crise de nerfs, sans doute. Mais Denyse prit la nouvelle avec un immense sang-froid. Je lui en sus gré parce que, si elle s'était effondrée, j'aurais, d'une façon ou d'une autre, craqué moi aussi. Cependant, ma belle-mère se montra extrêmement têtue. " Il faut que j'aille le voir ", déclara-t-elle. Sachant que la police était en train de procéder à des examens, j'essayai de la persuader d'attendre jusqu'au matin, mais en vain. Elle irait, et cela tout de suite. Comme je ne voulais pas qu'elle se mît au volant et que moi, cela fait des années que je ne conduis plus, je dus réveiller le chauffeur et lui donner un minimum d'explications. Ah, où est le bon vieux temps — s'il a jamais existé — où les maîtres pouvaient commander sans avoir à fournir à leurs domestiques toutes sortes de raisons et de justifications? Nous arrivâmes enfin au commissariat central et à la morgue. Là, il y eut une autre attente parce que la police, par pure décence, ne voulait pas que ma belle-mère vît le corps avant que le médecin légiste eût terminé son travail et qu'on eût nettoyé le cadavre — ce qui ne fut pas fait d'une manière très efficace, il faut le dire. En conséquence, quand Denyse aperçut son mari, celui-ci avait l'air d'un ivrogne qu'on vient de ramasser dans le ruisseau. Alors elle s'effondra. J'étais consterné, car autant vous l'avouer tout de suite : je déteste cette femme. Quelle torture ce fut pour moi que de devoir la prendre dans mes bras et lui murmurer des paroles de réconfort! C'est seulement à ce moment-là que je commençai à comprendre toute l'horreur de ce qui s'était passé. Le médecin de la police et tous les autres témoins qui auraient pu m'aider éprouvaient bien trop de respect pour nous pour intervenir. Voilà un autre effet de la richesse, docteur : même votre chagrin revêt un caractère spécial et personne n'ose sécher vos larmes d'or. Finalement, je ramenai Denyse chez elle et téléphonai à Netty pour lui demander de venir s'occuper de ma belle-mère.

« Netty, c'est ma gouvernante. Mon ancienne nurse, à vrai dire. Depuis le remariage de mon père, elle tient mon ménage, dans mon appartement. Netty n'aime pas Denyse elle non plus, mais elle me semblait être la personne à appeler parce qu'elle est ferme comme un roc et qu'elle a de l'autorité.

« C'était du moins ce que je pensais. En fait, quand Netty arriva à la maison de mon père et que je lui annonçai la nouvelle, elle " fit une crise ", pour employer une de ses expressions préférées. Elle cria, hurla et émit toutes sortes d'affreux rugissements féminins qui me terrifièrent. Je fus pourtant obligé de la serrer dans mes bras et de la consoler. Je ne sais toujours pas ce qui lui a pris. Mon père jouait évidemment un grand rôle dans sa vie – comme dans celle de tout son proche entourage – mais elle ne faisait pas partie de la famille, vous comprenez ? Pour finir, ce fut ma belle-mère qui s'occupa d'elle, au lieu de l'inverse, et comme le chauffeur avait réveillé tous les autres domestiques, il y avait dans le salon une sinistre réunion de gens à demi vêtus qui regardaient avec étonnement Netty se donner en spectacle. Je demandai à quelqu'un d'appeler ma sœur Caroline. Celle-ci arriva peu après avec Beesty Bastable. Je n'ai jamais été aussi content de les voir.

« Quoique terriblement secouée, Caroline se comporta fort bien. C'est une femme assez froide, mais intelligente. Et Beesty Bastable, son mari, est l'un de ces gros types poussifs aux yeux globuleux qu'on aurait tendance à considérer comme quantité négligeable et qui, pourtant, font parfois preuve d'un remarquable savoir-faire dans les rapports avec les autres. Ce fut lui, en fait, qui réussit à envoyer les domestiques préparer des boissons chaudes et à arrêter les gémissements de Netty. Il empêcha Caroline et ma belle-mère de se disputer pour des vétilles, en réalité parce que Caroline avait adopté beaucoup trop tôt cette attitude autoritaire que les gens prennent vis-à-vis des affligés de fraîche date et que Denyse ne supportait pas qu'on lui dît, dans sa propre maison, d'aller se reposer.

« Je suis reconnaissant à Beesty parce que, une fois les

34

choses plus ou moins organisées, il me dit : " Et maintenant, si on se prenait un verre bien tassé, puis plus rien jusqu'à ce que nous ayons dormi un peu, hein? " Beesty dit " hein " toutes les cinq minutes comme le font beaucoup de grands bourgeois de l'Ontario. A mon avis, c'est une affectation qui date de l'époque édouardienne, et ils n'ont pas encore découvert qu'elle était démodée. En tout cas, Beesty m'empêcha de m'enivrer à ce moment-là, puis il ne me lâcha plus d'une semelle pendant les heures qui suivirent, toujours pour la même raison, je suppose. Quoi qu'il en soit, je finis par rentrer chez moi, dans mon appartement merveilleusement débarrassé de la présence de Netty. Je ne fermai pas l'œil et Beesty me tint discrètement à distance des bouteilles, mais au moins je pus prendre un bain et me reposer deux heures. A huit heures, mon beau-frère passa sa tête par la porte de ma chambre et dit qu'il avait préparé des œufs sur le plat. Des œufs sur le plat! Ce dont j'avais envie, c'était d'un œuf battu dans du cognac. Je trouvai pourtant le petit déjeuner de Beesty étonnamment savoureux. C'est fou ce que le malheur vous creuse l'estomac. Plutôt humiliant, vous ne croyez pas?

« Pendant le repas, Beesty m'expliqua ce qu'il fallait faire. Cela me parut curieux : mon beau-frère n'est qu'agent de change et mon père et moi avons toujours eu tendance à le considérer comme un imbécile, fort sympathique au demeurant. Il appartenait à une famille très en vue et avait déjà pris part à plusieurs enterrements. Il avait donc de l'expérience dans ce domaine. Il connaissait même un entrepreneur de pompes funèbres. Je n'aurais pas su où en trouver un. Car enfin, qui fréquente ce genre de personne? Beesty décrocha le téléphone et demanda à son croque-mort préféré d'aller chercher le corps dès que la police serait prête à le rendre. Puis il me dit que nous devions parler à Denyse pour fixer avec elle les détails des obsèques. Il avait l'air

35

de penser que ma belle-mère ne voudrait pas nous recevoir avant la fin de la matinée, mais quand il l'appela, elle vint aussitôt à l'appareil. Elle nous attendrait à neuf heures, dit-elle. Pouvions-nous être ponctuels car elle aurait une journée chargée?

« Ça, c'était du Denyse tout craché. Comme je vous l'ai déjà dit, je n'ai jamais aimé ma belle-mère, précisément à cause de ce genre d'attitude. C'est une femme d'affaires et vous ne pouvez pas l'aider, ou lui rendre le moindre service, sans qu'elle vous réduise aussitôt à l'état de subordonné. C'est toujours elle qui doit commander. Elle a certainement dominé mon père beaucoup plus qu'il ne s'en rendait compte; pourtant il n'était pas homme à se soumettre à qui que ce fût. Mais les femmes sont ainsi, n'est-ce pas?

— Certaines femmes, oui.

— Celles que j'ai rencontrées dans ma vie étaient soit des tyrans, soit des êtres faibles qui avaient besoin de s'appuyer sur quelqu'un.

— Ne classez-vous pas les hommes de la même manière?

— Peut-être. Mais avec des hommes je peux avoir un dialogue tandis qu'avec ma belle-mère c'est impossible. Denyse nous parla de neuf à dix heures et elle aurait probablement continué si la coiffeuse n'était venue l'interrompre. Comme elle devait voir une foule de gens, il fallait qu'elle se fît coiffer à ce moment-là car elle n'en aurait plus eu l'occasion ensuite.

« Les sottises qu'elle a pu nous sortir! Mes cheveux s'en dressaient presque sur ma tête. Denyse n'avait pas dormi elle non plus. Au lieu de cela, elle avait cogité. Et là, docteur, j'en arrive à un point de mon histoire où vous admettrez que j'ai des raisons d'être nerveux. Je vous ai dit que mon père était un homme très en vue. Pas seulement riche. Pas seulement un philanthrope. Il avait fait de la politique et, durant la plus grande partie de la Seconde Guerre mondiale, avait été notre ministre du Ravitaillement — un ministre extraordinairement capable, qui plus est. Puis il s'était retiré de la scène politique. Toujours la même vieille histoire, assez analogue à celle de Churchill, du reste : les gens détestent les hommes vraiment compétents sauf quand ils ne peuvent s'en passer. Les qualités qui, durant la guerre, avaient rendu mon père indispensable — son esprit de décision, son mépris de la paperasserie — lui attirèrent l'hostilité des électeurs moyens dès que la paix fut revenue. Écarté de la vie publique, il était cependant trop grand pour qu'on ne tînt pas compte de lui. Les services qu'il avait rendus à la nation lui donnaient droit aux honneurs et il allait devenir le prochain lieutenant-gouverneur de notre province. Savez-vous ce qu'est un lieutenant-gouverneur ?

— Une sorte de personnage d'apparat, je suppose.

— Oui. Un représentant de la Couronne dans une province canadienne.

— Est-ce une charge importante ?

— Oui, mais il y en a dix. Mon père aurait très bien pu être gouverneur-général, c'est-à-dire, tout en haut de l'échelle.

— Je vois. Une très haute dignité.

— Les imbéciles se moquent de ces fonctions honorifiques, mais on ne peut avoir de système parlementaire sans ces personnages officiels qui représentent l'État, la Couronne et le gouvernement en plus des députés qui représentent leurs électeurs.

« Il n'était pas encore entré en fonction, mais le ministre lui avait annoncé officiellement sa nomination et la confirmation royale lui serait parvenue environ un mois plus tard. Denyse voulait néanmoins qu'on lui fît des funérailles nationales comme s'il avait déjà occupé sa charge.

« En qualité d'avocat, je savais que c'était absurde.

37

Au moment où nous discutions de ce projet dément, il y avait un lieutenant-gouverneur parfaitement valable en place. Il ne pouvait donc être question de faire à mon père des obsèques nationales. Mais Denyse s'obstinait. Elle voulait des soldats en grand uniforme, un coussin sur lequel reposeraient les décorations de mon père, un drapeau sur le cercueil et autant de personnalités, politiques et autres, qu'on pourrait rassembler. J'étais sidéré. Mais à toutes mes objections, ma belle-mère se contentait de répondre : " Je sais mieux que toi ce que mérite Boy. "

« Nous nous disputâmes comme des chiffonniers, nous lançant des choses épouvantables à la figure. Pâle de détresse, le pauvre Beesty ne cessait de marmonner : " Oh, arrêtez, Denyse ; arrête, Davey ; essayons d'avancer ", ce qui était idiot, mais mon pauvre beau-frère ne possède pas le vocabulaire qui convient aux grandes circonstances. Ne dissimulant plus son antipathie à mon égard, Denyse explosa. J'étais le minable porte-parole d'escrocs de la pire espèce, cria-t-elle, j'avais une réputation d'ivrogne ; j'avais toujours jalousé la supériorité de mon père et essayé de le contrarier chaque fois que j'avais pu. J'avais dit sur son compte à elle des choses inexcusables et je l'avais espionnée, mais, par Dieu, cette fois je cèderais sinon elle se chargerait de me faire connaître les pires hontes et les pires humiliations. A mon tour, je lui reprochai d'avoir ridiculisé mon père dès le début de leurs relations, d'avoir amoindri sa stature d'homme politique par ses prétentions stupides, de vouloir transformer ses funérailles en une espèce de cirque dans lequel elle monterait le plus gros éléphant. Nous ne mâchions pas nos mots, je peux vous l'assurer. Ce n'est que lorsque Beesty fut littéralement au bord des larmes – il aspirait l'air avec bruit et s'épongeait les yeux – et que Caroline entra dans la pièce que nous nous calmâmes un peu. Avec ses grands airs, ma sœur oblige le

38

commun des mortels, et même Denyse, à se conduire convenablement.

« Finalement, Beesty et moi reçûmes l'ordre de nous rendre chez l'entrepreneur de pompes funèbres et de choisir un somptueux cercueil. En bronze, de préférence, précisa Denyse : cela permettrait de graver directement sur le couvercle.

« " Graver quoi ? " m'informai-je. Je dois dire en faveur de ma belle-mère qu'elle eut la décence de rougir légèrement sous son savant maquillage. " Les armes des Staunton " répondit-elle. " Mais nous n'en... ", commençai-je quand Beesty me tira soudain par le bras. " Laisse-la faire ", murmura-t-il à mon oreille. " Mais c'est une escroquerie, m'indignai-je. C'est prétentieux, ridicule et malhonnête ! " Caroline aida son mari à m'entraîner hors de la pièce. " Davey, fais ce qu'on te dit et boucle-la ", m'ordonna-t-elle ; puis comme je protestais : " Carol, tu sais aussi bien que moi que c'est illégal ", elle répliqua avec un terrible mépris féminin : " On s'en fiche ! " »

5

Lors du rendez-vous suivant, me sentant un peu pareil à Shéhérazade dévidant pour le roi Shariar ses interminables contes à tiroirs, je repris mon récit au point où je l'avais laissé. Pendant la description de la mort de mon père et de ses conséquences, le docteur von Haller n'avait ouvert la bouche que pour me demander de préciser certains détails ; et, à ma surprise, elle n'avait pris aucune note. Pouvait-elle vraiment garder en tête les diverses vies de ses patients et passer de l'une à l'autre toutes les heures ? Il est vrai que j'en fais autant avec les histoires que me racontent mes clients.

J'échangeai quelques paroles de salutation avec le médecin, puis je poursuivis :

« Après avoir vu l'entrepreneur de pompes funèbres, Beesty et moi eûmes toutes sortes de questions à régler, les unes d'ordre juridique, les autres concernant l'organisation des funérailles. Je devais prendre contact avec monseigneur Woodiwiss qui avait connu mon père pendant plus de quarante ans, écouter ses condoléances bien intentionnées et mettre au point avec lui les détails de l'enterrement. Je me rendis à l'évêché. Le caractère commercial du lieu — secrétaires buvant du café, climatisation et ambiance de bureau — me surprit un peu. Je me demande bien pourquoi. Sans doute m'attendais-je à des crucifix aux murs, à d'épais tapis. Sur l'une des portes, je lus cette inscription stupéfiante : " Chancellerie diocésaine : hypothèques. " Toutefois, l'évêque s'y connaissait incontestablement en matière d'obsèques ; celles-ci ne présentaient d'ailleurs aucune difficulté à part un petit problème technique. Nous appartenions à la paroisse de Saint-Simon ; or Denyse voulait que la cérémonie se déroulât à la cathédrale, ce qu'elle jugeait plus conforme à ses idées de grandeur. Pour cela, on avait besoin non seulement de l'accord de l'évêque, mais encore de celui du doyen. Woodiwiss me dit qu'il se chargerait de l'obtenir. Je ne comprends pas pourquoi ses paroles de réconfort m'agacèrent autant. Après tout, le saint homme connaissait déjà mon père avant ma naissance, et c'était lui qui m'avait baptisé et confirmé. Il avait certains droits en tant que prêtre et ami. Mais j'éprouvais des sentiments très personnels au sujet de toute cette affaire...

— Des sentiments possessifs, peut-être ?

— Probablement. En tout cas, j'en voulais à Denyse d'avoir pris en mains l'organisation des funérailles et de vouloir tout faire à sa manière, d'autant plus que c'était une manière stupide et ostentatoire. Je n'avais toujours pas digéré son histoire d'armes gravées sur le cercueil.

Ces fioritures héraldiques n'étaient et ne seraient jamais les nôtres. Après mûre réflexion, mon père lui-même les avait rejetées. Comprenez-moi, je n'ai absolument rien contre les blasons. Que ceux qui en ont de légitimes les utilisent comme bon leur semble, mais celui des Staunton était usurpé. Voulez-vous que je vous explique pourquoi ?

— Plus tard. Nous y viendrons. Continuez à me parler de l'enterrement.

— Très bien. Beesty s'était chargé d'aller voir les journalistes, mais Denyse lui coupa l'herbe sous les pieds : elle avait préparé des dossiers contenant des détails biographiques. C'était idiot, bien sûr, la presse les ayant déjà. Un des résultats de son initiative me rendit furieux : dans toute la notice nécrologique, ma mère n'était mentionnée qu'une seule fois à propos d'un "un premier mariage avec Leola Crookshanks, décédée en 1942". Or elle s'appelait Cruikshank et non Crookshanks *; elle avait été l'épouse de mon père depuis 1924 et la mère de ses enfants, une femme adorable et malheureuse. Denyse le savait parfaitement et personne ne pourra me convaincre que cette erreur n'a pas été commise exprès, par méchanceté. En revanche, ma belle-mère s'arrangea pour mentionner sa propre fille Lorene, une horrible enfant qui n'a rien à voir avec les Staunton — absolument rien.

« Quelle date fixer pour les obsèques ? Là était la question. Moi j'étais d'avis d'en finir le plus vite possible, mais la police ne nous remit le corps que dans la soirée du lundi, et encore avait-il fallu faire toutes sortes de démarches pour cela. Denyse désirait disposer d'un maximum de temps pour organiser ses obsèques semi-nationales et rassembler toutes les huiles qu'elle pourrait forcer à venir. Il fut donc décidé qu'on enterrerait mon père le jeudi.

* *Crook* : escroc. (*N.d.T.*)

« Où ? Certainement pas à Deptford, sa ville natale, bien que, des années plus tôt, ses parents avaient eu la prévoyance d'acheter un caveau à six places au cimetière, là-bas. Ils en étaient les seuls occupants. Mais Deptford n'était pas assez bien pour Denyse. Il fallut donc acheter une tombe à Toronto.

« Avez-vous jamais acheté une tombe ? C'est un peu comme acheter une maison. Tout d'abord, on vous montre la section pauvre du cimetière. Vous regardez toutes ces pierres tombales étrangères avec leurs photographies enchâssées dedans sous un plastique protecteur, leurs inscriptions en des langues et des caractères bizarres, ces bougies consumées éparpillées sur le gazon et votre cœur se serre. Est-ce cela, la mort ? vous demandez-vous. Quelle sordide histoire ! A ce moment là, en effet, vous ne réagissez pas avec la meilleure partie de vous-même ; vous êtes un sale snob ; rien de tel que les enterrements pour faire surgir cet aspect de votre caractère. Depuis des années vous vous dites que le sort d'un cadavre importe peu et, dans les cocktails, quand la conversation prend un tour mi-sérieux mi-vaseux, vous déclarez que les juifs ont raison, que l'enterrement le plus rapide et le moins cher est le meilleur et, d'un point de vue philosophique, le plus décent. Mais dès que vous entrez dans un cimetière, tout change. Les vendeurs de sépulture le savent bien. Vous quittez donc la partie prolétarienne et étrangère et passez dans une zone aussi confortable qu'une banlieue résidentielle ; toutefois, les tombes sont un peu trop rapprochées et les épitaphes écrites en une prose détestable. Vous vous attendez presque à voir des inscriptions humoristiques du genre de " Sans souci " ou " Fin de parcours " à côté de " Jusqu'au jour du Jugement " et " Dans les bras de l'Éternel ". Puis le décor commence à devenir plus agréable : concessions plus grandes et plus espacées, pierres nettement plus élégantes et, mieux encore, noms de familles que vous connaissez. Au matin de la Résurrection vous ne voulez tout de même pas vous avancer vers le Trône coude à coude avec n'importe qui! A ce moment-là, l'affaire est faite.

« A propos, saviez-vous qu'une tombe doit avoir un propriétaire? Je veux dire : autre que l'occupant. Moi je suis propriétaire de celle de mon père. Ça me fait un drôle d'effet.

— A qui appartient la tombe de votre mère? Et pourquoi votre père n'est-il pas enterré auprès de son épouse?

— C'est à moi qu'elle appartient. Elle fait partie de l'héritage que j'ai reçu de mon père. Le seul bien immobilier qu'il m'ait laissé, en fait. Et comme ma mère est morte durant la guerre, pendant que mon père était à l'étranger, c'est un ami de la famille qui a dû s'occuper de l'enterrement. Or il n'a acheté qu'une seule sépulture. Une bonne, mais unique sépulture. Ma mère repose dans la même agréable partie du cimetière que mon père, mais assez loin de lui. Ils sont séparés dans la mort comme ils l'étaient dans la vie.

« L'entrepreneur de pompes funèbres termina son travail le mardi soir et le cercueil arriva à la maison où on le plaça à un bout du salon. Nous fûmes tous invités à aller regarder le défunt. Une affaire délicate, bien sûr, parce qu'un entrepreneur de pompes funèbres, ou tout du moins son embaumeur, est une sorte d'artiste, et quand quelqu'un est décédé de mort violente, c'est toujours une gageure pour donner au défunt un aspect acceptable. A la vérité, je dois dire qu'avec papa il avait fait du bon travail. Il serait évidemment stupide de prétendre que papa était pareil à lui-même, mais il n'avait pas l'air d'un noyé. Que voulez-vous, un homme d'une extrême vivacité, qui a toujours eu un visage à l'expression et même à la couleur changeante ne peut pas vraiment se ressembler avec un teint mat et ce calme rigide qu'on donne aux morts pour ces occasions. Obligé de voir beaucoup de gens dans leurs cercueils, j'ai toujours eu l'impression qu'ils avaient été ensorcelés, qu'ils entendaient tout ce qui se disait autour d'eux et se mettraient à parler si quelqu'un parvenait à briser l'enchantement. Mais voilà, c'était ainsi, et l'un de nous devait dire un mot aimable aux croque-morts. Ce fut Beesty qui s'en chargea.

« C'est incroyable ce que ce gars a été capable de faire dans une situation pareille ! Mon père et moi avions toujours pensé que, sorti de ses foutues opérations boursières, il n'était bon à rien. Nous autres, nous regardâmes le cadavre avec une cérémonieuse gravité ; quelques années plus tôt, nous nous étions rassemblés de la même façon pour regarder le gâteau de mariage de Caroline avec un plaisir tout aussi protocolaire ; dans un cas comme dans l'autre, c'était pour contenter les personnes qui avaient créé l'objet exposé.

« Ce soir-là, les gens commencèrent à venir " présenter leurs respects ", comme on disait autrefois. Beesty, Caroline et moi passâmes des heures au salon à parler à voix basse avec les visiteurs. " C'est très gentil de votre part d'être venu... Oui, un choc terrible... C'est très aimable à vous de dire cela... " Nous prononçâmes beaucoup de phrases de ce genre. Des directeurs de l'affaire de mon père, l'Alpha Corporation, faisaient des politesses. Des employés moins importants de la même société veillaient à ce que tous les visiteurs signent un livre ; une secrétaire avait été spécialement désignée pour enregistrer tous les câbles et télégrammes, une autre pour établir une liste des gerbes.

« Oh, ces fleurs ! Comme nous étions en novembre, les fleuristes proposaient surtout des chrysanthèmes. Il y en avait toute une forêt. Mais, bien entendu, il fallait que les richards expriment leurs regrets avec des roses, celles-ci étant particulièrement chères en cette saison. Les riches sont constamment confrontés à ce problème : il faut qu'ils envoient ce qu'il y a de meilleur sur le marché, même s'ils détestent ce coûteux article, sinon quelqu'un ne manquera pas de dire qu'ils se sont montrés pingres. Denyse avait entendu parler d'un cercueil orné d'une couverture de roses et elle voulait en offrir une toute pareille à titre personnel. Ce fut Caroline qui la persuada de s'en tenir à un modeste bouquet de fleurs blanches. " Persuader " n'est d'ailleurs pas le terme juste. Ma sœur m'a confié qu'en désespoir de cause elle avait finalement lancé : " Vous voulez qu'on nous prenne pour les Médicis ? " Cette phrase avait porté, Denyse sachant que ces gens-là avaient mauvaise réputation.

« Nous continuâmes à nous acquitter de ces pénibles obligations pendant toute la journée du mercredi. De corvée le matin, j'accueillis le maire, le chef de la police, le chef des pompiers, un type de la Commission de l'énergie hydro-électrique et toute une foule de divers dignitaires. Vint également un représentant du barreau, ce qui nous rappela un fait presque oublié : que mon père avait reçu une formation d'avocat. Je connaissais assez bien cet homme parce qu'il travaillait souvent avec moi, mais les autres personnes, je ne les connaissais que de nom ou parce que j'avais vu leur photo dans les journaux. Il y eut aussi des présidents de banque, naturellement.

« Bien entendu, Denyse n'assistait pas à la réception des visiteurs. Cela n'aurait pas été conforme au rôle qu'elle s'était attribué. Officiellement, elle était trop affligée pour paraître en public et seuls certains intimes étaient emmenés dans une pièce du haut où elle donnait audience. Je ne trouve rien à redire à cette attitude. Les enterrements comptent au nombre des rares cérémonies qui nous restent et chacun y adopte son rôle presque automatiquement. Moi j'étais le Fils Unique qui tenait formidablement bien le coup, mais dont on savait qu'il n'était pas, et ne serait jamais, un homme comme son père. Beesty, c'était Ce Chic Type de Bastable qui aidait de son mieux sa famille en ces pénibles circonstances. Caroline était la Fille Unique accablée de douleur, mais, naturellement, pas d'une façon aussi catastrophique que Denyse, la Veuve, qu'on supposait absolument prostrée. Bon, la tradition le veut ainsi et on ne rompt pas impunément avec elle. Après tout, elle n'existe que parce qu'elle repose sur des réalités. J'ai toujours été partisan des rites et n'ai aucun désir d'enfreindre celui des funérailles. Il recouvrait toutefois trop de sentiments vrais pour ne pas me plonger dans un état d'extrême tristesse et de tension, et les édits que Denyse promulguait de sa chambre d'affliction constituaient pour moi la pire des épreuves.

« Elle décréta par exemple qu'on devait à tout prix m'empêcher de m'enivrer. Beesty s'acquitta fort bien de cette tâche. Sans montrer un tact qui m'eût exaspéré, il me dit simplement qu'avec tout le travail que j'avais devant moi je ferais mieux de garder les idées claires et de ne pas trop boire. Il savait que pour moi " ne pas trop boire " signifiait boire des quantités d'alcool qui, pour lui, auraient été excessives, mais il me supposait tout de même un peu de bon sens. Caroline aussi. " Denyse a décidé que tu allais commettre un impair et nous couvrir de honte. Alors, rien que pour la contrarier, conduis-toi comme il faut, bon sang ! " fut sa façon à elle de me dire la même chose que son mari. Même Netty, après sa première et terrifiante crise, se comporta correctement ; bien que rôdant souvent autour de moi, elle s'abstint d'exercer une surveillance. En conséquence, tout en buvant plutôt ferme, je ne dépassai pas les limites que je m'étais fixées. Je n'en voulais pas moins à Denyse pour son oukase.

« Ce ne fut d'ailleurs pas le seul qu'elle édicta. Le mercredi, elle convoqua Beesty chez elle avant le déjeuner et lui dit de me faire jeter un coup d'œil au testament de mon père, puis de revenir la voir. Il s'agissait là d'une ingérence abusive. Je savais que j'étais le principal exécuteur testamentaire de mon père et, en tant qu'avocat, je connaissais la marche à suivre. Mais examiner un testament avant l'enterrement n'est pas jugé tout à fait convenable. Rien ne l'interdit, surtout si l'on suspecte que les dernières volontés du défunt risquent d'entraîner des litiges, mais pour celles de mon père, c'était hors de question. Bien que ne connaissant pas le contenu du testament, j'étais convaincu qu'il était parfaitement en règle. Je trouvai que Denyse précipitait les choses d'une façon indécente.

« Pour que vous puissiez m'aider, docteur, je suppose que je dois être aussi franc que possible. Eh bien, je ne voulais pas prendre connaissance de ce document avant que cela ne devînt absolument nécessaire. Les testaments ont créé des problèmes dans notre famille. Mon père a subi un choc en lisant celui de son propre père. Il m'en a parlé plus d'une fois. Or depuis son mariage avec Denyse, nos rapports étaient assez tendus. Je craignais que son testament ne me réserve une surprise désagréable. J'opposai donc un refus catégorique à l'ordre de Denyse. Je déclarai qu'on ne pouvait rien faire avant l'après-midi du jeudi.

« J'ignore pourquoi, le jeudi matin, je me rendis si tôt à la maison de mon père. Tout ce que je sais, c'est que je me réveillai avec le sentiment très vif que j'avais encore beaucoup de choses à régler; une fois sur place, me dis-je, je verrais bien de quoi il s'agissait. Et puis, je voulais faire mes adieux à mon père, comprenez-vous. Pendant les dernières quarante-huit heures, il n'y avait pas eu moyen d'être seul avec sa dépouille et je pensais que si j'arrivais de bonne heure j'en aurais l'occasion. Je me dirigeai donc vers le salon, le plus doucement possible pour ne pas attirer l'attention, mais je trouvai la porte fermée. Comme il était sept heures et demie, cela n'avait rien d'étonnant.

« A l'intérieur, toutefois, on entendait des voix — un homme et une femme qui semblaient se disputer — ainsi que d'étranges bruits sourds. J'ouvris la porte. Debout à côté du cercueil, Denyse soutenait le corps de mon père par les épaules tandis qu'un inconnu avait l'air d'envoyer des coups de poing et des gifles dans la figure du cadavre. Comme on dit dans les romans : Stupéfait, j'eus l'impression que tout chavirait autour de moi.

— Oui. C'est une description tout à fait exacte. Cette sensation est due à un arrêt temporaire de la circulation dans la tête. Continuez.

— Je criai quelque chose. Denyse lâcha le corps et l'homme sauta en arrière comme s'il craignait que je ne le tue. Alors je le reconnus. C'était un ami de Denyse, un dentiste. Je l'avais vu deux ou trois fois et le considérais comme un imbécile.

« Le cadavre n'avait plus de visage. Entièrement recouverte d'une épaisse couche de matière rose et luisante, dénuée de traits, la figure ressemblait à un œuf. C'était cette pâte que Denyse et le dentiste essayaient d'enlever.

« Je n'eus pas à demander d'explications. Effrayés, ils n'étaient que trop contents de parler. Leur histoire était d'une stupidité sans pareille.

« Comme beaucoup d'amis de Denyse, ce dentiste était un artiste amateur. Il avait un petit talent étriqué et mal développé de sculpteur. Il avait exécuté les bustes de quelques présidents de l'École dentaire et autres œuvres de ce genre. Prise d'une de ses déplorables inspirations, Denyse lui avait demandé de faire un masque mortuaire de mon père. Plus tard, se disait-elle, ce moulage pourrait servir de modèle pour un portrait sculpté ou être gardé pour lui-même. Mais le dentiste n'avait encore jamais moulé de cadavre. Aussi, au lieu d'utiliser du plâtre, qui est la matière adéquate quand on sait la travailler, il avait eu l'idée insensée d'essayer une de ces pâtes de plastique qu'on emploie dans sa profession pour prendre des empreintes. Il croyait que cette méthode lui permettrait d'obtenir un plus grand nombre de détails, et cela plus rapidement. Mais le plastique n'étant pas fait pour ce genre d'ouvrage, il ne pouvait plus l'enlever !

« Comme on peut le comprendre, Denyse et lui étaient complètement paniqués. Bourrée d'émotion, la pièce semblait vibrer. Vous savez ce que je veux dire ? L'atmosphère du salon était si chargée de courants inhabituels que je la sentais littéralement peser sur moi. Les oreilles me tintaient. Ne me dites pas que c'est parce que j'avais bu trop de whisky. J'étais de loin le plus calme des trois. Toute la tension, je vous assure, semblait émaner du cadavre. Celui-ci était dans un état de désordre indécent : sans veste ni chemise, les cheveux en bataille, le corps à moitié sorti du grand et coûteux cercueil.

« Qu'aurais-je dû faire ? Depuis ce jour, j'ai repassé mille fois la scène dans ma tête. Aurais-je dû tuer le dentiste avec le tisonnier, coller la figure de Denyse sur cette horrible tête de plastique et l'étrangler, puis, à grands cris, inviter le monde entier à venir contempler le tableau final de cette tragédie sous-shakespearienne ? Au lieu de cela, je leur ordonnai à tous deux de quitter la pièce, fermai la porte à clé et téléphonai à l'entrepreneur de pompes funèbres pour lui demander de venir immédiatement. Puis je partis dans les toilettes du rez-de-chaussée où je vomis si violemment que je finis par me retrouver à genoux, la tête pendue au-dessus de la cuvette des W.-C., dans le plus pur style clochard des bas-fonds.

« Les employés des pompes funèbres arrivèrent. Bien que furieux — et ils avaient tous les droits de l'être — ils se montrèrent relativement polis. Si la famille désirait un masque, pourquoi ne le leur avait-elle pas demandé ? Ils savaient les faire. Qu'attendions-nous d'eux maintenant? Je m'étais ressaisi et, tout en sachant que j'avais l'air d'un ivrogne en piteux état, réglai personnellement cette affaire. De cette manière typiquement féminine, qui me surprend toujours, Denyse s'était complètement dissociée des conséquences de son acte et retirée dans sa chambre. Quant au dentiste, il quitta la ville pour une semaine, à ce qu'on me dit.

« La situation n'était pas brillante. Quand j'entendis un des employés des pompes funèbres demander un marteau au majordome, je m'attendis au pire. Au bout d'un moment, j'eus droit à mes quelques minutes de solitude auprès du cercueil ; les croque-morts ne m'épargnèrent pas cette épreuve. La figure du cadavre était très abîmée : plusieurs dents cassées, ni cils ni sourcils et le front presque entièrement dégarni. Mon père avait un aspect encore plus lamentable que lorsqu'il gisait sur le quai, couvert d'huile et de vase, avec une pierre dans la bouche.

« Bien entendu, nous eûmes un enterrement à cercueil fermé. Je sais que c'est courant ici, mais en Amérique du Nord, on a encore l'habitude d'exposer le défunt jusqu'au moment, pratiquement, où commence le service funèbre. Je me demande parfois si ce n'est pas une survivance de l'époque des pionniers destinée à montrer à tout le monde qu'il s'agissait d'une mort naturelle. Je n'expliquai pas la situation à Caroline et à Beesty ; je me contentai de leur dire que Denyse en avait décidé ainsi. Je sais que Caroline trouva la chose louche, mais je ne la mis pas dans le secret car elle aurait été capable d'étrangler ma belle-mère.

« Nous voilà donc tous à la cathédrale, avec Denyse qui menait le deuil. Elle avait l'air aussi innocent que l'agneau qui vient de naître, comme aurait dit mon grand-père Staunton. Il aurait certainement ajouté que moi je ressemblais à l'Épave de l'Hesperus ; c'était l'une de ses rares allusions littéraires.

« Et, devant nous, le cercueil si richement bronzé, si manifestement le sarcophage d'une personne de haut rang. Juste au-dessus de l'endroit où se trouvait la pauvre figure mutilée, on voyait les armes des Staunton : d'argent à deux chevrons sable à la bordure engrêlée du même. Le timbre : un renard posé, au naturel. La devise : *En Dieu ma foy*.

« Monseigneur Woodiwiss broda avec tant d'art sur ce thème qu'on aurait pu le croire au courant de l'imposture. Je dois rendre hommage au brave homme ; il ne pouvait avoir vu la formule gravée sur le cercueil avant l'arrivée de la dépouille à la porte de l'église, mais il s'en empara et la pressa comme un barman aurait pressé un citron. Voilà qui donnait bien la mesure de notre cher frère disparu, dit-il : le fait que la devise de sa vieille famille eût été ce simple credo, une affirmation de sa confiance dans la Providence et la Grâce divines, et qu'au cours des longues années où il avait connu Boy Staunton celui-ci ne l'eût jamais mentionnée. Car c'étaient les actes, et non les paroles, qui avaient caractérisé la façon de vivre du défunt. Il avait été un homme d'action, un homme chargé de hautes responsabilités ; un homme aimant et tendre dans sa vie privée, libéral et sensible dans ses multiples œuvres de bienfaisance et l'auteur d'innombrables gestes anonymes de générosité. Mais aucun bijou précieux ne pouvait rester caché pour toujours et voilà que nous était enfin dévoilé le ressort principal de la noble vie, il dirait même, sachant que nous prendrions ce mot dans son sens véritable, de l'ad-mi-ra-ble vie de Boy Staunton. *En Dieu ma foy*. Que nous emportions tous dans nos cœurs ces dernières paroles d'un grand homme avec la conviction qu'en cette heure de deuil et d'affliction nous avions trouvé une impérissable vérité. *En Dieu ma foy*.

« Je pouvais regarder autour de moi sans avoir à tordre trop le cou. L'assistance écoutait avec cette réceptivité léthargique propre aux Canadiens quand ils baignent dans un flot d'éloquence. Le représentant du Premier ministre assis à côté du représentant presque identique du ministre des Affaires étrangères; les personnages officiels du gouvernement provincial et de la municipalité; le directeur du collège de Colbourne; la phalange des riches associés d'affaires de mon père. Aucun d'eux n'avait l'air d'être sur le point de bondir sur ses pieds et de crier : " C'est un foutu mensonge! Sa devise a toujours été *En moi-même ma foy*, et non pas *En Dieu ma foy*. C'était justement là son drame. " Peut-être ne le savaient-ils pas. Et, même dans le cas contraire, cela leur aurait été égal. Peu d'entre eux auraient d'ailleurs pu expliquer la différence entre ces deux croyances.

« Mon regard tomba sur un homme qui en aurait été capable : ce bon vieux Dunstan Ramsay, l'ami de toujours de mon père et mon ancien professeur. Au lieu d'occuper l'une des meilleures places — Denyse ne peut pas le souffrir — il était assis à côté d'un vitrail. Un carré de lumière rouge tombait sur sa belle face ravagée, le faisant ressembler à un diable sorti tout droit de l'enfer. Il ne se rendait pas compte que je le regardais. A un moment donné, alors que Woodiwiss répétait *En Dieu ma foy* pour la sixième ou la septième fois, je le vis sourire d'un air sardonique et claquer ses mâchoires l'une contre l'autre comme le font les personnes qui portent un dentier mal ajusté.

« Au fait, est-ce que notre séance va bientôt se terminer? Je n'en peux plus.

— Ça ne m'étonne pas. Avez-vous parlé à qui que ce soit d'autre de ce masque mortuaire?

— Non, à personne.

— C'est admirable.

— Ai-je bien entendu? Je croyais que vous, les analystes, n'exprimiez jamais d'opinions.

— Vous m'entendrez en exprimer de plus en plus à

mesure que nous avancerons dans notre exploration. Ce sont les freudiens qui sont si réservés. Vous avez votre carte de rendez-vous ? Vous êtes sûr de vouloir revenir?

– Certain. »

6

De retour chez le médecin après deux jours de répit. Non, « répit » n'est pas le mot juste. Je n'appréhendais pas mon rendez-vous avec le docteur von Haller comme on peut appréhender un traitement physique douloureux ou débilitant. Cependant, toutes ces révélations allaient à l'encontre de ma nature taciturne et réservée. En même temps, elles m'apportaient un immense soulagement. Qu'avaient-elles donc de particulier? Étaient-elles si différentes de la Confession, telle que le père Knopwood me l'avait expliquée lors de ma confirmation? Pénitence, pardon et paix? Payais-je le docteur von Haller trente dollars l'heure pour une chose que l'Église donnait gratuitement, avec le salut en prime? Dans mon enfance, j'avais essayé la Confession. Le père Knopwood ne m'obligeait pas à m'agenouiller dans un minuscule réduit pour lui parler à travers une grille. Il employait des méthodes modernes : il s'asseyait derrière moi, hors de ma vue, tandis que je m'efforçais de lui décrire mes péchés de petit garçon. Bien entendu, je m'agenouillais pour recevoir l'absolution. Mais après chacune de ces séances, je m'étais toujours senti ridicule. Néanmoins, malgré notre dispute finale, je ne critiquerais plus le père Knopwood maintenant, même *in petto*; il m'a montré beaucoup d'amitié à un moment difficile de ma vie – l'un des nombreux moments difficiles de ma vie – et si je n'ai pas suivi la voie qu'il indiquait, d'autres l'ont fait. Pour en revenir au docteur von Haller – cela avait-il un rapport avec le fait qu'elle fût une femme? – j'attendais toujours mon prochain rendez-vous avec elle dans un état d'esprit que je ne pouvais définir, mais qui n'était pas entièrement désagréable.

« Nous en avions terminé avec l'enterrement de votre père, si je ne me trompe. Ou bien voyez-vous quelque chose qui vous paraît important à ajouter ?

– Non. Après le sermon, ou le panégyrique, ou ce que vous voudrez, de l'évêque, tout sembla se dérouler conformément à ce qu'on aurait pu attendre. En exaltant cette fausse devise, Woodiwiss avait transposé toute l'affaire sur un plan tellement irréel que je subis toute la cérémonie au cimetière sans ressentir autre chose que de l'étonnement. Puis, une partie des personnes qui assistaient aux obsèques, cent soixante-dix environ, revinrent à la maison pour un dernier verre – j'ai l'impression qu'on boit beaucoup aux funérailles – et restèrent pour un buffet. Quand tout fut terminé, je compris que mon sursis touchait à sa fin : je devais m'occuper du testament.

« Beesty m'aurait volontiers aidé, je sais, et Denyse mourait d'envie de voir ce document, mais après les affreux événements de la matinée, elle était en mauvaise posture pour négocier avec moi. Je passai donc prendre des exemplaires du testament pour chacun des intéressés chez l'avoué de mon père – une vieille connaissance – et les emportai dans mon bureau pour les examiner. Sachant que plusieurs personnes me soumettraient à un interrogatoire, je voulais connaître tous les faits sur le bout des doigts avant d'avoir à en discuter avec ma famille.

« Je fus presque déçu. Le testament ne contenait pas une seule disposition que je n'eusse prévue, du moins en gros. Il y était beaucoup question des intérêts commerciaux de mon père, mais comme ceux-ci se réduisaient à des actions dans une seule société mère, l'Alpha Corporation, cette partie de la succession ne présentait aucune difficulté ; les avocats de mon père et ceux d'Alpha débrouilleraient tout cela. Il n'y avait pas de legs importants à des particuliers ou à des œuvres de bienfaisance parce qu'il laissait la majorité de ses actions Alpha à la fondation Castor.

« Il s'agit là d'une œuvre philanthropique établie par les Staunton qui subventionne diverses bonnes causes, ou supposées telles. Ce genre d'institution est extrêmement en vogue chez les riches familles de l'Amérique du Nord. La nôtre avait une histoire curieuse, mais je ne m'étendrai pas là-dessus maintenant. En deux mots, mon grand-père Staunton l'avait créée à titre de fonds pour soutenir des associations antialcooliques. Mais les statuts étaient restés assez flous et il n'avait pu s'empêcher d'y inclure quelques mots ronflants tels que " contribuer au bien public ". Aussi quand mon père hérita de Castor, il se débarrassa en douceur de tous les prêcheurs du conseil d'administration et mit beaucoup plus d'argent dans cette œuvre. Résultat : à présent, nous aidons les arts et les sciences sociales dans toute leur délirante profusion. Le nom, Castor, évoque le Canada, mais il désigne aussi une sorte de sucre cristallisé – le *castor-sugar*, vous connaissez ? – qu'on emploie dans les saupoudreurs. Mon père a bâti la plus grande partie de sa fortune sur le sucre. Il a commencé dans le sucre. C'est Dunstan Ramsay, l'ami de mon père, qui avait un jour suggéré ce nom en manière de plaisanterie, mais, le trouvant intéressant, papa l'utilisa pour la nouvelle fondation. Ou plus exactement pour celle qu'il créa à partir de la curieuse organisation que lui avait laissée mon grand-père.

« Avec cet important legs à Castor, mon père assurait la continuité de ses œuvres de bienfaisance et de son mécénat. Je constatai avec plaisir, mais sans surprise, qu'il exprimait clairement l'espoir que je lui succèderais à la présidence de cet organisme. Je faisais déjà partie de son conseil d'administration. C'est un conseil très restreint – aussi restreint que le permet la loi. Ainsi, par cette seule disposition, il faisait de moi un homme important dans le monde de la philanthropie, l'un des derniers où les riches ont encore le droit de décider à quoi doit être employé le gros de leur fortune.

« Mais un coup de cravache m'attendait dans la dernière partie du testament, celle concernant les legs personnels.

« Je vous ai dit que j'étais riche. Je devrais préciser qu'une bonne part de mon argent provient, quoique d'une façon que mon aïeul n'avait pas prévue, d'un bien hérité de mon grand-père ; d'autre part, j'ai des revenus élevés en tant qu'avocat. Mais, comparée à celle de mon père, ma fortune est insignifiante. Je suis simplement " aisé ", terme par lequel papa rejetait les personnes qui mènent une vie tout à fait confortable, mais qui ne jouent aucun rôle dans le monde important de l'argent. D'éminents chirurgiens et avocats, ainsi que quelques architectes, étaient aisés, mais ils n'influaient sur rien, ne créaient rien dans cette sphère où mon père, lui, évoluait en roi.

« Je cherchai donc mon legs, mais non pas dans l'idée qu'il changerait grandement ma façon de vivre ou me délivrerait de tout souci matériel. Si je tenais tant à apprendre ce que mon père avait décidé à mon sujet, c'était pour savoir ce qu'il pensait de moi en tant qu'homme et en tant que fils. De toute évidence, il me jugeait capable de manier des fonds, sinon il ne m'aurait pas proposé la présidence de Castor. Mais de quelle portion de sa fortune – et vous devez comprendre que l'argent donnait la mesure de son estime et de son amour – me trouvait-il digne ?

« Quoique ne recevant aucun capital, Denyse était fort bien pourvue : elle touchait de fantastiques rentes, du moins aussi longtemps qu'elle resterait veuve. Par cette restriction, père voulait certainement la protéger contre les coureurs de dot, mais, par la même occasion, il empêchait ceux-ci de mettre la main sur quoi que ce fût qui était, ou avait été, à lui.

« Puis il y avait un bon paquet d'argent pour " ma chère fille Caroline ". Elle pouvait en disposer immédiatement et sans conditions. Parce que si Beesty s'était étouffé avec une arête de poisson à son club et que Caroline se fût remariée tout de suite, papa n'aurait pas sourcillé.

« Une très grosse somme allait en fidéicommis à " mes chers petits-enfants Caroline Elizabeth et Boyd Staunton Bastable, dont des portions sont à attribuer *per stirpes* à tout enfant légitime de mon fils Edward David Staunton à partir du jour de sa naissance ". C'est là que le bât me blesse, voyez-vous.

— Votre père regrettait que vous n'ayez pas d'enfants?

— C'est certainement ce qu'il entendait exprimer par cette disposition. N'avez-vous pas remarqué que j'étais simplement son fils, alors que tous les autres étaient son cher ceci ou sa chère cela? Dans un document aussi soigneusement préparé, c'est significatif. La vérité, c'est que papa m'en voulait de ne pas me marier, de ne même pas avoir une liaison.

— Je vois. Pour quelle raison êtes-vous resté célibataire?

— C'est une histoire très longue et très compliquée.

— Oui, c'est souvent le cas.

— Je ne suis pas homosexuel, si c'est cela que vous insinuez.

— Je n'insinue rien de pareil. S'il y avait des réponses faciles et rapides, la psychiatrie serait un jeu d'enfant.

— Mon père aimait beaucoup les femmes.

— Et vous, les aimez-vous?

— J'ai pour elles une très grande estime.

– Ce n'est pas ce que je vous demande.

– Je les aime assez.

– Assez pour quoi faire?

– Pour entretenir d'agréables relations avec elles. J'ai beaucoup de connaissances féminines.

– Avez-vous des amies?

– En quelque sorte, oui. D'habitude, elles ne s'intéressent pas aux sujets dont j'aime parler.

– Je vois. Avez-vous jamais été amoureux?

– Amoureux? Absolument.

– Profondément amoureux?

– Oui.

– Avez-vous eu des rapports sexuels avec des femmes?

– Avec *une* femme.

– Quand en avez-vous eu pour la dernière fois?

– Cela remonte... laissez-moi réfléchir un instant... au 26 décembre 1945.

– Voilà bien une réponse d'avocat. Mais... cela fait près de vingt-trois ans! Quel âge aviez-vous?

– Dix-sept ans.

– Était-ce avec la personne dont vous étiez profondément amoureux?

– Non, non. Absolument pas!

– Avec une prostituée?

– Absolument pas.

– J'ai l'impression que nous abordons un sujet douloureux. Contrairement à ce qui s'est passé jusqu'ici, vous vous montrez très laconique.

– Je réponds à toutes vos questions, il me semble.

– Oui, mais on dirait que le flot habituel de vos explications s'est soudain tari. Et notre heure est sur le point de se terminer, elle aussi. J'ai tout juste le temps de vous dire que, la prochaine fois, nous devrions changer de méthode. Jusqu'ici, nous avons déblayé le terrain, pour ainsi dire. J'ai essayé de découvrir quelle sorte d'homme vous étiez ; j'espère que vous aussi vous avez pu apprendre quelque chose sur moi. Nous ne nous sommes pas encore vraiment lancés dans l'analyse : j'ai peu parlé et, en fait, ne vous ai pas aidé du tout. Si nous continuons — et vous devrez bientôt prendre une décision à ce sujet — il nous faudra creuser plus profond et, si cela donne de bons résultats, plus profond encore. Nous n'improviserons plus comme nous l'avons fait jusqu'à présent. Mais, avant de partir, dites-moi encore une chose : pensez-vous qu'en ne vous laissant rien à part ce legs éventuel pour vos enfants votre père vous punissait, vous faisait comprendre à sa manière qu'il ne vous aimait pas ?

— Oui.

— Et cet amour comptait beaucoup pour vous ?

— Faut-il vraiment parler d'" amour " ?

— C'est vous qui avez employé ce mot.

— Je le trouve terriblement chargé d'émotivité. Ce qui m'importait, c'était de savoir qu'il me considérait comme une personne de valeur, comme un homme, bref, comme quelqu'un digne d'être son fils.

— N'est-ce pas de l'amour ?

— L'amour entre père et fils ne fait plus partie de nos mœurs. Je veux dire : de nos jours, un homme juge son fils selon des valeurs exclusivement masculines. Ces histoires d'amour entre père et fils ont quelque chose de biblique.

— Les sentiments humains ne changent pas autant qu'on le pense généralement. Le roi David jugeait sûrement son fils rebelle selon des valeurs masculines. Mais rappelez-vous ses lamentations à la mort d'Absalon.

— Ce n'est pas la première fois qu'on m'appelle Absalon, et je n'aime pas beaucoup cette comparaison.

— Entendu. Ce parallèle historique tiré par les cheveux, c'est bien le cas de le dire, ne nous servirait d'ailleurs à rien. Mais pensez-vous qu'en rédigeant son testament comme il l'a fait, votre père avait une intention autre que celle de simplement vous asséner un dernier coup dans le conflit qui vous opposait?

— C'était un homme extrêmement direct dans la plupart des domaines, sauf dans celui des relations personnelles. Là, il se montrait subtil. Il savait que son testament serait lu par beaucoup de personnes ; celles-ci apprendraient ainsi qu'il m'avait laissé des obligations convenant à un avocat, mais rien qui me désignât comme son enfant. Nombre de ces personnes savaient aussi qu'à une certaine époque il avait placé de grands espoirs en moi, qu'à ma naissance il m'avait donné le nom de son héros, le prince de Galles. Par conséquent, il était clair que quelque chose n'allait pas, que je l'avais déçu. C'était une façon de gâter mes rapports avec Caroline et de permettre à Denyse d'avoir barre sur moi. Nous avions eu quelques scènes à propos du mariage et des femmes ; je ne cédais jamais et n'expliquais jamais pourquoi. Le testament était son dernier mot sur cette question : contrarie-moi si tu oses ; mène une vie d'homme stérile et d'eunuque, mais ne te considère pas comme mon fils. Voilà ce qu'il voulait dire.

— Cela compte-t-il beaucoup pour vous de pouvoir vous considérer comme son fils?

— L'alternative ne m'enchante guère.

— C'est-à-dire?

— De penser que je suis le fils de Dunstan Ramsay.

— De l'ami? De celui qui souriait à l'enterrement?

— Oui. C'est ce que quelqu'un a insinué. Netty, en fait. Or elle était peut-être bien placée pour le savoir.

— Je vois. Eh bien, nous aurons certainement de quoi nous entretenir la prochaine fois. Mais à présent, je dois vous demander de céder la place au patient suivant. >

Je ne les voyais jamais, ces patients suivants, pas plus que ceux qui me précédaient, d'ailleurs : le cabinet avait en effet deux portes, l'une ouvrant sur la salle d'attente,

l'autre directement sur le couloir. Cela m'arrangeait.
Quand je partais, je devais avoir une drôle de mine.
Qu'avais-je bien pu raconter au cours de la séance?

7

« Voyons... nous en étions arrivés au vendredi de
cette pénible semaine, n'est-ce pas? Parlez-moi de cette
journée.

— A dix heures, George Inglebright et moi avions
rendez-vous à la banque avec deux fonctionnaires du
Trésor public pour faire l'inventaire du coffre de mon
père. Comme vous devez le savoir, à la mort d'une personne, on bloque tous ses comptes; l'argent du défunt
passe dans des sortes de limbes jusqu'à ce que le fisc en
ait fait un état complet. C'est une curieuse situation : ce
qui était secret devient soudain une affaire publique et
de parfaits inconnus ont la préséance dans des lieux où
vous vous pensiez important. Inglebright m'avait
demandé d'être très calme avec ces deux hommes.
Occupant une position élevée dans le cabinet d'avoués
qui travaillait pour mon père, il avait de l'expérience,
tandis que pour moi tout cela était nouveau.

« Bien que les percepteurs fussent des types tout à fait
banals, cela m'embarrassait d'être enfermé avec eux dans
un de ces petits boxes de la banque pendant que nous
comptions ce qu'il y avait dans le coffre. Pour être précis, c'étaient eux qui comptaient; moi, je regardais. Ils
me dirent de ne toucher à rien, ce qui m'irrita. Pensaient-ils que j'allais m'emparer d'un de ces paquets
d'actions multicolores et m'enfuir avec? Le contenu du
coffre était purement personnel; il n'avait aucun rapport
avec Alpha ou aucune des autres sociétés que contrôlait
mon père. Pas aussi personnel, toutefois, que je l'avais
craint. J'ai entendu parler de coffres où l'on découvre

des mèches de cheveux, des chaussures d'enfant, des jarretelles et Dieu sait quoi encore. Dans celui de mon père, il n'y avait rien de pareil. Seulement une grosse quantité de titres d'une grande valeur que les percepteurs comptèrent et inventorièrent avec soin.

« Une des choses qui me gênaient, c'était que ces hommes, dont le salaire devait être modeste, cataloguaient des papiers qui représentaient à eux seuls une fortune considérable. Que pensaient-ils? Étaient-ils envieux? Me haïssaient-ils? Étaient-ils fiers de leur pouvoir? Avaient-ils l'impression d'abaisser les puissants et d'exalter les humbles et les doux? Ils avaient l'air bourrus et réservés, mais que se passait-il dans leurs têtes?

« Cette opération prit la plus grande partie de la matinée. Je n'avais absolument rien à faire à part regarder, situation que je trouvai épuisante en raison des pensées qu'elle m'inspirait. Elle était en effet propre à vous faire philosopher de la manière la plus convenue : voilà tout ce qui reste du fruit des efforts de presque toute une vie — et d'autres réflexions de ce genre. De temps en temps, je me rappelais la présidence de Castor. Une expression que je n'avais pas entendue depuis des années à l'université me vint à l'esprit et s'y incrusta : *damnosa hereditas*, un héritage ruineux. C'est un terme de droit romain que l'on trouve dans les *Institutes* de Caïus et qui est à prendre au sens littéral. C'était exactement ce que Castor risquait d'être pour moi. Enrichie de la succession de mon père, cette œuvre, déjà fort importante, deviendrait une très grande fondation charitable, même d'un point de vue américain; sa direction dévorerait mon temps et mon énergie et mettrait peut-être fin à la carrière que je m'étais choisie. *Damnosa hereditas.* Était-ce cela qu'avait voulu mon père? Probablement pas. Il faut toujours supposer le mieux. Mais quand même...

« J'ai invité George à déjeuner, puis comme un brave

petit soldat je suis parti voir Denyse et Caroline pour leur parler du testament. Elles avaient lu leur exemplaire et Beesty leur en avait expliqué l'essentiel. Mais Beesty n'étant pas avocat, elles avaient encore beaucoup de questions à clarifier. Bien entendu, il y eut une querelle. Je crois que Denyse s'attendait à recevoir un capital et, en toute objectivité, je dois dire que cette espérance-là se justifiait. Mais ce qui rongeait le plus ma belle-mère, je pense, c'était que mon père n'avait rien laissé à Lorene. Avec les rentes qu'elle touchait elle avait pourtant amplement de quoi subvenir à ses besoins ainsi qu'à ceux de sa fille. Bien que Denyse le nie, Lorene est simple d'esprit et il faudra qu'on s'occupe d'elle toute sa vie. A aucun moment Denyse ne mentionna la jeune fille, mais je pouvais sentir sa présence. Lorene appelait mon père Daddy-Boy. Or Daddy-Boy avait déçu.

‹ Caroline n'est pas du genre à faire des histoires au sujet d'un héritage. Elle est au-dessus de ça. Malgré sa froideur, c'est vraiment quelqu'un de très bien. Elle était évidemment contente d'avoir été aussi généreusement pourvue. Quant à Beesty, il jubilait ouvertement. Car avec l'argent du fidéicommis, la fortune personnelle de Caroline, les biens qui viendraient de lui et de sa famille, ses gosses seraient riches, même selon les critères exigeants de mon père. Caroline comme Beesty se rendaient parfaitement compte de l'injustice qui m'était faite, mais ils avaient beaucoup trop de tact pour en parler devant Denyse.

‹ En revanche, cette sorte de délicatesse n'étouffait pas ma belle-mère. " C'était la dernière chance qu'avait Boy de te remettre sur la bonne voie, me dit-elle. Pour l'amour de lui, j'espère que ça marchera. "

‹ " Qu'entendez-vous exactement par la bonne voie ? " m'enquis-je. Je le savais parfaitement, mais je voulais voir ce qu'elle allait répondre. J'admets que je l'ai poussée à mettre les pieds dans le plat pour pouvoir la détester encore un peu plus.

« " Pour être tout à fait franche, mon cher, ton père souhaitait que tu te maries, que tu fondes une famille et que tu boives moins. Il connaissait l'effet équilibrant qu'une femme et des enfants peuvent avoir sur un homme de grand talent. Or c'est ce que tu as la réputation d'être... du moins potentiellement. " Denyse n'est pas femme à reculer devant un défi.

« " Il m'a donc laissé le boulot le plus dur dans notre affaire de famille et de l'argent pour des enfants que je n'ai pas. Savez-vous par hasard s'il voulait me voir épouser une personne en particulier ? J'aimerais être fixé sur tout ce que l'on attend de moi. "

« Beesty avait pris son air de chien battu et les yeux de Caroline lançaient des éclairs. " Si vous avez l'intention de vous disputer, moi je m'en vais ", déclara ma sœur.

« " Il n'y aura pas de dispute, assura Denyse. Ce n'est ni le moment ni le lieu pour cela. David m'a posé une question très franche à laquelle j'ai répondu tout aussi franchement, comme à mon habitude. Mais David n'aime pas la franchise, sauf au tribunal où il peut poser les questions qui provoqueront les réponses qu'il souhaite entendre. Boy était très fier de la réussite de David, toutes proportions gardées. Mais il attendait de son unique fils quelque chose de plus qu'une célébrité légèrement douteuse dans les cours de justice. Il attendait de lui qu'il assumât la continuité des Staunton. Il aurait trouvé prétentieux d'en parler, mais vous savez aussi bien que moi qu'il voulait établir une lignée. "

« Ah oui, cette fameuse lignée. Mon père n'avait nullement été aussi réservé à ce propos que le prétendait Denyse. Ma belle-mère n'a pas la moindre idée de ce que peut être une véritable réserve. Mais j'en avais déjà assez de cette querelle. Les discussions avec Denyse me fatiguent très vite. Peut-être a-t-elle raison de dire que je ne les aime que dans le cadre d'un tribunal. Là au moins, il existe des règles, tandis que Denyse, elle, invente les siennes au fur et à mesure – comme toutes les femmes tendent à le faire, d'ailleurs. La conversation dévia donc tant bien que mal vers d'autres sujets.

« Denyse avait deux nouvelles marottes maintenant. Le projet du masque mortuaire ayant échoué, et sachant que je garderais le silence, elle avait rayé toute cette affaire de sa mémoire. Denyse ne s'attarde pas sur ses échecs.

« Ce qu'elle voulait, maintenant, c'était un monument à la mémoire de mon père, et elle avait décidé qu'une grande sculpture de Henry Moore était exactement ce qu'il fallait. Pas pour l'offrir à un musée ou à la ville, bien sûr : pour la mettre au cimetière. J'espère que cela vous donne la mesure du personnage. Denyse n'a aucun sens de l'opportunité, aucun sens de l'humour, aucune modestie. Elle n'est qu'ostentation et culot, tout cela sous l'empire d'une ambition conformiste, agressive, insatiable.

« Son deuxième grand projet concernait un monument d'une autre nature : elle nous annonça avec satisfaction que Dunstan Ramsay allait écrire une biographie de mon père. Elle avait voulu confier cette tâche à Eric Roop – c'était l'un de ses protégés, un poète aussi doué pour la poésie que l'ami dentiste pour la sculpture. Mais Roop s'était promis une année de repos s'il pouvait obtenir une bourse qui lui permettrait de vivre pendant ce temps-là. J'étais déjà au courant. Les années de repos de Roop étaient aussi connues à Castor que les sept années de vaches maigres du Pharaon. Il avait demandé qu'on lui en finance une autre. Sa lettre était parvenue au conseil d'administration, et je l'avais lue. Le projet Ramsay avait du bon. Dunstan était non seulement professeur, mais aussi un auteur qui avait remporté du succès dans un domaine assez bizarrè : il écrivait des hagiographies – des livres à la portée du grand public, destinés surtout aux touristes, et au moins un ouvrage plus sérieux qui lui avait valu une certaine réputation dans les milieux où l'on s'intéresse à ce genre de sujet.

« De plus, il écrivait bien. Je le sais puisqu'il a été mon professeur d'histoire ; il exigeait que nos compositions fussent rédigées dans ce qu'il appelait le " style sobre " ; d'après lui, il était beaucoup moins facile de faire passer des bêtises dans le " style sobre " que dans le " style verbeux ". Mon travail d'avocat m'a permis de constater que cette assertion était juste et utile. Mais de quoi aurions-nous l'air si une biographie de Boy Staunton paraissait sous le nom d'un homme connu pour étudier la vie des saints ? On ne manquerait pas d'en rire ; deux ou trois plaisanteries me vinrent d'ailleurs immédiatement à l'esprit.

« Par ailleurs, Ramsay connaissait mon père depuis son enfance. Avait-il accepté ? Selon ce que nous dit Denyse, il avait un peu hésité, mais elle s'appliquerait à le convaincre. Après tout, sa petite fortune – qui dépassait de loin tout ce à quoi un professeur-écrivain pouvait aspirer – avait été bâtie grâce aux conseils que mon père lui avait donnés au fil des ans. Il possédait un bon paquet d'actions Alpha. Le moment était venu pour lui de s'acquitter de cette dette de reconnaissance au mieux de sa capacité. Denyse superviserait son travail et se chargerait de freiner son ironie.

« Ni Caroline ni moi n'aimions beaucoup Ramsay. Il nous avait empoisonné la vie avec sa langue acérée et l'idée d'une collaboration entre notre belle-mère et lui nous amusait ; en revanche, nous étions bien décidés à saboter le projet Henry Moore.

« Caroline et Beesty s'éclipsèrent dès qu'ils le purent, mais moi je dus rester pour écouter Denyse parler des lettres de condoléances. Elle les classait selon leur origine. Certaines d'entre elles, émanant de figures publiques et cataloguées " officielles ", se subdivisaient en Chaleureuses et en Polies ; d'autres, qui provenaient d'amis personnels, en Émouvantes ou Banales ; il y avait aussi un grand nombre de lettres d'admirateurs dont les meilleures recevaient la mention " touchantes ". Denyse est une femme d'ordre.

« Nous passâmes sous silence une douzaine d'ignobles lettres anonymes et parlâmes à peine des articles de presse, dont certains avaient été réticents et sournoisement injurieux. Nous savions tous deux que l'esprit canadien n'est pas enclin aux jugements généreux.

« Comme l'après-midi avait été fatigante et que j'avais accompli les tâches les plus urgentes, je m'autorisai à prendre quelques verres après le dîner. Je mangeai et bus à mon club, mais, à ma surprise, l'alcool n'atténua en rien mon chagrin. Ce n'est pas que j'aie le vin gai. Je ne me mets pas à chanter, à plaisanter ou à draguer les filles, pas plus que je ne titube ou ne parle d'une voix pâteuse ; je deviens distant et mes yeux prennent sans doute un aspect vitreux. En tout cas, je parviens à émousser le tranchant de cette lourde hache qui semble taillader en permanence les racines de mon être. Cette nuit-là, il n'en fut rien. Je rentrai chez moi et commençai à boire sérieusement. La hache poursuivit toutefois son œuvre destructrice. Finalement, je me couchai et dormis très mal.

« Ce n'était pas vraiment du sommeil, mais une sorte de longue et pénible rêverie entrecoupée de courts et merveilleux instants d'inconscience. J'eus une crise de larmes qui m'effraya. Cela faisait trente ans que je n'avais pas pleuré. Netty et mon père détestaient les garçons pleurnicheurs. L'inquiétant, c'était que cette crise faisait partie du processus de désagrégation mentale que je subissais ; j'étais ramené à un niveau psychique très primitif ; toutes sortes de sentiments absurdes, d'émotions grossières et inexplicables s'emparaient de moi.

« Imaginez un homme de quarante ans qui pleure parce que son père ne l'aimait pas! Surtout quand ce n'est pas vrai. De toute évidence, il m'a aimé, et je sais qu'il se faisait beaucoup de souci pour moi. Je tombai si bas que j'allais jusqu'à souhaiter la présence de ma mère. Pourtant, si la pauvre femme avait pu venir à ce moment-là, elle n'aurait pas su que dire ni que faire. Elle n'était jamais tout à fait dans la course, la pauvre. Mais je voulais *quelque chose* et ma mère était ce qui se rapprochait le plus de l'objet inconnu de mon désir. Et dire que ce nigaud larmoyant, c'était M. David Staunton, Queen's Counsel! Cet avocat à la réputation sulfureuse parce que les milieux criminels avaient une si haute opinion de lui, qui entretenait cette image de marque et se voyait secrètement en magicien des salles d'audience! Mais attention! toujours dans l'intérêt de la justice et avec un souci constant de l'équité.

« Le lendemain matin, la hache gagna du terrain et je me mis à boire dès le petit déjeuner, à l'indignation atterrée de Netty. Ma gouvernante s'abstint cependant de tout commentaire parce qu'une fois elle s'était mêlée de mes affaires et je lui avais donné quelques bonnes tapes — ce qu'elle exagéra ensuite, prétendant que je l'avais " tabassée ". Netty n'a jamais connu quelqu'un qui se soit vraiment fait " tabasser ", comme certaines personnes que j'ai eu l'occasion de voir au tribunal, sinon elle n'emploierait pas un terme aussi inexact. Netty ne maîtrise pas le Style Sobre. Bien entendu, je regrettai ensuite de l'avoir frappée et m'en excusai — dans le Style Sobre — mais mon geste lui servit tout de même de leçon.

« Aussi, ce samedi matin, elle s'enferma dans sa chambre, attendant que je sois assez près pour l'entendre tourner la clé dans la serrure; elle alla même jusqu'à pousser son lit devant la porte. Je savais ce qu'elle manigançait; elle voulait pouvoir dire à Caroline : " Quand il est comme ça, je n'ai plus qu'à me barricader. Parce que, s'il sort de ses gonds comme il l'a fait cette fois-là, Dieu seul sait ce qui pourrait m'arriver. " Netty aimait dire à Caroline et à Beesty que personne ne soupçonnait son " calvaire ". Ma sœur et mon beau-frère se doutaient bien que celui-ci existait surtout dans son imagination enfiévrée.

« Ce même jour je retournai déjeuner à mon club. Malgré la lenteur que mettait le barman à me servir et le fait qu'il fût absent du bar aussi souvent qu'il le pouvait, je parvins à descendre une bonne quantité de whisky avant de passer aux apéritifs en vue du dîner. Un membre du club que je connaissais, un certain Femister, arriva. J'entendis le barman lui murmurer quelque chose à propos d'" une cuite " et je compris qu'il parlait de moi.

« Une cuite ! Ces gars n'y connaissent rien. Quand je m'y mets vraiment, ce n'est pas une vulgaire cuite que je prends, je me noie dans l'alcool. Mais, cette fois, je ne ressentais presque pas d'effets, à part une impression de distance par rapport au réel. La hache continuait à cogner avec autant de force que jamais. Femister est un chic type. Il s'assit près de moi pour bavarder. Je lui répondais d'une façon claire et cohérente quoiqu'un peu fantasque, peut-être. Il me proposa de dîner avec lui, ce que j'acceptai. Pendant qu'il avalait le copieux menu du club, je poussai la nourriture autour de mon assiette en essayant de ne pas penser à son odeur que je trouvais écœurante. Femister se montra gentil, mais mes propos décousus, quoique polis, s'avérèrent aussi décourageants que je les avais voulus et, après le repas, je vis que mon compagnon en avait nettement assez de jouer au bon Samaritain.

« " Je dois partir à un rendez-vous, maintenant, dit-il. Et vous, qu'allez-vous faire ? Vous n'allez tout de même pas rester toute la soirée seul ici ? Pourquoi n'iriez-vous pas au théâtre? Vous avez vu le type qui passe au Royal Alexandra? Il est prodigieux! Magnus Eisengrim. Un nom invraisemblable, vous ne trouvez pas? Jamais vu un prestidigitateur pareil. Il prédit également l'avenir et répond à des questions. Étonnant! Cela vous changerait les idées.

— Rien ne me plairait davantage, dis-je posément. Je vais suivre votre conseil. Merci de me l'avoir donné. Maintenant, vous feriez bien de filer, sinon vous serez en retard. "

« Et Femister partit, tout content d'avoir fait quelque chose pour moi et de s'être échappé sans difficulté. Il ne m'apprenait rien de neuf. J'avais été à la *Soirée d'illusions magiques* d'Eisengrim la semaine précédente avec mon père, Denyse et Lorene, dont c'était l'anniversaire. Je m'étais laissé entraîner à la dernière minute et, tout en appréciant son ingéniosité, n'avais pas du tout aimé le spectacle. Je détestais Magnus Eisengrim.

« Voulez-vous savoir pourquoi? Parce qu'il se moquait du public, et cela d'une façon si habile que la plupart en redemandaient. Escroc d'un genre spécial, il exploitait cet élément de la crédulité humaine qui m'irrite le plus : le *désir* d'être dupé. Vous connaissez la situation exaspérante qu'on trouve à l'arrière-plan de tant d'affaires criminelles : une personne se laisse tellement obnubiler par une autre qu'elle s'expose à toutes sortes de tromperies et d'abus, parfois même au meurtre. En général, il ne s'agit pas d'amour, mais d'une sorte d'abjecte démission, d'abdication du bon sens. J'en suis moi-même victime à l'occasion, quand des clients au caractère faible se persuadent que je suis un faiseur de miracles. En tant qu'analyste, vous avez sans doute rencontré des cas semblables : certains de vos patients doivent s'imaginer que vous pouvez débrouiller les erreurs de toute une vie. Il s'agit là de la manifestation d'une force très puissante. Mais pour autant que je le sache, celle-ci n'a même pas de nom...

70

– Si, elle en a un : nous l'appelons " projection ".

– Ah ? Je l'ignorais. En tout cas, ce phénomène, quel qu'il soit, se produisait dans toute sa splendeur au Royal Alexandra : Eisengrim faisait marcher environ douze cents personnes qui en semblaient ravies. Moi j'étais écœuré, surtout par ce numéro stupide intitulé *La Tête d'Airain*.

« C'était l'avant-dernière illusion au programme. Je n'ai jamais vu le spectacle jusqu'au bout. Je crois qu'il se termine par un numéro idiot censé être sexy et ayant un vague rapport avec Faust. Mais c'était de *La Tête d'Airain du frère Bacon* dont on avait le plus parlé. Cela commença dans le noir ; une énorme tête humaine qui flottait au milieu de la scène s'illumina graduellement de l'intérieur et se mit à luire. Avec un accent étranger assez prononcé, elle déclama : " Temps présent " – là-dessus, on entendit un trémolo de violons – " Temps passé " – un accord de trompettes – " Temps révolu " – un faible battement de tambours, puis les lumières se rallumèrent juste assez pour révéler la présence d'Eisengrim. Il portait un habit de soirée, mais celui-ci comportait une culotte courte, comme un vêtement de cour. Eisengrim nous raconta la légende de la Tête qui devinait tout.

« Il invita les spectateurs à lui prêter des objets que ses assistants plaçaient dans des enveloppes fermées et portaient sur scène ; là, il les mélangeait dans une grande coupe de verre. Tandis qu'il levait chaque enveloppe prise au hasard, la Tête identifiait le propriétaire de l'objet caché en indiquant le numéro du siège qu'il occupait. Très habile, je l'admets, mais ce qui me rendait malade, c'était que les gens s'emballaient pour un tour qui ne reposait en fait que sur l'intelligente collaboration des membres de la troupe.

« Puis vint la partie tant attendue par le public et qui avait fait une telle sensation en ville. Eisengrim annonça que la Tête allait donner un conseil personnel à trois spectateurs. Ce numéro-là produisait toujours une forte impression, et le soir où j'avais été au théâtre avec mon père et les autres, la Tête avait dit quelque chose à une femme engagée dans un procès difficile qui avait fait crouler la salle sous les applaudissements. Cela m'avait mis hors de moi parce qu'il s'agissait pratiquement d'une offense à la Cour, d'une ingérence manifeste dans une affaire privée qui était déjà aux mains de la plus haute instance de notre société. J'en avais beaucoup parlé ensuite et Denyse m'avait prié de ne pas jouer les rabat-joie ; quant à mon père, il m'avait fait comprendre que je gâchais la fête de Lorene – car, bien entendu, c'est justement ce genre d'inanités qui a toutes les chances de plaire à une idiote comme Lorene.

« Vous voyez donc que je n'étais pas dans les meilleures dispositions pour assister à une autre *Soirée d'illusions magiques*, mais, poussé par je ne sais quel esprit de contradiction, j'y allai tout de même. Je pris une place au dernier balcon, pensant que je n'y rencontrerais personne de ma connaissance. Beaucoup de gens avaient vu le prestidigitateur deux, ou même trois fois, et je ne voulais pas qu'on pût dire que j'avais été du nombre.

« Le programme était le même, mais, contrairement à mon attente, je ne m'ennuyai pas, ce qui m'irrita. J'aurais souhaité qu'Eisengrim fût moins bon. Je le considérais comme un homme dangereux et voyais d'un mauvais œil l'évidente admiration que lui portait le public. Le spectacle était bien monté, je le reconnais. Il offrait du vrai mystère et de belles filles présentées d'une manière intelligente et pleine de goût. Je n'avais encore jamais rencontré autant d'imagination chez un prestidigitateur ; même au théâtre cette qualité est fort rare.

« Avez-vous jamais vu la troupe de l'Habima dans *Le Dybbuk* ? Moi je l'ai vue, il y a très longtemps de cela. Le spectacle d'Eisengrim entrait un peu dans la même catégorie. On aurait dit qu'il vous faisait entr'apercevoir un monde plus étrange et plus beau que celui que nous connaissons. Il vous remplissait d'une sorte de joie solennelle. Mais je continuais à en vouloir à Eisengrim et, plus la *Soirée d'illusions magiques* était bonne, plus j'avais envie de la gâcher.

« La boisson devait m'affecter plus que je ne pensais. A deux ou trois reprises, je me mis à marmonner jusqu'à ce que des spectateurs me fissent taire. Quand arriva le numéro de la *Tête d'Airain du frère Bacon*, que les objets empruntés furent identifiés et qu'Eisengrim promit de répondre à des questions secrètes, je m'entendis soudain crier : " Qui a tué Boy Staunton ? " et me trouvai debout. La salle entra en effervescence. Une partie des spectateurs me regardaient. Dans l'une des loges, l'on entendit un bruit sourd ; j'eus l'impression que quelqu'un était tombé en renversant des chaises. La Tête s'illumina et la voix à l'accent étranger prononça une phrase qui semblait commencer par : " Il a été tué par un gang... ", puis elle ajouta quelque chose au sujet de " la femme qu'il connaissait... la femme qu'il ne connaissait pas ". En fait, je ne suis pas très sûr de ce que j'ai entendu parce que j'étais en train de gravir les marches du balcon aussi vite que je pouvais — elles sont très hautes — et qu'ensuite je dévalai deux escaliers, quoique personne ne fût à mes trousses, pour autant que je le sache. Je me précipitai dans la rue, sautai dans l'un des taxis qui avaient commencé à se rassembler devant la porte et rentrai chez moi. J'étais salement secoué.

« Mais ce fut au moment où je quittai aussi précipitamment le théâtre que me vint l'absolue certitude que je devais entreprendre quelque chose au sujet de mon état. Et c'est la raison pour laquelle je suis ici.

— Je comprends. C'était une sage décision. Je crois qu'il ne peut y avoir aucun doute là-dessus. Dans sa lettre, le docteur Tschudi m'écrit que vous vous êtes fait subir ce que vous appelé " l'examen habituel ". Que vouliez-vous dire ?

73

— Eh bien... comme vous le savez, je suis avocat.

— Oui. Était-ce une sorte d'interrogatoire alors?

— Je suis un homme consciencieux. Je me donne entièrement à ce que je fais. Je crois au droit.

— Mais encore?

— Vous savez en quoi consiste le droit, je suppose? La procédure juridique fait l'objet de beaucoup de discussions et les gens ont une idée de ce qu'est un avocat, un tribunal, une prison, une condamnation. Mais il ne s'agit là que de l'appareil à travers lequel s'exerce le droit. Et il s'exerce dans l'intérêt de la justice. Or la justice, c'est le constant désir de rendre à chacun son dû. Tous les étudiants en droit ont appris cela. Un nombre étonnant d'entre eux semble l'oublier. Pas moi.

— Je vois. Mais quel est cet " examen habituel " ?

— Oh, une affaire personnelle...

— J'entends bien, mais, de toute évidence, c'est une affaire personnelle importante. J'aimerais que vous m'en disiez un peu plus là-dessus.

— C'est difficile à décrire.

— Parce que trop complexe?

— Non, pas pour ça. Je trouve cela plutôt embarrassant.

— Pourquoi?

— Parce qu'un autre pourrait considérer ce que je fais comme un jeu.

— Un jeu solitaire?

— En quelque sorte, mais cette définition donnerait une idée inexacte de l'activité en question et de ses conséquences.

— Alors, expliquez-vous mieux. Ce jeu est-il une sorte de fantasme?

— Oh non, c'est très sérieux.

— Tous les vrais fantasmes sont sérieux. Seuls les faux fantasmes ne le sont pas. C'est pourquoi il est si mauvais d'imposer de faux fantasmes aux enfants. Mais je ne me moquerai pas du vôtre, c'est promis. Allez, dites-moi ce qu'est cet " examen habituel ".

— Bon, d'accord. C'est une façon que j'ai d'examiner une action passée ou future pour juger de sa valeur. J'imagine un tribunal, voyez-vous, un tribunal dont chaque détail est parfaitement exact. Je suis le juge. Mais je suis aussi le procureur qui présente l'action en question sous son jour le plus défavorable, mais toujours selon les règles du réquisitoire. Cela veut dire qu'il m'est possible de ne pas exprimer une opinion purement personnelle sur les bons ou les mauvais aspects de l'affaire. Cependant, je suis aussi l'avocat de la défense qui plaide sa cause du mieux qu'il peut, mais, là encore, il m'est possible d'être objectif et de ne pas truquer mon dossier. Je peux même me convoquer à la barre des témoins, me soumettre à un interrogatoire, puis à un contre-interrogatoire. Pour terminer, le juge Staunton doit prendre une décision et prononcer une sentence. Celle-ci est sans appel.

— Je vois. C'est un fantasme très élaboré.

— Je suppose que vous ne pouvez pas l'appeler autrement, mais je vous assure que pour moi c'est extrêmement sérieux. L'affaire dont je vous parle a pris plusieurs heures. J'étais accusé d'avoir, sous l'effet de la boisson, troublé l'ordre dans un lieu public, et cela avec des circonstances aggravantes : la création d'un scandale qui risquait d'embarrasser sérieusement ma famille, pour commencer.

— Il s'agit là d'un argument moral plutôt que juridique.

— Pas tout à fait. De toute façon, les lois représentent, entre autres choses, une codification d'une très large part de la morale publique. Elles expriment le jugement moral de la société sur un grand nombre de sujets. Au tribunal du juge Staunton, l'éthique joue un rôle important, c'est évident.

— Ah oui? Qu'est-ce qui le rend évident?

— Simplement une différence dans le blason royal.

— Le blason royal?

— Oui. Celui qui se trouve toujours au-dessus de la tête du juge.

— Et quelle est cette différence?... Un autre de vos silences, monsieur Staunton. Cela doit être très important pour vous. Décrivez-moi cette différence, s'il vous plaît.

— Un simple détail : les animaux sont complets.

— Les animaux?

— Oui, ce qu'on appelle les tenants. Le lion et la licorne.

— Leur arrive-t-il d'être incomplets?

— Au Canada, presque toujours. On les représente privés de leurs parties. Pour être corrects d'un point de vue héraldique, ils devraient être pourvus de verges assez coquines nettement dessinées. Mais nous, les Canadiens, nous châtrons tout ce que nous pouvons. Combien de fois, assis au tribunal, n'ai-je pas regardé ces bêtes lamentablement émasculées en me disant qu'elles illustraient bien notre attitude à l'égard de la justice? Tout ce qui est passionnel — et quand on parle de passion, il s'agit toujours, d'une façon ou d'une autre, de morale — est déclaré non recevable ou est déguisé. Seule la raison est acceptée. Mais au tribunal du juge Staunton, le lion et la licorne sont complets parce que la morale et la passion y reçoivent leur dû.

— Je vois. Eh bien, comment s'est terminé votre procès?

— Pour finir, il a fallu faire appel à la décision de McNaghton.

— Vous devez m'expliquer ce que c'est.

— C'est une formule qui sert à déterminer la responsabilité. Elle doit son nom à un assassin du dix-neuvième siècle appelé McNaghton et qui, pour sa défense, invoqua la folie. Il dit qu'il avait commis son crime à un moment où il n'était pas dans son état normal. Le même argument fut avancé en faveur de Staunton. Le ministère public continua à harceler l'inculpé : quand il avait crié dans le théâtre, comprenait-il pleinement la nature et la qualité de son acte et, dans l'affirmative, savait-il que celui-ci était répréhensible ? L'avocat de la défense, maître David Staunton, un éminent Q. C., avança toutes les circonstances atténuantes possibles : que l'inculpé avait été soumis pendant plusieurs jours à une grande tension, qu'il avait perdu son père d'une façon extrêmement tragique et que ce décès avait entraîné toutes sortes de tracas pour lui ; qu'on avait chargé sur ses épaules des responsabilités inhabituelles ; que son dernier espoir de retrouver la confiance et l'approbation de son père défunt avait été cruellement déçu. Toutefois, le procureur, M. David Staunton, Q. C., estima au nom de la Couronne que rien de tout cela ne constituait une excuse et, pour finir, posa la question que la défense appréhendait depuis le début : " Si un policier s'était tenu près de vous, auriez-vous agi ainsi ? Si un policier avait été assis à côté de vous, auriez-vous lancé votre scandaleuse question aux personnes qui étaient sur scène ? " Alors, bien entendu, le prévenu s'effondra ; il répondit " non " en pleurant, ce qui mit pratiquement fin au procès. M. le juge Staunton, connu pour son équité, mais aussi pour sa sévérité, ne quitta même pas la salle d'audience. Il déclara l'accusé coupable et le condamna à aller immédiatement chercher de l'aide chez un psychiatre.

— Qu'avez-vous fait ?

— Il était sept heures du matin, un dimanche. Je téléphonai à l'aéroport et réservai une place dans l'avion de Zurich. Vingt-quatre heures plus tard, je débarquai ici et, trois heures après mon arrivée, j'étais dans le bureau du docteur Tschudi.

– L'accusé était-il très affecté par l'issue de son procès?

– Pour lui, la condamnation n'aurait pu être pire : il n'a en effet qu'une piètre opinion de la psychiatrie.

– Mais il a obtempéré?

– Écoutez, docteur, au dix-huitième siècle, quand on disait à un soldat blessé qu'il devait être amputé séance tenante dans une infirmerie de campagne, il savait que ses chances de survie étaient minces, mais il n'avait pas le choix. C'était ou mourir de gangrène ou mourir sous le couteau du chirurgien. Dans le cas présent, mon choix était de devenir fou sans soins ou de devenir fou dans les meilleures conditions possibles.

– Voilà qui est franc. Nos rapports deviennent déjà plus intéressants. Vous commencez à m'insulter. Je pense que je pourrai faire quelque chose pour vous, accusé.

– Pourquoi? Vous aimez les insultes?

– Non, ce que je veux dire, c'est que vous commencez à avoir envers moi des sentiments assez forts pour vouloir tirer de moi quelque réaction. Pas mal votre comparaison entre la chirurgie de campagne du dix-huitième siècle et la psychiatrie moderne. Notre thérapie est encore relativement jeune et, pratiquée comme elle l'est parfois, elle peut être brutale. Mais on a constaté des guérisons, même après une opération chirurgicale du dix-huitième siècle. D'ailleurs, comme vous l'avez fait remarquer, l'alternative était affreuse.

« Et maintenant, mettons-nous au travail. C'est vous qui devez prendre les décisions. Qu'attendez-vous de moi? Que je vous guérisse de l'alcoolisme? Vous m'avez dit que ce n'était pas là votre maladie, mais votre symptôme. Or on ne peut pas guérir des symptômes; on peut les soulager, c'est tout. Les maladies, on peut les guérir quand on parvient à les diagnostiquer et que les circonstances sont favorables. Alors les symptômes disparaissent. Vous avez une maladie. Vous n'avez parlé que de cela. Elle semble très compliquée, mais toutes les descriptions de symptômes sont compliquées. Qu'espériez-vous quand vous êtes venu à Zurich?

— Rien du tout. Je vous ai dit que j'ai vu beaucoup de psychiatres au tribunal; ils ne m'ont pas impressionné.

— Vous dites des bêtises. Vous ne seriez pas venu si vous n'aviez eu quelque espoir, même si vous refusiez de l'admettre. Si vous voulez que nous obtenions un résultat, vous devez renoncer au luxe du désespoir facile. Vous êtes trop vieux pour ça, bien que, par certains côtés, vous paraissez jeune pour votre âge. Vous avez quarante ans. C'est un âge critique. Entre trente-cinq et quarante-cinq ans, tout le monde doit prendre un tournant dans la vie sous peine de s'écraser contre un mur de brique. Si vous voulez acquérir une certaine maturité, c'est le moment ou jamais de le faire. De plus, je vous demande de ne pas juger les psychiatres d'après ceux que vous voyez au tribunal. Les faits juridiques sont très différents des faits psychologiques et, quand vous êtes au tribunal, c'est-à-dire sur votre terrain, vêtu d'une robe et d'autorité, il vous est facile de ridiculiser quelqu'un — ce dont vous ne vous privez pas...

— Je suppose que la réciproque est tout aussi vraie: quand vous, le médecin, vous avez un avocat dans votre cabinet, il vous est facile de le ridiculiser et vous ne vous en privez pas?

— Ridiculiser les gens n'entre pas dans mes fonctions. Pour faire du bon travail, nous devrons avoir de meilleurs rapports que ceux que nous avons actuellement. Ils ne peuvent se borner à de simples chamailleries entre deux membres de professions libérales qui cherchent à remporter d'insignifiants avantages.

— Que voulez-vous dire? Que nous devons être amis?

— Pas du tout. Nous devons avoir des rapports de

médecin à patient, avec un sentiment de respect mutuel. Vous êtes libre de contester n'importe laquelle de mes déclarations, si vous ne pouvez faire autrement, mais nous n'irons pas très loin si vous vous obstinez à jouer à l'avocat de la défense pendant toute la durée de la consultation. Si nous poursuivons ces séances, nous nous verrons réciproquement sous toutes sortes d'aspects différents : durant le traitement, vous réagirez probablement envers moi comme si j'étais votre belle-mère, votre sœur, votre gouvernante et bien d'autres personnes encore. Mais si vous vous préoccupez surtout de maintenir votre image de marque, celle d'un brillant avocat alcoolique qui a des griefs envers la vie, alors notre travail prendra deux fois plus de temps car cette attitude-là devra être changée avant que nous puissions passer à quoi que ce soit d'autre. Cela vous coûtera plus cher et j'ai l'impression que vous détestez gaspiller de l'agent.

— En effet. Comment l'avez-vous deviné?

— C'est un secret professionnel. Non, ça ne va pas. Nous ne pouvons pas nous parler sur ce ton. Disons simplement que j'ai eu d'autres patients riches avant vous et que certains d'entre eux étaient assez regardants... Voulez-vous réfléchir quelques jours à ce que vous allez faire?

— Non, j'ai déjà pris ma décision. Je veux continuer le traitement.

— Pourquoi?

— Ne me dites pas que vous ne le savez pas!

— Je le sais, mais il faut découvrir si *vous* vous le savez.

— Vous êtes d'accord avec moi que mon penchant pour la boisson est un symptôme et non pas une maladie?

— Ne parlons pas de maladie. Dans votre cas, la maladie serait une psychose, ce que vous craignez, et ce qui, naturellement, est toujours possible. Quoique les riches deviennent rarement fous. Le saviez-vous? Ils peuvent être névrosés – et ils le sont souvent – mais ils sont rarement psychotiques. Disons que vous êtes dans un état d'esprit désagréable et que vous aimeriez en sortir. Ça vous va comme définition?

– Cela me paraît un peu faible pour ce qui m'arrive.

– Vous voulez dire que, comme votre Netty, personne ne soupçonne votre calvaire? Je vous assure que beaucoup de gens connaissent des souffrances autrement plus terribles.

– Ah, ah! Je vois où vous voulez en venir. Vous voulez détruire mon sens de l'unicité. On m'a souvent fait ce coup-là dans la vie.

– Pas du tout. Nous, les analystes de l'école de Zurich, nous ne travaillons pas de façon réductive. Aucun de nous n'imputera vos problèmes psychologiques aux claques que vous avez reçues enfant parce que vous n'étiez pas allé sur le pot. Bien que cela puisse jouer un rôle important, ce n'est pas le ressort principal de toute une existence. Bien sûr que vous êtes unique. Comme chacun de nous. Personne n'a jamais souffert exactement comme vous parce que personne n'a encore jamais été vous. Mais nous appartenons également à la race humaine et notre qualité d'unicité a des limites. Bon, et maintenant parlons du traitement. Vous pourriez commencer par prendre des mesures très simples. Quitter votre hôtel et louer une chambre quelque part. Il y a de très bonnes pensions où vous pourrez être tranquille – et ça c'est important. Il vous faut du calme et de la solitude : vous aurez en effet beaucoup de travail à faire par vous-même entre les rendez-vous avec moi, et vous trouverez cela fatigant.

– Je déteste les pensions. La nourriture y est généralement infecte.

– Oui, mais elles n'ont pas de bars et leurs propriétaires n'aiment pas que leurs hôtes boivent dans leurs chambres. Le mieux serait qu'il vous soit difficile, mais non pas impossible, de boire beaucoup. Vous devriez essayer de vous rationner. N'arrêtez pas, allez-y doucement. Nos vins suisses sont très agréables.

— Je vous en prie! Ne me parlez pas de vins *a-gré-ables*!

— Comme vous voulez. Mais soyez prudent. Votre attitude actuelle envers la vie est due en grande partie au fait que vos problèmes sont exacerbés par la boisson. Vous prétendez qu'elle ne vous affecte pas, mais vous vous trompez, bien sûr.

— Je connais des gens qui boivent autant que moi et qui ne s'en portent pas plus mal.

— Oui, tout le monde connaît des gens comme ça, mais vous n'en faites pas partie, sinon vous ne seriez pas ici.

— Si nous n'allons pas parler de mon apprentissage de la propreté, en quoi consiste votre traitement? En brimades et en sermons?

— Si c'est nécessaire. Mais en général ça ne l'est pas, et quand ça l'est, ça ne représente qu'une petite partie du traitement.

— Que me ferez-vous alors?

— Je ne vous ferai rien. J'essaierai simplement de vous aider à devenir vous-même.

— J'ai cru que vous alliez dire : " à devenir meilleur ". Un petit garçon bien sage.

— Votre véritable moi n'est peut-être pas du tout un petit garçon sage. Ce serait très regrettable s'il en était ainsi. Votre véritable moi est peut-être quelque chose de très désagréable. Nous ne sommes pas en train de jouer à un jeu, monsieur Staunton. Ce que nous faisons peut être dangereux. Une partie de mon travail consiste à voir les dangers au moment où ils se présentent et à vous aider à les traverser. Mais si ces dangers sont inévitables et, éventuellement, destructeurs, ne croyez pas que je puisse vous aider à les survoler. Ils seront pareils à des lions en travers de votre chemin. Je ne peux pas leur arracher les dents ou leur dire de faire patte de velours ; je peux seulement vous donner quelques conseils utiles sur le dressage des lions.

— Vous essayez de m'effrayer.

— Je vous préviens, c'est tout.

— Que faisons-nous pour en arriver aux lions ?

— Nous pouvons commencer presque n'importe où. Mais en me fondant sur ce que vous m'avez dit, je crois que nous ferions mieux de suivre l'ordre habituel et de commencer par le commencement.

— Par des souvenirs d'enfance ?

— Oui, et des souvenirs de votre vie jusqu'au moment présent. Les souvenirs marquants. Les événements formateurs. Les personnes qui ont joué un rôle important dans votre vie, soit en bien, soit en mal.

— Vous parlez comme une freudienne.

— Nous n'avons rien à redire de l'école freudienne, sauf que nous ne mettons pas autant d'accent qu'elle sur les questions sexuelles. Le sexe est très important, mais s'il n'y avait que cela de très important dans la vie, tout serait beaucoup plus simple et je doute que l'humanité eût fait autant d'efforts pour vivre bien au-delà de l'âge où le sexe est le plus grand des plaisirs. C'est une illusion fort répandue, vous savez, de penser que les gens proches de la nature sont très portés sur la bagatelle. Il n'en est rien. Si vous vivez avec des primitifs, comme je l'ai fait pendant trois ans, dans ma jeunesse, quand je me passionnais pour l'anthropologie, vous découvrez bientôt la vérité. Hommes et femmes circulent tout nus et personne n'y prête attention : pas même une érection, pas le moindre petit déhanchement. C'est parce que leur société ne leur fait pas boire l'alcool de l'Amour, la grande drogue du monde civilisé. S'il y a du sexe à leur programme, ils doivent parfois s'exciter par des danses et des cérémonies, mais, une fois dans l'humeur appropriée, ils sont évidemment très actifs. Toutefois, leur préoccupation quotidienne la plus importante, c'est la nourriture. Vous pouvez passer toute une vie sans faire l'amour et ne pas vous en porter plus mal. Des centaines de gens le font. Mais jeûnez un jour, et manger devient un besoin impérieux. Dans notre société, la nourriture n'est que le point de départ de nos désirs. Nous voulons toutes sortes de choses : de l'argent, une situation en vue, de beaux objets, le savoir, la sainteté – oh, la liste est longue! Ici, à Zurich, nous essayons d'apporter l'attention nécessaire à ces autres aspects aussi.

« Nous commençons généralement par ce que nous appelons l'anamnèse. Avez-vous fait des études classiques? Savez-vous un peu de grec? Nous étudions votre passé et là nous trouvons certaines personnes, que vous connaissez ou non, qui font partie de vous-même. Nous examinons les choses que vous vous rappelez et certaines autres que vous pensiez avoir oubliées. Ce faisant, nous constatons que nous allons beaucoup plus en profondeur. Et, quand cette région-là a été suffisamment explorée, nous décidons si nous devons creuser encore davantage pour parvenir à cette partie du soi qui va au-delà de l'unique : l'héritage commun de l'humanité.

– Combien de temps cela prend-il?

– Cela varie. Parfois c'est long, parfois étonnamment rapide, surtout si vous voulez en rester au domaine personnel. Bien entendu, je donne toujours des conseils à ce sujet, mais cette décision, comme d'ailleurs toutes les autres dans ce genre de travail, doit être prise par vous.

– Il faut donc que je commence à rassembler quelques souvenirs? Je ne voudrais pas me montrer trop américain, mais mon temps est tout de même limité. Je veux dire : il ne peut pas être question d'une analyse qui dure dans les trois ans. Je suis l'exécuteur testamentaire de mon père. Je peux régler pas mal d'affaires d'ici, par téléphone ou par courrier, mais je ne peux pas rester éternellement absent. Et puis, je dois m'occuper de Castor.

– J'ai toujours cru qu'il fallait trois ans environ pour régler une succession. Dans les pays civilisés, du moins. Il y a des pays, ici, en Europe, où cela peut durer dix ans – si vous avez assez d'argent pour payer les frais. Ne trouvez-vous pas curieux qu'il faille autant de temps pour régler les affaires d'un mort que pour débrouiller les complications de toute une vie chez un homme de quarante ans ? Mais je comprends votre problème. Aussi je me demande s'il ne vaudrait pas la peine d'essayer une méthode que j'avais conçue pour vous.

– De quoi s'agit-il ?

– Nous tentons par toutes sortes de moyens de déclencher le flot de souvenirs du patient, de faire surgir les éléments qui comptent pour lui. Certains patients dessinent, font de la peinture ou du modelage. Il y en a même qui dansent ou inventent des cérémonies qui semblent avoir un rapport avec leur situation. Il faut choisir l'activité la mieux adaptée à l'analysant.

– L'analysant ?

– Un mot horrible, n'est-ce pas ? Je vous promets de ne jamais vous appeler ainsi. Pour nos entretiens, nous nous en tiendrons au style sobre, n'est-ce pas ?

– Ramsay assurait qu'on pouvait tout exprimer dans ce style, à condition de savoir de quoi on parlait. Tout le reste était du style baroque qui, selon lui, ne convenait qu'à peu de personnes, ou du jargon, qui était l'œuvre du Diable.

– Une bonne définition. Mais vous devrez vous montrer patient avec moi car l'anglais n'est pas ma langue maternelle et mon travail engendre beaucoup de jargon. Pour en revenir à vous et à mon idée : vous pourriez créer quelque chose qui ne serait ni peinture ni modelage. Vous êtes avocat, vous semblez avoir une grande facilité d'expression : que diriez-vous de noter par écrit les éléments de votre affaire?

– J'ai établi des centaines de dossiers dans ma vie.

– Je sais, et certains d'entre eux étaient pour des affaires plaidées devant le juge Staunton.

– Cette affaire-ci serait à plaider devant le tribunal de Mme le juge von Haller.

– Pas du tout! Ce sera encore et toujours celui du juge Staunton. Vous ne pouvez pas lui échapper, vous savez.

– Devant lui, j'ai rarement défendu l'accusé Staunton avec efficacité. C'était généralement le ministère public qui remportait la victoire. Êtes-vous sûre que nous devrions procéder de cette manière?

– Je pense que nous avons de bonnes raisons d'essayer. C'est la manière héroïque, et vous l'avez découverte tout seul. Cela laisse supposer que vous aimez les mesures héroïques, qu'elles ne vous font pas peur.

– Mais ce n'était qu'un jeu.

– Vous l'avez joué avec beaucoup de sérieux. Et puis, il n'est pas si rare que ça. Vous connaissez ce poème d'Ibsen?

Vivre, c'est se battre contre des trolls
Dans les chambres voûtées du cœur et du cerveau.
Écrire, c'est se pencher en juge sur soi-même.

« Je vous propose de faire un essai. Ce sera d'abord un dossier pour la défense; pendant sa constitution, vous préparerez inévitablement un dossier pour le ministère public, car voilà le genre de tribunal devant lequel vous apparaîtrez : celui du jugement de soi. M. le juge Staunton les écoutera tous deux et prononcera sa sentence plus souvent, peut-être, qu'il n'est coutume.

– Et vous? Qu'êtes-vous là-dedans?

– Oh, moi, plusieurs choses : une spectatrice attentive, d'une part, et, de l'autre, un personnage qu'on ne rencontre que dans les cours martiales : l'ami de l'accusé. Je serai aussi une autorité en matière de précédents et de jugements analogues et je freinerai les envolées de l'avocat comme celles du procureur. Je serai la gardienne du vœu constant de rendre à chacun son dû. Et si M. le juge Staunton s'assoupissait, comme cela arrive parfois aux juges...

— Pas au juge Staunton. Il ne sommeille ni ne dort.

— Nous verrons s'il est aussi implacable que vous le pensez. Même M. le juge Staunton peut apprendre quelque chose. Le juge n'est pas censé être l'ennemi de l'accusé. Le juge Staunton me paraît avoir des conceptions un peu trop dix-huitième siècle pour faire vraiment du bon travail. Nous pourrions peut-être l'attirer vers notre époque, l'inciter à voir la justice sous un jour moderne... Bon. Quand nous revoyons-nous ? Lundi, n'est-ce pas ?

II

David contre les Trolls

(Ce qui suit est mon carnet de Zurich. Il contient les notes et les résumés que j'ai utilisés pour présenter mon cas au docteur von Haller, ainsi que des notes sur les opinions et les interprétations du médecin telles que je les ai inscrites après chaque séance. Sans être textuel, ce compte rendu rapporte l'essentiel de nos entretiens.)

1

Il n'est pas facile d'être le fils d'un homme très riche. Cette phrase, qui joue aussi bien en ma faveur que contre moi, pourrait être mise en épigraphe à mon affaire telle que je vais l'exposer. Vivre dans une richesse qui ne m'appartenait pas en propre a coloré tous les aspects de ma vie et déterminé la forme de toute mon expérience.

Depuis mon entrée à l'école, à l'âge de sept ans, j'ai eu conscience que l'un des inévitables besoins de l'homme civilisé – celui d'avoir de l'argent – se manifestait dans ma vie d'une façon différente que dans celle de la plupart des gens. Je connaissais ce besoin. Les gens simples semblent penser que les membres d'une famille riche peuvent se servir à volonté de pièces et de billets dans quelque bourse maintenue toujours pleine et accrochée près de la porte d'entrée, par exemple. Que non! Comme je vais le démontrer, je connaissais le besoin d'argent avec une acuité particulière car, bien qu'étant notoirement un fils de famille, je recevais en fait moins d'argent de poche que la plupart de mes camarades. Je savais que mon hésitation à acheter des friandises ou un billet de cinéma étaient pour eux une source d'amusement et d'un léger mépris. Ils me croyaient pingre. Moi je savais que j'étais censé apprendre à gérer intelligemment mon argent, que cette mesure était partie intégrante d'une vaste opération destinée à faire de moi un homme. Les autres garçons parvenaient généralement à obtenir un ou deux dollars supplémentaires de leurs pères et ils étaient pratiquement certains de pouvoir s'en procurer encore autant chez leurs mères; pour eux, l'argent de poche représentait un fixe de base plutôt qu'un revenu total. Bonnes pâtes, leurs parents ne semblaient pas attacher d'importance au fait que leur enfant sût ou non gérer son maigre budget à l'âge de neuf ou dix ans. Mais moi, avec mon dollar hebdomadaire, dont dix cents étaient réservés à la quête de l'office dominical et que le brusque besoin d'une paire de lacets de patins pouvait engloutir, je devais me montrer prudent.

Mon père avait lu quelque part que la famille Rockefeller préservait et affinait le génie des affaires du premier Rockefeller en donnant à leurs enfants de minuscules sommes d'argent avec lesquelles ils apprenaient, par pure nécessité, à faire des miracles financiers. C'était peut-être bien pour les Rockefeller, mais pas pour moi. Habituellement, ma sœur Caroline avait beaucoup d'argent : elle n'était pas obligée de devenir un homme; de plus, elle devait toujours avoir quelques dollars sur elle pour des raisons inexpliquées qui avaient trait à sa vertu. Je m'endettais donc sans cesse auprès d'elle et comme elle en profitait pour me dominer, j'essayais constamment de mettre au point de nouvelles méthodes pour faire des économies de bouts de chandelle. J'avais à peine huit ans quand un garçon, à l'école, dit à mes amis que Staunton était si pingre qu'il écorcherait un pou pour en tirer la peau et le suif. Cela me blessa. Je n'étais pas un petit avare ; vu ma situation, j'étais simplement pauvre. J'étais conscient de cet état de choses. J'en souffrais, mais ne pouvais rien y changer.

Je ne demande pas qu'on me plaigne, ce serait absurde. Je vivais avec tous les signes extérieurs de la richesse. Notre chauffeur m'emmenait tous les matins à l'école dans une limousine qui épatait les petits garçons passionnés de voitures. Ce n'était pas mon cas. Pour moi, une voiture, c'était, et ça l'est resté, un engin quelconque qui, d'une façon mystérieuse, et plutôt alarmante, se déplace. Le soir, après les activités de plein air, le chauffeur venait me reprendre. Comme Netty l'accompagnait presque toujours, prête à me faire disparaître dans le véhicule, il m'était impossible d'offrir un petit tour à mes camarades amateurs d'autos. A la maison, nous vivions, je m'en rends compte maintenant, dans le luxe et, à presque tous les égards, ma situation était certainement moins pénible que la véritable pauvreté – état que j'ai eu l'occasion de voir de près depuis. Je faisais envie. Si j'avais le pouvoir de lancer des malédictions, je placerais celle d'être enviable en tête de liste. Elle a de nombreuses ramifications et de subtils raffinements. Comme on me l'assurait régulièrement, j'avais tout. Si je voulais quelque chose, il me suffisait de le demander à mon père et de le convaincre que j'en avais vraiment besoin, que je ne cédais pas à un pur caprice enfantin. Une affaire très simple, au dire de tout le monde, mais, selon mon expérience, elle aurait peut-être été simple pour Cicéron, un jour de grande forme. Mon père m'écoutait avec attention, cachant son amusement du mieux qu'il pouvait ; pour finir, il me tapait affectueusement sur la tête de ses doigts repliés et disait : « Davey, je vais te donner un conseil qui te servira toute ta vie : n'achète jamais rien à moins d'en avoir vraiment besoin ; les choses dont on a seulement *envie* sont généralement sans valeur. »

Je suis sûr qu'il avait raison et j'ai toujours souhaité pouvoir vivre selon son conseil. Je n'y suis jamais parvenu. Lui non plus d'ailleurs, comme je m'en suis graduellement rendu compte. Mais, d'une certaine façon, c'était différent. Il fallait faire de moi un homme tandis que lui en était un pleinement, splendidement et sans conteste possible. Tout le monde le savait.

Vivant dans le plus grand confort, privilégié comme je l'étais comparé à d'autres garçons, comment avais-je pu penser que j'avais besoin d'argent ?

Ce dont j'avais besoin, et sérieusement même, c'était de caractère. De virilité. De la capacité d'être indépendant. Mon père me dit tout cela très clairement et, comme il m'aimait, il avait forcément raison. L'amour maternel ou paternel s'accompagne d'extraordinaires privilèges et d'une infaillible perspicacité. C'était là une des choses auxquelles on croyait dur comme fer dans ma famille, aussi n'en parlait-on même pas.

Étais-je donc un pauvre petit garçon riche, jaloux des plaisirs dont jouissaient mes humbles amis, des fils de médecins, d'avocats et d'architectes qui, pour la plupart, n'auraient pas résisté à l'épreuve des cent mille dollars par an ? Pas du tout. Les enfants ne mettent pas leur destin en question. En fait, ils ne vivent pas leur vie : ils sont vécus par elle. Je ne me voyais pas comme le plus heureux des mortels parce qu'un concept tel que le bonheur ne m'était jamais venu à l'esprit, même si j'étais parfois heureux à en éclater. On me disait que j'étais privilégié. Netty tenait même à ce que j'en remercie Dieu tous les soirs à genoux. Je la croyais, tout en me demandant pourquoi je devais remercier Dieu alors que c'était manifestement mon père qui nous donnait toutes les bonnes choses. En ce qui concernait notre manière de vivre, je pensais que ma famille et moi représentions une norme d'après laquelle il fallait juger les existences de tous les autres humains. J'avais des ennuis par manque d'argent de poche, mais c'était bien insignifiant comparé à l'ennui beaucoup plus grave de ne pas savoir si je deviendrais jamais un homme capable de se débrouiller seul et digne de l'amour et de la confiance de son père. Tout ce qui m'arrivait, me disait-on, était pour mon bien ; selon quels critères aurais-je pu parvenir à une autre conclusion ?

Ne croyez donc pas que je sois venu ici pour pleurnicher et chercher à me venger des morts. C'est cette manie de cracher et de taper rétrospectivement sur les parents qui donne mauvaise réputation à la psychanalyse. En tant qu'avocat, je sais qu'il y a prescription pour les méfaits personnels et spirituels comme pour les méfaits légaux et qu'aucun tribunal au monde ne vous permettra de rouvrir un dossier classé. Cependant, si un examen sérieux de mon passé peut jeter une lumière utile sur mon présent, je peux sortir ce passé à volonté car il est bien rangé dans ma mémoire.

DOCTEUR VON HALLER : Oui, je pense que ce serait le mieux. Vous êtes lancé, vous avez fait votre numéro d'avocat, alors allons-y !

MOI : Que voulez-vous dire exactement par « numéro d'avocat » ?

DOCTEUR VON HALLER : Exprimer la plus grande estime pour la personne que vous êtes sur le point de démolir. Déclarer que vous n'avez pas d'idée préconçue sur la question, que vous êtes tout à fait objectif. Suggérer que quelque chose est frais et sec alors que sa nature est d'être chaud et fumant. Très bien. Poursuivez, s'il vous plaît.

MOI : Si vous ne me croyez pas, à quoi bon continuer ? J'ai dit que je n'étais pas venu ici pour noircir mon père. Que pourrais-je faire d'autre pour vous convaincre de ma sincérité ?

DOCTEUR VON HALLER : C'est très clair : poursuivre votre récit et me convaincre de cette façon-là. Mais mon rôle n'est pas de vous aider à maintenir le *statu quo* et laisser tous vos rapports affectifs exactement pareils à ce que vous croyez qu'ils sont. N'oubliez pas que je suis, entre autres choses, l'Ami de l'Accusé. Vous savez ce qu'est un ami, je suppose ?

MOI : A dire vrai, je n'en suis pas sûr.

DOCTEUR VON HALLER : Eh bien, espérons que vous le découvrirez. Venons-en à votre petite enfance.

Je suis né le 2 septembre 1928. On m'a baptisé Edward David parce que mon père avait été l'aide de camp — et, en fait, un ami — du prince de Galles pendant le voyage de son Altesse au Canada, en 1927. Par plaisanterie, mon père parlait parfois du prince comme si celui-ci était mon parrain. Or mes véritables parrains étaient un ami de club de mon père nommé Dorris et un agent de change nommé Taylor qui quitta notre partie du monde peu après mon baptême. Je n'ai gardé aucun souvenir d'eux. Je crois qu'ils avaient simplement été enrôlés comme bouche-trous ; quand j'atteignis l'âge où j'aurais pu m'intéresser à eux, mon père les avait déjà laissés tomber. Mais le prince m'envoya une timbale à son chiffre. Je buvais mon lait dedans. Je l'ai toujours. Netty l'astique régulièrement.

Pendant les deux premières années de ma vie, j'eus plusieurs maladies infantiles et devins ce qu'on appelle « un enfant délicat ». De ce fait, nous avions du mal à garder les nurses. Je nécessitais beaucoup de soins et d'attention ; or comme il y a une pénurie de gouvernantes au Canada, celles-ci ne sont pas obligées de rester dans des maisons où le travail est dur. Au début, j'eus des nurses anglaises et écossaises. Plus tard, on me parla souvent des splendides uniformes qu'elles portaient et qui faisaient sensation dans le quartier de Toronto où nous habitions. Mais aucune de ces femmes ne demeura longtemps chez nous. Ce fut alors que ma grand-mère Staunton décréta que ce qu'il me fallait, ce n'était pas une de ces prétentieuses Dolly Varden, mais quelque brave fille qui avait la tête sur les épaules et qui ferait ce qu'on lui dirait. C'est ainsi que Netty Quelch entra dans notre vie. Elle y est toujours.

Comme j'étais fragile, on pensa que la campagne me ferait du bien. Aussi, pendant ma petite enfance, passais-je de longs étés chez mes grands-parents, à Deptford, le village où ils vivaient. A cette époque, mon éducation dépendait dans une large mesure de mes aïeuls, mes parents détestant Deptford, bien qu'ils y fussent nés. Entre eux, ils l'appelaient « ce trou ». Chaque mois de mai j'étais donc expédié à Deptford où je restais jusqu'à la fin du mois de septembre. J'en ai gardé de très bons souvenirs. A moins d'avoir de la malchance, je suppose que tout endroit où l'on passe ses étés, dans l'enfance, devient à jamais l'Arcadie. Ma grand-mère ne supportait pas mes nurses anglaises. La deuxième année, elle demanda à ma mère de lui envoyer le bébé seul : elle trouverait au village une fille qui s'occuperait de lui. En fait, elle l'avait déjà trouvée.

Grand-mère était une femme douce et placide qui vouait un culte à mon père, son unique fils. Elle était fille de pasteur, ce qui dans mon échelle de valeurs enfantines était tout aussi prestigieux qu'être l'ami du prince de Galles. Je me souviens que lorsque j'étais tout petit – quatre ou cinq ans – je passais souvent le temps, le soir avant de m'endormir, à me représenter la merveilleuse éventualité d'une rencontre entre le prince et ma grand-mère. Ils auraient certainement une conversation très agréable à mon propos. J'imaginais le prince se rendant à l'opinion de ma grand-mère sur la plupart des sujets, vu qu'elle était plus âgée et avait l'expérience du monde ; par ailleurs, en tant qu'homme, le prince aurait sûrement des choses passionnantes à dire ; il me demanderait peut-être de gouverner Deptford à sa place. Grand-mère n'était pas une personne très active ; elle aimait rester assise et, quand elle bougeait, elle le faisait avec lenteur. En fait, elle était grosse, quoique j'eusse appris de bonne heure que « gros » était un mot impoli. On pouvait le penser, mais non le dire, surtout quand il s'agissait de personnes âgées. L'activité, c'était bon pour « la brave fille qui avait la tête sur les épaules » et, de l'énergie, Netty en avait certainement à revendre.

Cette jeune fille était l'une des bonnes œuvres de grand-mère. Ses parents, Abel et Hannah Quelch, des fermiers, avaient péri dans l'un de ces incendies provoqués par un poêle surchauffé – désastre fréquent dans les campagnes de l'Ontario. De braves gens. Ils étaient venus dans leur jeunesse de l'île de Man. Restés orphelins, Henriette et son petit frère Maitland tombèrent à la charge des voisins : il n'y avait pas d'orphelinat à proximité et, de toute façon, ce genre d'institution était considéré comme un dernier recours. Un fermier voisin et sa femme les ajoutèrent à leurs propres enfants et les élevèrent ensemble. Maintenant âgée de seize ans, Netty devait se lancer dans le monde. Une fille équilibrée, travailleuse. Et méritante. Exactement ce qu'il fallait à ma grand-mère.

Je n'ai jamais connu le monde sans Netty ; aussi ai-je considéré pendant longtemps les particularités de ma nurse comme des traits fixés de toute éternité par le destin, des traits qu'il eût été vain d'aimer ou de détester. Elle était, et elle l'est toujours, d'une taille au-dessous de la moyenne, si maigre que tous ses muscles et tendons saillent quand elle les bande, bruyante et maladroite comme un certain nombre de gens petits, débordante d'énergie et d'ardeur. D'ailleurs quand on la regarde, on a l'impression qu'un feu intérieur la dévore. Elle a la peau sèche. Chaude et forte, son haleine évoque la combustion sans toutefois être mauvaise. Au toucher, Netty est chaude, mais non moite. Elle a un teint rouge-brun, comme brûlé, et ses cheveux sont d'un rouge terne – non pas carotte, mais une sorte d'auburn fané. Elle a des réactions très vives et ses yeux de braise vous fixent avec une expression courroucée. Moi, je suis habitué à elle, bien sûr, mais ceux qui la voient pour la première fois sont parfois un peu inquiets : ils prennent sa nature véhémente pour une critique acerbe de leurs personnes. Caroline et Beesty l'ont surnommée la Reine des Démons. C'est à présent ma gouvernante. Elle se croit ma gardienne.

Netty considère que travailler est la condition normale de l'homme. Ne rien faire, pour elle, c'est être gravement malade ou paresseux comme une couleuvre, ce qui est pire qu'un crime. Quand elle devint ma nurse, il ne dut jamais lui venir à l'esprit qu'elle pouvait avoir un peu de temps libre, qu'elle n'était pas obligée de me surveiller en permanence. Mais elle fonctionnait ainsi. Je mangeais, priais, déféquais et même dormais tout près d'elle. Ce n'était que lorsqu'elle s'occupait du linge de la chambre d'enfants, c'est-à-dire, tous les jours après le petit déjeuner, que je pouvais lui échapper un moment. Elle couchait dans ma chambre, sur un lit de camp. Parfois, quand j'avais du mal à m'endormir, elle me prenait dans son lit pour me calmer, ce qu'elle faisait en me caressant le dos. Elle pouvait être douce avec un enfant, mais Seigneur! qu'elle était donc brûlante! Couché à ses côtés, je cuisais; quand j'ouvrais les yeux, les siens, toujours ouverts, étaient fixés ardemment sur moi et reflétaient la lumière de la pièce.

Elle avait beaucoup aidé ses parents adoptifs, de

braves gens qui avaient fait pour elle tout ce qu'ils avaient pu. Netty en parle toujours avec respect et affection. Après son entrée dans la famille, le couple avait eu d'autres bébés ; elle avait donc appris les rudiments de l'art d'élever un enfant. Ma grand-mère compléta son éducation dans ce domaine et mon grand-père lui donna ce qu'il faut sans doute appeler un enseignement paramédical.

Grand-père Staunton était médecin, mais, quand je le connus, il s'occupait surtout de son affaire : la culture de betteraves sucrières à grande échelle et la production de sucre brut.

Mon aïeul avait une silhouette impressionnante. Grand, large et rond, il avait un ventre saillant qui, lorsqu'il s'asseyait, reposait sur ses cuisses comme un animal domestique en train de se faire cajoler. En fait, grand-père ressemblait à J.P. Morgan ; il avait le même gros nez rouge que lui. Je sais qu'il m'aimait bien, mais il ne montrait guère ses sentiments, quoiqu'il m'ait parfois appelé « mon petit bonhomme », terme d'affection qu'il était le seul à employer. Il était d'une nature maussade et renfrognée, mais jamais il n'a déchargé sa hargne sur moi. Cependant, dans ses conversations avec ma grand-mère, il exhalait si souvent sa rancœur à l'égard du gouvernement, de Deptford, de ses employés ou de la poignée de patients qui lui restaient, qu'il me donnait l'impression d'être dangereux ; aussi ne prenais-je jamais de libertés avec lui.

Netty le vénérait : il était riche, médecin, et il considérait la vie comme une âpre lutte. Quand je fus plus grand, j'en découvris un peu plus sur lui en fouinant dans son cabinet. Grand-père avait obtenu son diplôme de docteur en 1887, mais, avant cette date, il avait travaillé selon l'ancien système d'apprentissage de la médecine valable dans le Haut-Canada avec un certain docteur Gamsby, le premier docteur qu'ait connu Deptford.

Ne jetant jamais rien, grand-père avait gardé tout l'équipement professionnel de son prédécesseur. Ces objets étaient entassés pêle-mêle dans deux armoires vitrées du bureau — musée terrifiant de couteaux rouillés, de crochets et de sondes. Il y avait même un stéthoscope en bois qui ressemblait à un petit flageolet. Et les livres de « doc » Gamsby! Quand je parvenais à échapper à Netty — et elle ne pensait jamais à me chercher dans le cabinet de consultation de grand-père qu'elle considérait comme le saint des saints — j'en sortais un tout doucement de l'étagère et me délectais de gravures montrant des gens emmaillotés de bandages compliqués, aux membres en écharpe, en train de se faire cautériser ou — et ça, c'était vraiment impressionnant — cureter une fistule. Il y avait des images représentant des amputations de toutes sortes, de grands instruments, pareils à des pinces, pour trancher les seins, des curettes pour extraire les végétations et des scies féroces pour couper les os. Grand-père ignorait que je regardais ses livres, mais un jour qu'il m'avait rencontré dans le vestibule, devant son cabinet, il me fit entrer et prit quelque chose dans l'une des vitrines de doc Gamsby.

« Regarde ça, David, dit-il. As-tu la moindre idée de ce que ça peut être? »

C'était une plaque métallique d'environ douze centimètres sur sept et de deux centimètres d'épaisseur. A l'une des extrémités de l'objet, on voyait un bouton.

« C'est pour guérir les rhumatismes, m'informa-t-il. Les rhumatisants disent toujours à leur médecin qu'ils ne peuvent pas bouger. Eh bien, l'instrument que voilà s'appelle un scarificateur. Supposons qu'un homme ait mal au dos. Aucun remède ne le soulage. Eh bien, autrefois, le médecin pressait ce bidule contre l'endroit où le patient était raide, puis il appuyait sur ce bouton... »

Grand-père joignit le geste à la parole. De la surface de la plaque métallique surgirent douze minuscules lames d'environ cinq millimètres de long.

« Alors le malade bougeait ! » termina grand-père, puis il rit.

Il avait un rire unique : au lieu d'expirer, il inspirait, produisant un son qui ressemblait à ceci : snak-snak, snak-snak, snak.

Il rangea le scarificateur, prit un cigare et approcha le crachoir du pied. Je compris qu'ayant eu ma première leçon pratique de médecine j'étais maintenant congédié.

Ce que grand-père enseigna à Netty, ce fut l'art de traiter la constipation. A l'époque où il avait fait sa médecine, la paresse intestinale était un mal fort répandu, surtout à la campagne. En hiver, les fermiers répugnaient – et on les comprend – à se rendre dans leurs cabinets pleins de courants d'air glacés ; ils développaient ainsi un tel pouvoir de rétention qu'à l'avis de mon grand-père ils invitaient toutes les maladies possibles et imaginables. Durant la période où il avait exercé la médecine d'une manière plus active, grand-père avait combattu la constipation et il continuait maintenant sa lutte à la maison. J'étais délicat ? Cela venait certainement du fait que j'étais intoxiqué. Il connaissait le remède adéquat. Tous les vendredis soir on me donnait de la cascara sagrada qui ramassait tous les poisons pendant mon sommeil, puis le samedi matin, avant le petit déjeuner, on me faisait boire un grand verre de sels d'Epsom pour les chasser hors de mon corps. Le dimanche matin, donc, j'étais prêt pour la messe, aussi pur que l'homme hors duquel Paul avait chassé les démons. Mais ces terribles purges du week-end durent produire une accoutumance, car, dans la semaine, j'étais complètement bloqué. Doc Staunton baissa-t-il les bras ? Nullement. J'eus droit au *bain interne familial* du docteur Tyrrell.

Cet appareil diabolique avait été inventé par quelque grand stratège de la guerre menée contre l'auto-intoxication ; il était censé procurer à ses propriétaires une cure aussi miraculeuse que celle de Spa ou d'Aix-les-Bains. C'était une poche en caoutchouc d'une désagréable couleur grise qui, en sa partie supérieure, portait un tube noir dur et pointu. On remplissait la dite poche d'eau chaude, jusqu'à ce qu'elle gonflât d'une manière horrible, puis on m'empalait sur la pointe prélablement enduite de vaseline, enfin on ouvrait un robinet de contrôle. Le poids de mon corps était alors censé faire monter l'eau dans mes entrailles pour qu'elle aille y chercher les matières incriminées. Comme je n'étais pas assez lourd, Netty facilitait l'opération en appuyant sur mes épaules. Tandis qu'à mon effroi je me sentais envahi par le bas, ma nurse me soufflait son haleine brûlante et carnée au visage. Un calvaire!

Grand-père avait encore perfectionné la géniale invention du docteur Tyrrell : à l'eau chaude, il ajoutait de l'écorce d'orme lubrifiante, substance dont il vantait les vertus curatives et purgatives.

Je détestais ces séances et surtout l'instant critique où l'on me dégageait du pal graissé et où Netty me portait à toute vitesse aux W.-C. Je me sentais pareil à une outre remplie à ras bord et avais une peur affreuse de couler. Mais j'étais un enfant, et mes sages aînés, guidés par mon omniscient grand-père, un médecin capable de voir ce qui se passait à l'intérieur de votre corps, avaient décrété que ce supplice était nécessaire. Grand-père avait-il jamais recours lui-même au *bain interne familial*? Un jour je le lui demandai timidement. Il me regarda droit dans les yeux et déclara d'un ton solennel que cet instrument lui avait jadis sauvé la vie. Que répondre à cela sinon par le plus humble des acquiescements?

Cela veut-il dire que j'étais un enfant sans caractère? Je ne le pense pas. Toutefois, je semble être né avec un respect inhabituel pour l'autorité et le pouvoir de la raison. J'étais trop jeune pour savoir que ces qualités peuvent être mises très facilement au service de la stupidité et de la cruauté les plus insensées.

Avez-vous des remarques à faire là-dessus ?

DOCTEUR VON HALLER : Êtes-vous constipé maintenant ?

MOI : Non. Pas quand je mange.

DOCTEUR VON HALLER : Tout ce que vous m'avez raconté jusqu'ici entre dans le cadre normal de l'enfance. D'habitude, nous nous rappelons les événements pénibles et humiliants. Mais est-ce là tout ce que nous nous rappelons ? Quels souvenirs d'enfance agréables avez-vous ? Dans l'ensemble, étiez-vous heureux ?

MOI : Dans l'ensemble ? Je ne sais pas. Les sensations enfantines sont tellement intenses que je ne peux avoir la prétention de me rappeler leur durée. Quand j'étais heureux, j'éprouvais une joie très vive, débordante ; quand j'étais malheureux, c'était l'enfer.

DOCTEUR VON HALLER : Quel est le souvenir dont vous pouvez dire honnêtement qu'il est le premier ?

MOI : Oh, ça c'est facile. Je me tenais dans le jardin de ma grand-mère, au soleil, et je regardais une pivoine d'un rouge profond. Tel que je m'en souviens, j'étais à peine plus haut que la fleur. C'était un moment de très grand... J'hésite à employer le mot « bonheur » : j'étais complètement absorbé. Le monde entier, toute la vie et moi-même avions pris la couleur chaude, intense, de la pivoine.

DOCTEUR VON HALLER : Avez-vous jamais essayé de retrouver cette sensation ?

MOI : Jamais.

DOCTEUR VON HALLER : Bon, si nous continuions avec votre enfance ?

MOI : Quoi ? Netty et le *bain interne familial* ça ne vous intéresse pas ? Pas encore d'allusions à l'homosexualité ?

102

DOCTEUR VON HALLER : Plus tard, vous êtes-vous jamais senti attiré par le rôle passif dans la sodomie ?

MOI : Grand Dieu, non !

DOCTEUR VON HALLER : Nous garderons tout cela en mémoire, mais nous avons besoin de plus de matériel. Poursuivez, s'il vous plaît. Quels autres bons souvenirs d'enfance ?

Les offices religieux. Pour cela, il fallait se mettre sur son trente et un, chose qui me plaisait. Comme j'étais un enfant observateur, je passais mon temps à étudier les différences existant entre l'église de Toronto et celle de Deptford. Mes parents étaient anglicans. Je savais que cela contrariait mes grands-parents qui, eux, appartenaient à l'Église unie du Canada, sorte de mélange de presbytériens, de méthodistes et aussi de congrégationalistes dans les régions où il y en avait. Elle était d'esprit évangélique. Or ma grand-mère, fille du défunt révérend Ira Boyd, un méthodiste fanatique, était évangélique. Tous les matins, elle organisait la prière en famille ; Netty, la bonne et moi devions y assister ; la plupart du temps, grand-père avait un empêchement, mais tout le monde pensait, grosso modo, qu'étant médecin il n'avait pas besoin de ces séances. Grand-mère lisait chaque jour un chapitre de la Bible. Et ceci se passait dans les années trente, et non sous le règne de Victoria ! Cela m'a donc incité à penser beaucoup à Dieu et à me demander ce qu'Il pensait de moi. Comme le prince de Galles, il devait me tenir pour un garçon plutôt bien.

A l'office du dimanche, j'aimais comparer les deux liturgies auxquelles j'étais confronté. Les unitaires ne se considéraient pas comme des ritualistes, mais moi j'avais l'impression du contraire. J'acquis une certaine virtuosité en matière de rituel. Dans l'église anglicane, j'entrais en souriant, pliais le genou droit juste ce qu'il fallait – ni plus ni moins que ne le faisait mon père – avant de me glisser sur le banc; puis je m'agenouillais sur le coussin et, les yeux écarquillés d'une façon peu naturelle, fixais la croix de l'autel. Dans l'église unie, j'affichais une expression douce et humble, m'asseyais au bord du banc, me penchais en avant, une main en visière, et inhalais la curieuse odeur que dégageaient les livres d'hymnes placés dans le casier devant moi. Chez les anglicans, j'opinai du bonnet comme pour dire « exactement! » chaque fois que Jésus était mentionné dans un hymne, mais chez les unitaires je chantais Son nom tout doucement, de cette voix confidentielle que je prenais pour parler à ma grand-mère de l'activité de mes intestins. Bien entendu, je remarquais le singulier contraste que la robe noire du pasteur unitaire offrait avec les splendides vêtements sacerdotaux du chanoine Woodiwiss; et aussi que, pendant la communion, à Deptford, chacun recevait une petite ration de quelque chose à son banc, qu'il n'y avait pas d'allées et venues, contrôlées par les adjoints au bedeau, comme à Saint-Simon-le-Zélote. C'était là une étude sans fin et très agréable dont je savourais tous les raffinements. Cela me valut, hors de ma famille, une réputation d'enfant pieux et je crois bien qu'on me citait en exemple à d'autres petits garçons. Rendez-vous compte : riche *et* pieux! Pour des tas de gens je devais incarner un idéal, tout comme le faisaient au dix-neuvième siècle les statues en plâtre de l'Enfant Samuel en Prière.

Le dimanche était toujours un grand jour. On s'habillait, je pouvais me livrer à mon passe-temps favori, l'étude de la liturgie, et j'avais la perspective de toute une semaine de tranquillité avant qu'on ne donnât un nouvel assaut à mon côlon récalcitrant! Mais il y avait aussi de merveilleux jours de semaine.

Parfois, mon grand-père nous emmenait, Netty et moi, à ce qu'on appelait « la ferme », mais qui était en réalité une énorme plantation de betteraves sucrières, avec une grande usine au milieu. La campagne, autour de Deptford, est très plate : du terrain alluvial. Si plate, en fait, que Netty me conduisait souvent à la gare, juste avant midi, pour que je puisse contempler le spectacle palpitant qu'offrait le panache de fumée qui s'élevait au loin, au-dessus des rails, quand le train quittait la ville de Darnley, distante de onze kilomètres, pour venir jusqu'à nous. Pendant le trajet en voiture, grand-père disait parfois : « Davey, tout ce qui s'étend des deux côtés de cette route, et aussi loin que porte le regard, m'appartient. Le savais-tu ? » Alors je feignais l'ignorance et la surprise, parce que c'était cela qu'il voulait. A environ un kilomètre, ou plus, de l'usine, nous commencions à sentir son odeur sucrée et, en approchant, à entendre son bruit bizarre. C'était un bruit curieusement inutile, une sorte de cliquetis et de battement, parce que les machines employées pour couper les betteraves, les presser et les cuire étaient toutes énormes et puissantes plutôt qu'ingénieuses. Grand-père me faisait faire le tour de l'usine en m'expliquant tous les stades du procédé. Il chargeait l'homme qui surveillait la jauge de la chaudière de me montrer comment celle-ci fonctionnait et comment il vérifiait la consistance du jus toutes les quelques minutes.

Mais ce que je préférais par-dessus tout, c'était un minuscule train, pareil à un jouet, qui amenait de petits chargements de betteraves des champs. Il haletait et émettait de temps à autre un sifflement qui m'enchantait. Mon grand-père avait un vrai chemin de fer ! Et, ô joie indicible : il demandait parfois au mécanicien, nommé Elmo Pickard, de m'emmener dans sa petite machine quand il partait pour l'un de ses tours dans la plantation. Je ne sais pas si grand-père voulait me donner un moment de répit ou s'il pensait simplement que la place d'une femme n'était pas dans une locomotive ; toujours est-il qu'il n'autorisa jamais Netty à m'accompagner. Ma nurse restait donc à l'usine et passait les deux heures que durait l'expédition à se tracasser à l'idée que j'allais me salir. On chauffait la machine au bois, un bois recouvert d'une fine couche de sirop de sucre vaporisé, comme tout ce qui se trouvait à proximité de l'usine, de sorte que le combustible produisait une fumée sale et délicieusement malodorante.

A bord de notre locomotive ferraillante, Elmo et moi traversions des champs aussi plats que la Hollande et qui semblaient peuplés de nains : les ouvriers, dont la plupart étaient des immigrés belges, travaillaient à genoux, avec des binettes aux manches sciés. Elmo les méprisait. Il n'avait qu'une très vague notion de leur pays d'origine. « Pour un Italien, il n'est pas trop mal. » Voilà le commentaire le plus flatteur qu'on l'entendait faire sur l'un ou l'autre de ces malabars flamands qui parlaient (Elmo disait « baragouinaient ») une langue elle-même pareille au bruit fibreux de betteraves qu'on broie. Mais il y avait aussi des contremaîtres anglophones ici et là dans les rangées ; leurs conversations avec Elmo m'apprenaient beaucoup de choses qui auraient choqué Netty. Quand nous avions rempli les wagons, nous rentrions à toute allure — nous faisions au moins du quinze kilomètres à l'heure — et j'étais autorisé à actionner le sifflet pour avertir l'usine et cette pauvre Netty, folle d'inquiétude, que nous arrivions.

Il y avait d'autres expéditions encore. Une ou deux fois chaque été, grand-mère me disait : « Veux-tu aller voir ces gens du bord de la rivière aujourd'hui ? » D'après son ton, je comprenais qu'elle verrait d'un mauvais œil une réaction trop enthousiaste de ma part. « Ces gens du bord de la rivière », c'étaient mes grands-parents maternels, les Cruikshank.

Ils étaient pauvres. En fait, c'était là leur seul défaut. Ben Cruikshank travaillait à son compte comme charpentier. C'était un petit Écossais austère qui, lorsqu'il

parlait de lui, émaillait ses propos de mots tels que
« indépendant », « dignité personnelle » et « ne devant
rien à personne ». Je me rends compte maintenant qu'il
essayait de justifier vis-à-vis de moi le fait qu'il fût un
grand-père démuni. Je crois que les Cruikshank avaient
peur de moi : j'étais un enfant excessivement propret et
d'une grande politesse où affleurait l'insolence. Netty
n'avait que dédain pour eux; bien que n'étant elle-
même qu'une pauvre orpheline, elle représentait les intérêts du grand doc Staunton. Je n'oublierai jamais le jour
où ma grand-mère Cruikshank, qui était en train de
faire des confitures, m'offrit un peu de la mousse
sucrée qu'elle venait d'écumer. « Davey ne doit pas
manger avec une cuiller en fer », décréta Netty. Je vis
des larmes briller dans les yeux de ma grand-mère
humiliée tandis qu'elle cherchait une cuiller d'un
métal plus blanc (certainement pas de l'argent) pour
ce petit-fils si difficile à satisfaire. Elle dût mentionner
l'incident à son mari parce que, quelques heures plus
tard, Ben m'emmena dans son atelier où il me montra
ses outils et leur usage tout en parlant sur un ton
incompréhensible et souvent dans une sorte d'anglais
que j'avais du mal à suivre. Je sais maintenant qu'il
citait un poème de Burns :

> The rank is but the guinea stamp;
> The man's the gowd for a'that, *

dit-il, puis avec des mots bizarres qui, bien que je ne les
comprisse pas, semblaient viser clairement mon grand-
père Staunton, il poursuivit :

> Ye see yon birkie, ca'd a lord
>   Wha struts and stares, and a'that :
> Tho' thousands worship at his word,

* « Le rang n'est que l'empreinte sur la guinée, mais
l'homme, c'est l'or. »

> *He's but a coof for a'that,*
> *For a'that, and a'that,*
> *His riband, star and a'that,*
> *The man of independent mind*
> *He looks and laughs at a'that* *.

Mais j'étais un enfant, et un sale gamin, je suppose, car je me moquai de la répétition des mots « *for a'that* » et de la langue de la Basse-Écosse parce que je prenais le parti de grand-père Staunton. Pour être juste, je devrais d'ailleurs dire que le pauvre Ben exagérait un peu : il était aussi outrecuidant dans son humilité que mon autre aïeul l'était dans son orgueil. Cela revenait exactement au même. Aucun d'eux n'avait de véritable compassion ou le désir de se comprendre soi-même, ou de me comprendre moi. Ben voulait avoir le dessus, être le meilleur ; pour lui, j'étais un prix à gagner plutôt qu'un être humain à respecter.

Dieu ! j'ai connu la présomption des riches sous ses formes les plus révoltantes, mais je vous jure que l'amour-propre excessif des pauvres méritants est tout aussi intolérable. N'empêche que, maintenant, j'aimerais pouvoir m'excuser auprès de Ben et de sa femme. Je me suis très mal conduit envers eux. Dire que j'étais un enfant ne justifie rien. Dans la mesure où je comprenais les choses, et avec les armes dont je disposais, je les ai volontairement blessés. « Ces gens du bord de la rivière... »

(En ce point de mon récit, je découvris que je pleurais et dus m'interrompre.)

C'est à ce moment-là que mon analyste aborda un nouveau domaine. Elle parla assez longuement de

---

* « Vois-tu le sot qui se pavane là-bas ? On l'appelle un lord. Il jette des regards dédaigneux autour de lui et tout le reste. Même si des milliers de personnes vénèrent sa parole, il n'en est pas moins un imbécile. L'homme indépendant regarde son écharpe, ses décorations et tout le reste, et il rit. »

l'Ombre, cette partie du moi à laquelle on doit attribuer tant d'aspects réels, mais rarement admis, de notre personnalité. Ma mauvaise conduite envers les Cruikshank était certainement une réalité, même si elle était une conséquence de l'attitude de mes grands-parents Staunton. Si j'avais été un enfant plus affectueux, je me serais comporté autrement. On n'avait guère encouragé l'affection chez moi ; mais, pour être encouragée, il eût d'abord fallu qu'elle se manifestât. De mes conversations avec le docteur von Haller émergea graduellement une nouvelle image : celle de Staunton-le-Salaud. Pendant quelques jours, il me donna le frisson. Mais voilà, il existait. Je devais l'affronter, et cela non seulement dans l'épisode Cruikshank, mais en mille autres occasions car, s'il n'était pas compris, aucune de ses bonnes qualités ne pourraient être récupérées.

En avait-il, des bonnes qualités ? Certainement. Sa perception des différences sociales et de l'humeur des membres de son entourage ne dénotait-elle pas un esprit d'observation exceptionnel ? A une époque où tant d'enfants traversent la vie sans avoir conscience de grand-chose à part leur personne et leurs désirs, ne cherchait-il pas à voir, au-delà, la personnalité et les désirs des autres ? Et il ne s'agissait pas simplement d'un machiavélisme enfantin : c'était de la sensibilité.

Je ne m'étais jamais considéré comme quelqu'un de sensible. Susceptible, certes, et rancunier. Mais les humiliations que je pensais subir, étaient-elles toutes imaginaires ? Utilisais-je toujours mes antennes dans un but négatif ? Peut-être que non. La sensibilité fonctionnait aussi bien au soleil qu'à l'ombre.

MOI : Je suppose donc qu'il faut toujours exercer sa sensibilité d'une manière positive ?

DOCTEUR VON HALLER : Si vous y parveniez, vous seriez quelqu'un de très exceptionnel. Nous ne sommes pas en train d'essayer de bannir votre Ombre, voyez-vous, mais de la comprendre et, par là, de lui faire une plus grande part dans notre investigation. Bannir votre Ombre ne vous rendrait aucun service. Vous vous imaginez un homme sans Ombre? Avez-vous lu *La Merveilleuse Histoire de Peter Schlemihl* de Chamisso? Non? Peter Schlemihl vendit son ombre au Diable et, ensuite, ne connut plus que le malheur. Non, l'Ombre est un des éléments de votre équilibre, mais vous devez absolument la reconnaître. Elle n'est pas si terrible que ça quand vous la connaissez. Elle n'est pas sympathique, c'est vrai; elle est même assez affreuse, mais ce n'est qu'en acceptant cet affreux personnage qu'on peut réaliser la totalité de sa psyché. Tout à l'heure j'ai dit que vous vous preniez dans une certaine mesure pour Sydney Carton, ce brillant avocat, incompris et alcoolique. Vous savez, les personnages littéraires nous fournissent d'excellents symboles sténographiques pour parler de certains aspects du moi : chacun de nous en porte plusieurs en lui. Vous êtes conscient de Sydney; à présent, nous faisons la connaissance de Mr. Hyde. Sauf qu'il n'est pas le monstre caricatural du docteur Jekyll qui piétina un enfant; c'est simplement un petit garçon orgueilleux qui blessa sciemment des gens humbles et en retira du plaisir. Vous êtes le successeur de ce petit garçon. Voulez-vous m'en dire un peu plus sur lui?

D'accord. Je pourrais plaindre ce garçon, mais ce serait une falsification car lui il ne se plaignait jamais. A Deptford, j'étais un véritable petit prince, et j'aimais beaucoup ça. Netty faisait écran entre moi et les autres. Je ne jouais pas avec les gamins du village parce qu'ils étaient sales. Sans doute ne se lavaient-ils pas assez souvent sous leur prépuce. C'était là une chose à laquelle Netty attachait une extrême importance. On me faisait prendre un bain tous les jours et j'appréhendais l'assaut de Netty, point culminant de l'opération : quand je me levais, elle repoussait mon prépuce et me savonnait au-dessous. Cela me chatouillait, cela brûlait, et j'avais parfois l'impression que c'était ignominieux. Mais Netty ne se lassait jamais de répéter : « Si tu n'es pas propre là-dessous, tu n'es propre nulle part ; si tu ne te laves pas là-dessous, tu attraperas une terrible maladie. Je connais des milliers de gens à qui c'est arrivé. » Être sale, dans ce sens-là, c'était aussi vilain que de cracher. On m'inter-disait de cracher, ce qui était très frustrant dans un vil-lage plein de cracheurs émérites. Si on ne faisait pas attention, m'avertit Netty, on finissait par cracher sa cer-velle. Et je me souviens en effet d'avoir vu au village un vieil homme nommé Cice Athelstan, personnage très connu à Deptford, qui avait cette démarche chancelante, cette façon de lever haut les pieds caractéristiques d'un homme au dernier stade de la syphilis, mais Netty pré-tendait qu'il était la victime de crachements immodérés.

L'apothéose de ma vie de jeune prince de Deptford, ce fut certainement le jour où je jouai le marié dans un *Mariage de Tom Pouce*, à l'église unitaire.

C'était à la fin du mois d'août, j'avais huit ans, et ce « mariage » constituait un supplément à la foire d'automne, une des grandes fêtes de Deptford. En plus du matériel agricole, on pouvait y trouver des objets arti-sanaux apportés par les Indiens de la réserve voisine : éventails, colliers de perles, boîtes en glycérie, cannes sculptées, et cætera. Il y avait aussi quelques jeux forains dont un intitulé *Tape dans l'œil du négro* : pour vingt-cinq cents, vous pouviez jeter trois balles de base-ball sur un Noir qui passait la tête à travers un écran et vous mettait au défi de le toucher. Mon grand-père m'acheta trois balles. Mon premier lancer fut trop court, mon deuxième dévia à droite ; le troisième projectile passa au-dessus de la toile sous les quolibets d'un petit groupe de garnements qui regardaient la scène et auxquels le Noir

– manifestement du genre subversif – ne cessait de faire des clins d'œil pendant que je me couvrais de ridicule. Mais leur ignorance ne m'inspira que pitié et mépris car je savais qu'à la nuit tombée je serais la vedette de la foire.

Un *Mariage de Tom Pouce* est un simulacre de cérémonie nuptiale dans laquelle tous les participants sont des enfants et dont le piquant est son côté miniature. Le comité d'entraide des paroissiennes de l'Église unie avait prévu ce petit spectacle dans la tente où, durant la journée, les membres de cette organisation avaient servi des repas aux visiteurs de la foire : il était destiné à offrir une alternative raffinée aux plaisirs grossiers des attractions foraines. A sept heures et demie, tout était prêt. L'assistance, assez nombreuse, était surtout composée de dames qui se félicitaient d'être au-dessus de « divertissements » tels que numéros d'avaleur de sabres et fœtus de bébés à deux têtes conservés dans des bocaux. Il faisait chaud sous la tente ; les lumières des ampoules rouges, blanches et bleues vacillaient d'une manière à vous donner mal au cœur. Au moment approprié, le « pasteur », mon « témoin » et moi-même nous avançâmes pour attendre la mariée.

C'était une petite fille à laquelle on avait attribué ce rôle plus pour sa bonne conduite à l'école du dimanche que pour son attrait physique. Bien qu'elle s'appelât Myrtle, ses camarades la connaissaient sous le nom de Toad * Wilson. Le mélodion joua le chœur nuptial de *Lohengrin* et Toad, escortée par six autres petites filles, s'approcha de nous aussi lentement qu'elle put. Toutefois, au lieu de suggérer la solennité, elle donnait plutôt l'impression de manquer d'enthousiasme.

Elle était attifée d'une robe de mariée à laquelle sa mère et Dieu sait combien d'autres femmes avaient tra-

* Toad : crapaud. *(N.d.T.)*

112

vaillé pendant des semaines. Drapée dans des mètres de dentelle et de satin, écrasée par son voile et sa couronne, elle ressemblait à un boudin. C'est elle qui aurait dû être le point de mire, mais ma grand-mère et Netty avaient veillé à ce qu'il en fût autrement.

J'étais, moi, d'une élégance extraordinaire, ma grand-mère ayant fait travailler la vieille Mme Clements, la couturière du village, pendant tout un mois. Je portais un pantalon de satin noir, un habit en velours et une large ceinture de soie rouge. Avec la chemise en satin et la lavallière qui complétaient ma tenue, je devais être magnifique. Tout le monde fut d'avis que, pour mettre une touche finale à ma toilette, il me fallait un haut-de-forme. Bien entendu, il n'y en avait aucun à ma taille. Toutefois, dans un des magasins locaux, ma grand-mère dénicha un chapeau melon d'un style qui devait avoir été à la mode en 1900 : pourvu d'un bord étroit et plat et d'une très haute calotte, il semblait avoir été confectionné pour un homme à crâne pointu. Quand on eut fourré une bonne quantité de coton sous le ruban intérieur, il m'alla parfaitement. Je le gardai sur la tête jusqu'au moment où la mariée fut près de moi. Alors, je l'ôtai d'un grand geste et m'en couvrit le cœur. C'était là une idée à moi. Je crois qu'elle dénote un certain sens de l'effet dramatique car elle empêcha Toad de monopoliser injustement l'attention générale.

La cérémonie était destinée à faire rire. Clown de la soirée, le « pasteur » avait à dire certaines phrases qui figuraient dans un texte gardé par l'une des dames du comité d'entraide. Ce document devait dater des beaux jours de Josh Billings car les *Mariages de Tom Pouce* étaient déjà démodés dans les années trente. « Myrtle, jurez-vous de vous lever tôt et de servir à votre mari un petit déjeuner cuisiné chaque jour de la semaine ? » était l'une des répliques les plus célèbres du dialogue; d'une voix flûtée, Toad y répondit : « Je le jure. » Je me sou-

113

viens que, pour ma part, je devais promettre de ne pas chiquer de tabac dans la maison ni d'utiliser les meilleurs ciseaux de ma femme pour couper du fil de fer.

Tout cela, cependant, n'était qu'une sorte de préambule au point culminant de la représentation : le moment où j'embrassais la mariée. Soigneusement répétée, cette scène était censée faire crouler la salle sous les rires et les applaudissements. Je devais me montrer si pressant et embrasser la mariée si souvent que le pasteur, avec une feinte indignation, était obligé de nous séparer – comédie dont le succès était garanti car elle avait juste cette pincée de lubricité sacralisée qui plaisait tant aux dames du comité et à laquelle l'innocence des enfants donnait une saveur particulière. Mais là encore, j'apportai une amélioration au jeu habituel ; enfant, j'avais horreur qu'on se moquât de moi et je trouvais qu'être embrassé par David Staunton était une affaire sérieuse et bien trop bonne pour une face de lune comme Toad Wilson. A titre de récompense exceptionnelle, on m'avait parfois emmené au cinéma et là, sur l'écran, j'avais vu quelques embrasseurs de renommée internationale à l'œuvre. Aux répétitions du « mariage », j'avais suivi les indications stupides de l'association féminine, mais pendant la représentation, quand le grand moment arriva, je lançai mon chapeau à terre, m'agenouillai gracieusement et portai la patte inerte d'une Toad stupéfaite à mes lèvres. Puis je me levai, saisis ma partenaire par sa taille inexistante et pressai un long baiser brûlant sur ses lèvres tout en la ployant en arrière aussi loin que le permettait son corps épais. Voilà qui montrera à Deptford ce que peut être l'amour quand il est traité d'une main de maître, me dis-je.

J'obtins largement l'effet désiré. Il y eut des ah! et des oh!, les uns de plaisir, les autres de désapprobation. Alors que Toad et moi descendions l'allée centrale au son d'un Mendelssohn asthmatique, ce fut sur moi, et non sur la mariée, que convergèrent tous les regards. Et ce qui m'apporta le plus de satisfaction, ce fut d'entendre une femme murmurer, sans que je comprisse alors les implications contenues dans cette phrase : « Y a pas de doute, c'est bien le fils de Boy Staunton. » Plus tard, alors que nous mangions de la glace et du gâteau offerts par le comité d'entraide, Toad n'arrêta pas de m'adresser de petits sourires enjôleurs, mais je restai de marbre. Une fois mon citron pressé, je le jette : telle était mon attitude à l'époque.

Netty n'était pas contente. « Je parie que tu es très fier d'avoir fait ton mariol », gronda-t-elle alors que je me mettais au lit. Ce commentaire entraîna une dispute et des larmes. Ma grand-mère pensa que ma parution en public m'avait énervé; en fait, j'éprouvais surtout une grande déception : personne ne semblait comprendre que j'étais vraiment remarquable.

(Déterrer les fragments récupérables de mon passé d'enfant et les étaler devant une autre personne me coûtait beaucoup d'efforts. Ce n'était pas du tout pareil que de se rendre compte, comme tout le monde le fait, qu'à une époque lointaine on s'est mal conduit. C'est durant cette période que j'eus un rêve, ou une sorte de vision entre l'état de veille et le sommeil : je me retrouvais sur la jetée du port et j'essuyais la figure couverte de boue et de cambouis d'un noyé; à mesure que je nettoyais ce visage, je m'apercevais que ce n'était pas mon père qui était couché là, mais un enfant, et que cet enfant, c'était moi.)

2

Je rêvais fréquemment maintenant, ce qui ne m'était encore jamais arrivé. Le docteur von Haller me demanda de retrouver des rêves de mon enfance. Malgré mes doutes, au début, je découvris que j'en étais capable. Il y avait ce rêve de mes six ans où j'avais vu Jésus monter au ciel comme dans les tableaux représentant l'Ascension. Dans les plis de Son manteau, on devinait la présence d'un globe terrestre. Il semblait faire partie de sa silhouette. Jésus le cachait pour le protéger, puis me le révélait. Je me tenais au milieu de la route, au-dessous de Lui. S'était-il agi d'un rêve ou d'une vision diurne? Je n'ai jamais pu vraiment trancher. La scène, en tout cas, était d'une éclatante netteté. Puis il y avait évidemment mon rêve récurrent, celui que j'ai fait si souvent, chaque fois sous une forme légèrement différente, mais toujours accompagné du même sentiment de terreur. J'étais dans un château, ou une forteresse, fermé au monde, et j'y gardais un trésor – parfois cela avait l'air d'être un dieu ou une idole dont j'ignorais toujours la nature mais que je considérais de grande valeur. Un Ennemi le menaçait de l'extérieur. Cet être bondissait d'une fenêtre à l'autre, cherchant à entrer, et moi je courais comme un fou d'une pièce à l'autre pour l'en empêcher et le tenir à distance. Netty avait attribué ce rêve à la lecture d'un livre intitulé *Le Petit prince boiteux*, dans lequel un garçon solitaire vit dans une tour, et qui m'avait été arbitrairement défendu. Netty aimait défendre des livres; elle s'est toujours méfié de la lecture. Mais je savais parfaitement que j'avais fait ce rêve bien avant d'avoir lu l'ouvrage en question et que j'ai continué à le faire bien après que le contenu du *Petit prince boiteux* eut pâli dans ma mémoire. L'intensité du rêve et son atmosphère menaçante n'avaient rien à voir avec aucun des livres que je connaissais.

Le docteur von Haller et moi travaillâmes quelque temps sur ce rêve, essayant de retrouver des associations qui l'auraient éclairé. Bien que cela me paraisse évident maintenant, je mis plusieurs jours à reconnaître que la tour était ma vie, le trésor ce qui la rendait précieuse et digne d'être défendue contre l'Ennemi. Mais qui était cet Ennemi? Là, mon analyste et moi eûmes une petite dispute : je maintenais en effet que l'Ennemi était extérieur tandis que la thérapeute ne cessait de me ramener en un point où je devais admettre que l'Ennemi pouvait être une partie de moi-même – une force négative en David qui refusait de voir les événements de sa vie dans leur réalité et qui, quand il regardait le trésor, ou l'idole, mettait en doute sa valeur. Lorsque j'eus enfin avalé cette interprétation et admis à contrecœur qu'elle pouvait être juste, je devins très désireux de connaître la nature du trésor. Mais c'est alors que le docteur von Haller se montra réticent. Il valait mieux attendre, déclara-t-elle; la réponse apparaîtrait d'elle-même.

DOCTEUR VON HALLER : Nous n'allons pas employer les méthodes draconiennes de votre grand-père pour parvenir à la racine d'un mal, n'est-ce pas? Nous n'allons pas vous empaler sur cette affreuse et envahissante canule. Laissez à la Nature le soin de vous guérir à sa manière et tout ira bien.

MOI : Je n'ai pas peur, vous savez. Je suis prêt à aller jusqu'au bout tout de suite, pour en finir.

DOCTEUR VON HALLER : Vous avez assez joué au vaillant petit soldat pour le moment. Il faut me croire : dans le cas présent, la patience donnera de meilleurs résultats que la force.

MOI : Je ne voudrais pas trop insister là-dessus, mais je suis intelligent. N'ai-je pas accepté très vite – du moins à titre d'hypothèse – vos idées sur l'interprétation des rêves?

DOCTEUR VON HALLER : En effet, mais accepter une hypothèse ce n'est pas la même chose qu'accepter une vérité psychologique. Nous ne sommes pas en train d'élaborer un système intellectuel; nous essayons de retrouver quelques souvenirs perdus et de réveiller des sentiments presque oubliés dans l'espoir de pouvoir les éclairer d'un jour nouveau, mais surtout d'éclairer le *présent* d'un jour nouveau. Rappelez-vous ce que je vous ai dit si souvent : ce n'est pas pour le plaisir que nous fouillons dans les débris de votre passé. Tout ce dont nous parlons a disparu et ne peut être changé; si ces choses n'avaient aucune importance, nous pourrions les laisser tomber, mais nous devons au contraire en tenir compte si nous voulons guérir le présent et assurer l'avenir.

MOI : Mais vous me freinez. Moi je suis prêt à accepter tout ce que vous me dites; je suis impatient d'aller de l'avant. J'apprends vite. Je ne suis pas stupide.

DOCTEUR VON HALLER : Veuillez m'excuser, mais vous l'êtes, stupide. Vous êtes capable de penser et vous êtes capable d'apprendre. Vous faites l'un et l'autre comme un homme moderne cultivé. Mais vous êtes incapable de sentir, sinon à la manière d'un primitif. C'est là un mal très répandu, surtout à notre époque où penser et apprendre ont pris une importance totalement absurde et nous ont amenés à créer le chaos à l'échelle mondiale. Nous devons développer votre capacité de sentir et vous convaincre de la vivre en tant qu'homme et non pas comme un enfant sans grâce, un enfant handicapé. Par conséquent, vous ne devez pas engloutir avidement votre analyse, puis vous écrier : « Ça y est, j'ai compris! » parce qu'il ne s'agit pas de comprendre. Il s'agit de sentir. Comprendre et sentir ne sont pas interchangeables. N'importe quel théologien comprend le martyre, mais seul le martyr éprouve la brûlure du feu.

Je refusai ce point de vue. Nous nous lançâmes alors dans une longue discussion qu'il serait oiseux de rapporter en détails. Je dirai simplement qu'elle tournait autour de la notion platonicienne que l'homme appréhende le monde qui l'entoure de quatre façons différentes. Là, je pensais avoir un avantage considérable : j'avais en effet étudié très sérieusement *La République* pendant mes années d'Oxford avec, d'ailleurs, cette idée bien oxonienne que Platon avait été un oxonien avant son temps. Oui, je me rappelais la théorie du philosophe sur les quatre modes de connaissance et je pouvais les nommer : la raison, la compréhension, l'opinion et la conjecture. Mais le docteur von Haller, qui n'avait pas étudié à Oxford, tenait à les appeler pensée, sentiment, sensation et intuition. Elle semblait convaincue qu'un homme raisonnant est incapable de choisir entre ces quatre modes, ou de les hiérarchiser, avantageant tout naturellement la raison. Nous étions nés avec une prédisposition pour l'un d'entre eux et devions nous débrouiller avec ce que nous avions.

Elle dit d'ailleurs — ce qui me fit plaisir — que la pensée (que je préférai appeler raison) était la fonction dominante de mon caractère. D'après elle, j'étais également bien pourvu en sensation, ce qui me donnait le sens de l'observation et me permettait d'être très précis au sujet de détails matériels. L'intuition me visitait de temps à autre. Nul mieux que moi ne savait à quel point c'était vrai car j'ai toujours eu, en quelque sorte, la faculté de voir à travers un mur, si nécessaire, et j'aime beaucoup la traduction que Jowett propose de l'expression employée par Platon pour décrire ce phénomène : *perception of shadows*, percevoir des ombres. Cependant, le docteur von Haller me gratifia de mauvaises notes pour le sentiment. Chaque fois que je devais affronter une situation qui exigeait une appréciation sérieuse de valeurs plutôt qu'une formulation exacte d'idées, je « faisais une crise », pour parler comme Netty. « Après tout, conclut l'analyste, c'est bien parce que vos sentiments devenaient insupportables que vous avez décidé de venir à Zurich. »

MOI : Mais non! Je vous l'ai dit : c'était une décision rationnelle. Même si j'y suis parvenu d'une façon un peu curieuse, c'était malgré tout sur la base d'un examen minutieux des faits devant le tribunal du juge Staunton. Je me suis efforcé de ne pas mêler le sentiment à cette affaire.

DOCTEUR VON HALLER : Précisément! Ne savez-vous pas que lorsqu'on chasse la Nature par la porte, elle entre subrepticement par la fenêtre? Eh bien, c'est ce que le sentiment fait chez vous.

MOI : Soit, mais j'ai pris la bonne décision, n'est-ce pas? Je suis ici. Qu'aurait pu accomplir de plus le sentiment qui n'a pas été atteint par la raison?

DOCTEUR VON HALLER : Je ne peux pas vous le dire parce que nous parlons de vous et non d'une personne hypothétique. Nous devons donc nous en tenir à ce que vous êtes et à ce que vous avez fait. Les types Sentiment ont leurs propres problèmes; souvent ils raisonnent comme des sabots, ce qui leur crée des ennuis tout à fait spécifiques. Mais reconnaissez-le, monsieur le juge : votre venue ici équivaut à un appel au secours, malgré toute l'ingéniosité avec laquelle vous avez pu déguiser cette démarche en une décision fondée sur la raison ou en une peine dont vous a frappé votre intellect.

MOI : Si j'ai bien compris, je dois donc détrôner mon intellect et le remplacer par l'émotion?

DOCTEUR VON HALLER : Vous voyez! Voilà comment vous réagissez quand votre sentiment sous-développé se réveille. Je me demande quelle femme en vous parle ainsi. Votre mère, peut-être? Ou Netty? Nous finirons par l'apprendre. Non, on ne vous demande pas de remiser votre intellect, mais de découvrir en quoi il peut vous servir et en quoi il vous trahit. Et d'offrir un peu de nourriture et de raffinement à ce pauvre Caliban qui régit votre sentiment actuellement. »

(Bien entendu, cette discussion prit beaucoup de temps

et nécessita bien plus de paroles que celles que j'ai notées
ici. A plusieurs reprises je me mis dans une telle colère,
que j'interrompis le traitement, réglai le docteur von Hal-
ler et me payai une cuite monumentale. J'ai toujours
détesté me contenir et l'un de mes défauts, au tribunal,
c'est de ne pas pouvoir cacher mon dépit et mon humilia-
tion quand un juge me donne tort. Par ailleurs, le fait que
j'aie horreur de perdre a beaucoup contribué à me faire
gagner. Finalement, donc, nous continuâmes.)

Si Deptford était mon Arcadie, Toronto n'avait rien
d'aussi agréable. Nous habitions le vieux quartier chic,
dans une grande demeure où les employés étaient plus
nombreux que les membres de la famille. Il y avait
quatre Staunton, mais le valet de chambre (qui, parfois,
faisait suffisamment bien son métier pour être appelé
« majordome »), la cuisinière, la bonne, la lingère, le
chauffeur et, naturellement, Netty, constituaient une
majorité et dominaient la maisonnée. Non pas que nous
le désirions ainsi, simplement ma pauvre mère était incapable de les traiter d'une façon qui eût empêché cette
situation.

Les gens sans domestiques s'imaginent souvent qu'il
serait merveilleux d'avoir toujours des personnes à sa
disposition autour de soi. Peut-être... quoique je n'aie
jamais connu de maison où cela se passait ainsi ; quant à
la nôtre, elle n'était certainement pas caractéristique à cet
égard. Les domestiques se succédaient parfois à une
cadence ahurissante. Les valets de chambre buvaient ou
séduisaient les bonnes ; les cuisinières volaient ou avaient
de sales caractères ; les lingères abîmaient des vêtements
coûteux ou mettaient de faux plis sur les pantalons de
mon père ; les femmes de chambre ne nettoyaient pas
dans les étages et se tournaient les pouces en bas ; le
chauffeur n'était pas là quand on avait besoin de lui ou
empruntait les voitures pour des virées personnelles.

Netty était la seule étoile fixe au firmament de notre intérieur; elle jasait sur tous les autres employés et, avec le temps, se mit à ambitionner le pouvoir absolu d'une gouvernante. De ce fait, le majordome et elle se livraient en permanence une guerre compliquée. Certains des domestiques étaient étrangers; comme, entre eux, ils parlaient leur langue, Netty les soupçonnait de cacher des intentions malhonnêtes; d'autres étaient anglais et Netty sentait qu'ils la traitaient avec condescendance. Les enfants vivent toujours en un contact plus étroit avec les domestiques que les membres adultes de la famille. Caroline et moi ne savions jamais où nous en étions avec l'un ou avec l'autre et parfois nous servions d'otages dans de sombres intrigues d'office.

La raison de cet état de choses, c'était évidemment que ma pauvre mère, qui n'avait jamais eu de domestiques avant son mariage (à moins de considérer comme telle ma grand-mère Cruikshank qui semblait avoir peur de sa fille et faisait ses quatre volontés), n'avait pas la moindre idée quant à la manière de tenir ce genre de ménage. D'un naturel aimable et légèrement timoré, elle était hantée par la crainte de ne pas se montrer à la hauteur de ce que ses employés attendaient d'elle. Elle quêtait leurs faveurs, leur demandait leur opinion et — il faut bien le dire — était avec eux d'une familiarité plus grande que ne le commandait la prudence. Si la femme de chambre avait à peu près son âge, elle l'invitait à lui donner son avis sur ses toilettes; mon père, qui le savait, désapprouvait cette attitude; il disait parfois à maman qu'elle s'habillait comme une bonniche le jour de sa sortie. Dénuée d'expérience sur le genre de nourriture que peuvent préparer des cuisiniers professionnels, maman laissait à ceux-ci une entière liberté, de sorte que papa se plaignait de voir sans cesse les mêmes plats apparaître sur la table selon un ordre immuable. Maman n'aimait pas se faire conduire par un chauffeur; elle conduisait donc sa propre voiture et le chauffeur n'avait pas assez de travail. Elle n'obligeait pas les domestiques à nous appeler Mlle Caroline et M. David quand ils parlaient de nous, signe de respect qu'exigeait mon père. Il y avait certainement de bons employés de maison quelque part — d'autres familles semblaient en trouver et les garder — mais nous, nous n'en dénichâmes jamais aucun à part Netty. Or Netty était un fléau.

Deux choses, surtout, clochaient avec Netty. Elle était amoureuse de mon père et avait connu ma mère avant que celle-ci ne se marie et devînt riche. Je ne m'en rendis pas compte jusqu'à la mort de ma mère, mais Caroline s'en aperçut très vite et ce fut elle qui m'ouvrit les yeux. Netty aimait mon père servilement et en silence. Je doute qu'elle ait jamais rêvé que son amour pût être payé de retour d'une manière durable — et certainement pas physiquement. Tout ce qu'elle demandait, c'était de temps à autre une parole aimable de sa part ou l'un de ses merveilleux sourires. En ce qui concernait ma mère, je crois que si Netty avait jamais clarifié ses pensées, elle aurait admis qu'elle la voyait comme un beau jouet, mais pas comme une femme qui faisait vraiment le poids en tant qu'épouse. Et il n'était pas dans la nature de Netty de trouver juste que ma mère eût accédé à sa position grâce à sa beauté. Netty s'était rendu compte que maman était la plus belle fille de Deptford — non, mieux que ça : maman était la plus belle femme que j'aie jamais vue — mais elle l'avait connue comme la fille de « ces gens du bord de la rivière » et, à part la beauté, qu'est-ce qui pouvait bien mettre quelqu'un venant d'un endroit pareil au-dessus d'elle ?

Ma mère ignorait certainement tout des motivations qui poussaient mon père et le faisaient parfois agir d'une façon que très peu de gens comprenaient. Peut-être même étais-je le seul à les comprendre. Les autres ne voyaient que sa réussite ; ils ignoraient tout de ses grands rêves, du mécontentement que lui causait l'état des choses. Certes, il était riche et il avait bâti sa fortune de ses propres mains. Grand-père Staunton s'était contenté d'être le richard de Deptford et avait fait d'habiles investissements dans le sucre de betterave. Mais c'est mon père qui comprit que le dérisoire million et demi de livres de sucre de betterave produit chaque année au Canada n'était rien comparé à ce que pouvait mettre sur le marché un homme qui se lancerait hardiment, mais intelligemment, dans l'importation et le raffinage de sucre de canne. Les gens consomment environ cent livres de sucre par an, sous une forme ou sous une autre. Sur cette quantité-là, papa en fournissait quatre-vingt-cinq. Et c'est lui qui se rendit compte qu'une grande partie des déchets provenant du raffinage pouvait être utilisée en tant que complément minéral dans la nourriture destinée à la volaille et au bétail. Par conséquent, papa ne tarda pas à se trouver engagé jusqu'au cou dans la fabrication de toutes sortes de pâtisseries, confiseries, boissons non alcoolisées et nourriture pour animaux scientifiquement préparée, tout cela sous le contrôle d'une seule société, l'Alpha Corporation. Cependant, considérer ces activités comme l'élément moteur de sa vie était se tromper lourdement sur lui.

Sa plus grande ambition était d'être un homme remarquable, de vivre une vie pleinement aboutie, d'essayer de faire tout ce qui se présentait à portée de ses désirs. Il avait horreur des personnes qui traversent la vie en traînant des pieds et qui n'arrivent à rien. Il aimait citer un vers d'un poème de Browning qu'il avait appris à l'école et où il était question de « lampe non allumée » et de « reins non ceints ». Sa lampe à lui brillait toujours d'un vif éclat et ses reins étaient ceints aussi étroitement que possible. Selon le classement fumeux des différents types psychologiques que m'apprenait le docteur von Haller — et que j'avais tendance à considérer d'un œil sceptique –, il appartenait sans doute au type Sensation : son sens du réel, du concret et du tangible était en effet extrêmement fort. Toutefois, il se trompait parfois sur les gens et je crains qu'il ne se soit trompé sur maman.

Elle était très belle, mais pas du tout dans un style classique. Elle avait cette beauté qu'on admirait tant dans les années vingt, quand les filles étaient censées avoir des corps de garçon, de merveilleux grands yeux, de jolies bouches boudeuses et surtout un air très dynamique. Maman aurait pu faire carrière au cinéma. Peut-être que non, après tout, car si elle avait un physique d'actrice, elle était dénuée de tout talent dramatique. Je crois que papa voyait en elle des choses qui n'existaient pas vraiment. A ses yeux, une beauté aussi frappante ne pouvait pas être une simple fille de Deptford ; il devait supposer que ses liens avec les gens du bord de la rivière n'étaient pas une relation parents-enfant, qu'il s'agissait d'une de ces situations que l'on rencontre dans les contes de fées où une princesse a été confiée aux soins de braves paysans. Il suffirait de quantité de beaux vêtements, quantité de bals, de voyages à l'étranger et d'innombrables leçons de tennis et de bridge pour que se révélât la princesse qu'elle était en réalité.

Pauvre maman ! Je me sens toujours coupable envers elle parce que j'aurais dû l'aimer et la soutenir davantage que je ne l'ai fait, mais j'étais sous le charme de mon père. Je comprends maintenant que je percevais sa déception ; or, quiconque le décevait ne méritait pas mon amour. Je prenais toutes ses ambitions et tous ses désirs à mon compte et j'eus toutes les peines du monde à supporter le fait, de plus en plus évident à mesure que je vieillissais, que je le décevais moi aussi.

Pendant mon analyse, j'eus la surprise de voir Félix m'apparaître une nuit en rêve. Félix m'avait apporté joie et consolation quand j'avais environ quatre ans, mais je l'avais oublié.

C'était un gros ours en peluche. Il était entré dans ma vie à un moment très dur pour moi : j'avais mécontenté mon père en jouant à la poupée. Non pas une poupée fille, mais une poupée habillée en soldat écossais que quelqu'un m'avait donnée — je ne me souviens plus qui parce que j'ai arraché tous les détails de cette affaire de mon esprit. Que le jouet fût un soldat ne changea rien pour mon père ; tout ce qu'il vit, c'était que je l'avais emmitouflé dans une couverture de poupée appartenant à Caroline et emmené au lit. Il le fracassa contre le mur et, d'une voix terrifiante, demanda à Netty si elle voulait faire de moi, son fils, un être efféminé ? Et, dans ce cas, que prévoyait-elle d'autre dans son programme éducatif ? Me mettre des robes, peut-être ? M'encourageait-elle à uriner assis pour que je puisse, plus tard, utiliser les toilettes pour dames dans les hôtels ? J'étais au désespoir ; Netty était accablée elle aussi, mais elle ne pleura pas. L'heure du coucher en fut terriblement assombrie et il fallut maintes tasses de cacaco pour me calmer. Seule ma mère prit ma défense, mais tout ce qu'elle trouva à dire fut : « Oh, Boy, ne dis pas de bêtises ! », ce qui eut pour unique résultat d'attirer sur elle-même le courroux de mon père.

Toutefois, elle dut parvenir à un compromis avec lui car, le lendemain, elle m'apporta Félix. C'était, me dit-elle, un ours très fort et courageux pour un petit garçon très fort et courageux ; nous aurions certainement toutes sortes d'aventures ensemble. Plus grand que la plupart des ours en peluche, Félix était d'un beau brun doré, du moins au début ; il avait un air sérieux et résolu. Il avait été fabriqué en France, d'où son nom. Ma mère essaya de se rappeler tous les noms de garçon français qu'elle connaissait, mais ceux-ci se réduisirent à Jules et à Félix. Le premier fut rejeté parce que pas assez masculin à notre goût et peu conforme au caractère de cet ours intrépide. On lui donna donc le second. Félix fut le premier de toute une série de ses congénères que j'emmenais tous les soirs au lit. A une certaine époque, il y en avait neuf de diverses tailles ; c'était tout juste s'il restait assez de place pour moi.

Mon père était au courant de l'existence de ces ours, en tout cas de celle de Félix, mais il n'éleva aucune objection. Deux ou trois de ses remarques me révélèrent pourquoi. Papa avait été impressionné par ce qu'il avait entendu dire de Winnie l'Ourson et il pensait qu'un ours était un jouet adéquat pour un petit garçon anglais de la bonne société. Il admirait tout ce qui était anglais et aristocratique. Ainsi Félix et moi pûmes vivre paisiblement ensemble, même quand j'allais déjà à l'école.

L'admiration de mon père pour tout ce qui était anglais traduisait un aspect des relations ambiguës que le Canada entretenait avec l'Angleterre. Les mauvaises langues diraient sans doute que cela dénotait chez mon père une mentalité de colonisé ; moi je pense que c'était la forme que prenait son romantisme. Dans mon enfance, le Canada avait quelque chose de terriblement vieillot et collet monté — un manque d'audace et d'ampleur, une absence de créativité dans le domaine culturel, un côté mal tenu et poussiéreux qui exaspéraient mon père. Certes, on pouvait y faire de l'argent, et c'était bien à cela qu'il s'employait. Mais vivre le genre de vie qui lui plaisait y était très difficile et, à bien des égards, impossible. Papa savait à qui en revenait la faute : au Premier ministre.

Le très honorable William Lyon Mackenzie King était incontestablement un homme bizarre, mais une étude approfondie que je fis plus tard m'a amené à la conclusion que c'était un génie politique de premier ordre. Aux yeux de papa, toutefois, il incarnait plusieurs qualités détestables. Sa méfiance envers l'Angleterre et son désir d'obtenir une plus grande autonomie pour le Canada : pour papa, c'était simplement préférer d'une façon per-

127

verse un bien inférieur à un bien supérieur. Le talent qu'il avait, tel un prestidigitateur, de détourner l'attention en faisant quelque chose de sa main droite tout en préparant de la gauche le dénouement de son tour : papa trouvait que ce comportement n'avait pas l'élégance qu'il croyait voir dans la politique britannique. Mais c'était surtout l'étonnante disparité existant entre la personnalité publique et la personnalité privée de M. King qui mettait mon père hors de lui.

« A la tribune, il invoque la raison et la nécessité, rugissait-il, mais sa vie est pleine de superstitions, de la pire espèce de vaudou. Rends-toi compte ! Cet homme ne consulte jamais les électeurs sans demander au préalable à un voyant extralucide de Kingston de lui désigner un bon jour ! Il pratique l'écriture automatique. Il prend des décisions importantes, des décisions d'intérêt national, en ouvrant sa Bible et en pointant un verset avec son coupe-papier, les yeux fermés. Et figure-toi qu'il s'assied devant le portrait de sa mère et communie – *communie,* est-ce croyable ? – avec la défunte. Suis-je écrasé d'impôts à cause d'un conseil que Mackenzie King a reçu de l'esprit de sa mère ? Et voilà l'homme qui se pose en dirigeant national ! »

Papa parlait à son vieil ami Dunstan Ramsay et je n'étais pas censé écouter. Mais je me rappelle que Ramsay répondit : « Il vaut mieux te faire une raison, Boy : Mackenzie King gouverne le Canada parce qu'il incarne ce pays. Froid et prudent de l'extérieur, sans envergure dans l'action publique, mais, à l'intérieur, plein d'intuitions et de sombres pressentiments. King est l'enfant chéri du Destin. Sans doute prendra-t-il toujours les bonnes mesures pour de mauvaises raisons. »

Cette appréciation n'était certainement pas de nature à réconcilier papa avec le Premier ministre.

A plus forte raison lorsqu'en 1936 la situation en Angleterre commença à se dégrader d'une façon qui touchait mon père de près.

3

Je n'ai jamais très bien compris les rapports que mon père avait avec le prince de Galles : le prince figurait dans mes rêves éveillés d'enfant comme un personnage si extraordinaire et si puissant qu'il m'était impossible de dissocier fantasme et réalité. Les enfants, néanmoins, entendent beaucoup plus que leurs proches ne le pensent et ils comprennent une grande partie, sinon tout, de ce qui se dit autour d'eux. A l'automne de 1936, je commençais à comprendre clairement que le prince était persécuté par de méchants hommes qui, en gros, avaient le même caractère que Mackenzie King. Ses ennuis étaient dus à une dame dont le prince était amoureux et ces méchants hommes – un Premier ministre et un archevêque – s'opposaient à leur bonheur. Papa parla beaucoup – pas à moi, mais à portée de mon oreille – de ce que devait faire tout homme qui se respecte pour montrer qui était le maître et quels principes devaient prévaloir. Il discourait sur ce thème et cela avec une véhémence que je ne pouvais comprendre, mais qui semblait oppresser ma mère. Il avait l'air complètement obsédé par ce sujet. Et quand le prince finit par abdiquer, mon père fit mettre en berne le drapeau qui flottait sur le bâtiment d'Alpha. Il était très triste. Bien entendu, nous étions tristes nous aussi car nous avions l'impression, Caroline et moi, qu'un terrible malheur s'était abattu sur notre maison et sur le monde, et que les choses ne seraient plus jamais pareilles.

Le Noël de cette année apporta avec lui un des grands bouleversements qui influencèrent ma vie. Mes parents se disputèrent d'une façon affreuse et mon père quitta la maison ; en fait, il resta absent plusieurs jours. Dunstan Ramsay, l'ami de la famille que j'ai si souvent mentionné, était chez nous. Il fut aussi gentil avec Caroline et avec moi qu'il en était capable, mais il ne savait pas s'y prendre avec les enfants. Quant à nous, sentant que papa était furieux et malheureux, nous ne voulions rien avoir à faire avec un autre homme. Il se montra également très bon et affectueux envers ma mère. Netty étant de congé pour la journée, Ramsay nous envoya dans notre chambre en nous promettant de venir nous voir plus tard. Nous obéîmes, mais continuâmes à suivre attentivement ce qui se passait en bas. Ramsay parla pendant très longtemps ; nous entendions sa voix grave et les sanglots de maman. Enfin maman monta dans sa chambre. Après une discussion assez confuse, Carol et moi décidâmes d'aller la voir. Nous ne savions pas ce que nous ferions une fois avec elle, mais nous voulions à tout prix être avec quelqu'un qui nous aimait et pouvait nous réconforter ; or, nous avions toujours compté sur elle pour cela. Mais si elle pleurait ? C'était là une chose terrible que nous n'étions pas sûrs de pouvoir affronter. Par ailleurs, nous devions absolument la rejoindre. Nous nous sentions seuls et nous avions peur. Nous nous glissâmes donc dans le couloir. Alors que nous avancions sur la pointe des pieds, la porte de la chambre de maman s'ouvrit et Ramsay sortit. Nous ne lui avions encore jamais vu une expression pareille : il souriait, mais en même temps il était manifestement furieux. Pour des enfants, sa physionomie, toute en sourcils, gros nez et joues creuses, avait quelque chose d'inquiétant. Malgré la gentillesse que Ramsay nous témoignait, nous avions toujours un peu peur de lui.

Mais le pire, ce fut d'entendre maman crier d'une voix étrangement altérée par le chagrin : « Tu ne m'aimes pas ! » C'était la première fois que nous l'entendions parler sur ce ton et nous en fûmes terriblement alarmés. Comme nous étions encore à quelques mètres de la porte, Ramsay ne nous vit pas. Quand il eut bruyamment descendu l'escalier — invalide de la Première Guerre, il a une jambe de bois — nous retournâmes précipitamment dans notre chambre, atterrés.

Que se passait-il ? Tout ce que Caroline, qui n'avait que six ans, voyait dans cette affaire, c'était qu'il était très vilain de la part de Ramsay de ne pas aimer maman et de la faire pleurer. Mais moi, qui en avais huit et étais un enfant réfléchi, j'éprouvais toutes sortes de sentiments confus. Pourquoi Ramsay aurait-il dû aimer maman ? C'était papa qui faisait ça. Et que fabriquait Ramsay dans la chambre de maman ? J'avais vu quelques films et savais que les hommes ne vont pas uniquement dans les chambres à coucher pour bavarder : quelque chose de particulier se passait là, quoique je n'eusse pas une idée très claire de ce que ça pouvait être. Et maman qui était si déprimée alors que papa avait inexplicablement quitté la maison ! Beaucoup de vilenies se commettaient dans le monde ; de méchants hommes s'immisçaient dans la vie de deux personnes qui s'aimaient ; Ramsay semait-il la discorde entre mes parents ? Cela pouvait-il avoir un rapport quelconque avec les malheurs du prince ? Je réfléchis à la question jusqu'à en avoir la migraine et me montrai désagréable avec Caroline. N'acceptant pas ce genre d'attitude de ma part, ma sœur me fit une scène.

Enfin Netty rentra à la maison. Elle avait passé Noël avec son frère Maitland, dans la famille de la fiancée de celui-ci. Elle revenait chargée de cadeaux, mais quand elle voulut nous les montrer, nous refusâmes de les regarder. Maman pleurait et s'était couchée. Quand M. Ramsay était allé la voir dans sa chambre, elle lui avait crié des mots bizarres d'une voix bizarre. Netty devint soudain très grave ; elle fila vers la chambre de maman, Caroline et moi sur ses talons. Maman n'était pas dans son lit. La porte de la salle de bains était entre-bâillée. Netty frappa. N'obtenant pas de réponse, elle passa la tête par l'interstice... et poussa un hurlement. Puis, pivotant vers nous, elle nous ordonna de regagner notre chambre et de ne plus en bouger jusqu'à ce qu'elle arrive.

Elle revint enfin. Comme nous insistions pour aller voir notre mère, elle finit par céder, se rendant compte que c'était le seul moyen de nous calmer. Elle nous autorisa donc à nous rendre auprès d'elle, à nous approcher doucement de son lit et à l'embrasser. Maman semblait dormir. Jamais encore nous ne l'avions vue aussi pâle ; ses bras reposaient, très raides, sur la couverture ; ils étaient bandés. Elle se réveilla juste assez pour nous adresser un faible sourire, mais Netty nous interdit de lui parler et nous emmena rapidement.

Mais au moment où je passai devant la salle de bains, j'aperçus du coin de l'œil l'affreux désordre de cette pièce et ce qui avait l'air d'être une baignoire remplie de sang. Je ne criai pas, mais fus saisi d'une terreur glacée. Ce n'est que des années plus tard que je pus en parler à Caroline ; à la mort de maman, en fait.

Les enfants résistent mieux aux chocs psychologiques que les adultes ; ils ne restent pas assis à se morfondre, ils ne se mettent pas au lit. Nous retournâmes dans notre chambre et Caroline commença à jouer avec une poupée : elle lui bandait puis lui débandait les poignets en lui murmurant des paroles de réconfort. Moi je tenais un livre, mais j'étais bien incapable de lire. Nous tentions de nous cramponner à la normalité ; nous tentions même de tirer quelque avantage du fait que nous étions encore debout à une heure si tardive. Nous entendîmes donc Dunstan Ramsay revenir et remonter bruyamment l'escalier pour se rendre dans la chambre qu'il avait quittée quatre heures plus tôt. Un médecin arriva et Netty se mit à courir dans tous les sens. Ensuite, le médecin vint nous voir. Il conseilla de nous donner à chacun un verre de lait chaud avec quelques gouttes de rhum dedans : cela nous ferait dormir. L'idée d'ajouter du rhum horrifia Netty. Elle remplaça l'alcool par de l'aspirine écrasée, et enfin nous nous endormîmes.

Voilà ce que fut pour nous le Noël de l'Abdication.

Après cela, la maison cessa d'être un lieu où je me sentais vraiment en sécurité. Maman n'était plus la même. Nous supposions que c'était à cause des événements de la nuit de Noël. Elle ne retrouva jamais sa vitalité de « fille des années vingt » et elle changea physiquement. Non pas qu'elle enlaidit, mais elle qui avait toujours paru plus dynamique encore que ses enfants — chose tellement fascinante chez un adulte — perdit complètement cette qualité et Netty nous répétait constamment qu'il ne fallait pas la fatiguer.

Je vois maintenant que cet épisode de l'histoire de notre famille eut pour conséquence de rendre Netty beaucoup plus puissante : elle était en effet la seule personne à savoir ce qui s'était passé. La connaissance d'un secret entraîne toujours un inestimable accroissement du pouvoir.

Ce pouvoir, elle ne l'exerçait pas dans son intérêt personnel direct. Je suis certain que l'univers et les ambitions de Netty se limitaient à notre maison et aux événements domestiques. Plus tard, quand j'étudiai l'histoire, je me représentai une grande partie de l'époque féodale sous les traits de Netty. Elle était loyale vis-à-vis de notre famille et ne la trahissait jamais à une quelconque puissance étrangère. Par ailleurs, il ne fallait pas que nous la considérions comme une employée susceptible d'être renvoyée avec un préavis de quinze jours, pas plus qu'il ne dût jamais lui venir à l'esprit qu'elle était libre de nous quitter aux mêmes conditions. Elle était quelqu'un. Elle était Netty. De ce fait, elle pouvait exprimer des opinions et prendre des initiatives qui allaient bien au-delà de ce qui était permis à une domestique ordinaire. Mon père me dit un jour que, pendant toutes les années où elle travaillait pour nous, Netty ne lui avait pas une seule fois demandé une augmentation ; elle supposait qu'il lui donnerait un salaire équitable et que, en cas de nécessité, elle pouvait faire appel à lui avec l'entière certitude d'en avoir le droit. Je me rappelle que, des années plus tard, un ami de Caroline mit en question l'étrange relation qui existe entre Don Giovanni et Leporello, dans l'opéra de Mozart : si Leporello n'aimait pas la façon de vivre de son maître pourquoi ne le quittait-il pas? « Parce qu'il était un Netty mâle », dit Caroline. Résolument moderne, l'ami ne comprit pas, mais moi je trouvai cette réponse tout à fait satisfaisante. « Il peut me tuer, je continuerai à m'en remettre à lui » exprimait une partie de l'attitude de Netty envers la famille Staunton; l'autre partie se situe à la fin du verset : « pourtant à sa face je défendrai ma conduite ». Netty connaissait Deptford, elle connaissait « ces gens du bord de la rivière », elle savait ce qui s'était passé en cette nuit de Noël, l'année de l'Abdication. Mais ces choses-là ne regardaient pas le bas peuple.

Cela nous rendait-il Netty plus chère? Pas du tout. Cela en faisait une véritable terreur. Les personnes qui ont l'habitude de débiter des sottises sur les « bons et fidèles serviteurs » savent rarement quels gages moraux accompagnent leurs salaires réels. Les terribles silences de Netty au sujet de choses qui étaient éminemment présentes à notre esprit nous oppressaient beaucoup, Caroline et moi; ils constituaient pour nous une large part de ces ténèbres qui semblaient être tombées sur notre foyer.

DOCTEUR VON HALLER : N'avez-vous jamais demandé à Netty ce qui s'était passé en cette nuit de Noël?

MOI : Je ne m'en souviens pas, mais je sais que Caroline l'a fait, le lendemain. Toutefois, elle n'obtint que cette réponse exaspérante : « Celui qui ne pose pas de questions ne s'entendra pas dire de mensonges », et comme Caroline insistait, « Je veux savoir », elle eut droit à un autre poncif : « Dans ce cas, tu en seras pour tes frais. »

DOCTEUR VON HALLER : Et vous n'avez jamais interrogé votre mère?

MOI : Comment aurions-nous osé? Vous savez ce que sont les enfants : ils sentent qu'il y a des sujets tabous, à forte charge émotive. Ils ignorent que la plupart d'entre eux concernent le sexe, mais ils soupçonnent qu'il s'agit d'une chose qui pourrait ouvrir des abîmes et menacer l'idée qu'ils se font de leurs parents. Une partie d'eux-mêmes veut savoir, l'autre a peur de savoir.

DOCTEUR VON HALLER : Vous ne saviez rien sur le sexe, alors?

MOI : Je n'en connaissais que quelques bribes éparses. L'insistance que mettait Netty à vouloir me laver « là-dessous » m'indiquait qu'il s'agissait d'un domaine spécial. Et, dans le bureau de grand-père Staunton, j'avais trouvé un curieux aide-mémoire pour étudiants en médecine appelé *Le mannequin pour tous*, de Philips. C'était un homme en carton qui s'ouvrait pour révéler ses entrailles et qui avait de discrets organes génitaux pareils aux miens. Il y avait aussi un *Mannequin pour tous* féminin. Comme il était partiellement écorché, on ne pouvait que deviner les seins, mais il était pourvu d'une sorte de triangle chauve imperforé à l'endroit où l'homme portait ses attributs. M'étant livré à un habile espionnage pendant qu'on habillait Caroline, je savais que Philips ne disait pas toute la vérité; de plus, dès mon entrée à l'école, je fus submergé de renseignements aussi fantaisistes que dégoûtants, mais aucun d'eux ne m'éclaira beaucoup et il ne me vint jamais à l'esprit de les associer à ma mère. J'étais moins curieux de la sexualité que la plupart des garçons. Je ne voulais pas enrichir mes connaissances. Sans doute pressentais-je que cela ne ferait que me compliquer davantage la vie.

DOCTEUR VON HALLER : Étiez-vous heureux à l'école?

J'allais à une bonne école et, dans l'ensemble, je m'y plaisais. Je n'y associais pas le bonheur parce que ma vraie vie je la vivais à la maison, dans ma famille. J'étais plutôt bon élève et me débrouillais suffisamment bien en sports pour ne pas avoir d'ennuis, mais sans jamais y exceller. Je fus externe jusqu'à l'âge de douze ans ; ensuite papa décida que je devais devenir pensionnaire et ne rentrer à la maison que pour les week-ends. Cela se passait en 1940. La guerre s'installait et, comme il devait s'absenter souvent, mon père pensait que j'avais besoin d'une influence masculine dans ma vie, chose que Netty ne pouvait certainement pas me donner et dont ma mère, qui dépérissait de plus en plus, ignorait tout.

Durant la guerre, papa devint un personnage très important. L'une des missions du Canada consistait en effet à ravitailler la Grande-Bretagne ; or, si acheminer les vivres incombait à la Marine, fournir d'aussi grandes quantités que possible de denrées essentielles exigeait un énorme travail d'organisation et une habile gestion. Et ça, c'était tout à fait dans les cordes de papa. On ne tarda pas à lui offrir le portefeuille de ministre du Ravitaillement. Après avoir reçu du Premier ministre abhorré l'assurance qu'il aurait carte blanche, papa estima que M. King avait un grand talent d'administrateur et que, de toute façon, à un moment aussi critique, il fallait mettre les divergences personnelles de côté. Comme il séjournait à Ottawa, et souvent à l'étranger, il était absent pendant des mois. La maison devint alors un lieu très féminin.

Une des conséquences de cette situation, je m'en rends compte maintenant, c'est que Dunstan Ramsay commença à jouer un rôle beaucoup plus important dans ma vie. Il était le chef de la section Histoire dans mon école, Colbourne College. Célibataire et vivant une étrange sorte de vie intérieure, il faisait partie des professeurs qui résidaient à l'école et surveillaient les internes. En fait, pendant presque toute la guerre, il assuma même les fonctions de directeur-suppléant, le directeur en titre étant parti éduquer l'armée. Il n'en continua pas moins à faire des cours à bon nombre de classes. Il enseignait toujours l'histoire aux garçons qui arrivaient de l'école primaire parce qu'il tenait à leur donner une base solide, leur montrer ce qu'était réellement cette discipline ; ensuite, il les retrouvait dans les classes terminales où il parfaisait leur culture et les aidait à obtenir des bourses universitaires. Je voyais donc Ramsay presque tous les jours.

Comme tant de bons professeurs, c'était un excentrique. Tout en l'aimant bien, les élèves le craignaient et se moquaient de lui. Ils l'avaient surnommé *Old Buggerlugs* *. Ramsay avait en effet la manie d'enfoncer son petit doigt dans l'oreille et de l'agiter dans l'orifice comme s'il se grattait la cervelle. Ses collègues l'appelaient *Corky* à cause de sa jambe artificielle et ils pensaient que nous en faisions autant, mais pour nous, Ramsay, c'était *Buggerlugs*.

Son dada, c'était que l'histoire et le mythe sont deux aspects d'une sorte de trame grandiose de la destinée humaine : l'histoire est la masse des faits observables ou enregistrés, mais le mythe en est l'abstraction ou l'essence. Il nous sortait des mythes extraordinaires dont aucun d'entre nous n'avait jamais entendu parler et démontrait – d'une manière fascinante, je dois le dire – qu'ils contenaient une part de vérité applicable à des situations historiques extrêmement différentes.

Il avait encore un autre dada qui, celui-là, le rendait un peu suspect à de nombreux parents et, en conséquence, à leurs rejetons – l'école a toujours connu un groupe important d'élèves anti-Ramsay. Il s'intéressait aux saints. L'étude de l'histoire, disait-il, était en partie une étude des mythes et des légendes que l'humanité a bâtis autour de personnages extraordinaires tels que Alexandre le Grand, Jules César, Charlemagne ou

* *Buggerlugs* : enculeur d'oreilles. *(N.d.T.)*

Napoléon ; c'étaient des mortels et quand les faits pouvaient être comparés à la légende, on s'émerveillait de voir les qualités que leurs admirateurs leur avaient attribuées. Ramsay nous montrait un tableau populaire du dix-neuvième siècle représentant Napoléon pendant la retraite de Moscou : l'empereur est assis, les épaules tragiquement voûtées, dans son traîneau ; sa figure et celle des officiers qui l'entourent reflètent la défaite et donnent une impression très romantique de destin funeste. Ensuite, Ramsay nous lisait le récit que Stendhal a fait de la retraite. L'auteur français raconte que Napoléon était très gai ; il se penchait à la portière de sa berline — pas question pour lui de voyager en traîneau découvert! — et disait : « Ils en feraient une tête, ces braves gens, s'ils savaient qui passe si près d'eux! » Napoléon était l'une des vedettes de Ramsay. Ce dernier nous montrait le célèbre tableau représentant Napoléon à l'île d'Elbe, assis en grand uniforme sur un rocher et paraissant méditer sur sa gloire passée. Puis Ramsay nous lisait des comptes rendus de la vie quotidienne à l'île d'Elbe. L'état du pylore de l'exilé constituait la préoccupation majeure de son entourage et la meilleure nouvelle possible, c'était le bulletin suivant posté par les médecins du grand homme : « Ce matin, à onze heures vingt-deux, l'empereur est allé à la selle. Ses fèces étaient bien formées. »

Mais pourquoi, demandait Ramsay, limitons-nous notre étude aux grandes figures politiques et militaires auxquelles l'humanité a attribué des qualités quasi surhumaines et omettons-nous tout l'univers des saints auxquels l'humanité a attribué des vertus phénoménales ? Dire que le pouvoir, ou même le vice, était plus intéressant que la vertu était une banalité ; d'ailleurs les gens n'exprimaient cette opinion que lorsqu'ils ne s'étaient pas donné la peine d'examiner vraiment la vertu et de voir combien celle-ci était étonnante, parfois même inhumaine et déplaisante. Les saints comptaient aussi au nombre des héros et l'esprit d'Ignace de Loyola n'était pas aussi éloigné de celui de Napoléon que des gens mal informés pouvaient le croire.

Ramsay passait pour une autorité en matière de saints : il avait écrit quelques hagiographies que je n'ai jamais vues. Vous pouvez vous imaginer l'embarras qu'il suscitait dans un collège qui admettait des garçons de toutes croyances et de toutes origines, mais voué essentiellement à une version modernisée d'une conception de vie protestante du dix-neuvième siècle. De plus, un véritable intérêt pour les choses spirituelles ne pouvait que gêner nos parents ; ils se méfiaient de quiconque traitait l'âme comme une réalité toujours présente, comme le faisait Ramsay. Ce dernier adorait déranger notre confort intellectuel et nous inciter à trouver des contradictions ou des illogismes dans ses propos. « Toutefois, la logique ressemble au cricket, avertissait-il : ce jeu est admirable tant que vous le jouez selon les règles. Mais que devient votre partie si quelqu'un décide soudain de servir avec un ballon de football ou de frapper la balle avec une crosse de hockey ? Parce que c'est ainsi que cela se passe sans cesse dans la vie. »

La guerre était une aubaine pour Ramsay, l'historien. Les légendes qui entouraient Hitler et Mussolini faisaient ses délices. « Le Führer entend des voix, tout comme Jeanne d'Arc ; Il Duce ne sent aucune douleur dans le fauteuil du dentiste, pas plus que sainte Appollone de Tyana à laquelle les infidèles arrachèrent toutes les dents. Ce sont là les attributs des grands hommes, et j'emploie à dessein le mot " attributs " car c'est nous qui leur attribuons ces qualités supranormales. Ce n'est qu'après la mort de Napoléon qu'on apprit que l'empereur avait peur des chats. »

J'aimais Ramsay, à cette époque. Il nous faisait travailler dur, mais il était extrêmement amusant et faisait parfois d'excellentes plaisanteries en classe. Ses bons mots circulaient dans toute l'école.

A la mort de ma mère, mes sentiments à son égard subirent un regrettable changement.

4

Ce changement se produisit à la fin de l'automne 1942. J'étais alors dans ma quinzième année. Ma mère relevait d'une pneumonie, mais je crois qu'elle n'avait pas grande envie de vivre. Convalescente, elle devait s'allonger tous les après-midi. Le médecin avait dit à tout le monde qu'il fallait absolument éviter qu'elle n'attrape froid. Mais ma mère détestait sentir peser sur elle de lourdes couvertures et faisait toujours sa sieste sous un plaid léger. Un jour de grand vent, qui se transforma en tempête de neige, ses fenêtres restèrent inexplicablement ouvertes. Elle prit froid et mourut quelques jours plus tard.

Ramsay me convoqua dans sa chambre au collège et m'annonça la nouvelle. Il se montra d'une bonté parfaite, s'abstenant de me témoigner une sympathie excessive et ne prononçant aucune parole qui eût pu me faire fondre en larmes. Il me garda toutefois auprès de lui pendant les deux ou trois jours suivants. Ce fut lui qui organisa les obsèques : papa devait rester à Londres et lui avait demandé par télégramme de s'en occuper. L'enterrement fut terrible. Caroline n'y vint pas : Netty et la directrice de l'école de ma sœur avaient encore l'idée rétrograde que les filles n'assistaient pas aux funérailles. J'y allai donc avec Ramsay. Il y avait peu de monde. « Ces gens du bord de la rivière » étaient là. J'essayai de leur parler, mais, bien entendu, ils me connaissaient à peine et d'ailleurs que pouvait-on bien dire ? Mes grands-parents Staunton étaient morts tous les deux. Si quelqu'un menait le deuil — interrogé à ce sujet par l'entrepreneur Ramsay avait répondu avec beaucoup de tact —, c'était donc moi. Tout ce que je ressentais, c'était une sorte de morne soulagement : sans jamais avoir vraiment formulé cette pensée dans ma tête, je savais que maman était malheureuse depuis des années ; je supposais que c'était parce qu'elle avait l'impression d'avoir déçu mon père de quelque façon.

Je me rappelle avoir dit à Ramsay : « Cela vaut peut-être mieux pour elle : maman était tellement déprimée ces derniers temps. » J'essayais simplement d'avoir une conversation adulte, mais Ramsay me regarda d'un drôle d'air.

Ce qui me marqua bien plus que la mort de ma mère et son enterrement — comme je l'ai déjà dit, j'avais l'impression qu'elle avait pris congé de nous depuis longtemps —, ce fut le dîner de famille du samedi suivant. Caroline était restée toute la semaine à la maison, à la garde de Netty ; moi je rentrais du collège pour le week-end. Je constatai aussitôt une atmosphère plus légère quoique bizarre : papa étant absent, nous nous trouvions, Caroline et moi, plus libres que nous ne l'avions jamais été dans la maison. De quelle manière en aurais-je profité ? Je ne sais pas. Peut-être aurais-je crâné un peu et bu un verre de bière pour montrer mon émancipation. Mais Caroline avait d'autres projets.

Elle avait toujours été la plus audacieuse de nous deux. Quand elle avait huit ans, et moi j'en avais dix, elle avait coupé un cigare de papa en deux et m'avait mis au défi de l'allumer et de le fumer pendant que nous montions et descendions en cadence sur la bascule qui se trouvait dans le jardin. Elle gagna. A son école, appelée Bishop Cairncross, elle avait une réputation de farceuse. Un jour, elle avait capturé un cafard, l'avait peint de couleurs vives, puis l'avait offert au professeur de sciences naturelles en lui demandant de l'identifier. Le

141

professeur se montra à la hauteur de la situation. Se dispensant des remarques qu'un autre eût certainement faites en ces circonstances, elle répondit : « Cet insecte est connu sous le nom de *nonsicus impudens* ou Farceur Impudent, Caroline », ce qui lui avait valu une réputation de femme d'esprit parmi ses élèves. A la mort de maman, Caroline avait douze ans. Elle était à cet âge bizarre, entre enfance et nubilité, où les filles semblent avoir une sagesse qui ne repose sur aucune expérience et une certaine lucidité qu'elles ne retrouveront qu'après la ménopause. Ce samedi-là, elle afficha de grands airs et m'ordonna de m'habiller avec un soin tout particulier pour le dîner.

Du xérès en apéritif! Jamais on ne nous avait permis d'en boire. Caroline avait apporté la bouteille au salon. Quand Netty, prise au dépourvu, se mit à protester, nous avions déjà rempli nos verres. Farouche antialcoolique, elle refusa de se joindre à nous. Mais Caroline lui avait demandé de dîner à notre table ; cela avait dû la secouer car il ne lui était jamais venu à l'esprit qu'il aurait pu en être autrement. Au lieu de son uniforme de nurse, elle portait des vêtements plus habillés. Caroline s'était mise sur son trente et un ; elle avait même fardé légèrement ses lèvres. Mais tout cela n'était qu'un gentil petit prélude à ce qui allait suivre.

Il y avait trois places à table. Il était clair que je devais prendre celle de mon père, mais quand Caroline guida Netty vers l'autre chaise d'apparat — celle de ma mère — je me demandai ce qu'elle manigançait. Netty hésita, mais ma sœur insista pour qu'elle occupât cette place d'honneur ; elle-même s'assit à ma droite. Je ne me rendais pas compte qu'elle se moquait de Netty : elle la glorifiait en tant qu'invitée pour mieux la rabaisser en tant que représentante de l'autorité. De confusion, notre nurse oublia sa réplique quand le majordome apporta du vin et m'en versa un peu pour que je le goûte ; elle se ressaisit juste à temps pour retourner son verre et le poser à l'envers sur la table. Ce n'était pas la première fois que nous buvions du vin : dans les grandes occasions, papa nous en donnait dilué avec de l'eau. Il disait que c'était là une bonne façon de faire connaître aux enfants un des grands plaisirs de l'existence. Mais du vin pur, moi faisant un signe d'approbation au majordome et celui-ci remplissant nos verres sous les yeux exorbités de Netty – tout cela était nouveau et enivrant.

Enivrant est bien le mot car le vin, par-dessus le xérès, me faisait de l'effet. Je me rendais compte que ma voix devenait plus forte et plus péremptoire et que j'opinais du bonnet à propos de choses qui se passaient d'acquiescement.

Caroline, elle, toucha à peine à son verre, cette espèce de faux jeton ! En revanche, elle s'évertuait à orienter la conversation. Maman nous manquait terriblement, dit-elle, mais nous devions supporter courageusement sa perte. C'était certainement ce qu'elle aurait voulu. Elle avait été quelqu'un de si gai ; elle n'aimerait pas qu'on porte son deuil trop longtemps. Ou du moins, elle avait été gaie jusqu'à une certaine époque qui s'était terminée il y avait cinq ou six ans. Que s'était-il passé alors ? Netty le savait-elle ? Maman avait eu tellement confiance en elle que Netty devait savoir des choses qu'on jugeait ne pas être de notre âge, en tout cas à ce moment-là, où nous étions vraiment petits. Mais maintenant c'était différent. Nous avions grandi.

Netty ne mordit pas à l'hameçon.

Papa était si souvent absent. Il ne pouvait pas faire autrement, bien sûr : le pays avait besoin de lui. Mais maman avait dû se sentir bien seule. C'est curieux, elle semblait avoir très peu vu ses amis ces deux ou trois dernières années. L'atmosphère de la maison avait été lugubre. Netty devait s'en être aperçue. En fait, personne ne venait jamais, à part Dunstan Ramsay. Mais c'était un très vieil ami, n'est-ce pas ? Papa et maman le connaissaient déjà avant leur mariage ?

Ici, Netty se montra un peu plus loquace. Oui, M. Ramsay était de Deptford. Il était beaucoup plus âgé qu'elle, évidemment, mais elle avait entendu parler de lui dans son enfance. Il avait toujours été bizarre.

Ah oui ? Bizarre dans quel sens ? Aussi loin que remontaient mes souvenirs, nous l'avions toujours vu venir à la maison. De ce fait, nous n'avions peut-être pas remarqué la bizarrerie dont elle parlait. Papa disait souvent que M. Ramsay était profond et intelligent.

J'avais l'impression qu'étant l'hôte je devais prendre part à la conversation. Celle-ci, en fait, ressemblait plutôt à un monologue de Caroline que Netty ponctuait de temps à autre d'un grognement. Je racontai donc quelques anecdotes concernant Ramsay le professeur et révélai que les élèves l'avaient surnommé *Buggerlugs*.

N'avais-je pas honte d'utiliser un mot pareil devant ma sœur ? s'indigna Netty.

Caroline afficha un air pudique, puis déclara que M. Ramsay était bel homme, dans un genre légèrement effrayant, comme M. Rochester dans *Jane Eyre*. Elle s'était toujours demandé pourquoi il ne s'était pas marié.

Peut-être n'avait-il pu conquérir la fille qui lui plaisait, dit Netty.

Ah bon ? Caroline n'avait jamais pensé à ça. Netty en savait-elle un peu plus là-dessus ? Ç'avait tout l'air d'être une histoire très romantique.

Elle avait paru romantique à des gens qui n'avaient rien de mieux à faire que de jaser à ce sujet.

Oh, Netty, sois gentille ! Qui était-ce ?

Notre nurse hésita, comme en proie à un conflit, puis déclara que si quelqu'un avait vraiment voulu le savoir il lui aurait suffi d'ouvrir les yeux.

Caroline pensait que tout cela avait dû être terriblement romantique : papa tout jeune revenant de la guerre, maman si jolie et papa si beau — comme il l'était encore, d'ailleurs. Netty n'était-elle pas de son avis ?

Le plus bel homme qu'elle eût jamais connu, acquiesça Netty avec véhémence.

Netty l'avait-elle vu à cette époque ?

Eh bien, à la fin de la guerre, elle, Netty, était trop jeune pour s'intéresser vraiment à ce genre de choses. Elle n'avait pas précisément l'âge de Mathusalem. Quand Boy Staunton avait épousé Leola Cruikshank, en 1924, elle avait dix ans. Tout le monde savait que c'était un mariage d'amour. Le jeune M. Staunton et son épouse formaient le plus beau couple que Deptford eût jamais connu et connaîtrait sans doute jamais. On n'avait d'yeux que pour la mariée, Ramsay comme les autres, supposait-elle. Après tout, il avait été le témoin de notre père.

Caroline fondit sur ces dernières phrases comme un oiseau de proie. Netty voulait-elle dire que M. Ramsay avait été amoureux de maman ?

Netty était déchirée entre sa discrétion naturelle et son désir, tout aussi naturel, de nous dire ce qu'elle savait. Eh bien, lâcha-t-elle, c'était effectivement ce que certaines personnes avaient prétendu.

Ah, voilà donc pourquoi il venait si souvent chez nous ! Et pourquoi il s'était tellement occupé de maman quand papa était absent pour son travail au ministère. Bien qu'ayant le cœur brisé, il était resté fidèle. Caroline n'avait jamais rien entendu d'aussi romantique. Elle trouvait M. Ramsay adorable.

Ce terme provoqua chez Netty et chez moi des réactions différentes. Adorable, le vieux *Buggerlugs* ? Je ris beaucoup plus fort et plus longtemps que je ne l'aurais fait si je n'avais pas bu deux verres de bourgogne. Netty, elle, souffla dédaigneusement de l'air par ses narines et l'expression de ses yeux ardents montrait ce qu'elle pensait d'une telle épithète.

145

« Oh, mais pour toi, il n'y a qu'un seul homme séduisant au monde : papa ! » déclara ma sœur.

Elle alla jusqu'à se pencher en avant et à poser sa main sur le poignet de Netty.

Qu'est-ce que Caroline voulait dire par là ? s'enquit notre gouvernante.

« Ça crève les yeux, voyons : tu l'adores ! »

Elle espérait savoir se tenir à sa place, répondit Netty. Ce n'était qu'une simple formule, mais elle faisait très vieux jeu en 1942, et si je n'ai jamais vu femme bouleversée, c'était bien Netty au moment de la prononcer.

Caroline attendit qu'elle se calmât. Bien entendu, *tout le monde* adorait papa, reprit-elle ensuite. C'était inévitable. Il était si beau, si séduisant, si intelligent, en un mot si merveilleux sous tous rapports qu'aucune femme ne pouvait lui résister. Netty n'était-elle pas de son avis ?

Oui, c'était un peu vrai, concéda notre gouvernante.

Plus tard, Caroline mit un autre sujet sur le tapis. N'était-il pas extraordinaire que maman eût attrapé ce refroidissement alors que tout le monde savait que cela pouvait lui être fatal ? Comment ces fenêtres pouvaient-elles avoir été ouvertes un jour où il faisait si mauvais ?

Netty pensait que personne ne le saurait jamais.

Voulait-elle dire que maman les avait ouvertes elle-même ? demanda Caroline d'un air candide. Mais ça — elle posa sa fourchette et son couteau —, ç'aurait été un suicide ! Or le suicide était un péché mortel ! Au lycée Bishop Cairncross — oui, et aussi à Saint-Simon-le-Zélote, notre paroisse — tout le monde en était certain. Si maman avait commis un péché mortel, cela voulait-il dire que maintenant... ? Ce serait horrible ! Je vous jure que les yeux de Caroline se remplirent de larmes.

Netty était atterrée. Mais non, elle n'avait rien voulu dire de pareil, évidemment. De toute façon, cette histoire de péché mortel n'était qu'une baliverne anglicane. Elle avait toujours été contre. Toujours.

146

Mais alors, comment se faisait-il que les fenêtres de maman eussent été ouvertes ?

Quelqu'un avait dû les ouvrir par erreur, dit Netty. Nous ne le saurions jamais. Cela ne servait à rien d'épiloguer là-dessus. Il ne fallait pas que sa petite Caroline chérie se mette à penser à des choses aussi affreuses que le suicide.

Caroline répondit qu'elle ne supporterait pas cette idée. Ce n'était pas simplement une baliverne anglicane ; tout le monde savait que les suicidés allaient droit en enfer. Et de penser que maman... !

A ma connaissance, Netty ne pleurait jamais. Mais, en de très rares occasions, sa figure prenait une expression douloureuse qui, chez une autre femme, eût été accompagnée de larmes. C'est ce qui arriva à ce moment-là.

Caroline bondit sur ses pieds, courut vers Netty et enfouit son visage dans son épaule. Notre nurse l'emmena hors de la pièce. Je restai seul au milieu des débris de la fête. Un autre verre de bourgogne me ferait du bien, me dis-je, mais le majordome avait déjà emporté la bouteille et je n'eus pas assez de culot pour le sonner. Je pris donc une autre pomme dans la coupe et la croquai pensivement. Je ne comprenais rien à ce qui venait de se passer. Après avoir mangé mon dessert, j'allai m'installer sur le canapé du salon pour écouter la retransmission d'un match de hockey à la radio, mais je ne tardai pas à m'endormir.

Quand je me réveillai, l'émission sportive avait fait place à de lugubres informations sur la guerre. J'avais mal à la tête. Alors que je montais dans ma chambre, j'aperçus un rai de lumière sous la porte de Caroline. J'entrai chez elle. Déjà en pyjama, ma sœur vernissait méticuleusement en rouge les ongles de ses orteils.

« Prends garde, Netty pourrait te surprendre, dis-je.

— Merci pour ton précieux conseil, mais Netty a cessé d'être un problème dans ma vie.

147

— Qu'avez-vous manigancé, vous deux ?

— Nous avons conclu un pacte. Netty, il est vrai, n'en est pas encore tout à fait consciente, mais moi je le sais.

— Un pacte ? A quel sujet ?

— Andouille ! Tu n'as pas entendu notre conversation pendant le dîner ? Évidemment, tu étais bien trop occupé à t'empiffrer et à siffler du vin pour te rendre compte de quoi que ce soit !

— Je me suis rendu compte de tout. Qu'est-ce qui m'a échappé ? Ne fais pas ta maline.

— Netty a parlé. Et elle a fait deux ou trois aveux compromettants. Voilà ce qui s'est passé.

— Je n'ai entendu aucun aveu compromettant, moi. De quoi veux-tu parler ?

— Si tu n'as rien entendu, c'est parce que tu buvais trop. La boisson te mènera à ta perte. "L'alcool a conduit plus d'un honnête homme en enfer", disait grand-père. N'as-tu pas entendu Netty admettre qu'elle était amoureuse de papa ?

— Quoi ? Elle n'a jamais dit ça !

— Pas textuellement, mais c'était assez clair.

— Elle a un sacré culot !

— D'être amoureuse de papa ? Ah, c'est beau l'innocence ! Un de ces jours, rappelle-moi de te faire un petit cours sur les relations entre hommes et femmes. C'est beaucoup plus compliqué que ton esprit primaire de collégien ne peut le concevoir.

— Oh, la ferme ! Je suis plus âgé que toi. Je sais des choses dont tu n'as même pas idée.

— Tu veux sans doute parler des pédés ? C'est archiconnu, mon pauvre garçon !

— Carol, je vais être obligé de te flanquer une gifle.

— Tu veux me réduire au silence par la force ? O.K., Tarzan. Dans ce cas tu n'entendras jamais la suite. Pourtant elle est encore plus intéressante.

– De quoi s'agit-il ?

– Reconnais-tu que mon intelligence est supérieure à la tienne ?

– Non. En quoi est-elle tellement supérieure ? Que sais-tu de plus que moi ?

– Je connais le secret honteux de ta naissance, c'est tout.

– Quoi !

– J'ai toutes les raisons de croire que tu es le fils de Dunstan Ramsay.

– Moi !

– Oui. Maintenant que je te regarde attentivement à la lumière de ce que je viens d'apprendre, je trouve que tu lui ressembles beaucoup.

– Tu es folle ! Écoute, Carol, tu vas m'expliquer ce que tu veux dire ou je t'étrangle !

– Touche-moi, frérot, et je scellerai mes lèvres, te laissant à jamais dans les affres du doute.

– C'est Netty qui a dit ça ?

– Pas textuellement, mais tu connais ma méthode, Watson. Applique-la. Maintenant, écoute-moi. Papa a fauché maman à Dunstan Ramsay et l'a épousée. Dunstan Ramsay n'en a pas moins continué à fréquenter cette maison à titre d'ami intime en qui on a toute confiance. Si tu lisais davantage et d'une manière plus intelligente, tu saurais quel rôle jouent les amis intimes. Reporte-toi six ans en arrière, à cet affreux jour de Noël. Une dispute. Papa quitte la maison, furieux. Ramsay reste. On nous envoie au lit. Plus tard, nous voyons Ramsay sortir de la chambre de maman. Maman est en chemise de nuit. Nous l'entendons crier : " Tu ne m'aimes pas ! " Quelques heures plus tard, elle tente de se suicider. Te souviens-tu de tout ce sang dans la baignoire ? Tu n'as pas pu t'empêcher de m'en parler. Après ça, papa reste moins souvent à la maison, mais Ramsay continue d'y venir. De toute évidence – c'est la seule explication –

papa avait découvert que Ramsay était l'amant de maman et cela lui était insupportable.

— Carol, espèce d'ignoble punaise puante! Comment peux-tu dire une chose pareille de maman?

— Ça ne m'amuse pas, imbécile. Mais maman était très belle et très sexy. Comme je lui ressemble assez, je comprends la situation dans laquelle elle se trouvait et les sentiments qu'elle éprouvait mieux que tu ne le feras jamais. Je sais que la passion peut conduire les gens à commettre des folies. Et je l'accepte. Tout savoir, c'est tout pardonner.

— Tu n'arriveras jamais à me faire croire ça.

— Eh bien, ne le crois pas. Je ne peux pas t'y obliger. Mais si tu ne crois pas à ce fait-ci, tu croiras encore moins à ses conséquences.

— Qui sont...?

— A quoi bon te le dire puisque tu ne veux pas me croire?

— Tu *dois* me le dire. Tu ne peux pas t'arrêter en chemin. Moi aussi je suis membre de cette famille, je te signale. Allez, accouche! Sinon j'irai voir papa lors de sa prochaine visite et je lui dirai ce que tu m'as dit.

— Je te le déconseille vivement. Admettre que tu es le fils de Ramsay! Papa te déshériterait, probablement. Il faudrait que tu ailles vivre avec Ramsay. On te traiterait de bâtard, d'enfant naturel ou de l'am...

— Inutile de me réciter le dictionnaire des synonymes. Dis-moi ce que tu sais.

— O.K. Je me sens bien disposée aujourd'hui. Je ne vais donc pas te torturer. Netty a tué maman. »

Je dus faire une drôle de tête car ma sœur cessa aussitôt de jouer les Torquemada et poursuivit :

« Ce n'est qu'une déduction, tu comprends, mais une déduction que je trouve tout de même assez futée. Réfléchis : tout le monde avait reçu l'ordre de veiller à ce que maman n'attrape pas froid; nous devons donc supposer que maman a ouvert les fenêtres elle-même ou que quelqu'un d'autre l'a fait. Or ce quelqu'un d'autre ne pouvait être que Netty. Si c'était maman, elle s'est tuée volontairement et ça, ça serait un suicide. Or, sans même tenir compte de ce que Netty appelle très justement " une baliverne anglicane ", peux-tu vraiment croire que maman s'est suicidée?

— Mais pourquoi Netty aurait-elle fait une chose pareille?

— Par amour, andouille! Poussée par cet ouragan de passion dont tu ignores encore tout. Netty est amoureuse de papa. Or c'est quelqu'un d'une loyauté absolue. Maman avait trompé papa. Écoute, sais-tu ce que Netty m'a dit après que nous t'avons laissé seul avec ta bouteille de pinard? Nous avons parlé un long moment de maman, puis Netty m'a dit : " Tout bien considéré, je pense que ta mère est mieux là où elle est ".

— Mais ça, ce n'est pas avouer qu'elle l'a tuée!

— Je ne suis pas complètement débile. Je lui ai posé la question directement ou du moins aussi directement que cela semblait possible vu qu'on nageait dans l'émotion. J'ai dit : " Netty, dis-le-moi franchement, qui a ouvert les fenêtres? Netty, ma chérie, je te jure que je n'en soufflerai mot à personne. Est-ce toi qui l'a fait, par dévouement à papa? " Elle m'a lancé le regard le plus bizarre qu'elle m'ait jamais lancé — et Dieu sait s'il y en a eu des ces regards! — et m'a répondu : «Caroline, gare à toi si jamais tu insinues encore une fois une chose aussi affreuse! "

— Eh bien, tu vois : elle a nié.

— Pas du tout! Si ce n'est pas elle la coupable, alors dis-moi qui ça pourrait bien être? Tous les faits collent, Davey. Il y a toujours une explication quelque part, et celle-ci est la seule possible. Netty n'a pas dit que ce n'était pas elle qui l'avait fait. Elle a soigneusement choisi ses mots.

151

– Dieu! Quel épouvantable gâchis!

– Mais c'est fascinant, tu ne trouves pas? Nous sommes les enfants d'une maison maudite.

– Ne dis pas de bêtises! Écoute, j'ai l'impression que tu as tiré pas mal de conclusions hâtives. Je veux dire : que nous sommes les enfants de Ramsay...

– Que *toi* tu es son enfant.

– Et pourquoi seulement moi?

– Tu n'as qu'à me regarder. Je suis incontestablement la fille de Boy Staunton. Tout le monde le dit. Je lui ressemble beaucoup. Toi, pas du tout.

– Ça ne prouve rien.

– Je comprends fort bien que tu t'accroches à cette idée.

– Je crois que tu as inventé toute cette histoire pour t'amuser. Je trouve que c'est drôlement méchant de ta part de salir maman de cette façon et de faire de moi un bâtard. Et toutes ces bêtises que tu peux dire sur l'amour! Qu'est-ce que tu y connais? Tu n'es qu'une gamine! Tu n'as même pas encore tes règles!

– Et alors, Havelock Ellis? Je suis très intelligente, ce qu'on ne peut pas dire de toi.

– Intelligente? Tu n'es qu'une sale petite peste!

– Oh, va te faire voir! » répliqua ma sœur.

Elle ramenait du lycée des expressions très vulgaires.

Je partis dans ma chambre avec mon mal de tête qui, entre-temps, avait empiré. Je me regardai dans la glace. Caroline était folle. Aucun de mes traits ne rappelaient ceux de Dunstan Ramsay. Ou bien me trompais-je? Si vous mettiez ensemble une belle femme comme ma mère et le vieux *Buggerlugs* cela donnerait-il un garçon comme moi? Caroline avait l'air si sûre de ce qu'elle avançait... Bien entendu, elle dévorait quantité de romans et avait beaucoup d'imagination, mais elle n'était pas bête. Je ne ressemblais pas du tout à mon père, ni aux Staunton, ni aux Cruikshank. Alors...?

Je me couchai, très abattu, mais ne pus m'endormir. J'avais envie de quelque chose; il me fallut un certain temps avant de me rendre compte que c'était Félix. Quelle honte! A mon âge, vouloir un ours en peluche! Ça devait être l'effet de la boisson. Plus jamais je ne toucherais à une goutte d'alcool.

Le lendemain, avec une feinte indifférence, je demandai à Netty ce qu'était devenu Félix.

« Je l'ai jeté il y a des années, répondit-elle. Que ferais-tu d'une vieillerie pareille? Ça ne sert qu'à attirer les mites. »

DOCTEUR VON HALLER : Votre sœur a l'air très intéressante. Est-elle encore comme ça?

MOI : D'une façon adulte, oui. C'est une organisatrice de premier ordre. Ainsi qu'une mauvaise langue et un brandon de discorde.

DOCTEUR VON HALLER : J'ai l'impression que c'est un type Sentiment très évolué.

MOI : Était-ce par sentiment qu'elle a semé dans mon esprit un doute dont je ne me suis jamais entièrement libéré?

DOCTEUR VON HALLER : Absolument. Le type Sentiment comprend les sentiments. Cela ne veut pas dire qu'il les partage ou en use avec douceur. Il sait les susciter et les diriger chez les autres. Comme votre sœur l'a fait avec vous.

MOI : Elle m'a pris au dépourvu.

DOCTEUR VON HALLER : A quatorze ans, vous n'étiez pas à la mesure d'une fille de douze ans, type Sentiment évolué. Vous étiez en train d'essayer de vous sortir d'une situation extrêmement émotionnelle en vous servant de la pensée. Tout ce qui intéressait votre sœur, c'était de jeter le trouble et d'avoir barre sur Netty pour la mener par le bout du nez. Il ne lui est probablement jamais venu à l'esprit que vous prendriez ses soi-disant révéla-

153

tions au sérieux. Si elle l'avait su, elle se serait peut-être moquée de votre crédulité.

MOI : Elle m'a donné de terribles doutes.

DOCTEUR VON HALLER : Oui, mais elle vous a réveillé. Vous devriez lui en être reconnaissant. Elle vous a obligé à vous demander qui vous étiez. Et elle a placé votre mère dans une perspective différente : elle en a fait une femme pour laquelle deux hommes pouvaient se battre et qu'une autre femme jugeait assez dangereuse pour penser qu'il valait mieux l'éliminer.

MOI : Je ne vois pas ce que cela pouvait m'apporter.

DOCTEUR VON HALLER : Très peu de fils le voient. Mais c'est dur pour une femme d'être considérée uniquement comme une mère. Vous, les Américains, vous êtes particulièrement coupables d'avoir assigné à la femme ce rôle étriqué, mineur. Il n'est pas bon que les hommes se souviennent de leur mère sans voir qu'elles étaient aussi des personnes — des personnes qui pouvaient être aimées, ou même assassinées.

MOI : Ma mère fut très malheureuse.

DOCTEUR VON HALLER : C'est ce que vous ne cessez de me répéter. Vous me l'avez même dit alors que vous évoquiez des périodes où vous étiez bien trop jeune pour vous en rendre compte. Cette phrase-là revient dans votre récit comme une sorte de leitmotiv. Or ces refrains sont toujours significatifs. Si vous me disiez les raisons que vous avez de croire que votre mère était malheureuse ? Des raisons qu'un juge aussi strict que M. David Staunton admettrait à son tribunal.

MOI : Comme preuve directe ? Une femme dit-elle jamais à ses enfants qu'elle est malheureuse ? Peut-être si elle était névrosée et espérait provoquer ainsi une certaine réaction de leur part. Mais maman n'était pas névrosée. C'était une personne très simple.

DOCTEUR VON HALLER : Qu'avez-vous en fait de preuve indirecte, alors ?

MOI : La façon dont elle a dépéri après ce terrible Noël de l'année de l'Abdication. Elle semblait avoir l'esprit plus confus qu'avant. Elle perdait le sens des réalités.

DOCTEUR VON HALLER : Elle avait donc l'esprit confus auparavant?

MOI : Elle avait des problèmes : les exigences de mon père. Il voulait une femme brillante. Elle essaya d'en être une, mais elle n'en avait pas l'étoffe.

DOCTEUR VON HALLER : Avez-vous remarqué cela avant sa mort ou l'avez-vous découvert par la suite? Ou bien quelqu'un vous a-t-il dit qu'il en avait été ainsi?

MOI : Vous êtes pire que Caroline! C'est mon père qui me l'a dit. Un jour, il m'a donné le conseil suivant : " N'épouse jamais ton amour de jeunesse; les raisons qui t'ont fait choisir cette personne se transforment toutes en raisons qui auraient dû t'inciter à la rejeter. "

DOCTEUR VON HALLER : Il parlait de votre mère?

MOI : En fait, il parlait d'une fille dont j'étais amoureux. Mais il a mentionné maman. Il m'a dit qu'elle ne s'était pas développée.

DOCTEUR VON HALLER : Partagiez-vous son opinion?

MOI : Je ne vois pas pourquoi cette question m'aurait préoccupé. C'était ma mère.

DOCTEUR VON HALLER : A sa mort, vous n'aviez que quatorze ans. A cet âge, on n'est pas très exigeant sur le plan intellectuel. Si elle vivait encore, pensez-vous qu'elle et vous auriez beaucoup de choses à vous dire?

MOI : Ce genre de question n'est pas admis au tribunal du juge Staunton.

DOCTEUR VON HALLER : Était-elle une femme cultivée? Avait-elle de l'esprit?

MOI : Est-ce important? Eh bien, pas vraiment, en fait.

DOCTEUR VON HALLER : En avez-vous voulu à votre père de vous avoir dit cela?

155

MOI : J'ai trouvé que c'était une drôle de chose à dire à un garçon au sujet de sa mère et une chose impardonnable à dire de la femme qui avait été votre épouse.

DOCTEUR VON HALLER : Je vois. Écoutez, nous allons procéder autrement. Pendant les jours qui viennent, je voudrais que vous consacriez un peu de temps à réfléchir à la question suivante : pourquoi votre père doit-il toujours avoir une conduite et des opinions irréprochables alors qu'on doit pardonner beaucoup de choses à votre mère ?

MOI : Elle a essayé de se suicider, rappelez-vous. Ce fait n'indique-t-il pas qu'elle était malheureuse ? Cela ne commande-t-il pas la pitié ?

DOCTEUR VON HALLER : Jusqu'à présent, nous ignorons le motif de cet acte. Votre sœur avait peut-être raison, vous savez. C'était peut-être à cause de Ramsay.

MOI : C'est impossible ! Vous n'avez jamais vu cet homme !

DOCTEUR VON HALLER : Je ne l'ai vu que par vos yeux. Tout comme vos parents. Mais j'ai connu beaucoup de femmes qui avaient un amant, et il ne s'agissait pas toujours de Vénus et d'Adonis, je vous assure. Mais laissons ce sujet jusqu'à ce que nous ayons avancé un peu plus dans notre travail et que vous ayez eu le temps d'examiner en privé vos sentiments à l'égard de votre mère. Voyez si vous pouvez vous en faire une opinion en tant que femme, en tant que personne que vous pourriez rencontrer... Maintenant, je voudrais vous parler un moment de Félix. Vous me dites qu'il est apparu dans vos rêves. Qu'y fait-il ?

MOI : Il ne fait rien. Il se borne à être là.

DOCTEUR VON HALLER : Vivant ?

MOI : Aussi vivant que lorsque je l'ai connu. Il semblait avoir une personnalité, vous savez. Il avait un petit air perplexe, pensif. C'était toujours moi qui parlais. En général, il était d'accord. Parfois, il avait des doutes et disait non. Mais le fait qu'il m'écoutât semblait donner une sorte de poids à mes paroles ou à mes décisions. Comprenez-vous ce que je veux dire?

DOCTEUR VON HALLER : Oh, absolument! Ces personnages que nous portons au plus profond de nous-mêmes arrivent à être à la fois intérieurs et extérieurs. Celui dont nous avons parlé, l'Ombre, vous vous souvenez, était intérieur, n'est-ce pas? Pourtant, pendant nos entretiens, nous avons découvert qu'un grand nombre des traits que vous détestez en lui se retrouvent chez certaines personnes de votre connaissance. Vous vous êtes montré particulièrement sévère pour le frère de Netty, Maitland Quelch.

MOI : C'est vrai, mais j'aurais dû préciser qu'en fait je le voyais très peu. J'en entendais beaucoup parler par Netty. Son frère était si méritant, il devait faire son chemin tout seul dans la vie, il aurait été tellement heureux d'avoir quelques-unes de ces chances que moi je semblais à peine remarquer, et cetera. Matey travaillait dur pour obtenir un diplôme d'expert-comptable, moi je faisais des études de droit, mais aux yeux de Netty, bien entendu, moi je bénéficiais de toutes les facilités tandis que Matey devait peiner comme un malheureux. Ah, le brave jeune homme! Mais quand je le voyais, c'est-à-dire aussi rarement que me le permettaient les convenances, je le trouvais minable...

DOCTEUR VON HALLER : Je sais. Nous en avons déjà beaucoup parlé. Mais, pour finir, nous sommes tombés d'accord, je pense, que vous attribuiez à Matey les défauts qui, après un examen plus approfondi, se sont révélés être, dans une certaine mesure, les vôtres. Ai-je raison?

MOI : Il m'est difficile d'être objectif en ce qui concerne Matey. Quand je parle de lui, je me sens devenir très méchant et je ne peux m'empêcher de le décrire comme un de ces personnages caricaturaux de Dickens.

Est-ce ma faute s'il a les mains moites, l'haleine fétide, s'il montre ses gencives quand il sourit, s'il m'appelle Ted — ce qu'il est le seul à faire sur cette terre — et si toute son attitude exprime qu'il me pardonne démocratiquement ma richesse et ma réussite?

DOCTEUR VON HALLER : Oui, oui, nous avons déjà parlé de tout cela, mais vous avez fini par admettre que Matey était votre bouc émissaire — un exemple de tout ce que vous détestez et craignez de voir faire surface en vous-même — un instant s'il vous plaît — non pas avec les traits physiques de Matey, mais avec le caractère de la Personne Méritante, dédaignée et incomprise dans un monde indifférent. Le Pauvre Petit Orphelin, l'Enfant Martyr. Ne rougissez pas d'inclure un fantasme de ce genre dans l'image la plus secrète que vous avez de vous-même. L'important, c'est de savoir ce que vous faites. En général, cela désamorce les choses. Pendant ces heures difficiles que nous avons passées ensemble, je n'ai pas essayé de vous faire aimer Matey. J'ai essayé de vous convaincre d'examiner un aspect sombre de votre personnalité.

MOI : C'était humiliant, mais je suppose que cela correspond à la vérité.

DOCTEUR VON HALLER : La vérité se dégagera à mesure que nous avancerons dans notre travail. C'est elle que nous cherchons. Ou du moins, une partie de la vérité.

MOI : D'accord, j'admets avoir projeté certains aspects peu reluisants de mon caractère sur Matey — vous remarquez avec quelle rapidité j'ai adopté cetaines de vos expressions, comme « projeter » par exemple? J'ai toutefois l'impression que ce type a quelque chose de suspect. Il est trop vertueux pour être sincère.

DOCTEUR VON HALLER : Cela ne m'étonne pas. A moins d'être très naïf, on ne projette pas son propre côté négatif sur des personnes particulièrement bonnes.

Comme je l'ai déjà dit, si la pratique de la psychiatrie consistait à suivre quelques règles fixes, n'importe quel policier pourrait être psychiatre. Mais revenons à Félix.

MOI : Sa résurgence signifie-t-elle que je régresse au stade infantile ?

DOCTEUR VON HALLER : Non, seulement à un sentiment que vous avez éprouvé enfant et qui, depuis, semble s'être raréfié chez vous. Félix était un ami. Un ami affectueux, mais comme il avait le même tempérament que vous, c'était un ami sérieux et réfléchi. Or, de même que l'Ombre, un autre personnage, que nous appelons l'Ami, peut apparaître dans ce genre d'exploration de soi. Comme vous avez travaillé vite et bien ces dernières semaines — et pourtant vous deviez traverser une phase difficile — je suis heureuse de pouvoir vous annoncer une bonne nouvelle. L'apparition de l'Ami dans votre vie intérieure et dans vos rêves est un signe favorable. Cela signifie que votre analyse est en bonne voie.

MOI : Vous avez raison. Ces interrogatoires et cette plongée dans le passé ont été éprouvants. Par moments, je vous ai trouvée exaspérante, insupportable. Parfois je me suis demandé si je n'étais pas fou de me mettre entre les mains de quelqu'un qui me tourmentait et me brimait comme vous l'avez fait.

DOCTEUR VON HALLER : C'est vrai. J'en étais consciente, bien sûr. Mais à mesure que nous avancerons dans notre travail, vous découvrirez que je semble représenter beaucoup de choses pour vous. Une de mes tâches professionnelles consiste à être le support de vos projections. Quand nous examinions l'Ombre et qu'une si grande partie de votre moi inférieur apparaissait au jour, vous avez trouvé l'Ombre en moi. Maintenant que nous semblons avoir éveillé l'image de l'Ami dans votre esprit ou votre âme — ce ne sont pas là des termes scientifiques, mais j'avais promis de ne pas vous assommer avec du jargon — je serai peut-être plus agréable.

159

Moi : Vous m'en voyez ravi. J'aimerais vraiment vous connaître mieux.

Docteur von Haller : C'est vous-même qu'il faut mieux connaître. Et je dois vous prévenir que je n'apparaîtrai sous les traits de l'Ami que pendant une courte période. Oui, j'ai encore beaucoup d'autres rôles à jouer avant que nous n'ayons terminé cette analyse. Et même l'Ami n'est pas toujours bienveillant. Les véritables amis se montrent parfois sévères. C'est curieux que votre Ami soit un ours : je veux dire : l'Ami apparaît souvent sous la forme d'un animal, mais rarement sous celle d'un animal sauvage... Bien. Voyons un peu.... Nous en étions arrivés à la mort de votre mère et au moment où l'espiègle Caroline a fait certaines déclarations, peut-être pas entièrement dénuées de fondement, à la suite desquelles vous avez commencé à vous voir sous un autre jour. On a presque l'impression que cet épisode marque la fin de votre enfance.

5

En effet. J'étais devenu un adolescent. Bien entendu, je connaissais assez bien ce que les gens appellent bêtement les choses de la vie, mais je n'avais guère eu d'expérience physique dans le domaine de la sexualité. Celle-ci commençait à me tourmenter. Aujourd'hui, je ne peux m'empêcher de trouver curieux certains livres à la mode qui glorifient la masturbation. Je n'ai jamais pensé que cette pratique me tuerait, ou une autre stupidité de ce genre, mais je m'efforçais d'y mettre un frein. L'acte solitaire me paraissait terriblement sordide. Peut-être n'y apportais-je pas assez d'imagination.

Maintenant, avec le recul, je vois que tout en sachant beaucoup de choses sur la sexualité j'avais gardé une innocence tout à fait inhabituelle pour mon âge. Je suppose que c'était dû à l'argent de mon père et au sentiment d'isolement qu'il créait.

J'ai déjà mentionné l'expression qu'employait Netty : « baliverne anglicane ». Notre gouvernante considérait avec mépris ce qu'elle appelait notre « christianisme de crêpes » parce que nous mangions des crêpes le mardi gras. Quand mes parents avaient de la salade de homard les vendredis de carême, elle ronchonnait et exigeait qu'on lui montât de la viande dans la chambre des enfants. Je crois qu'elle n'a jamais vraiment pardonné à mes parents d'être sortis du sein salutaire du protestantisme évangélique. Les affaires d'Églises — je ne les appellerai pas religieuses — jouèrent un grand rôle dans mon enfance. Nous appartenions à Saint-Simon-le-Zélote, paroisse réputée riche. Ce n'était pas l'église anglicane la plus chic de la ville, mais elle avait un cachet spécial. La plus chic, c'était Saint-Paul, mais elle était libérale. Je suppose que vous connaissez toutes ces distinctions ? Sainte-Marie-Madeleine était Haute Église, mais pauvre. Saint-Simon-le-Zélote n'était pas aussi Haute Église que Sainte-Marie-Madeleine, ni aussi huppée que Saint-Paul. Son pasteur, le chanoine Woodiwiss — plus tard il devint archidiacre et finalement évêque — était un apôtre idéal pour les nantis. Ce n'est pas un sarcasme. On pense généralement que les riches sont incapables d'être pieux et que Dieu les aime moins que les pauvres. Beaucoup de chrétiens qui se montrent compatissants et charitables envers les déshérités croient qu'il est de leur devoir de moucher les riches chaque fois qu'ils en ont l'occasion. Woodiwiss était donc une véritable trouvaille pour une paroisse comme la nôtre.

Il faisait casquer les riches, ce qui n'était que justice. Au moins une fois par an, il prêchait son fameux sermon : « Il est plus aisé pour un chameau de traverser le chas d'une aiguille que pour un riche d'entrer dans le royaume des cieux. » Il expliquait que le Chas de l'Aiguille était le nom d'une porte de Jérusalem. Celle-ci était si étroite qu'on devait décharger partiellement les chameaux pour leur permettre de passer; les douaniers exigeaient que ce qui était ôté du dos des bêtes devînt la propriété du Temple. La ligne de conduite d'un riche était donc toute tracée : il lui suffisait d'abandonner une parcelle de ses biens à l'Église pour se rapprocher du salut. Je crois que d'un point de vue historique et théologique tout cela ne tenait pas debout. Il se peut même que Woodiwiss ait inventé cette explication, mais, quoiqu'il en fût, celle-ci opérait comme un charme. Parce que, comme il disait en conclusion à son homélie : « Avec Dieu tout est possible. » Il persuadait donc ses riches chameaux de se départir de quelques ballots de leurs biens terrestres et de laisser à ses mains expertes le soin de négocier le chas de l'aiguille.

Je ne voyais le chanoine que rarement, mais j'entendis un grand nombre de ses sermons magiques. Peu de pasteurs étaient aussi éloquents que lui. Mais j'allais être surtout influencé par l'un de ses vicaires : Gervase Knopwood.

Le père Knopwood savait se rendre sympathique aux garçons, chose qu'on n'eût jamais crue possible si l'on s'arrêtait aux apparences. C'était un Anglais affligé d'un accent aristocratique tellement prononcé qu'il en était presque caricatural, de longues incisives et d'un physique de vieux collégien. En fait, il était encore jeune — au début de la quarantaine, je suppose — mais il avait les cheveux presque blancs et de profondes rides. Ce n'était ni un blagueur, ni un bon vivant ni même un sportif, quoiqu'il ait été assez costaud et résistant pour travailler comme missionnaire dans un territoire très dur de l'Ouest canadien. Cependant, tout le monde le respectait et, d'une certaine façon, le craignait, car il était très exigeant avec ses élèves. Il avait aussi quelques idées qui me paraissaient originales.

162

Tout d'abord, il ne rendait pas à l'Art un culte du bout des lèvres comme il était d'usage dans mon milieu. Je m'en aperçus un jour où je parlais avec lui dans l'une de ces pièces situées à l'arrière de l'église et qui servent de lieu de réunion aux enfants de chœur, de classe de catéchisme, et cetera. Au mur pendait une croûte abominable aux couleurs criardes : un scout qui semblait incarner la vertu enfantine et, derrière lui, le Christ, une main posée sur l'épaule du garçon. J'étais en train de me moquer de ce tableau pour épater quelques camarades quand je pris conscience que le père Knopwood se tenait non loin de moi et m'écoutait attentivement.

« Tu trouves ce tableau mauvais, Davey ?

— Comment pourrait-on le trouver bon, mon père ? Regardez la façon dont il est dessiné. Et puis ces couleurs, cette sentimentalité !

— Explique-moi en quoi il est sentimental.

— C'est évident, non ? Notre Seigneur qui pose Sa main sur l'épaule du gars, et tout ça...

— Tu dois voir quelque qui m'échappe. En quoi est-ce sentimental de suggérer que le Christ se tient aux côtés de quelqu'un, que ce soit un garçon, une fille, un vieillard ou n'importe qui ?

— En soi, cela n'a rien de sentimental, bien sûr. Mais c'est la façon dont c'est exprimé. La conception de ce tableau est terriblement primitive.

— La conception d'un œuvre doit-elle être raffinée pour être bonne ?

— C'est évident, non ?

— La facture doit-elle toujours être de premier ordre ? Pour exprimer quelque chose, faut-il toujours le faire avec éloquence, avec goût ?

— C'est en tout cas ce qu'on nous enseigne au club d'art. Une œuvre mal exécutée est forcément mauvaise, non ?

— Je ne sais pas. J'ai toujours eu des doutes à ce sujet.

163

Beaucoup d'artistes contemporains rejettent la technique. C'est l'un des grands mystères. Viens donc me voir après la réunion. Nous reparlerons de tout cela. Peut-être découvrirons-nous quelque chose d'intéressant. »

Et c'est ainsi que, à partir de ce jour, je commençai à le voir beaucoup. Il m'invitait à déjeuner dans son « appartement », comme il appelait l'unique pièce, pourvue d'un réchaud à gaz à un feu caché dans un placard, qu'il habitait non loin de l'église. Il n'était pas vraiment pauvre, mais il répugnait à dépenser de l'argent pour lui. Il m'a beaucoup appris et posé certaines questions auxquelles je n'ai jamais pu répondre.

L'art était l'un de ses chevaux de bataille. Il avait des connaissances étendues dans ce domaine, mais craignait toujours que celui-ci ne se substituât à la religion. Il critiquait surtout l'idée que l'art était une fin en soi, un tableau, uniquement une composition plate de lignes et de couleurs, et son sujet — Mona Lisa ou les Noces de Cana — complètement accessoire. Toute toile, affirmait-il, montrait ou disait quelque chose. Il savait parler d'une façon intéressante de la peinture moderne ; un jour, il m'emmena à une exposition où figuraient quelques-unes des meilleures œuvres de notre temps ; pour lui, elles traduisaient la quête, le chaos et parfois le désespoir que les artistes sentaient dans le monde environnant et ne pouvaient exprimer convenablement d'une autre manière. « Un véritable artiste ne fait jamais rien gratuitement ou simplement pour déconcerter, disait-il. Même si nous ne le comprenons pas maintenant, nous le comprendrons plus tard. »

Ce n'était pas du tout ce que M. Pugliesi nous enseignait au club d'art du collège. Nous avions beaucoup de clubs et celui d'art avait la réputation d'attirer surtout les garçons de type intellectuel. On ne pouvait pas y adhérer : il fallait être élu membre. M. Pugliesi nous

conseillait vivement de ne chercher ni message ni signification, mais de prêter attention, en priorité, au tableau
en tant qu'objet : un métrage précis de toile peinte.
Comme le père Knopwood, en revanche, cherchait surtout dans l'art des messages et des significations, je
devais veiller à équilibrer mes opinions. C'était en raison
de cette attitude-là, qu'il m'avait repris ce jour où je
m'étais moqué du tableau représentant le Christ et le
boy-scout. Tout en admettant que c'était une croûte, il
pensait que son sens rachetait sa mauvaise qualité. Des
milliers de garçons la comprendraient qui ne remarque-
raient jamais une reproduction de Raphaël si nous en
mettions une à sa place.

Cet argument ne m'a jamais entièrement convaincu et
son idée selon laquelle le goût artistique n'était pas
indispensable à la culture d'un individu me choquait. Il
m'a empêché de devenir un snob dans ce domaine. Il
pouvait être très amusant quand il parlait des changements de mode, de cette sorte d'engouement qui fait
qu'on admire un Tissot pendant trente ans avant de le
bannir de chez soi pendant quarante pour finalement le
ramener en douce comme un artiste injustement
méconnu. « Par manque de maturité, vous supposez que
votre grand-père ne pouvait être qu'un imbécile, puis
vous acquérez assez de bon sens pour vous apercevoir
que le vieil homme était presque aussi intelligent que
vous. »

Tout cela était très important pour moi parce qu'une
autre forme d'art faisait son apparition à la maison.
Caroline, qui avait toujours pris des leçons de piano,
commençait à montrer un certain talent de musicienne.
Nous avions tous deux reçu un peu d'éducation musicale ; les samedis matin, nous allions aux cours de Mme
Tattersall où nous chantions, jouions des instruments à
percussion et apprenions quelques rudiments d'une très
agréable façon. Contrairement à Caroline, je n'avais pas

de dons particuliers. Elle, à douze ans, elle avait déjà acquis une certaine maîtrise de cet instrument extra-ordinairement difficile que tous les parents non musiciens semblent choisir pour leurs enfants, et elle était très bonne. Elle n'est jamais devenue une pianiste de premier ordre, mais elle joue beaucoup mieux que la plupart des amateurs.

A douze ans, toutefois, elle était persuadée qu'elle deviendrait une seconde Myra Hess et travaillait avec acharnement. Elle jouait d'une façon musicale, ce qui est très rare, même chez les interprètes qui touchent d'énormes cachets pour le faire. A l'instar du père Knopwood, Caroline s'intéressait autant au contenu qu'à la technique ; je me demandais toujours comment elle avait pu développer cette qualité que rien, à la maison, n'encourageait. Elle jouait le genre de morceaux que jouent tous les débutants : du Schumann – *L'Oiseau Prophète, Scènes enfantines* – et, bien entendu, beaucoup de Bach, de Scarlatti et de Beethoven. Elle vous exécutait *Le Carnaval* de Schumann avec un énorme brio pour une fille de douze-treize ans. La gamine malicieuse qu'elle était dans sa vie privée semblait alors s'effacer au profit d'une personne beaucoup plus importante. Je crois que j'aimais surtout l'entendre jouer certains des morceaux faciles qu'elle avait appris au début et maîtrisait complètement. Entre autres, une bagatelle – cela m'étonnerait qu'elle ait une grande valeur musicale – de Stephen Heller appelé *Curious Story*, ce qui est une traduction trompeuse de *Kuriose Geschichte*. Caroline réussissait à en rendre l'atmosphère vraiment fantastique, non pas en jouant d'une manière faussement inquiétante, mais en la traitant avec un raffinement à la Hans Andersen. J'adorais l'écouter et, bien qu'elle me tourmentât affreusement à d'autres moments, on aurait dit que nous parvenions à une réelle entente en ces occasions-là, quand Netty était ailleurs.

Caroline était contente de me voir pendant les week-ends parce que, maintenant, la maison était encore plus triste qu'avant la mort de notre mère. Non pas qu'elle fût mal entretenue : nous avions toujours des domestiques, quoique en nombre plus réduit; ils encaustiquaient et rangeaient des objets qui n'étaient jamais sales ou en désordre, vu que personne ne les touchait jamais. Simplement, toute vie s'était éteinte entre ses murs et, même si le malheur l'avait habitée les derniers temps, ç'avait encore été préférable à une absence de vie. Caroline habitait là, soi-disant sous la surveillance de Netty, et, une fois par semaine, la secrétaire de papa, une employée extrêmement efficace d'Alpha Corporation, venait voir si tout allait bien. Mais cette femme ne voulait pas être mêlée personnellement à notre vie, et je la comprends. Caroline avait des camarades et une vie mondaine au lycée Bishop Cairncross où elle était externe, tout comme j'avais les miens à Colbourne.

Nous invitions rarement des camarades chez nous et notre première tentative pour devenir les maîtres de la maison fit long feu. Papa nous écrivait de temps en temps. Je sais qu'il demanda à Dunstan Ramsay de nous surveiller un peu, mais ayant beaucoup à faire pendant ces années de guerre, celui-ci ne nous dérangea que rarement. J'ai l'impression qu'il n'aimait pas Carol; aussi, en guise de surveillance, se contentait-il de venir me poser quelques questions, de temps à autre, au collège.

Vous pensez peut-être que ma sœur et moi étions à plaindre. En fait, nous aimions assez nos week-ends solitaires. Et nous pouvions toujours les égayer en sortant avec des amis. De plus, nombre de nos connaissances avaient la gentillesse de nous inviter tous deux à des surprises-parties et autres réjouissances de ce genre, quoique durant la guerre celles-ci étaient très modestes. Toutefois, je répugnais à sortir beaucoup car j'étais fauché et risquais, de ce fait, de me trouver dans des situations embarrassantes. J'empruntais autant d'argent que je pouvais à Carol; par ailleurs, je ne voulais pas tomber complètement sous sa coupe.

Ce que nous préférions, c'étaient les samedis soir. Alors nous étions seuls ensemble, Netty ayant pris l'habitude de consacrer ce moment-là à son abominable frère Maitland et sa méritante famille. Carol jouait du piano et moi je feuilletais des livres d'art empruntés à la bibliothèque du collège. Je tenais beaucoup à cette occupation car je voulais montrer à ma sœur que j'avais des goûts artistiques personnels; mais en fait, tout en regardant des reproductions et en lisant leurs textes d'accompagnement, j'écoutais Carol jouer. C'était le seul instant où le salon s'animait un tant soit peu, mais la grande cheminée vide — la secrétaire d'Alpha tout comme Netty trouvaient que c'était irresponsable d'allumer du feu en ces temps où même le bois à brûler était susceptible de contribuer à notre effort de guerre — nous rappelait que cette pièce ne faisait que supporter notre présence et que, dès que nous serions au lit, elle retomberait dans sa profonde torpeur.

Je me rappelle un soir où Ramsay vint exceptionnellement nous rendre visite et où il se mit à rire en nous voyant.

« Musique et peinture, les distractions traditionnelles de la troisième génération d'une famille riche, dit-il. Espérons que vous deviendrez tous deux des mécènes éclairés. Dieu sait s'ils sont rares! »

Cette remarque nous déplut. Ce qui vexa surtout Carol, ce fut que Ramsay supposait qu'elle n'arriverait jamais à rien personnellement en tant qu'interprète. Mais le temps lui a donné raison, comme il le fait souvent avec les gens désagréables. Maintenant, Carol et Beesty soutiennent généreusement des musiciens et moi je collectionne des tableaux. Comme le craignait le père

168

Knopwood, pour elle et pour moi l'amour de l'art est la seule forme de vie spirituelle que nous ayons ; or, en des périodes difficiles, celle-ci ne suffit pas.

Knopwood me prépara à la confirmation et ce fut là une expérience qui me marqua beaucoup plus profondément qu'elle n'est censée le faire. Vous savez, la plupart des vicaires vous font ingurgiter le catéchisme en vous demandant de leur poser des questions si jamais il y avait quelque chose que vous ne compreniez pas. Bien entendu, la plupart des gosses ne comprennent rien du tout, mais les instructeurs n'ont aucune envie de réveiller le chat qui dort. Beaucoup d'entre eux vous tiennent un discours nébuleux sur la nécessité de rester pur, sans vraiment espérer que leur exhortation portera des fruits.

Knopwood, lui, était très différent. Il nous expliquait le dogme en termes sévères et vigoureux, à la manière de C.S. Lewis. Le christianisme était une religion sérieuse, exigeante, mais digne de tous les efforts. Dieu est omniprésent, le Christ est ici et à chaque instant, tel était son message. Et quand il parlait de la pureté, il en venait au fait mieux que tous ceux que j'ai entendus traiter ce sujet.

Il ne s'attendait pas à ce que vous remportiez une victoire totale sur vous-même, mais il vous demandait d'essayer et, si vous tombiez dans le péché d'en être conscient. Ainsi vous étiez mieux armé pour la prochaine fois. J'appréciais cette façon de voir. J'aimais le dogme et cela pour la même raison qui, plus tard, m'a fait aimer le droit. C'était un ensemble logique qui vous précisait où vous en étiez et qui avait fait ses preuves.

Knopwood parlait fort bien du sexe. C'était un plaisir : certes. Cela pouvait être un devoir : certes. Mais le sexe n'était pas séparé du reste de la vie et ce que vous faisiez dans ce domaine reflétait votre comportement en amitié et dans vos obligations vis-à-vis des autres dans votre vie publique. Un adultère et un cambrioleur étaient des scélérats pour des raisons similaires. Un séducteur et un chapardeur appartenaient à la même espèce d'hommes. Le sexe n'était pas un jeu. Le grand péché – probablement le péché par excellence contre le Saint-Esprit – c'était de se servir de soi-même ou d'un autre à des fins purement égoïstes. Je voyais la logique de cet argument et étais d'accord avec Knopwood.

Il y avait des problèmes. Certaines personnes tombaient en dehors du champ de cet ensemble de règles. Si c'était le cas pour vous, vous deviez agir de votre mieux, mais en vous souvenant que le péché contre le Saint-Esprit ne vous serait pas pardonné et que vous seriez châtié en ce monde.

Ici, les élèves les plus intelligents du catéchisme comprenaient ce à quoi Knopwood faisait allusion. Il était clair qu'il était lui-même un homosexuel, qu'il avait conscience de l'être et que son travail avec les garçons constituait pour lui un moyen de sublimer sa tendance. Mais jamais il ne pratiquait le moindre favoritisme. C'était un excellent ami, tout ce qu'il y avait de plus viril, et, quand il vous invitait chez lui, vous pouviez être sûr qu'il se conduirait correctement. Il doit y avoir des centaines d'hommes comme moi qui se souviennent de lui avec affection et considèrent leur rencontre avec lui comme un des événements marquants de leur vie. Lors de mes premières amours, il m'a soutenu d'une façon que je n'oublierai jamais et que rien de ce que je pourrais faire ne paierait de retour.

Je regrette que nous n'ayons pu rester amis.

6

Un premier amour fait généralement sourire. Chez les gens ridicules, il est en effet ridicule, mais je sais à quel point il peut être brûlant chez des individus passionnés, désintéressé chez des idéalistes. Il ne demande pas à être payé de retour et peut être une force même là où il est manifestement sans espoir. La pire bagarre à laquelle j'ai assisté quand j'étais collégien avait pour origine des paroles désobligeantes qu'un garçon avait prononcées au sujet de Loretta Young ; un autre garçon, qui nourrissait une passion pour cette actrice qu'il n'avait vue qu'à l'écran, frappa son camarade sur la bouche. L'instant d'après, tous deux roulaient sur le sol, l'amoureux essayant de tuer la grande gueule. Notre prof de gym les sépara. Il voulut leur faire régler leurs comptes sur le ring, mais cela s'avéra impossible : l'amoureux transgressait toutes les règles, donnait des coups de pied et mordait. On aurait dit un fou. Bien entendu, personne ne put expliquer au moniteur la raison exacte de cette rixe, mais nous supposions tous qu'ils se battaient pour une histoire d'amour. Maintenant, je sais qu'il s'agissait en fait d'une bagarre pour l'honneur et l'idéalisme — ce que le docteur von Haller appelle une projection — et qu'elle faisait partie du développement psychique de l'amoureux. Peut-être a-t-elle influencé aussi le type qui avait pris des libertés avec le nom de miss Young.

Je tombai amoureux — un coup de foudre — un vendredi soir, au début du mois de décembre 1944. J'avais déjà été amoureux avant, mais jamais sérieusement. Beaucoup de garçons, je crois, sont amoureux dès qu'ils sont capables de marcher ; j'avais moi-même entretenu des fantasmes secrets et fait des conquêtes dont « Toad » Wilson n'était en aucun cas le meilleur exemple. Ces relations enfantines avaient plongé des racines peu profondes dans la vanité. Mais à présent j'avais seize ans, j'étais un garçon grave, solitaire et, en l'espace de trois heures, Judith Wolff devint l'élément central, totalement absorbant de ma vie.

Le lycée de Caroline, qui portait le nom de l'évêque Cairncross, personnage qui avait dominé la vie de notre province au dix-neuvième siècle, était réputé pour ses représentations théâtrales et ses concerts. Chaque établissement scolaire a besoin d'être connu pour quelque chose de plus que son bon enseignement, et la spécialité de celui-ci, c'était ses spectacles de Noël. L'année de mes seize ans, le lycée décida de combiner musique et théâtre et de monter une pièce de Walter de La Mare intitulée *Crossings*. J'en entendis beaucoup parler. Elle comprenait une bonne part de musique, quatre chansons, et Caroline était chargée de jouer du piano en coulisses. Elle répétait à la maison et parlait de la pièce comme si c'était la plus grande œuvre lyrique depuis *Aïda*, l'opéra que Verdi avait écrit pour le khédive d'Égypte.

Je lus le texte de *Crossings* dans le recueil sur lequel travaillait ma sœur et le jugeai médiocre. Il n'était certainement pas écrit dans le style sobre ; or, à cette époque, j'étais très influencé par l'enthousiasme que Ramsay manifestait pour une prose dépouillée. Ce n'était pas le genre de comédie musicale qu'on donnait à Broadway, je doute même que ce soit une bonne pièce, quoique incontestablement l'œuvre d'un poète, mais je me trouvai être le spectateur le plus captivé au milieu d'une assistance qui, sous des formes diverses selon leur âge, leur état d'esprit et leurs liens avec les comédiens ou l'école, y prit un énorme plaisir.

C'est l'histoire d'enfants qui, après un héritage, se trouvent livrés à eux-mêmes. Leur tante, qui a des principes pédagogiques très stricts, est persuadée que sans ses conseils ils iront se mettre dans toutes sortes de situations impossibles. Au lieu de cela, les enfants ont quelques jolies aventures avec des personnages étranges, dont des fées. L'aînée, nommée Sally, était interprétée par Judith Wolff.

Sally est une héroïne typiquement « la marienne » et je crois que j'ai toujours vu Judith par les yeux de ce dramaturge. Le rideau se leva (ou, plutôt, s'ouvrit avec un sifflement métallique) et je la vis assise au piano, exactement telle que le poète la décrit dans ses indications scéniques : mince, brune, les traits mobiles, parlant d'une voix basse mais distincte comme si elle pensait tout haut. Elle chantait presque tout de suite après. Pas moyen de croire un seul instant que c'était elle qui jouait du piano : le son provenait nettement des coulisses et le simulacre de Judith n'était pas plus convaincant qu'il l'est d'habitude. Sa voix, cependant, faisait complètement oublier ce petit détail gênant. Ce n'était sans doute qu'une charmante voix de jeune fille, je ne le saurai jamais. Une voix qui semblait ne chanter que pour moi, moi seul dans le monde entier. Je fus submergé d'amour et je crois que je n'ai cessé d'être amoureux de Judith jusqu'à ce jour. Pas d'elle telle qu'elle est maintenant. Je la rencontre de temps en temps, par hasard : une femme de mon âge, toujours dotée d'une grave beauté. Mais elle est devenue Mme Julius Meyer ; son mari est un professeur de chimie très estimé ; je sais qu'elle a eu trois enfants intelligents de lui et qu'elle joue un rôle important dans le comité de parrainage de l'hôpital juif. Pour moi, Mme Julius Meyer n'est pas Judith Wolff, seulement son fantôme, et, quand je la vois, je m'enfuis au plus vite. Le David Staunton qui tomba amoureux d'elle vit toujours en moi, mais Judith Wolff, la fille de la pièce de La Mare, ne vit plus que dans mon souvenir.

Judith avait deux airs dans *Crossings*. Elle les chanta en jouant son rôle avec un charme grave et naturel. Elle était de très loin la meilleure comédienne de la pièce.

Certains spectateurs ne partageaient pas mon opinion. Comme c'est toujours le cas dans ces occasions-là, une partie de l'assistance pensait que les filles qui interprétaient les rôles masculins étaient à mourir de rire ; je suppose que lorsqu'elles tournaient leurs visages moustachus, soigneusement maquillés, et montraient leurs postérieurs d'adolescentes, c'était drôle, si tel est le genre de choses qui vous amuse. Une petite blonde qui incarnait la Reine des Fées fut très applaudie. Pour ma part, je trouvais ses minauderies péniblement cucul. Il y eut un joli ballet : des fées dansant dans un paysage de neige, de minuscules lanternes à la main. Beaucoup de parents n'avaient d'yeux que pour l'une d'entre elles. Mais moi, la seule interprète que je voyais nettement, c'était Judith et, pour rendre justice à l'ensemble des spectateurs, je dois dire qu'ils la considéraient eux aussi comme la meilleure − après leur propre enfant, évidemment. Pour le rappel, toutes les actrices vinrent en scène ainsi que l'inévitable et grotesque cohorte de professeurs en chaussures de sport qui avaient participé d'une façon ou d'une autre au spectacle et qui, comme toutes les collaboratrices de cette sorte, paraissaient bien trop grosses et trop pataudes pour avoir pu contribuer à la création d'une illusion. Judith se tenait au milieu du premier rang ; j'eus l'impression qu'elle se rendait compte de son succès et rougissait.

J'applaudis frénétiquement et vis quelques parents me regarder d'un air approbateur. Ils devaient penser qu'en bon et loyal frère j'acclamais Caroline. Ma sœur était en scène, évidemment ; elle tenait sa partition bien en vue pour que le public comprît le rôle qu'elle avait joué dans la représentation. Mais elle ne m'intéressait pas du tout. Après le goûter offert aux actrices et à leurs amis − du café et du gâteau de cantine scolaire −, j'accompagnai Caroline à la maison et essayai de lui soutirer quelques renseignements sur Judith Wolff. Celle-ci avait été constamment entourée de personnes à l'allure d'étrangers − ses parents et leurs amis, supposai-je − et je n'avais pas pu la voir vraiment de près. Mais, comme d'habitude, Caroline ne pensait qu'à elle-même. Elle me demanda sans arrêt de la rassurer : la musique avait-elle été assez audible, sans être trop forte ? Avait-elle soutenu les chanteurs à la voix plus faible sans pour cela les écraser? En fait, dit-elle, elle avait dû porter le ballet à bout de bras, toutes ces gamines ayant autant le sens du rythme qu'un troupeau de mules. Avait-elle vraiment pu donner l'illusion qu'elle était tout un orchestre? Je dus supporter toutes ces sottises narcissiques pour amener la conversation sur le sujet qui m'intéressait.

Quelle chance elles avaient eu de disposer d'une si bonne chanteuse et comédienne pour interpréter Sally, plaçai-je. Qui était-ce?

Oh, Judy Wolff. Voix agréable, mais gutturale. Provenait un peu trop de l'arrière de la gorge. Judy avait besoin de quelques leçons de diction.

Peut-être... Mais elle était tout de même très bien dans ce rôle.

Ouais, possible. Mais quelle nouille aux répétitions! Fallait drôlement la secouer pour la sortir de sa léthargie.

J'envisageai de tuer Caroline et d'abandonner son corps meurtri sur la pelouse d'une des maisons devant laquelle nous passions.

Je ne l'avais sûrement pas remarqué, dit-elle, parce que c'était là le genre de détail qui échappait à la plupart des gens, mais dans la *Berceuse* de Sally, au deuxième acte, quand on en arrivait à *Leap fox, hoot owl, wail warbler sweet*, Judy avait chanté beaucoup trop vite; comme l'accompagnement comportait alors une série d'accords chromatiques très difficiles à jouer, elle, Caroline, n'avait rien pu faire pour la retenir. Il fallait espérer que les choses se passeraient mieux le lendemain.

Quand on a une sœur comme Caroline, on lui emprunte forcément certaines ruses. Croyait-elle qu'il me serait possible de revoir la pièce le samedi soir? demandai-je.

« Pour que tu puisses de nouveau te pâmer d'admiration devant Judy? » fit-elle.

A une autre époque, on aurait brûlé Caroline comme sorcière; elle flairait vos pensées, surtout celle que vous

175

vouliez garder secrètes. Je remis à plus tard mon projet de la brûler.

« Qui ça? Ah, la fille qui joue Sally! Ne dis pas de bêtises. Je trouve que la pièce est bonne et je voudrais la revoir, un point c'est tout. De plus, je me suis dit qu'on n'avait pas rendu assez hommage à ton talent ce soir. Si je venais demain, je pourrais t'envoyer des fleurs. On te les tendrait par-dessus la rampe à la fin du spectacle. Ainsi le public prendrait conscience de ta valeur.

— Ce n'est pas une mauvaise idée, mais d'où sortirais-tu l'argent pour les acheter, ces fleurs? Tu es fauché.

— Je me demandais s'il te serait possible de m'en prêter un peu. Puisque c'est pour toi, en fait...

— Je n'en vois pas l'utilité. Je pourrais très bien m'envoyer un bouquet à moi-même. Je n'ai pas besoin d'intermédiaire.

— Mais ce serait ridicule, indigne de toi, vulgaire, minable, et si Netty l'apprenait — je me chargerais bien entendu de le lui dire — elle te rendrait la vie impossible. Tandis que si les fleurs viennent de moi, personne ne le saura, et si quelqu'un découvrait la vérité, il penserait que je suis un bon frère. Mais, si tu y tiens, j'épinglerai sur le bouquet une grande carte portant ces mots : " En hommage à vos jolis doigts éloquents, Arturo Toscanini ". »

Le stratagème réussit. J'avais prévu un modeste bouquet d'un dollar, mais c'était sous-estimer la vanité de ma sœur. Elle me tendit un beau billet craquant de cinq dollars. Je jubilais : j'avais en effet sournoisement décidé de m'approprier une partie de la somme que j'obtiendrais pour envoyer un bouquet à Judy Wolff. Cinq dollars me permettraient de bien faire les choses.

Les fleuristes se montrèrent plus cupides que je ne pensais, mais le samedi, après avoir fait le tour de plusieurs magasins, je parvins à trouver un bouquet assez impressionnant pour Caroline — des chrysanthèmes étoffés de beaucoup de fougères — pour un dollar soixante-quinze. Avec les trois dollars vingt-cinq restants, auxquels j'ajoutai cinquante cents extorqués à Netty sous prétexte que j'avais besoin de deux crayons spéciaux pour dessiner des cartes géographiques, j'achetai des roses pour Judy. Pas les roses les plus chères, je n'en avais pas les moyens, mais indubitablement des roses.

Je jouais un jeu dangereux, je le savais. Il m'était pourtant impossible d'agir autrement. Caroline découvrirait qu'il y avait eu deux bouquets. Radine comme elle l'était, elle le prendrait très mal et se vengerait sûrement de quelque affreuse manière. Mais j'étais prêt à courir n'importe quel risque pour que Judy Wolff reçût l'hommage qu'elle méritait. La perspective du soir me soutint tout au long de cette journée passée dans la nervosité et l'appréhension.

Les événements se déroulèrent d'une façon tout à fait différente de celle que j'avais imaginée. Tout d'abord, Netty exprima le désir de voir *Crossings* et il allait de soi que je l'emmènerais. Quelle rage et quel désespoir ne s'emparent-ils pas d'un jeune homme dévoré d'amour pour une jeune fille de rêve et auquel on impose la compagnie d'une vieille femme désagréable et sans éducation ! Le docteur von Haller parle du concept de l'Ombre ; ô combien cet aspect sombre de ma personnalité — mon impatience, mon snobisme, mon ingratitude — pesa ce soir-là sur la pauvre Netty ! L'obligation de m'asseoir près d'elle, de répondre à ses questions idiotes, d'écouter ses affirmations ineptes, le fait de devoir sentir son odeur de chair fiévreuse et de linge amidonné, d'être conscient que son vêtement de gala, un manteau de mouton, détonnait au milieu de tous ces visons, me mirent véritablement au supplice. Si j'avais été Roméo et elle, la Nourrice, j'aurais pu marquer ma supériorité par une désinvolture aristocratique et tout le monde aurait compris qu'elle n'était que ma servante ;

mais j'étais Davey et elle était Netty, cette femme qui m'avait lavé sous mon prépuce et menacé de m'arracher le cœur à coups de fouet si je n'étais pas sage, et j'avais une peur bleue que le reste de l'assistance ne la prît pour ma mère! Insensible à tout cela, Netty, pour sa part, était à la fête : elle allait assister au triomphe de sa Caroline adorée. Moi je n'étais que son cavalier ; elle se sentait bien disposée envers moi et essayait de m'amuser par sa vivacité grossière. Après la représentation, comment allais-je pouvoir m'insinuer dans le monde baigné de clair de lune de Judith Wolff avec ce monstre dans mon sillage?

En conséquence, je goûtai le spectacle bien moins que je ne l'avais escompté. Je remarquai les petites faiblesses dont Caroline s'était plainte toute la journée et quoique mon adoration pour Judy me tourmentât plus que jamais, elle reposait sur un océan d'irritabilité et de frustration. De plus, j'appréhendais le moment de la remise des bouquets.

Là encore, je n'avais pas compté avec le Destin. Celui-ci voulut bien me préserver des conséquences de ma légèreté. Au moment du rappel, quelques-unes des filles qui avaient servi d'ouvreuses se ruèrent vers la scène comme le bois de Birnam avançant vers le château de Dunsinane, les bras chargés de fleurs. Judy reçut mes roses et d'autres fleurs, beaucoup plus jolies, d'une autre ouvreuse. On tendit à Caroline mon minable bouquet de chrysanthèmes, mais aussi un superbe bouquet de roses jaunes, ses préférées. Ma sœur feignit le plus vif étonnement, lut la carte et fit un petit saut de joie! Quand les applaudissements s'apaisèrent et que presque toutes les filles sur la scène eurent reçu un bouquet quelconque, je sortis de la salle d'une démarche incertaine, me sentant pareil à un condamné qui vient d'être arraché in extremis au poteau d'exécution.

La petite fête donnée à la cantine rassembla plus de

convives et fut plus gaie que la veille, bien qu'on y servît la même nourriture. Il y avait tant de monde que les gens formaient plusieurs petits groupes au lieu d'un seul. Netty fonça vers Caroline et lui demanda avec insistance qui lui avait envoyé des fleurs. Ma sœur était occupée à exhiber ses roses et la carte qui les accompagnait. D'une écriture hardie, quelqu'un y avait inscrit en lettres majuscules : « D'un fervent admirateur qui désire rester anonyme. » Elle confia à Netty, pour les lui tenir, mes chrysanthèmes et ma misérable petite carte sur laquelle j'avais écrit en caractères d'imprimerie : « Félicitations et bonne chance. » Elle était d'excellente humeur et pleine de bienveillance envers le monde entier. M'attrapant par le bras, elle m'entraîna dans la direction de Judy Wolff et cria : « Judy, je te présente mon petit frère. Il te trouve super! » Je restai pantois. Mais elle enchaîna aussitôt sur ses roses, montant en épingle l'anonymat de leur expéditeur. Comme toute jeune fille face à un admirateur manifeste, Judy fit comme si je n'étais pas là et bavarda avec Caroline, essayant de résoudre le mystère de ses propres roses. *Mes* roses. C'était à désespérer. Pas moyen de me débarrasser de ma sœur. Elle finit toutefois par s'éloigner. Resté seul avec Judy, j'ouvris la bouche pour réciter mon petit discours soigneusement préparé : « Vous avez merveilleusement bien chanté. Vous devez avoir un très bon professeur. » (Oh, était-ce trop osé? N'allait-elle pas me considérer comme un affreux baratineur? Penserait-elle que c'était là un compliment que je sortais à toutes les filles de ma connaissance qui chantaient? Que j'essayais de percer ses défenses comme une de ces brutes du rugby qui — Knopwood, venez à mon aide — voulait « se servir d'elle à des fins purement égoïstes? ») Mais, debout près d'elle, les mêmes personnes souriantes au teint mat et aux grands nez que j'avais vues la veille se chargèrent d'entamer la conversation avec moi après que Judy (avec quelles bonnes manières, quelle assurance — elle ne pouvait être qu'une étrangère) m'eut présenté comme le frère de Caroline. Mon père, le docteur Louis Wolff. Ma mère. Ma tante Esther. Mon oncle, le professeur Bruno Schwarz.

Tous les membres de la famille se montrèrent très gentils envers moi, mais ils avaient des rayons X à la place des yeux, ou une perception extrasensorielle, car ils supposèrent, sans rien me demander, que c'était moi qui avais envoyé à Judy l'autre bouquet de roses. Cela me démonta complètement. Je me tenais là en amoureux déclaré, rôle auquel je n'étais nullement préparé et dans lequel j'étais entré grâce à un cadeau luxueux qui ne pouvait avoir de suite. Mais le plus extraordinaire, c'était qu'ils trouvaient normal et bienséant que, admirant Judy, je lui offris des fleurs pour pouvoir faire sa connaissance. Je déduisis qu'être le frère de Caroline était pour eux un gage suffisant. Comme ils connaissaient mal ma sœur! Ils comprenaient. Ils approuvaient. Bien entendu, ils ne dirent rien ouvertement, mais leur attitude envers moi et leur conversation montrèrent clairement qu'ils supposaient que je désirais être accepté comme un ami et qu'ils étaient disposés à exaucer mon vœu. Contrairement à toutes les règles, mon amour ne rencontrait aucun obstacle. C'était déboussolant.

Certains de mes camarades de collège étaient amoureux. Les parents de leurs petites amies étaient toujours de véritables poisons : insupportablement hilares, ils adoraient couvrir Cupidon de poix et de plumes et le tourner en ridicule; ou alors, ils se montraient désagréablement ironiques, comme s'ils avaient tout oublié de l'amour, ne voyant plus en celui-ci qu'une maladie qui tourmentait les veaux et les chiots. Les Wolff me prenaient au sérieux en tant qu'être humain. J'avais espéré des amours cachées, ignorées du reste du monde, mais voilà que Mme Wolff me disait qu'ils étaient toujours chez eux le dimanche après-midi entre quatre et six heures et que, si j'avais envie de leur rendre visite, je serais le bienvenu. Je demandai si le lendemain serait trop tôt. Non, ce serait parfait. Ils étaient enchantés de faire ma connaissance. Ils espéraient que nous nous reverrions souvent.

Pendant toute cette conversation, Judy ouvrit à peine la bouche et quand, au moment de partir, je lui serrai la main – un conflit terrible : était-ce vraiment convenable? – elle baissa les paupières.

Je n'avais encore jamais vu une fille faire cela. Les amies de Caroline vous regardaient toujours droit dans les yeux surtout quand elles avaient quelque chose de désagréable à vous dire. La pudique beauté de cette mimique me prit littéralement aux tripes.

Et dire que tout le monde semblait au courant! Mes sentiments se lisaient-ils à ce point sur ma figure? Sur le chemin du retour, même Netty fit remarquer que j'avais l'air de m'intéresser beaucoup à cette grande brune, et lorsque je lui demandai avec hauteur ce qu'elle voulait dire, elle me répondit qu'elle n'avait pas les yeux dans sa poche : j'avais flirté avec cette fille d'une façon qui ne pouvait échapper à personne.

Netty était d'excellente humeur. Invité à titre de directeur d'un lycée voisin, je suppose, Dunstan Ramsay était venu au spectacle. Il s'était beaucoup occupé de Netty. Cela ressemblait bien à Buggerlugs : il veillait toujours à saluer tout le monde et paraissait se donner du mal pour être galant avec les femmes que personne d'autre ne supportait. Il avait présenté Netty à miss Gostling, la directrice de Bishop Cairncross, comme étant le pilier de la famille Staunton quand papa devait s'absenter pour son travail au Ravitaillement. Miss Gostling avait eu des façons très simples et courtoises, mais heureusement, son établissement était une école et non un hôtel, car son café aurait tué un chien.

A l'heure du coucher, Caroline vint dans ma chambre me remercier pour les fleurs.

« Tu as vraiment bien fait les choses, dit-elle. Tu as dû courir pas mal de magasins avant de trouver de pareilles roses jaunes pour cinq dollars. Je connais le prix de ces fleurs. Elles sont identiques à celles que *Buggerlugs* a envoyées à Ghastly Gostling * et je parie qu'elles lui ont coûté au moins huit dollars. »

J'étais d'humeur à prendre des risques.

« Qui t'a envoyé l'autre bouquet? demandai-je.

— Scotland Yard soupçonne Tiger McGregor. Cela fait bien deux mois qu'il me tourne autour. Le pingre! Il n'a pas dû lui coûter plus d'un dollar soixante-quinze, fit-elle, une lueur de prêteuse sur gages dans ses yeux, et il s'imagine sans doute que sa minable offrande suffira à me faire accepter son invitation au bal de Colbourne. J'irai peut-être, remarque... A propos, toi et moi nous sommes invités pour le thé chez Judy Wolff demain. C'est à moi que tu le dois. Alors, mets-toi sur ton trente et un et fais-moi honneur. »

Ainsi c'était *Buggerlugs* qui avait envoyé les roses, m'épargnant Dieu sait quelle humiliation et quelle servitude vis-à-vis de Carol! Pouvait-il s'être douté de quelque chose? Impossible. Il avait rempli une obligation envers la fille d'un vieil ami et s'était payé une petite blague sur sa carte. Mais, qu'il le sût ou non, pour moi il était un vrai pote. Était-il plus que cela?... Maudite Carol!

Thé chez les Wolff, le lendemain. Ne connaissant rien à ce genre d'événements mondains, j'étais dans tous mes états. Mais l'appartement des Wolff grouillait de monde et Tiger McGregor était là qui me débarrassa de Caroline. J'échangeai quelques mots avec Judy. A un moment donné, elle me demanda de faire passer un plat

* L'Horrible Gostling. (*N.d.T.*)

de sandwiches; elle me considérait donc comme une personne digne de confiance et non pas simplement comme quelqu'un qui voulait se servir d'elle. Ses parents étaient charmants et gentils et bien que j'eusse déjà rencontré la gentillesse, le charme m'était inconnu. Je tombai donc amoureux de tous les Wolff et de tous les Schwarz, avec tout le respect qui était dû à chacun d'eux, et sentis que je venais d'entrer dans un monde nouveau.

Ainsi commença un amour qui a nourri ma vie et élargi mon esprit avant d'être détruit par un acte de bonté qui était en fait un acte d'une extrême cruauté.

Devons-nous parler en détails de ma conversation avec Judy? N'étant pas poète, j'ai dû lui débiter des banalités et bien que je me souvienne qu'elle ait prononcé de très belles paroles, je ne me rappelle pas exactement ce qu'elle a dit. Pour que l'amour puisse être regardé et écouté sans provoquer de gêne, il faut qu'il soit transmué en art. J'en suis incapable et ce n'est pas pour combler cette lacune que je suis venu à Zurich.

DOCTEUR VON HALLER : Nous devons en parler un peu, je pense. Vous êtes-vous déclaré?

MOI : Oui, le Jour de l'An. Je lui ai dit que je l'aimerais toujours, et j'étais sincère. Elle m'a répondu qu'elle n'était pas sûre de partager mes sentiments; elle ne me dirait rien jusqu'à ce qu'elle fût certaine de m'aimer, et cela pour la vie. Si jamais cela se produisait, elle m'en aviserait tout de suite. En attendant, la plus grande faveur que je pouvais lui faire, c'était de ne pas la presser.

DOCTEUR VON HALLER : Ce que vous avez fait quand même?

MOI : Oui, très souvent. Elle réagissait toujours avec douceur, mais me répétait la même chose.

DOCTEUR VON HALLER : Comment était-elle? Physiquement, j'entends. Était-elle très féminine? Avait-elle une poitrine bien développée? Était-elle soignée de sa personne?

MOI : C'était une brune au teint mat, mais ses joues prenaient une merveilleuse couleur grenat quand elle rougissait. Taille moyenne. Pour plaisanter, elle se prétendait grosse, mais, bien entendu, ce n'était pas vrai : elle avait des rondeurs. Les uniformes qu'on devait porter à Bishop Cairncross à cette époque étaient étonnamment suggestifs. Quand une fille avait de la poitrine cela se voyait sous leurs blouses à col marin, et certaines de ces lycéennes avaient de véritables plateaux sous le menton. Et ces ridicules jupes courtes bleu marine qui semblaient montrer des kilomètres de jambes, de la cheville à la cuisse! Ces vêtements étaient censés être pudiques et leur donner l'air d'enfants, mais une jolie fille habillée ainsi offre un curieux et touchant spectacle. Les souillons et les grosses étaient à faire peur, mais pas Judy.

DOCTEUR VON HALLER : La désiriez-vous physiquement, alors?

MOI : Et comment! Parfois j'étais sur le point d'exploser. Mais je tenais compte des conseils de Knopwood. Bien entendu, je lui racontai ce qui m'était arrivé, et il se montra absolument merveilleux. C'était une très belle expérience, me dit-il, mais en tant qu'homme, c'était à moi qu'incombait la plus grande part de responsabilité. Donc ne rien faire qui pût nuire à Judy. Il me donna aussi un tuyau au sujet des jeunes filles juives : leur éducation visait à les rendre pudiques et, étant viennois, les parents de Judy étaient probablement très stricts. Par conséquent, la désinvolture canadienne était à déconseiller; je ne devais jamais me mettre les parents à dos.

DOCTEUR VON HALLER : Vous inspirait-elle des rêves érotiques?

MOI : Je rêvais, mais pas d'elle. J'avais des rêves fous où apparaissaient des femmes que je ne reconnaissais pas, parfois d'horribles vieilles peaux qui me violaient. Netty se mit à me regarder de travers et à faire des allusions au sujet de mes pyjamas. Et, bien entendu, elle avait de nouveau une de ces horribles histoires deptfordiennes à me raconter. Il semble qu'il y ait eu là-bas, dans son village, une femme qui, depuis sa prime jeunesse, ne cessait de forniquer et, finalement, on l'avait découverte dans une carrière de gravier dans les bras d'un vagabond; naturellement, cette femme était devenue complètement folle et on avait été obligé de la garder enfermée chez elle, attachée. Mais je pense que ce conte de luxure punie s'adressait surtout à Caroline. Tiger McGregor, en effet, faisait à ma sœur une cour de plus en plus pressante et Carol commençait à mollir. Je lui en fis moi-même la remarque, ce à quoi elle répondit par une citation, disant en substance que je lui montrais le chemin ardu qui mène au ciel alors que je me conduisais comme un imbécile avec Judy Wolff. Je n'en continuai pas moins à la surveiller.

DOCTEUR VON HALLER : Ah oui ? Dites m'en un peu plus là-dessus.

MOI : Ce n'est pas une partie de ma vie dont je suis très fier. De temps en temps, quand Tiger était là, je rôdais dans la maison pour voir si tout se passait correctement.

DOCTEUR VON HALLER : Et était-ce le cas ?

MOI : Non. Il y avait beaucoup de très longs baisers et un jour je les surpris tous deux sur le canapé : Caroline avait sa jupe presque au-dessus de la tête et Tiger haletait comme une locomotive à vapeur. Netty aurait appelé cela une « scène indécente ».

DOCTEUR VON HALLER : Êtes-vous intervenu ?

MOI : Non, pas exactement, mais j'étais furieux. Je suis monté à l'étage et j'ai marché bruyamment au-dessus de leurs têtes. Quand j'ai jeté un autre coup d'œil dans le salon, ils s'étaient redressés.

185

DOCTEUR VON HALLER : Étiez-vous jaloux de votre sœur?

MOI : Ce n'était qu'une gamine. Elle n'avait pas encore l'âge de connaître cette sorte de choses. Et je doutais que Tiger eût conscience que c'était à lui qu'incombait la plus grande part de responsabilité. En outre, Carol avait un tempérament volcanique.

DOCTEUR VON HALLER : Qu'avez vous dit à Tiger?

MOI : Eh bien, voilà justement une chose dont j'ai honte : je ne lui ai rien dit du tout. J'étais costaud — à partir de douze ans, j'avais cessé d'être un enfant « délicat » — mais Tiger était un rugbyman genre armoire à glace. Il aurait pu me tuer.

DOCTEUR VON HALLER : Vous auriez pourtant dû être prêt à vous battre pour les principes du père Knopwood?

MOI : Knopwood avait préparé Carol à la confirmation, elle connaissait donc ses principes aussi bien que moi. Mais elle se moquait de lui et l'appelait « ton directeur de conscience ». Quant à Tiger, il n'avait, et n'a toujours pas le moindre principe. Il a fini public-relations dans une des sociétés de mon père.

DOCTEUR VON HALLER : Ce qui était parfaitement normal pour Judy et pour vous ne l'était donc pas pour Tiger et Carol?

MOI : J'aimais Judy.

DOCTEUR VON HALLER : Vous n'aviez pas de « scènes » sur le canapé?

MOI : Si, mais rarement. Les Wolff vivaient en appartement, comprenez-vous, et bien que celui-ci fût spacieux, il y avait toujours quelqu'un qui allait et venait.

DOCTEUR VON HALLER : En fait, les parents surveillaient leur fille très étroitement?

MOI : Oui, mais vous n'auriez pas vu la chose ainsi. Ils étaient si charmants! C'était la première fois de ma vie que je rencontrais ce genre de personnes. Le docteur

Wolff était chirurgien, mais, d'après sa conversation, vous ne l'auriez jamais deviné. Ses principales passions : la musique et le théâtre. Et la politique. Je n'avais encore jamais rencontré un homme qui s'y intéressât comme lui sans prendre parti. Il était même objectif à l'égard du sionisme. Et il trouvait des choses positives à dire sur Mackenzie King : il admirait son habileté politique. Il interprétait les nouvelles de la guerre autrement que tous les gens de ma connaissance ; même quand les Alliés essuyèrent des revers à la fin du conflit, il était persuadé que la paix était proche. Lui et son beau-frère, le professeur Schwarz, avaient eu la clairvoyance de quitter l'Autriche en 1932. Dans leur maison régnait un raffinement qui me faisait beaucoup de bien. Pas un simple vernis, vous comprenez : une profonde culture.

Docteur von Haller : N'empêche qu'ils surveillaient leur fille.

Moi : C'est sans doute vrai, mais je ne l'ai jamais sentie, cette surveillance.

Docteur von Haller : Avez-vous connu des moments de passion avec Judy ?

Moi : Chaque fois que c'était possible, je suppose.

Docteur von Haller : Et elle y consentait sans être sûre de vous aimer ?

Moi : Mais moi je l'aimais. Et elle voulait me faire plaisir.

Docteur von Haller : Et Carol, ne voulait-elle pas faire plaisir à Tiger ?

Moi : Carol voulait se faire plaisir à elle-même.

Docteur von Haller : Ce qui n'était pas vrai pour Judy ?

Moi : Vous n'arriverez pas à me convaincre que c'était pareil.

Docteur von Haller : Que dirait M. le juge Staunton si ces deux jeunes couples comparaissaient devant lui ? Ferait-il une distinction entre eux ? Si le père Knop-

187

wood était appelé à la barre des témoins, en ferait-il une, lui?

MOI : Knopwood était la charité en personne.

DOCTEUR VON HALLER : Ce qui n'est pas votre cas? Bon, vous n'avez pas besoin de répondre maintenant. La charité est la dernière leçon que nous apprenons. C'est pourquoi une grande partie de la charité que nous témoignons aux gens est rétrospective. Réfléchissez-y; nous en parlerons plus tard. Dites-m'en un peu plus sur votre merveilleuse année.

Elle fut merveilleuse parce que la guerre se terminait. Merveilleuse parce que, maintenant, papa pouvait passer de temps en temps un week-end à la maison. Merveilleuse parce que j'avais trouvé ma profession. Merveilleuse parce que papa augmenta mon argent de poche à cause de Judy.

Cette histoire-là commença d'ailleurs fort mal. Un jour papa convoqua Caroline dans son bureau. Ma sœur crut qu'il s'agissait de Tiger, que Netty l'avait dénoncée, et elle était dans tous ses états. Seules des affaires très graves se réglaient dans le bureau de papa. En fait, il voulait simplement savoir pourquoi elle avait dépensé autant d'argent. Mlle Macmanaway, la secrétaire, avançait à Caroline les sommes qu'elle demandait sans lui poser de questions, mais, bien entendu, elle tenait des comptes pour mon père. Caroline m'avait prêté l'argent dont j'avais besoin pour emmener Judy au cinéma, au théâtre, au concert et, parfois, au restaurant. Caroline devait penser que c'était là une façon d'acheter mon silence au sujet de Tiger, et je crois qu'elle avait raison. Mais quand papa exigea qu'elle lui expliquât comment elle avait pu dépenser vingt-cinq dollars par semaine, en plus du budget qu'elle avait pour s'habiller et s'amuser, elle paniqua et avoua qu'elle m'en avait donné une partie. « Pourquoi? » « Il sort avec une fille, et tu sais com-

ment il se fâche quand on lui refuse quelque chose. »
« Attends-toi à une belle engueulade », m'avertit ma
sœur.

Il n'y en eut pas. Après m'avoir fait peur pendant
quelques minutes, papa se montra amusé. L'idée que
j'avais une petite amie lui plaisait. Il augmenta mon
argent de poche, me donnant sept dollars cinquante par
semaine, ce qui représentait une fortune comparé au
misérable dollar hebdomadaire que j'avais touché pendant si longtemps. Il avait oublié que je grandissais et
avais maintenant des besoins particuliers, me dit-il.

Soulagé, reconnaissant, subjugué – mon père était
vraiment l'homme le plus charmant que j'aie jamais rencontré, avec un côté rayonnant, ouvert, qui différait du
charme complexe, baroque, des Wolff – je lui racontai
pas mal de choses sur Judy. A mon étonnement, il me
mit lui aussi en garde contre les jeunes filles juives,
comme Knopwood : à un niveau social comme celui des
Wolff, elles recevaient une éducation très stricte. Pourquoi ne visais-je pas un peu moins haut? Je ne comprenais pas. Pourquoi aurais-je voulu d'une fille qui fût
inférieure à Judy alors que non seulement elle, mais
toute sa famille avaient autant de distinction? Je savais
que papa aimait les gens distingués. Mais il ne répondit
pas à ma question.

Les choses s'arrangèrent donc et je cessai de dépendre
financièrement de Carol.

7.

L'été arriva. la guerre s'était terminée en Europe le
7 mai.

Je partis pour la dernière fois dans un camp de
vacances. Tous les ans, Caroline et moi étions envoyés
dans d'excellents camps. J'aimais le mien. Plutôt petit, il

proposait un programme intelligent'au lieu d'un de ces cauchemars de fausse vie indienne. Nous jouissions également d'une assez grande liberté. Je connaissais beaucoup de garçons là-bas. Je les y retrouvais chaque été. En dehors des vacances, je ne les voyais jamais, rares étant ceux qui allaient au même collège que moi.

L'un d'entre eux m'intéressait particulièrement parce qu'il était très différent de moi à bien des égards. Il semblait avoir un cran extraordinaire. Il ne pensait jamais aux conséquences de ses actes ni aux efforts que ceux-ci lui coûteraient. Il s'appelait Bill Unsworth.

Je partis au camp sans renâcler. Les Wolff emmenaient Judy en Californie. Le professeur Schwarz se rendait là-bas pour donner des cours spéciaux au Cal Tech et ailleurs, et les Wolff l'accompagnaient pour faire du tourisme. Mme Wolff dit qu'il était temps pour Judy de voir un peu le monde avant de partir étudier en Europe. Je ne compris pas l'entière signification de ce projet, mais je pensai qu'il avait un rapport avec la fin de la guerre.

Le camp, c'était très bien, mais je commençais à être trop vieux pour ce genre de choses; Bill Unsworth l'était déjà, bien qu'il fût un peu plus jeune que moi. Quand le camp ferma, à la mi-août, il nous invita, moi et deux autres garçons, à venir passer quelques jours dans une maison de vacances que ses parents avaient dans la même région avant de rentrer à Toronto. Notre séjour fut assez agréable, mais nous avions eu notre ration de canotage et de baignades pour l'été et nous nous ennuyions ferme. Bill nous proposa de partir en quête d'un peu de distraction.

Aucun de nous ne savait ce qu'il avait en tête, mais Bill était persuadé que nous nous amuserions, et cela lui plaisait de faire le mystérieux. Au bout d'une trentaine de kilomètres sur des routes de campagne, il arrêta la voiture et déclara que nous ferions le reste du chemin à pied.

Nous rencontrâmes un terrain assez difficile. Nous étions dans la région du Muskoka, une contrée rocheuse couverte de fourrés presque impénétrables. Au bout d'une demi-heure, nous parvînmes à une jolie villa construite au bord d'un petit lac. C'était une maison proprette entourée d'une rocaille — les plantes poussent mal dans ce coin — et pourvue d'une grande quantité de meubles de jardin qui avaient l'air d'avoir été entretenus par des gens très soigneux.

« Qui habite ici? s'enquit Jerry Wood.

— Je ne connais pas leur nom, répondit Bill, mais je sais qu'ils sont absents. Partis dans les provinces maritimes. C'est ce que quelqu'un disait au supermarché.

— Ont-ils dit que nous pouvions nous servir de leur maison?

— Non, ils n'ont pas dit ça.

— La porte est fermée à clé, constata Don McQuilly, le quatrième garçon de notre bande.

— Ce genre de serrure, on l'ouvre en crachant dessus, déclara Bill Unsworth.

— Tu ne vas pas la forcer tout de même?

— Si, Donny, c'est exactement ce que je vais faire.

— Mais pourquoi?

— Pour entrer, tiens!

— Attends une seconde! Qu'est-ce que tu veux faire là-dedans?

— Voir ce que ces gens ont comme affaires et les leur casser en mille morceaux.

— Mais pourquoi?

— Parce que j'en ai envie. Vous n'avez jamais eu envie, vous, de saccager une maison?

— Mon grand-père est juge, dit McQuilly. Je dois surveiller ma conduite.

— Je ne vois ton grand-père nulle part », rétorqua Bill en balayant le paysage des yeux, sa main en visière comme un pirate de cinéma.

Nous nous disputâmes. McQuilly s'opposait au projet, mais Jerry Wood pensait que ça pourrait être amusant d'entrer et de créer un peu de pagaille. Quant à moi, j'hésitais, comme d'habitude. J'étais las de la discipline du camp, mais, par nature, j'étais respectueux des lois. Je m'étais souvent demandé ce que je ressentirais si je cassais quelque chose exprès; par ailleurs, j'avais la ferme conviction que si je me conduisais mal on ne manquerait pas de m'attraper. Mais quel garçon aime perdre la face aux yeux d'un chef? Or c'est ce que Bill Unsworth était, d'une certaine manière. Le sourire sardonique qu'il avait arboré pendant notre querelle était plus éloquent que des tonnes d'arguments. Finalement, nous décidâmes de passer à l'action. Pour ma part, je pensais que je pourrais m'arrêter quand je voudrais.

Cracher sur la serrure se révéla insuffisant, mais Bill avait apporté des outils, ce qui nous surprit et, en fait, nous choqua passablement. Nous pûmes entrer au bout de quelques minutes. L'intérieur était encore plus méticuleusement propre et bien rangé que ne l'avait promis l'extérieur. C'était une maison de vacances, mais tout y indiquait qu'elle appartenait à des personnes âgées.

« La première chose à faire dans ce genre de boulot, c'est de voir si ces gens ont de l'alcool », dit Bill.

Ils n'en avaient pas, ce qui, aux yeux de Bill, les transforma en ennemis. Ils devaient l'avoir caché, ce qui était sournois et méritait une punition. Bill se mit à vider armoires et placards, jetant tout par terre. Pour ne pas paraître timoré, nous donnâmes quelques coups de pied aux affaires éparpillées sur le plancher. Notre manque de zèle irrita notre chef.

« Vous me faites gerber! » cria-t-il.

Il décrocha un miroir, une de ces glaces rondes dans un cadre de stuc représentant des fleurs, la leva au-dessus de sa tête et la fracassa sur le dossier d'une chaise. Des éclats de verre volèrent dans toutes les directions.

« Hé, attention! cria Jerry. Tu vas tuer quelqu'un!
– Je vous tuerai tous! » brailla Bill.

Puis il jura pendant trois ou quatre minutes, nous traitant de dégonflés et de tous les autres noms qu'il put trouver. Quand on parle de « qualités de chef », je pense souvent à lui : il les avait. Et, comme beaucoup de gens qui les ont, il pouvait vous faire faire des choses contre votre gré, par une sorte d'habile pression. Nous avions honte. Voilà que se tenait devant nous un hardi aventurier qui s'était donné la peine d'associer de misérables poltrons comme nous à un exploit téméraire, et notre seule réaction, c'était de craindre des blessures! Rassemblant notre courage, nous nous mîmes à jurer, à crier des obscénités et à saccager la maison.

Notre appétit de destruction augmenta avec l'action. Je commençai à sortir quelques livres d'une étagère avec précaution, mais bientôt j'en arrachai les pages à pleines poignées, les éparpillant autour de moi. Jerry s'empara d'un couteau et éventra les matelas. Il dispersa les plumes des coussins du canapé. Poussé par quelque obscur instinct écossais. McQuilly découvrit une pince à levier avec laquelle il se mit à casser tous les objets en bois. Quant à Bill, il fracassait, renversait, déchirait. On aurait dit une furie. Mais je remarquai qu'il préservait certaines choses; il les entassait sur la table de la salle à manger à laquelle il nous interdit de toucher. C'étaient des photos.

Les vieux devaient avoir une nombreuse famille. Partout on voyait des photos de jeunes gens, des photos de mariage et d'autres qui représentaient manifestement leurs petits-enfants. Quand nous eûmes fait tous les dégâts possibles, le tas sur la table était considérable.

« Et maintenant, la touche finale, déclara Bill. Je me la réserve! »

Il grimpa sur la table, descendit son pantalon et s'accroupit au-dessus des photos. De toute évidence, il avait l'intention de déféquer, mais comme ce genre de chose ne se commande pas, il demeura plusieurs minutes dans cette position sous nos yeux ahuris. Il grogna, jura, poussa jusqu'à ce qu'il réussît enfin à faire ce qu'il voulait, en plein sur les photos.

Je ne sais pas combien de temps cela prit exactement, mais ce fut un moment décisif de ma vie. Car tandis que Bill peinait, rouge, les yeux exorbités, produisant enfin une longue crotte qui pendit de son postérieur simiesque, je repris mes esprits et me dis non pas « Qu'est-ce que je fais ici ? », mais « Pourquoi fait-il cela ? La destruction de tous ces objets n'était qu'un prélude à cet acte dégoûtant, bestial. Un acte de défi et de protestation – mais contre quoi ? Bill ne connaît même pas les propriétaires de cette maison. Il ne se venge pas de personnes qui lui ont fait du mal. Proteste-t-il contre l'ordre, la propriété, la vie privée ? Non, cet acte n'a rien d'intellectuel, il ne repose sur aucun principe, même pas celui de l'anarchie. Pour autant que je puisse en juger – et je ne dois pas oublier que je suis son complice sauf pour cette dernière horreur – Bill est simplement aussi mauvais que son entêtement et son manque d'imagination le permettent. Il est possédé, possédé par le Mal. »

Bill m'arracha brusquement à mes réflexions : il réclamait quelque chose pour se torcher.

« Tu n'as qu'à te torcher avec le pan de ta chemise, espèce de dégueulasse ! lança McQuilly. Ça serait bien de toi. »

La pièce empestait. Nous partîmes aussitôt. Bill Unsworth sortit le dernier. Il paraissait plus petit, plus méchant, vidé, mais certainement pas repentant.

Nous regagnâmes la voiture de fort mauvaise humeur. Pendant le trajet du retour, personne ne desserra les dents et, le lendemain, Wood, McQuilly et moi prîmes l'unique train de la journée pour Toronto. Nous ne parlâmes pas de ce que nous avions fait et nous n'en avons jamais reparlé depuis.

Pendant le long voyage de Muskoka à Toronto, j'eus tout le temps de réfléchir. C'est alors que je pris la décision de devenir avocat. J'étais contre des gens comme Bill Unsworth, des possédés comme lui. J'étais contre ce qui pouvait le posséder et pensais que le droit me donnerait un moyen de lutte efficace.

8.

Avec une surprise qui ne me procura aucun plaisir, je découvris que j'étais amoureux du docteur von Haller.

Pendant de nombreuses semaines, je l'avais vue les lundis, mercredis, et vendredis et pris conscience que mon attitude envers elle subissait des changements. Au début, ç'avait été de l'indifférence. Elle était mon médecin et bien que je n'eusse pas la bêtise de croire qu'elle pourrait m'aider sans que je collabore, je supposais que ma participation serait limitée : je répondais à ses questions et la renseignais du mieux que je pouvais, mais je pensais sans réfléchir que j'avais droit à une certaine réserve. Quoique ne la prenant pas trop au sérieux quand elle me demandait des rapports sur mes rêves, je m'efforçais de la satisfaire; j'en arrivai même au point de me réveiller très souvent après un rêve et de le noter avant de me rendormir. Toutefois, l'idée que les rêves pouvaient fournir une clé pour comprendre un cas, le mien ou celui d'un autre, continuait à me paraître étrange et, probablement, déplaisant. Netty n'avait accordé aucune importance aux rêves et l'on ne se débarrasse pas si facilement de l'empreinte que peut laisser sur votre esprit quelqu'un comme ma gouvernante.

Peu à peu, j'accumulai cependant un gros dossier de rêves que le docteur classait et dont je gardais des doubles. J'avais pris mes quartiers à Zurich et loué un petit appartement meublé sur cour qui me donnait toute satisfaction; je pouvais prendre mes repas, accompagnés de vin, à la table d'hôte; au bout d'un certain temps, je découvris que le vin — auquel j'ajoutai un petit verre de whisky le soir avant d'aller me coucher, histoire de ne pas en oublier le goût — me suffisait. J'étais très occupé, le médecin me donnant plein de « devoirs » à faire à la maison. Rédiger des notes pour la séance suivante prenait beaucoup plus de temps que je ne l'avais prévu — presque autant que pour préparer le dossier d'une affaire —, parce que je tenais à trouver le ton juste : avec Johanna von Haller, j'argumentais non pas pour gagner une cause, mais pour découvrir la vérité. Je trouvais ce travail très dur et, pour la première fois de ma vie, je me mis à faire la sieste après le déjeuner. Je me promenais et finis par bien connaître Zurich — assez bien, en tout cas, pour me rendre compte que je continuais à voir cette ville en touriste étranger. Je pris goût aux musées et encore plus aux églises; je passais de longs moments au Grossmünster à regarder les splendides vitraux modernes. Et, pendant tout ce temps, je réfléchissais, me souvenais, revivais; ce que je faisais avec le docteur von Haller (et qu'on doit appeler une analyse, je suppose, bien que cela ne correspondît aucunement à l'idée que je m'étais faite de cette thérapie) m'absorbait tout entier.

Jusqu'à quel point devais-je me livrer? me demandai-je. Et, alors même que je me posais cette question, je me rendis compte que je ne pouvais plus retourner en arrière, que je n'avais plus le choix. Je perdis même toute gêne au sujet de mes rêves; quand j'en avais un bon, je l'apportais au docteur von Haller avec autant de satisfaction qu'un écolier qui a bien préparé sa leçon.

(J'ai noté mes rêves dans un autre carnet et seules quelques références à leur contenu apparaîtront ici. Ce n'est pas dans le dessein de les cacher. Pendant un traitement psychanalytique, on peut faire des dizaines, des centaines

*de rêves ; extraire un sens de cette masse exige un lent et
patient travail car les rêves livrent leurs messages en série ;
un rêve isolé est rarement révélateur. Lire les récits de ces
rêves, c'est comme lire la totalité d'une correspondance
commerciale quand on prépare le dossier d'une cause — un
ennuyeux lavage à la batée où l'on jette cent livres de
cailloux pour une seule pépite.)*

L'indifférence fit place à l'aversion. Je me mis à voir
le médecin comme une femme sans distinction et moins
soignée de sa personne que je l'avais d'abord pensé. Parfois, je la soupçonnais de me détester. Elle disait des
choses qui paraissaient anodines, mais qui, à la réflexion,
contenaient une pointe. Je commençai à me demander
si, comme tant de personnes de ma connaissance, elle ne
m'en voulait pas d'être riche et privilégié. On comprend
ce genre d'envie chez des gens dont toute la vie se
déroule sous un ciel assombri par les soucis matériels. Ils
voient des individus comme moi libres de cette grave
limitation qui conditionne leur existence, leurs amours et
le destin de leur famille : le manque d'argent. Ils disent
avec une certaine désinvolture qu'ils n'envient pas les
riches car ceux-ci ont certainement beaucoup de soucis.
La réalité est fort différente. Comment, en effet, pour-
raient-ils ne pas être jaloux, surtout quand ils voient les
riches se rendre ridicules en gaspillant d'énormes
sommes pour des bêtises ? Ce que ce type a dépensé pour
son yacht, pensent-ils, suffirait à assurer mon avenir. Ce
qu'ils ne comprennent pas, c'est que cette inconscience
est, dans une large mesure, affaire de circonstances et
que, riches ou pauvres, les sots sont toujours aussi fous
que le leur permettent leurs moyens. Mais l'argent
change-t-il l'homme en lui-même ? On m'a beaucoup
envié et je sais que nombre de gens qui convoitent mon
argent envient, en fait, inconsciemment, mon intelligence, mon caractère, ma capacité de travail et ma

ténacité, qualités que la fortune d'un empereur ne saurait acheter.

Assise toute la journée dans son cabinet à écouter les problèmes des autres, le docteur von Haller m'enviait. Peut-être même me détestait-elle ? J'avais le sentiment que ce n'était pas impossible.

Au bout d'un certain temps, nos relations s'améliorèrent. J'eus l'impression que le docteur était plus aimable, moins encline à dire des paroles qui m'obligeaient à chercher si elles cachaient une critique. Malgré mes rapports un peu inhabituels avec elles, j'ai toujours aimé les femmes. J'ai des amies et, parmi mes clients, je compte un nombre important de femmes que je me flatte de comprendre et de représenter avec succès au tribunal.

Dans ce nouveau climat amical, je m'ouvris comme je ne l'avais encore jamais fait. Je perdis une grande partie de ma prudence. Je sentais que je pouvais raconter au médecin des souvenirs qui me montraient sous un mauvais jour sans avoir à craindre des représailles. Pour la première fois de ma vie, depuis la perte de Knopwood, j'éprouvais un besoin pressant de me confier. Je sais que chacun de nous porte sur ses épaules un fardeau de choses tues, de choses qui semblent parfois impossibles à dire. Très souvent, elles n'ont rien de honteux ou de criminel : il s'agit simplement du sentiment de ne pas s'être conduit tout à fait correctement ; d'avoir commis une action dont on savait qu'elle nuirait à autrui ; de s'être emparé d'un avantage alors qu'on aurait pu l'attendre avec décence ; de s'être éclipsé, mettant ainsi quelqu'un d'autre dans l'embarras ; d'avoir parlé du bien général tout en ne pensant qu'à soi-même ; d'être tombé au-dessous du niveau qu'on s'était fixé. Comme avocat, j'ai entendu quantité de confessions de ce genre ; une bonne partie des actes qui semblent criminels plongent leurs racines dans de tels manquements. Mais moi je ne m'étais confié à personne. A qui, en effet, aurais-je pu me confier ? De plus, en tant qu'avocat au criminel, je savais à quel point la confession est dangereuse. Un serment est censé sceller les lèvres du prêtre, du médecin et de l'avocat qui ne doit jamais être rompu, même sous la torture. Comment se fait-il alors que les secrets de tant de personnes deviennent ceux de Polichinelle ? Ne dis rien à quiconque, et, même cette décision-là, garde-toi de la divulguer : telle avait été ma devise pendant plus de la moitié de ma vie. Cependant, n'était-ce pas un besoin impérieux de parler qui m'avait amené à Zurich ? Et voilà que j'étais ici, certain que je pouvais me confier à ce médecin suisse et considérant cela comme un luxe.

Que devenaient mes confidences une fois que je les avais faites ? Que savais-je sur Johanna von Haller ? Où était-elle quand elle n'était pas assise dans son fauteuil, dans ce cabinet que je connaissais si bien à présent ? D'où tenait-elle les informations sur ce qui se passait dans le monde et qu'elle mentionnait souvent au cours de nos conversations ? Je me mis à lire *Die Neue Zürcher Zeitung* pour me maintenir à son niveau et bien que trouvant au début que c'était le journal le plus extraordinaire que j'eusse lu de ma vie, ma compréhension, de même que mon allemand, s'améliorèrent, et je conclus que oui, en effet, je n'avais encore jamais lu un journal aussi extraordinaire, employant ce terme dans son sens le plus flatteur.

Allait-elle au concert ? Au théâtre ? Ou au cinéma ? Pour occuper mes soirées, j'allais aux trois. Je ne m'étais pas fait d'amis ; je n'en voulais pas, d'ailleurs, mon travail pour l'analyse m'interdisant toute vie mondaine, mais j'avais plaisir à sortir en solitaire. Je pris l'habitude d'arriver tôt au théâtre et de la chercher des yeux dans l'assistance. Mes promenades commencèrent à me mener près de sa maison. Je me disais que je pourrais peut-être la rencontrer alors qu'elle rentrait chez elle ou qu'elle sortait. Avait-elle de la famille? Qui étaient ses amis? Connaissait-elle des hommes? Avait-elle un mari quelque part? Ou était-elle lesbienne? Ces intellectuelles... Mais non, quelque chose me disait que c'était invraisemblable. Dans ma vie professionnelle, j'avais rencontré pas mal de couples de lesbiennes mais Johanna von Haller ne leur ressemblait pas.

Peu à peu, je me rendis compte que je rôdais autour de sa maison. Ce n'était pas vraiment que je l'espionnais : je traînais dans les parages, avec espoir. Cela ne pouvait signifier qu'une chose, mais cela m'étonnait de moi. Amoureux de mon analyste? Absurde. Mais pourquoi absurde? Étais-je trop vieux pour aimer? Non, j'allais sur mes quarante et un ans et connaissais la vie. Johanna von Haller était une femme mûre. Juvénile, en fait, pour l'âge qu'elle devait avoir. Je lui donnais trente-huit ans. Aucun moyen de vérifier. A part le type de relation que nous avions, rien au monde ne s'opposait à mes sentiments. Et qu'était cette relation sinon celle de médecin à patient? Les médecins et les patients ne tombaient-ils pas amoureux l'un de l'autre? Dans ma carrière, je m'étais occupé de plus d'une affaire qui montrait qu'ils le font.

La partie de moi-même qui avait gardé sa raison était consternée. A quoi pouvait aboutir un tel amour? Je ne voulais pas me marier; je ne voulais pas avoir de liaison. Non, mais je voulais dire à Johanna von Haller que je l'aimais. Il fallait que je le lui dise. L'amour et la toux sont deux choses impossibles à cacher, comme me l'assura Netty quand j'avais dix-sept ans.

Au rendez-vous suivant, je m'habillai avec soin. Je déclarai à Johanna qu'avant de commencer la séance j'avais quelque chose d'important à lui dire. Et je le lui dis. Elle marqua moins d'étonnement que je ne m'y étais attendu, mais elle n'était plus une jeune fille, après tout.

« Que faut-il faire? demandai-je.

— Je pense que nous devons continuer comme avant, répondit-elle calmement, mais avec un très beau sourire. Je ne suis ni ingrate ni indifférente, vous savez : je suis flattée. Mais pour être honnête avec vous, je dois vous dire tout de suite que cela ne me surprend pas. Non, non, ne croyez pas que vous avez trahi vos sentiments! Il vaut mieux que je sois parfaitement franche : ce que vous ressentez fait partie de l'analyse, comprenez-vous. C'est là une phase très agréable mais qui ne sort pas du domaine professionnel.

— Que voulez-vous dire? Que je ne peux même pas vous inviter à dîner?

— Vous pouvez certainement m'inviter, mais je serai obligée de refuser.

— Êtes-vous vraiment en train de me dire, tranquillement assise dans votre fauteuil, que tomber amoureux de vous fait partie du traitement?

— C'est effectivement une chose qui arrive de temps en temps parce que je suis une femme. Si j'étais un sage et vieux médecin comme notre grand docteur Jung, il y aurait peu de chance que cela se produise, n'est-ce pas? Vous éprouveriez alors un sentiment très différent : celui d'être mon disciple. Au cours d'une analyse, il se présente toujours une période où le patient se sent lié d'une façon toute particulière avec son médecin. Le sentiment que vous me portez — que je comprends et respecte, croyez-moi — est né du fait que nous avons beaucoup parlé de Judy Wolff.

— Vous ne lui ressemblez pas du tout.

— C'est sans doute vrai dans un sens. Mais dans un autre... Voyons un peu : avez-vous rêvé depuis notre dernière séance?

— La nuit dernière j'ai rêvé de vous.

— Racontez-moi ce rêve.

— Il était en couleurs. Je me trouvais dans un couloir

201

souterrain. Un peu de lumière devait y pénétrer puisque je pouvais voir qu'il était orné de fresques dans le style romain de la dernière période. Tout le rêve baignait d'ailleurs dans une sorte d'atmosphère romaine, mais de la Rome décadente. J'ignore comment je le savais, mais je le sentais. Moi j'étais en vêtements modernes. J'allais descendre le couloir lorsque la première peinture sur ma gauche attira mon attention. Ces tableaux étaient très grands, comprenez-vous, presque grandeur nature, et avaient ces couleurs chaudes, mais mates, qui les caractérisent. La première image - je ne voyais pas les autres – vous représentait vous, en sibylle. Vêtue d'une robe blanche et d'une cape bleue. Toute souriante, vous teniez un lion en laisse. L'animal fixait un point situé hors du tableau. Il avait un visage humain. Le mien.

— Pouvez-vous me donner d'autres détails?

— La queue du lion se terminait par une sorte d'aiguillon.

— Ah, un manticore.

— Un quoi?

— Un manticore. C'est un être fabuleux pourvu d'un corps de lion, d'un visage d'homme et d'un dard au bout de sa queue.

— C'est la première fois que j'en entends parler.

— Ils sont rares en effet, même dans les mythes.

— Comment puis-je rêver de quelque chose dont je n'ai jamais entendu parler?

— C'est là une question assez complexe qui appartient plutôt à la seconde partie de votre analyse. Mais que cette sorte d'élément apparaisse déjà dans vos rêves est bon signe. Nous rêvons souvent de choses que nous ne connaissons pas. Nous rêvons de minotaures sans jamais en avoir entendu parler. Des femmes éminemment respectables, qui n'ont jamais entendu parler de Pasiphaé, rêvent qu'elles sont reines et s'unissent à un taureau. C'est parce que les grands mythes ne sont pas des histoires inventées, mais l'objectivation d'images et de situations profondément enfouies dans la psyché. Un poète peut exprimer un mythe d'une façon magistrale, mais c'est l'humanité qui reconnaît dans celui-ci une vérité spirituelle et, de ce fait, aime le poème. Ces récits fabuleux sont très répandus, vous savez : nous les entendons parfois dans notre enfance dans de jolies versions grecques, mais ils sont africains, orientaux, indiens, et que sais-je encore.

— J'aimerais discuter de ce dernier point. Il ne me paraît pas évident.

— Oui, je sais, mais je vous propose d'abréger. Si nous allions droit au fait : que signifie ce rêve à votre avis ?

— Que je suis votre créature soumise, que vous me tenez en laisse.

— Qu'est-ce qui vous donne la certitude que cette sybille en tunique c'est moi ?

— Je ne vois pas qui cela pourrait être d'autre. Elle vous ressemblait. Vous êtes une sibylle. Je vous aime. Vous me dominez.

— Croyez-moi, la seule personne que vous pouvez être sûr de reconnaître dans un rêve, c'est vous. En raison des sentiments que vous éprouvez pour moi — excusez-moi si je précise : que vous *pensez* éprouver pour moi en ce moment — cette femme pourrait être moi, mais, s'il en est ainsi, pourquoi est-ce que je n'apparais pas telle que je suis, dans ce tailleur moderne que vous connaissez si bien et dont vous devez commencer à être las ?

— Parce que les rêves sont des élucubrations fantaisistes. Ils appellent le déguisement.

— Je vous assure que les rêves sont tout ce qu'il y a de plus sérieux. Ils veulent toujours dire exactement ce qu'ils disent, sauf qu'ils n'emploient pas le langage de tous les jours. Il faut donc les interpréter, ce qui n'est pas facile. Nous ne sommes pas toujours certains de les avoir entièrement ou correctement interprétés, mais nous pouvons essayer. Vous apparaissez dans ce rêve sous deux formes : la vôtre et celle d'un animal qui a votre visage. Que pensez-vous de cela?

– Je suis sans doute en train d'examiner la situation dans laquelle je me trouve. Comme vous voyez, j'ai appris de vous quelques rudiments d'interprétation des rêves. Et je constate que je suis sous votre joug, de mon plein gré.

– Jusqu'à une date récente, les femmes apparaissaient rarement dans vos rêves, ou alors sous un jour peu flatteur. Mais cette sibylle a le visage de quelqu'un que vous aimez. Vous êtes-vous dit que c'était le visage de quelqu'un qui vous aimait, vous?

– Oui. Ou du moins celui de quelqu'un qui s'intéressait à moi. Qui me guidait, de toute évidence. Le sourire de cette femme était extraordinairement beau et serein. Qui pourrait-elle bien être à part vous?

– Mais pourquoi êtes-vous un manticore?

– Je n'en ai pas la moindre idée. Et comme je n'ai jamais entendu parler de cet être fabuleux jusqu'à ce jour, il ne m'évoque rien.

– Nous avons déjà rencontré quelques animaux dans vos rêves. Qu'était Félix?

– Nous avons dit qu'il représentait des impulsions plutôt gentilles et une perplexité que je répugnais d'ailleurs à reconnaître comme miennes. Nous l'avions appelé l'Ami.

– Oui, l'Ami-Animal qui, en raison de sa nature, se rapportait au côté instinctif sous-développé de votre tempérament. Il était l'un des personnages de votre vie intérieure. Comme l'Ombre. Vous connaissez ma méthode, Watson, comme disait votre sœur Caroline. Eh bien, au moment de leur apparition, l'Ombre et l'Ami étaient particulièrement intenses. J'ai senti cette intensité et j'ai personnifié ces deux figures psychologiques. Rien de plus normal ; cela fait partie de mon travail. Je vous avais prédit que je jouerais plusieurs rôles. Votre dernier rêve est intense, apparemment simple et, de toute évidence, important. Que pensez-vous du manticore ?

— Comme c'est un animal, je suppose qu'il représente un aspect bas de ma personnalité. Mais, comme c'est un lion, il ne peut pas être si bas que ça. De plus, il a un visage humain, mon visage, donc il ne peut pas être un animal à cent pour cent. Son expression avait toutefois quelque chose de féroce, d'inquiétant. C'est tout ce que je trouve à en dire pour l'instant.

— Quel est le côté de votre nature que nous considérons comme un peu atrophié ?

— Le sentiment. Pourtant, je vous le répète, je suis loin d'en manquer même si je le comprends ou m'en sers mal.

— Par conséquent, votre sentiment atrophié ne pourrait-il pas surgir dans un rêve sous la forme d'un être noble, mais peut-être dangereux, et humain seulement en partie ?

— Nous y revoilà ! Cet aspect fantaisiste de notre travail m'a toujours hérissé.

— Nous étions tombés d'accord, n'est-ce pas, pour dire que tout ce qui contribue à faire de l'homme un être supérieur, par opposition à un simple être sentant, est " fantaisiste " lorsqu'on le juge selon ce que les gens appellent le bon sens. Que ce fameux bon sens n'est la plupart du temps que l'expression de vieilles opinions. Que tout progrès important commence dans le domaine de l'imagination. Que celle-ci n'est pas seulement mère de l'art, mais aussi de la science. Je suis sûre que quand les premiers hommes se mirent à penser qu'ils étaient des individus et non les membres d'un troupeau complètement régis par les lois de ce troupeau, ils parurent " fantaisistes " à leurs frères velus au front bas, même si ceux-ci ignoraient le concept d'imagination.

— Je sais. Vous pensez que le droit m'a déformé. Mais j'ai toujours vécu selon la raison, or ce que vous me proposez là est déraisonnable.

— Pas du tout. Je pense que vous ne comprenez pas le droit. Pour autant que nous le sachions, tout ce qui a mérité le nom d'être humain sur cette terre a toujours vécu selon une loi, aussi élémentaire fût-elle. Les peuples primitifs ont des lois d'une extraordinaire complexité. D'où les tiennent-ils ? S'ils les inventèrent comme un moyen de vivre en tribu, elles durent naître de l'imagination, de la " fantaisie ". S'ils savaient quoi faire dès le début, elles devaient relever de l'instinct, comme celui qu'ont les oiseaux pour construire un nid.

— Bon, d'accord, admettons que le lion représente mon sentiment quelque peu atrophié. Et alors ?

— Pas le lion : le manticore. N'oubliez pas cet aiguillon qu'il porte sur sa queue. Un sentiment atrophié est susceptible, toujours sur la défensive. Le manticore peut être extrêmement dangereux. Dans certaines descriptions, il lance les dards de sa queue, comportement que les gens attribuaient autrefois aux hérissons. Cela dépeint bien la personne que vous êtes au tribunal, vous ne trouvez pas ? Une tête d'homme, courageux et dangereux comme un lion et capable de blesser avec des traits acérés. Mais pas un homme total, ni un lion total, ni simplement un adversaire venimeux. Un manticore. L'inconscient choisit ses symboles avec une époustouflante virtuosité.

— Bon, supposons que je sois le manticore. Pourquoi alors ne seriez-vous pas la sibylle ?

— Parce que nous en sommes à un stade de notre travail où une femme, ou toute une série de femmes, peuvent apparaître dans vos rêves et avoir avec vous le même type de relations que dans celui-ci. Avez-vous remarqué la chaîne ?

— J'ai tout remarqué et tout retenu. C'était une jolie chaîne en or.

— Bien. C'est beaucoup mieux que si ç'avait été une chaîne en fer ou une chaîne garnie de pointes. Alors, de quels éléments disposons-nous? Une image située à gauche, ce qui signifie qu'elle vient de l'inconscient...

— Cette idée de l'inconscient, j'ai vraiment du mal à l'avaler.

— J'en sais quelque chose! " Élucubrations ", " fantaisiste ", " déguisement ", voilà le genre de mots méprisants que vous employez quand nous en parlons. Mais nous sommes parvenus en un point où il vous faudra l'affronter, cet inconscient, car c'est là que réside votre sibylle en cape bleue. Elle en a émergé et peut vous être d'un grand secours. Si vous la bannissez, autant arrêter ce travail et rentrer chez vous.

— Je ne vous ai encore jamais vue aussi sévère.

— Il arrive un moment où il faut se montrer ferme avec les rationalistes car ces gens-là sont capables de réduire n'importe quoi à néant s'il se trouve que cette chose leur déplaît ou menace le négativisme qui les habite. Je parle bien entendu de rationalistes comme vous, d'hommes qui prennent leur petit monde provincial pour la totalité de l'univers et le haut-lieu du savoir.

— Leur petit monde provincial?... Hum! je vois. Eh bien, quel est le nom de cette dame qu'il me faut rencontrer?

— Aha! De l'ironie! Quel bel effet cela doit faire au tribunal! Cette dame s'appelle Anima.

— Ce qui veut dire âme en latin. Cela fait des années que je n'y crois plus, à l'âme. Eh bien?

— Elle est l'une des figures de votre structure psychique, comme l'Ombre et l'Ami, dont vous avez déjà fait la connaissance et que vous avez plus ou moins acceptés. Elle n'est pas une âme au sens chrétien. Elle est la partie féminine de votre nature; elle est tout ce que vous êtes capable de voir dans une femme ; elle n'est pas votre mère ni aucune des femmes que vous avez aimées, mais, celles-ci, vous les avez toutes vues – du moins partiellement – en fonction d'elle. Quand vous aimez une femme, vous projetez cette image sur elle, du moins au début, et quand vous haïssez une femme, c'est de nouveau l'œuvre de l'Anima. Elle a en effet un côté très désagréable qui ne ressemble en rien à l'aspect souriant de votre sibylle en cape bleue. Elle a donné naissance à quelques-unes des plus grandes œuvres artistiques et littéraires du monde. Elle est Cléopâtre, l'enchanteresse, et la fidèle Griselda, la femme qui endure tout avec une infinie patience ; elle est Béatrice, qui exalte la vie de Dante, et Nimue qui enferme Merlin dans un buisson épineux. Elle est la Jeune Fille qu'on courtise, l'Épouse qui met des fils au monde, la Vieille qui fait la toilette de son mari défunt. Elle est un ange, mais elle peut être aussi une sorcière. Elle est la Femme telle qu'elle apparaît à tous les hommes, et, à chacun d'eux, elle apparaît d'une façon un peu différente, quoique essentiellement la même.

– Bien rodé votre petit discours. Mais que font donc les femmes au sujet de cet être fabuleux ?

– Oh, elles ont leur propre image profonde de l'Homme : l'Amant, le Guerrier, le Sage et l'Enfant. Ce dernier peut aussi bien être un nourrisson totalement dépendant qu'un vieillard impotent de quatre-vingt-dix ans. Les hommes ont parfois du mal à assumer la projection du Guerrier ou du Sage que des femmes qu'ils n'aiment peut-être pas leur imposent. Et, naturellement, les femmes servent de support à la projection de l'Anima. Mais, même si, dans une certaine mesure, toutes trouvent cela agréable, seules les femmes immatures s'en contentent.

– Très bien. Si l'Anima est l'image essentielle, ou le modèle que je porte en moi, de la femme, pourquoi vous ressemble-t-elle? Cela ne prouve-t-il pas que je vous aime?

– Pas du tout. L'Anima doit bien ressembler à quelqu'un. Vous m'avez parlé des affreuses " vieilles peaux " qui vous assaillaient dans les rêves érotiques de votre adolescence. Elles étaient l'Anima, elles aussi. Parce que votre sœur et Netty avaient deviné que vous étiez amoureux, ce qui devait être assez évident, vous avez projeté sur leurs têtes parfaitement normales les aspects magiques, démoniaques, de l'Anima. Vous ne verrez jamais celle-ci à l'état pur parce qu'elle n'existe pas en tant que telle; vous la verrez toujours sous les traits de quelque chose ou de quelqu'un d'autre. En ce moment, vous la voyez incarnée en moi.

– Je ne suis pas convaincu.

– Alors réfléchissez à ce que je viens de vous dire. C'est une chose que vous faites très bien. Au moment où j'ai attiré votre attention sur l'Ombre, ne m'avez-vous pas détestée? J'ai bien vu votre regard sévère quand j'ai essayé, sans trop de conviction, de m'habiller selon la mode. Croyez-vous que je ne m'apercevais pas de la critique, et souvent du mépris, qui perçaient dans votre voix? Ne prenez pas cet air inquiet ou confus. Cela fait partie de mon travail d'assumer ces rôles : votre traitement serait inefficace sans ces projections et je suis la personne la mieux placée et la plus qualifiée pour leur servir de support. Puis, quand nous sommes passés à l'Ami, je sais fort bien que mon visage a pris à vos yeux la charmante expression à la fois perplexe et bienveillante de l'ours Félix. Maintenant que nous abordons l'Anima, c'est elle que je représente. Je suis capable d'interpréter ce rôle d'une façon aussi satisfaisante que celui de l'Ombre ou de l'Ami, mais je dois vous assurer que je n'y mets rien de personnel. Et voilà notre heure terminée. La prochaine fois, nous continuerons à parler de Judy Wolff. Je suppose que ce sera charmant.

– Eh bien, docteur, malgré votre ressemblance avec une sibylle, j'ai le regret de vous informer que votre attente sera déçue. »

9

Le premier automne de l'après-guerre fut absolument merveilleux. On aurait dit que le monde recommençait à respirer. Toutes sortes de choses qui avaient subi des restrictions se développèrent à nouveau. La mode féminine, si étriquée pendant la guerre, devint beaucoup plus agréable. Quand Judy n'était pas en uniforme de lycéenne, elle portait de jolis corsages et des jupes évasées ; ce fut la dernière fois, ou presque, que les maîtres androgynes de la mode permirent aux femmes de s'habiller d'une façon franchement flatteuse. J'étais heureux car tout allait bien pour moi : j'avais Judy, j'étais en terminale et j'étais *prefect* *.

Comment puis-je décrire mes rapports avec Judy sans avoir l'air stupide ou puéril ? Au cours des dernières années, les mœurs ont changé d'une façon si spectaculaire que l'idéalisme dont j'entourais tout ce qui touchait à cette jeune fille paraîtrait ridicule aux jeunes d'aujourd'hui. Ou est-ce que je me trompe ? Je ne sais pas. Mais maintenant, quand je vois des filles à peine nubiles assiéger les législateurs pour obtenir l'avortement libre et des adolescents réclamer le droit d'avoir des rapports sexuels quand et comme il leur plaît, quand je lis des livres dans lesquels on dit aux femmes que le coït anal est « amusant » (à condition, bien entendu, que les deux partenaires soient « propres à cent pour cent »), je me demande ce que sont devenus les David et les Judy, si leur espèce a disparu. Je ne le crois pas : elle attend

* Élève des grandes classes chargé de la discipline. *(N.d.T.)*

simplement une autre époque, différente de notre divin automne, mais différente également de celle-ci. Et, quand je repense au passé, je ne regrette pas que nous n'ayons pas eu une plus grande liberté car elle n'est, en fait, qu'une autre forme de servitude. La satisfaction physique apaise l'appétit sexuel, mais aiguise-t-elle la perception? Notre part de sexe était limitée; notre part d'amour, pour autant que je m'en souvienne, semble avoir été illimitée. Certes, on tenait Judy en laisse, mais les animaux qui vivent en liberté ne sont pas toujours les meilleurs spécimens de leur race.

Cet automne-là, une folle ambition s'empara du lycée de ma sœur. *Crossings* avait remporté un si grand succès que les professeurs et toutes les élèves qui, comme Caroline et Judy, avaient participé à cette représentation mouraient d'envie de monter un véritable opéra. Miss Gostling, après avoir émis les doutes habituels d'une directrice sur l'effet qu'une telle entreprise aurait sur le travail scolaire, finit par donner son autorisation et le bruit courut que des sommes inouïes avaient été affectées à ce projet — quelque chose comme cinq cents dollars ce qui, pour l'école, était un budget comparable à celui du Metropolitan.

Quelle œuvre choisir? Certaines filles réclamaient du Mozart à cor et à cri; une bande rivale, que Caroline détestait, estimait que du Puccini ferait beaucoup mieux l'affaire et puisqu'on disposait de cinq cents dollars, pourquoi ne pas monter *Turandot*? Bien entendu, ce furent les professeurs qui décidèrent; celle de musique exhuma d'on ne sait où *Le Fils étranger* de Mendelssohn. C'était une œuvre médiocre; comme elle contenait des dialogues parlés, les puristes ne la considéraient même pas comme un vrai opéra; cependant, elle était pile dans les cordes des élèves et celles-ci la trouvèrent bien assez difficile quand elles commencèrent à la travailler.

Je suivis leurs efforts de près. Judy me parla du charme de cet opéra, de sa naïveté *gemütlich* très dix-neuvième siècle qui lui plaisait beaucoup. Pour voir dans cette petite chose des délices et des possibilités qui échappaient aux autres filles, elle devait avoir un goût peu formé ou, au contraire, très raffiné. En fait, je crois que c'était un mélange des deux. Caroline me rabattait les oreilles avec les difficultés de cette œuvre. Elle et une autre fille devaient jouer l'ouverture et les accompagnements à deux pianos, ce qui est bien plus compliqué qu'il n'y paraît. De plus, cette fois, c'était en public et non plus à l'abri des coulisses. Bien entendu, comme c'était toujours le cas avec ma sœur, il n'y avait qu'elle qui savait exactement comment faire les choses ; la prof de musique, les profs qui mettaient en scène et la prof de dessin qui s'occupait des décors étaient toutes des idiotes et des incapables. Sur certains points, je m'énervai moi-même et prétendis aussi tout savoir mieux que les autres : si miss Gostling n'avait pas eu la bêtise de vouloir limiter la production de l'opéra aux profs et aux élèves du lycée, j'aurais pu rassembler une équipe de menuisiers, de machinistes, de peintres et d'électriciens parmi les garçons de Colbourne ; ils auraient fait le travail technique en un temps record et avec une compétence toute masculine. Leur collaboration aurait certainement donné de fantastiques résultats. Aussi bien Judy que Caroline et la plupart de leurs amies tombèrent d'accord avec moi là-dessus, mais aucune d'elles ne voyait comment proposer cette idée à miss Gostling qui, à notre avis unanime, était le dernier des dinosaures vivants.

Peu de gens connaissaient *Le Fils étranger*. Mendelssohn l'avait écrit pour une représentation privée, en fait pour le vingt-cinquième anniversaire de mariage de ses parents, et cette œuvre est profondément, lourdement intimiste, dans le style allemand du dix-neuvième.

« Une petite tranche de vie de l'époque biedermeier »,
dit le docteur Wolff, et il prêta au professeur de dessin
quelques livres utiles pour ses décors.

L'intrigue est mince. Les habitants d'un village allemand attendent un sergent-recruteur qui doit emmener
leurs fils se battre dans les guerres napoléoniennes. Un
beau et jeune colporteur, en fait un charlatan, arrive et se
fait passer pour le sergent dans l'espoir d'obtenir les
faveurs de Lisbeth, la pupille du maire ; il est toutefois
démasqué par le vrai sergent qui s'avère être Hermann,
le fils du maire, disparu depuis longtemps, et le fiancé
de Lisbeth. Le meilleur rôle étant celui du colporteur, on
eut droit à l'inévitable discussion concernant son attribu-
tion : devait-il être donné à une fille qui jouait bien mais
chantait mal, ou l'inverse ? La fille qui jouait bien fut
finalement reléguée dans le rôle comique du maire. Le
comédien qui l'avait interprété dans la représentation
originale ne devait pas être un chanteur non plus car
Mendelssohn l'avait fait chanter obstinément sur une
seule note. Judy jouait Lisbeth, naturellement. Elle avait
quelques jolis airs à chanter et quelques répliques à dire
pour lesquelles son charme tranquille convenait parfaitement, du moins à ce qu'il me sembla.

Enfin décembre arriva. Représenté deux soirs de suite,
Le Fils étranger fut un triomphe. Mais quelle pièce
montée par une école ne l'est pas ? Judy chanta magnifiquement ; Carol se couvrit de gloire ; même le pénible
dialogue — traduit d'un allemand maladroit en un
anglais exécrable, comme me l'assura le docteur Wolff —
baignait d'une certaine façon dans l'atmosphère romantique qui entourait tout le spectacle.

Cette année, mon père y assista. Il fut très remarqué
car tout le monde avait vu des photos de lui dans les
journaux et admirait l'excellent travail qu'il avait fourni
pendant les années de guerre. J'emmenai Netty à la
représentation du vendredi et y retournai le dimanche

213

avec papa. Il me demanda si j'avais vraiment envie de voir cet opéra deux fois ou si je n'y allais que pour lui tenir compagnie. Peu après que Judy fut entrée en scène, je sentis qu'il me regardait avec curiosité. J'en déduisis que j'étais aussi malhabile que d'habitude à cacher mon adoration. Ensuite, pendant l'orgie de café et de gâteau scolaires qui suivit à la cantine, je le présentai aux Wolff et aux Schwarz. A ma grande surprise, Judy lui fit la révérence — un de ces imperceptibles petits plongeons que les filles faisaient autrefois en Europe et que certaines lycéennes de Bishop Cairncross réservaient à l'évêque, protecteur de l'école. Je savais que papa était un personnage important, mais je n'avais jamais pensé que quelqu'un pût le saluer de la sorte. Bien que papa ne fît aucun commentaire là-dessus, je suis certain que ce geste lui plut.

Si quelque éclat nouveau pouvait être ajouté à mon amour pour Judy, l'approbation de mon père me le procura. Depuis la mort de maman, j'avais par intervalles souffert mille tourments à la pensée que je pouvais être le fils de Dunstan Ramsay, comme l'avait prétendu Caroline. J'étais finalement parvenu à la conclusion que, même si j'étais le fils de Ramsay par le sang, j'étais celui de papa par l'esprit. Papa ayant été absent de la maison à une époque de ma vie où les garçons admirent furieusement leur père, je faisais, à dix-sept ans, une crise tardive du culte du héros. Parfois j'avais surpris le regard ironique et sombre de Ramsay posé sur moi à l'école et je m'étais demandé s'il méditait sur le fait que j'étais son enfant. Mais cela me tracassait moins maintenant parce que, avec le retour de papa, Ramsay avait perdu de son importance : après tout, il n'était que le directeur suppléant de Colbourne, un remplaçant pour les années de guerre, tandis que papa était le président du conseil d'administration du collège et, dans un sens, le patron de Ramsay, tout comme il semblait être le patron de tant d'autres personnes. C'était un patron et un chef né. Je sais que j'essayai de copier certains de ses maniérismes, mais ceux-ci ne m'allaient guère mieux que ses chapeaux, que j'essayai aussi.

Le retour de papa à Toronto suscita beaucoup de commérages dont une partie me revint aux oreilles, mes camarades de classe étant justement les fils des commères. Papa avait été un remarquable ministre du Ravitaillement, poste gouvernemental qui l'avait rendu encore plus célèbre dans les pays que nous approvisionnions pendant la guerre que dans sa patrie. Il avait fait preuve d'une extraordinaire souplesse dans ses rapports avec Mackenzie King, réussissant à collaborer avec lui sans différends et sans sacrifices notables de ses propres opinions qui ne coïncidaient que rarement avec celles du Premier ministre. Mais il rapporta également chez lui une autre réputation. De celle-là, on parlait moins ouvertement et avec une ambiguïté que je ne compris pas ni même ne remarquai à l'époque. On disait qu'il était un *swordsman* *.

Le fait que je pris ce mot au sens littéral donne la mesure de mon innocence. Ce terme n'avait que depuis peu la connotation particulière qu'il a acquise depuis. Que mon père fût un « homme d'épée » me remplissait donc de fierté. Je supposais que cela voulait dire noble, chevaleresque ; on devait le voir comme un prince Rupert du Rhin par opposition à un austère cromwellien comme Mackenzie King.

Quand des camarades de classe me parlaient de lui, ce qui arrivait souvent vu qu'il devenait de plus en plus célèbre, je leur disais parfois : « Il y a un mot qui le résume assez bien : celui de *swordsman*. » Je me souviens maintenant avec une terrible humiliation que je servis cette phrase aux Wolff. Ceux-ci le prirent calmement,

* Littéralement, homme d'épée, mais, en argot américain, ce mot signifie également coureur de jupons, cavaleur. *(N.d.T.)*

215

quoique je crus voir Mme Wolff pincer les narines et, si j'avais été plus sensible, j'aurais sûrement constaté un refroidissement de l'atmosphère. Mais ce terme avait une telle saveur dans ma bouche que je crois bien l'avoir répété : je savais que les Wolff et les Schwarz m'aimaient bien, mais ils m'aimeraient certainement encore plus s'ils comprenaient que j'étais le fils d'un homme connu pour son comportement aristocratique et une mentalité bien supérieure à celles que l'on rencontre généralement dans notre milieu, la haute bourgeoisie, qui, au Canada, est considérée comme la crème de la société. Les *swordsmen* avaient une distinction naturelle et j'étais le fils de l'un d'eux. En deviendrais-je un moi-même ? Ah ! vivement ce jour-là !

Les Wolff, comme beaucoup de juifs, partaient en villégiature pour Noël. Aussi, quand mon père me demanda de l'accompagner à Montréal le 26 décembre, n'eus-je pas à regretter de perdre un temps précieux que j'aurais pu passer avec Judy. Papa y allait pour affaires et il pensait que j'aurais plaisir à visiter la ville. Nous partîmes donc. Je fus très content de faire ce long trajet d'une journée en train et de descendre au Ritz à notre arrivée. Papa savait voyager ; il inspirait le respect et on nous traitait comme des princes.

« Nous dînons chez Myrrha Martindale, m'annonça-t-il. C'est une vieille amie à moi. Je pense que tu la trouveras très sympathique. »

Apparemment, c'était une chanteuse. Elle avait vécu à New York et joué dans plusieurs comédies musicales de Broadway, quoique dans des rôles secondaires. Une femme merveilleuse. Spirituelle. Qui appartenait à un monde plus intéressant. Elle aurait fait une carrière remarquable si elle n'avait pas tout sacrifié à son mari.

« Cela en a-t-il valu la peine ? » m'enquis-je.

J'étais à cet âge romantique où sacrifice et renoncement sont de nobles et terrifiantes notions.

« Non, son mariage fut un échec, répondit mon père. Jack Martindale ne comprenait rien à la personnalité d'une femme comme Myrrha ni aux besoins qu'elle avait. Il voulait en faire une ménagère de Westmount. C'était enchaîner Pégase à une charrue ! »

C'était là le genre de choses élégantes, si caractéristiques d'un *swordsman*, que papa pouvait dire ; il était capable de voir la poésie dans le quotidien. Mais il refusa de me parler de Myrrha Martindale : il voulait que je la rencontre en chair et en os et me fasse ma propre opinion. Cette attitude-là aussi lui ressemblait : il ne me donnait pas d'ordres, il n'essayait pas d'organiser ma vie comme semblaient le faire les pères d'un si grand nombre de mes camarades.

L'appartement de Mme Martindale, situé Côte des Neiges Road, avait une vue splendide sur Montréal. Je me dis qu'il devait coûter une fortune au mari banni, mais cela me paraissait juste : Mme Martindale était en effet une femme merveilleuse. Elle avait une beauté mûre, une voix charmante et cette façon qu'ont les actrices de conférer au moindre incident un côté amusant. Non pas qu'elle essayât de faire de l'esprit ; elle en laissait poliment le soin à papa, mais la manière dont elle réagissait à ses plaisanteries était déjà spirituelle en soi ; au lieu de tenter de le surpasser, elle le soutenait, déclenchait sa verve.

« Ne vous attendez pas à un grand dîner, me dit-elle. Je pensais que ce serait plus agréable si nous étions seuls tous les trois. J'ai donc donné sa soirée à la bonne. J'espère que vous ne serez pas déçu. »

Déçu ? Je n'avais encore jamais été à une soirée d'adultes aussi raffinée. Une nourriture exquise que Myrrha — elle tint absolument à ce que je l'appelle par son prénom, comme tous ses amis — sortait elle-même de dessous des couvercles et ôtait de dessus des plaques chauffantes, ainsi que des vins magnifiques, meilleurs que tous ceux que j'avais bus jusque-là. Je savais qu'ils devaient être bons parce qu'ils avaient un arrière-goût de moisi et la couleur d'une encre rouge poussiéreuse au lieu de celle d'une encre rouge fraîche.

« C'est extrêmement gentil de votre part, Myrrha, dit mon père. Il est temps que Davey apprenne à connaître un peu les vins. Les grands crus millésimés à la place de petits vins très jeunes. »

Il leva son verre en direction de Mme Martindale ; celle-ci rougit et baissa les yeux comme j'avais vu Judy le faire si souvent, à la différence que Mme Martindale semblait plus maîtresse d'elle-même. Quand j'imitai le geste de mon père, elle parut ravie et me tendit sa main, de toute évidence pour que je la lui baise. J'avais embrassé Judy maintes fois, quoique jamais en mangeant et rarement sur la main, mais je pris celle de Myrrha aussi galamment que je pus — j'étais sûrement en voie de devenir un *swordsman* — et lui baisai le bout des doigts. Papa et notre hôtesse eurent l'air satisfait, mais ils ne dirent rien ; je compris toutefois que je m'en étais bien tiré.

Ce fut un merveilleux dîner. Nul besoin pour moi d'être excité comme si j'étais en compagnie de gens de mon âge ; le calme constituait la note dominante de notre réunion. Cette soirée, me dis-je, était éducative, au meilleur sens du terme ; je devais rester attentif pour ne rien en perdre. Et ne pas trop boire. Papa parla beaucoup de vin ; Mme Martindale et moi l'écoutâmes, fascinés. Au café, il exhiba une énorme bouteille de cognac, alcool presque introuvable à l'époque.

« Voici votre cadeau de Noël, ma chère Myrrha, dit-il. C'est Winston qui me l'a donné la dernière fois que je l'ai vu. Vous pouvez donc être sûre qu'il est bon. »

En effet. J'avais déjà goûté du whisky, mais ce cognac, c'était bien autre chose. Papa me montra com-

218

ment le faire rouler dans ma bouche pour en imprégner les côtés de la langue où se trouvent les papilles gustatives. Je suivis ses instructions, l'imitant avec adoration.

Comme la bonne chère et le bon vin apaisent l'esprit et font apparaître nos qualités cachées! On devait attendre de moi quelque chose de plus intéressant qu'un acquiescement chaleureux à tout ce qui se disait, pensai-je. Après m'être creusé les méninges à la recherche d'un commentaire digne des circonstances, je trouvai ceci :

> *And much as Wine has played the Infidel,*
> *And robbed me of my Robe of Honour — Well,*
> *I wonder often what the Vintners buy*
> *One half so precious as the stuff they sell* *.*

Je récitai ce fragment de poème en regardant songeusement les bougies à travers mon verre, comme je pensais qu'un vrai *swordsman* devait le faire. Papa parut déconcerté, mais je compris aussitôt que c'était une idée absurde. Papa déconcerté? Impossible!

« Ces vers sont-ils de toi, Davey? » demanda-t-il.

Je ris bruyamment. Que papa était donc spirituel! J'aimerais qu'ils le soient, répondis-je. Après réflexion, je jugeai qu'un *swordsman* aurait dû dire : « qu'ils le fussent », mais à ce moment-là, il était déjà trop tard pour changer. Myrrha me regarda avec un merveilleux mélange d'amusement et d'admiration, et je sentis qu'à un modeste niveau je me taillais un succès.

A neuf heures et demie, papa annonça qu'il devait se rendre à un autre rendez-vous, mais il me dit de ne pas bouger. Myrrha me pria elle aussi de prolonger ma visite. Elle avait su dès le début que papa serait obligé de partir tôt; elle était néanmoins ravie qu'un

* « Quoique le vin m'ait souvent joué des tours et dérobé ma dignité, je me demande souvent ce qu'achètent les marchands de vin qui soit moitié aussi précieux que le nectar qu'ils vendent. »

homme aussi occupé que lui ait pu lui consacrer quelques heures de son temps précieux. Elle serait très
heureuse si je demeurais un moment pour poursuivre
notre conversation. Elle connaissait Omar Khayyam
elle aussi : nous pourrions jouer à échanger des vers.
Papa l'embrassa et me dit que nous nous verrions au
petit déjeuner.

Papa, donc, s'en alla, et Myrrha se mit à parler
d'Omar, qu'elle connaissait en fait beaucoup mieux que
moi. J'eus l'impression qu'elle conférait au poème des
résonances qui me dépassaient. C'était sans doute à
cause de la cruelle déception que lui avait causé Martindale, supposai-je. Au sujet de la fugitivité de la vie et du
plaisir, de la rose qui perd ses pétales là où feu César sai-
gna, elle se montra absolument sublime. Elle semblait
s'appuyer sur tout un monde d'expérience vécue qui
m'était totalement étranger, mais que, bien entendu, je
respectais profondément.

Yet Ah, that Spring should vanish with the Rose!
That Youth's sweet-scented manuscript should close!
   The Nightingale that in the branches sang,
Ah, whence, and whither flown again, who knows! *

récita-t-elle d'une manière qui me donna des frissons.
Comme la jeunesse était magnifique et comme elle passait vite! dit-elle. Puis elle parla de la terrible tristesse de
la vie qui s'écoulait inexorablement et de la sagesse
d'Omar qui nous exhorte à jouir de ses plaisirs tant que
nous le pouvons. Je trouvais tout ceci merveilleux car
j'étais novice en matière de poésie : je commençais tout
juste à en lire parce que le professeur Schwarz m'avait

—————

* ‹ Las! le printemps disparaît avec la rose. Le manuscrit par-
fumé de la jeunesse se referme. Le rossignol, venu d'on ne sait
où, et qui chantait sur les branches, repart pour une destination
inconnue. ›

dit que c'était ce qu'il aimait le mieux après la chimie. Si un scientifique accordait de la valeur à cet art, celui-ci devait correspondre à quelque chose de plus intéressant que les textes que nous étudions si laborieusement en classe d'anglais, au collège. Je venais de m'apercevoir que la poésie parlait de la vie, non pas de la vie ordinaire, mais de son essence, de son miraculeux envers. Quel bond ne fis-je dans la compréhension de l'existence quand j'entendis Myrrha déclamer ces vers de sa voix superbe! Elle était au bord des larmes; moi aussi. Faisant un effort visible pour se maîtriser, elle poursuivit:

Ah Love! could you and I with Him conspire
To grasp this sorry Scheme of Things entire,
*   Would not we shatter it to bits — and then*
Remold it nearer to the Heart's Desire! *

L'émotion me rendait muet; Myrrha était dans le même état. Elle se leva et me laissa seul, en proie à un tourbillon de pensées; je vis le caractère éphémère de la vie et m'émerveillai de ce que cette femme si extraordinairement intelligente et sensible ait pu me bouleverser à ce point.

Je ne sais combien de temps s'était écoulé quand je l'entendis m'appeler d'une autre pièce. Elle a pleuré, me dis-je, et elle veut que je la console. Bien entendu, il était de mon devoir de le faire. Je devais essayer de lui dire qu'elle était formidable, qu'elle m'avait ouvert de nouveaux horizons et peut-être lui faire comprendre à demi-mots que j'étais au courant de son mariage raté avec Martindale. Par un petit couloir, je parvins dans ce qui s'avéra être sa chambre à coucher, une pièce pleine de beaux objets et où flottait l'odeur d'un excellent parfum.

---

* « Oh! Amour! Si nous pouvions toi et moi, et de concert avec Lui, nous saisir de ce triste état de choses. Ne le briserions-nous pas en mille morceaux pour le refaire d'une manière plus conforme à nos vœux? »

Myrrha sortit de la salle de bains vêtue de ce qu'on a coutume d'appeler en plaisantant un déshabillé diaphane – mais c'est bel et bien ce que c'était. Alors qu'elle se tenait à contre-jour, on voyait qu'elle était nue au-dessous ; l'ampleur et le frou-frou du vêtement faisait paraître celui-ci encore plus fin. Je dus rester bouche bée car elle était vraiment belle.

« Venez ici, mon ange et embrassez-moi très fort », dit-elle.

C'est ce que je fis, sans hésiter un seul instant. J'en connaissais un bout sur l'art d'embrasser. Je la pris donc dans mes bras et la gratifiai d'un long et tendre baiser. Comme c'était la première fois que j'embrassais une femme en déshabillé transparent, je savourais cette gâterie avec autant de plaisir que le cognac de Winston Churchill.

« Tu ne veux pas enlever ces vêtements ridicules ? » demanda-t-elle.

Là-dessus, me faisant tressaillir, elle commença à dénouer ma cravate. A partir de ce moment, je ne comprends plus mes actions. Je ne savais vraiment pas où tout cela allait nous mener ; je n'avais pas le temps de réfléchir : la vie semblait foncer en avant et m'emporter avec elle. Mais j'étais ravi d'être, pour ainsi dire, sous la tutelle de cette femme qui élargissait si magnifiquement mon horizon. Je me déshabillai rapidement, laissant tomber mes vêtements par terre et les repoussant du pied.

A un certain stade du déshabillage, l'homme a l'air ridicule et rien au monde ne pourrait le faire paraître romantique : le moment où il est en sous-vêtements et chaussettes. Je suppose qu'un amant prévoyant garderait sa chemise jusqu'au dernier instant ; il se débarrasserait de son slip et de ses chaussettes le plus vite possible, puis ôterait le haut pour révéler son corps d'Adonis. Mais j'étais un strip-teaser novice qui ne s'était jamais déshabillé pour séduire. Quand j'en fus à l'étape critique, Myrrha gloussa. J'arrachai mes chaussettes, les jetai en direction de la coiffeuse et piétinai mon caleçon. Je m'emparai de Myrrha, l'écrasai contre ma poitrine et l'embrassai de nouveau.

« Chéri, dit-elle en se dégageant, pas comme un cannibale. Allons nous allonger. Nous ne sommes pas pressés. Caressons-nous d'abord un moment. Nous verrons bien ce qui en résultera. »

Ainsi fut fait. Mais moi j'étais puceau, je crevais d'un désir partiellement satisfait pour Judy Wolff et je n'avais jamais entendu parler de préliminaires. Non pas que, malgré ce qu'elle avait dit, Myrrha parût y tenir beaucoup. Je débordais de puissance et de poésie.

Now is she in the very lists of love,
Her champion mounted for the hot encounter... *

pensai-je quand, après une discrète intervention de Myrrha, je fus placé convenablement et hors de danger de commettre un acte contre-nature. C'était de la vanité masculine. J'avais dix-sept ans et je faisais l'amour pour la première fois, mais tout autre que moi aurait compris qu'il ne menait pas le jeu. L'affaire fut très vite réglée et je m'allongeai à côté de Myrrha, fier comme Artaban.

Nous nous fîmes d'autres câlins et, au bout d'un moment, je me rendis compte que Myrrha me poussait et me manœuvrait de manière à me remettre en selle. Ciel! pensai-je, les gens faisaient-ils vraiment ça deux fois de suite? Mais j'étais tout disposé à apprendre et bien préparé pour ma leçon. Myrrha marqua assez fermement la mesure de ce mouvement-là de la symphonie : un *andante* bien rythmé qui contrastait avec le *vivace* que j'avais établi au début. Elle avait l'air de préférer cette cadence et je commençai à comprendre que

* « Voici qu'elle entre dans la lice de l'amour. Son chevalier monte pour la brûlante rencontre... »

faire l'amour était une chose plus complexe que je ne l'avais imaginé. Notre exercice semblait l'embellir, bien qu'il ne me fût pas venu à l'idée qu'elle en eût besoin. Elle paraissait plus jeune et plus douce. Et c'était moi qui produisait cet effet! J'étais content de moi d'une manière dont je ne l'avais encore jamais été.

D'autres mamours. Et, cette fois, pas mal de conversation. Myrrha récita quelques bribes d'Omar; elle devait connaître son œuvre par cœur. Puis, de nouveau, cet acte stupéfiant. Il dura plus longtemps et Myrrha décida que ce troisième mouvement serait un *scherzo*. Quand ce fut terminé, je m'apprêtai à reprendre notre conversation − j'aimais les moments où nous parlions presque autant que ceux où nous faisions l'amour − mais je constatai avec surprise que Myrrha tendait à s'assoupir. Je ne sais pas combien de temps elle dormit; j'avais peut-être sommeillé moi-même. Quoiqu'il en fût, j'étais plongé dans une profonde rêverie sur l'étrangeté de la vie en général, quand je sentis la main de ma compagne sur ma cuisse. Encore? Je me sentis pareil à Casanova, mais comme je n'avais jamais lu ses mémoires, et ne les ai pas lus jusqu'à ce jour, il serait sans doute plus exact de dire que je me sentis tel qu'un collégien imagine que pourrait se sentir Casanova. Cependant, j'étais tout disposé à rendre service et ne tardai pas à être prêt. J'ai lu depuis qu'à dix-sept ans l'homme est à l'apogée de sa puissance sexuelle; or j'étais bien équipé et en excellente santé.

Pour garder l'image de la symphonie, je dirai que ce mouvement-là fut un *allegro con spirito*. Myrrha se montra un peu brutale et je me demandai qui des deux était le cannibale à présent. Je fus même légèrement inquiet car elle sembla perdre conscience de ma présence à un moment où j'étais intensément conscient d'être moi-même et fit des bruits que je jugeai incongrus. Elle haleta. Elle grogna. A deux ou trois reprises, je jure qu'elle rugit. Nous terminâmes la symphonie d'une manière joliment beethovénienne, par une série d'accords fracassants. Puis Myrrha se rendormit.

Moi aussi, mais après elle. J'étais plongé dans l'étonnement.

Je ne sais combien de minutes s'écoulèrent avant que Myrrha ne se réveillât et allumât brusquement sa lampe de chevet.

« Oh, mon Dieu ! Il est temps que tu rentres chez toi, mon chou », dit-elle.

Ce fut alors, dans cette lumière soudaine, que je la vis différemment. Je n'avais pas remarqué que sa peau n'était plus aussi tendue qu'elle avait dû l'être autrefois : elle avait quelques petits plis aux aisselles et entre les seins. Quand elle se coucha sur le côté, son ventre pendit légèrement mais d'une manière perceptible et, à la lueur de la lampe toute proche, ses cheveux avaient un reflet métallique. Quand elle se tourna pour m'embrasser, elle posa l'une de ses jambes sur la mienne : on aurait dit une râpe. Je savais que les femmes se rasaient les jambes – j'avais vu Caroline le faire – mais j'ignorais que cela donnait cet effet de papier de verre. J'embrassai Myrrha, sans toutefois m'attarder, m'habillai et me disposai à prendre congé. Que devais-je lui dire ?

« Merci pour cette merveilleuse soirée, merci pour tout, fis-je.

– Tu es un ange ! répondit-elle en riant. Veux-tu éteindre dans le salon en partant ? »

Sur ces paroles, elle se tourna, entraînant la plus grande partie des couvertures avec elle, et s'apprêta à se rendormir.

Comme le Ritz n'était pas loin, je rentrai à pied dans la neige, plongé dans de profondes réflexions. C'était donc cela, le sexe ! Je m'arrêtai dans un petit café ouvert toute la nuit et y mangeai deux sandwiches à l'œuf et au bacon et deux tranches de tarte anglaise chaude accompagnées de deux tasses de chocolat à la crème chantilly. Je découvris en effet que j'avais très faim.

DOCTEUR VON HALLER : Quand vous êtes-vous rendu compte que cette cérémonie d'initiation avait été arrangée par votre père et Mme Martindale?

MOI : Papa me le dit pendant notre voyage de retour, dans le train, mais je ne m'en rendis vraiment compte que le jour où j'eus cette terrible dispute avec le père Knopwood. Je m'explique : papa ne me dit pas ouvertement que mon aventure avait été organisée, mais je suppose qu'il était fier de ce qu'il avait fait pour moi. Il lâcha quelques allusions grosses comme des maisons, mais j'étais trop bête pour les comprendre. Quelle femme merveilleuse que Myrrha, dit-il, et quelle *amoriste* accomplie – *amoriste* était un mot que je ne connaissais pas. S'il existait une version féminine du *swordsman*, poursuivit-il, Myrrha Martindale en serait certainement un.

DOCTEUR VON HALLER : Comment amena-t-il la conversation là-dessus?

MOI : Il me dit que j'avais l'air très content de moi : je devais avoir passé une agréable soirée avec Myrrha. Bon, je savais qu'on n'est pas censé raconter ce genre de choses. De plus, c'était une amie de papa; peut-être éprouvait-il des sentiments tendres pour elle et serait-il blessé s'il découvrait qu'elle était tombée si vite amoureuse de moi. Je me bornai donc à acquiescer. Elle pouvait m'apprendre quantité de choses, continua-t-il. Oui, fis-je, c'était une personne qui avait beaucoup lu. Mon père rit; elle pouvait m'apprendre des choses qu'on ne trouvait pas dans les livres, dit-il. Des choses qui me seraient utiles dans mes rapports avec ma petite nana juive. De l'entendre appeler Judy une « nana juive » me choqua : ce n'étaient pas des mots qu'on employait pour désigner quelqu'un qu'on aimait et respectait. J'essayai de rectifier son opinion, lui expliquant combien Judy était merveilleuse et combien ses parents étaient des gens bien. C'est alors qu'il devint très sérieux et déclara qu'il ne fallait jamais épouser une fille dont on avait fait la connaissance très jeune. « Si tu désires les fruits, cueilles-en autant que tu veux, mais surtout n'achète pas l'arbre », dit-il. De l'entendre parler ainsi, alors que, de toute évidence, il pensait à Judy, me blessa et, quand il commença à disserter sur les *swordsmen*, je me demandai pour la première fois si ce mot n'avait pas un sens que j'ignorais.

DOCTEUR VON HALLER : Mais vous dit-il ouvertement qu'il avait combiné cette aventure?

MOI : Jamais d'une façon claire, mais il me parla longuement des expériences traumatisantes que faisaient souvent les jeunes hommes qui s'initiaient à la sexualité avec des prostituées ou se liaient avec des vierges. Le seul bon moyen, c'était d'avoir une aventure avec une femme mûre et expérimentée. Je bénirais Myrrha toute ma vie, plein de gratitude pour l'intelligence et le doigté avec lesquels elle avait arrangé les choses. C'était ce que faisaient les Français, m'assura-t-il.

DOCTEUR VON HALLER : Myrrha Martindale était-elle sa maîtresse?

MOI : Oh! cela m'étonnerait! Il est vrai que papa lui a laissé un peu d'argent dans son testament et je sais, d'après des choses qu'on a apprises plus tard, qu'il l'a parfois aidée financièrement. Mais, s'il a eu une liaison avec elle, c'était sûrement parce qu'il l'aimait. Il ne peut pas avoir été question d'argent entre eux.

DOCTEUR VON HALLER : Pourquoi pas?

MOI : Ce serait sordide. Papa avait trop d'élégance pour cela.

DOCTEUR VON HALLER : Avez-vous jamais lu *Candide* de Voltaire?

MOI : C'est exactement la question que me posa

Knopwood. Je lui répondis que non. Il m'expliqua alors que Candide était un naïf qui gobait tout ce qu'on lui racontait. Il était furieux contre papa, mais il ne le connaissait pas, voyez-vous.

DOCTEUR VON HALLER : Et vous, vous le connaissiez?

MOI : J'ai parfois l'impression que personne ne l'a connu aussi bien que moi. En doutez-vous?

DOCTEUR VON HALLER : Je ne sais pas. C'est là une des choses que nous essayons de découvrir. Parlez-moi de votre dispute avec le père Knopwood.

C'est moi qui la provoquai, je suppose. J'allai voir le vicaire quelques jours après mon retour à Toronto. Je n'avais aucun remords au sujet de Myrrha; comme papa me l'avait prédit, j'étais reconnaissant à cette femme, quoique je pensais avoir remarqué chez elle deux ou trois détails qui semblaient échapper à papa ou le laisser indifférent. En fait, ils indiquaient simplement que Myrrha était moins jeune que Judy. Ce qui me tracassait, c'étaient mes sentiments envers cette dernière. J'étais allé la voir dès que cela m'avait été possible. Elle était souffrante – une forte migraine ou un truc comme ça – et son père m'invita à bavarder un moment avec lui. Il se montra gentil, mais franc. Il pensait que Judy et moi devions cesser de nous voir si souvent parce que nous n'étions plus des enfants et risquions de nous lier d'une manière que nous regretterions. Je compris qu'il craignait que je ne la séduise; je lui assurai qu'aimant Judy je ne ferais jamais rien qui pût la blesser; je la respectais trop pour la mettre dans une situation difficile. Oui, répondit-il, mais à certains moments les bonnes résolutions s'envolent et il y a des blessures autres que celles de la chair. Puis il dit une chose que j'eus du mal à croire : Judy pouvait faiblir à un moment où j'étais faible moi aussi, et alors à quoi mèneraient nos deux faiblesses conjuguées? J'avais toujours cru que l'initiative revenait

228

à l'homme dans ce domaine. Quand j'exprimai cette opinion, le docteur Wolff eut un sourire que je ne peux que qualifier de « viennois ».

« Judy et vous avez quelque chose de très charmant et de très beau, dit-il. Je vous conseille d'entretenir cette qualité car elle vous apportera toujours de la joie. Mais si vous continuez dans la même voie que maintenant, nous serons tous obligés de changer de rôle. Je devrai me montrer désagréable avec vous, ce qui m'ennuierait beaucoup, et vous commenceriez à me détester, ce qui serait dommage. Et il se peut aussi que, pour préserver votre dignité, Judy et vous jugiez nécessaire de nous mentir, à ma femme et à moi. Cela nous serait très douloureux et je vous assure que cela serait également dangereux pour vous. »

Puis il fit une chose extraordinaire. Il cita du Burns! A part mon grand-père Cruikshank du bord de la rivière, à Deptford, je n'avais jamais entendu quelqu'un le faire et j'avais toujours cru que Burns était, en quelque sorte, un poète pour des personnes comme lui. Et voilà que j'entendais un juif viennois réciter :

> The sacred lowe of weel-placed love,
>   Luxuriously indulge it;
> But never tempt th'illicit rove
>   Tho' naething should divulge it;
> I waive the quantum of the sin
>   The hazard of concealing;
> But, och! it hardens a'within,
>   And petrifies the feeling *.

« Vous êtes un garçon particulièrement doux et gen-

* « A la loi sacrée d'un amour légitime / adonne-toi avec volupté; / Mais ne tente jamais d'emprunter une voie illicite / même si rien ne doit en transpirer; / sans parler de la part du péché / ni du danger de la dissimulation, / ah! comme cela vous durcit à l'intérieur / et pétrifie le sentiment! »

til, dit-il (ce qui me surprit et me déplut); il n'en faudrait pas beaucoup pour blesser et cuirasser votre sensibilité, ce qui compromettrait votre développement et vous empêcherait de devenir l'homme que vous pourriez être. Si vous séduisiez ma fille, je serais furieux et vous haïrais peut-être; la blessure physique, en supposant qu'elle en soit une, est peu de chose, mais la blessure psychique — comme vous voyez, je suis trop influencé par le langage moderne pour dire avec aisance la blessure *spirituelle* — pourrait être grave si nous nous séparions tous en mauvais termes. Il y a des gens, évidemment, qui se moquent de ce genre de choses — et je crains que vous n'ayez eu un mauvais exemple — mais Judy et vous êtes différents. Soyez donc prévenu, David, et restez toujours notre ami; mais vous ne deviendrez jamais le mari de ma fille, dites-vous-le tout de suite.

— Pourquoi voulez-vous absolument vous opposer à ce que j'épouse Judy?

— Il ne s'agit pas que de ma détermination personnelle. Il y a des centaines de facteurs déterminants d'un côté comme de l'autre. Ils s'appellent ancêtres et, sur certains points, nous avons la sagesse de ne pas les défier.

— Voulez-vous parler du fait que je ne suis pas juif?

— Je commençais à me demander si vous alliez finir par comprendre.

— Mais cela a-t-il de l'importance de nos jours?

— Vous êtes né en 1928, date à laquelle cela commençait à en avoir énormément, et pas pour la première fois dans l'histoire, d'ailleurs. Cela mis à part, il y a encore une autre raison pour laquelle c'est important et que je répugne à mentionner. Comme je vous aime beaucoup, je ne voudrais pas vous blesser. C'est une question de fierté. >

Notre entretien dura encore un moment, mais je savais que la conversation était terminée. Les Wolff avaient l'intention, au printemps, d'envoyer Judy dans un collège à l'étranger. Ils seraient heureux de me voir de temps à autre jusque-là. Mais je devais comprendre qu'ils avaient parlé à Judy et que, bien qu'elle en souffrît, leur fille s'était rangée à leur avis. Point final.

J'allai voir Knopwood le même soir. J'étais de plus en plus en colère contre les Wolff. Une question de fierté ! Cela voulait-il dire que je n'étais pas assez bien pour Judy ? Et quel sens pouvait avoir un discours sur le fait d'être juif s'il émanait de gens qui ne manifestaient par aucun signe extérieur leur judaïcité ? S'ils étaient de si bons juifs, où étaient leurs papillotes, leurs curieux sous-vêtements et leur curieuse nourriture ? J'avais entendu parler de ces choses en association avec les juifs barbus et en chapeaux de velours qui habitaient derrière le musée d'art. J'avais cru que les Wolff et les Schwarz essayaient d'être comme nous ; au lieu de cela, ils venaient de me dire que je n'étais pas digne d'eux ! Cet affront au christianisme me faisait bouillir. Le Christ était mort pour moi, j'en étais certain, mais pouvait-il être mort pour les Wolff et pour les Schwarz ? Vite, chez Knopwood ! Il saurait répondre à ma question.

Je passai toute la soirée avec lui et au cours de la conversation complexe que nous eûmes, je lui racontai tout. A ma surprise, il prit le parti de Louis Wolff. Mais, le pire, c'est qu'il attaqua papa en des termes que je n'avais encore jamais entendus dans sa bouche. Quant à Myrrha, elle lui inspira amusement, mépris et colère.

« Espèce d'andouille ! s'écria-t-il. Tu n'as pas compris que c'était combiné d'avance ? Tu as vraiment cru que c'était ton sex-appeal qui a séduit cette vieille rouée ? Je ne te reproche pas d'avoir couché avec elle. Montrez à un âne un picotin d'avoine et il le mangera, même s'il est moisi. Non, c'est la vulgarité provinciale de toute cette mise en scène qui m'écœure : la dégustation de vins, les galanteries usées, l'éclairage aux chandelles et

231

tout ça! Les propos de table "intéressants", l'imitation que ton père a faite de Churchill, les citations du *Rubaiyat*. Si j'en avais le pouvoir, je ferais confisquer et brûler tous les exemplaires de cet évangile rimé de l'hédonisme! Comme cette œuvre émeut les gens médiocres! Ainsi Myrrha et toi vous avez fait un concours de récitation? Cette catin littéraire a-t-elle aussi cité ces vers?

> *Well, murmured one, Let whoso make or buy,*
> *My Clay with long Oblivion is gone dry:*
>   *But fill me with the old familiar Juice*
> *Methinks I might recover by and by.* *

Est-ce cela qu'elle t'a chuchoté à l'oreille tandis qu'Absalon se glissait dans la couche de la concubine de son père?

— Vous ne comprenez pas. C'est là une coutume en usage dans les familles françaises pour que les fils apprennent correctement les choses de l'amour.

— Oui, j'en ai entendu parler, mais j'ignorais que les Français mettaient leurs maîtresses rejetées à contribution, tout comme on fait monter un enfant sur sa vieille et paisible jument.

— Ça suffit, Knoppy. Vous en connaissez un bout sur l'Église et la religion, mais je doute que vous soyez qualifié pour parler des exigences de l'état de *swordsman*. »

Cette réplique rendit Knopwood vraiment furieux.

« Éclaire-moi, alors, fit-il avec une politesse glaciale. Dis-moi ce qu'est un *swordsman* et en quoi consiste sa mystique. »

Je parlai du mieux que je pus de ces personnes qui vivaient sur un grand pied et refusaient de se plier aux

---

* « Eh bien, murmura l'une d'elles, fabrique ou achète qui veut. / Moi, des années d'oubli ont séché mon argile, / mais si vous me remplissez du bon vieux jus d'autrefois, / il se pourrait que lentement je me remette. »

règles morales des gens mesquins et étriqués. Je réussis à placer dans mon discours, pensant que Knopwood ne devait pas le connaître, le mot *amoriste*. Je parlai des Cavaliers, par opposition aux Têtes rondes, et fis même intervenir Mackenzie King comme une sorte de sous-Cromwell auquel il fallait s'opposer. Au début de la guerre, M. King s'était rendu impopulaire en exhortant les Canadiens à « endosser de pied en cap l'armure de Dieu » ce qui, quand on l'interprétait, signifiait baptiser et rationner le whisky sans en baisser le prix. Si c'était cela l'armure de Dieu, dis-je, j'y préférais sans conteste l'habileté et la superbe du *swordsman*. Pendant mon petit laïus, Knopwood parut décolérer ; quand je terminai, il riait presque.

« Mon pauvre Davey, fit-il, je t'ai toujours considéré comme un innocent, mais j'espérais que ta naïveté n'était pas simplement l'aspect charmant d'une stupidité rédhibitoire. Et maintenant, je vais essayer de faire quelque chose que je n'aurais jamais cru que je ferais, une chose que je désapprouve, mais que je juge nécessaire si, entre nous deux, nous voulons sauver ton âme. Je vais te dessiller les yeux au sujet de ton père. »

Il n'y parvint pas, bien sûr. Du moins, pas entièrement. Il parla beaucoup de papa en tant que brasseur d'affaires, mais cela ne m'impressionna guère. Non pas qu'il insinuât que papa était malhonnête — il n'avait pas le moindre motif pour cela — mais il insista sur l'effet corrupteur de la riches et sur l'illusion que celle-ci donne à son possesseur de pouvoir manipuler les gens. La triste vérité, c'était qu'il y avait effectivement beaucoup de gens que mon père pouvait manipuler, de sorte que son illusion n'était jamais sérieusement menacée. Il parla de l'idée erronée qu'ont les riches d'être différents du commun des mortels et de l'adulation dont les entourent des gens pour lesquels la réussite sociale est le seul critère de valeur. La fortune engendrait et entretenait l'illusion et celle-ci entraînait la corruption. Tel fut le thème qu'il développa.

J'étais préparé à entendre tout cela car depuis qu'il était plus souvent à la maison, papa parlait beaucoup avec moi. Il disait qu'un individu que vous pouviez manipuler était à surveiller parce que d'autres personnes pouvaient le manipuler pareillement. Et aussi que le riche ne différait de l'homme ordinaire qu'en ce qu'il avait un plus large choix et que l'un des choix dangereux qu'il pouvait faire, c'était de devenir, sous une forme assez peu reconnaissable, l'esclave de sa source de richesse. Je racontai même à Knoppy une chose qu'il n'aurait jamais deviné. Il s'agissait de ce que papa appelait la « compassion pathologique des affaires » : il semble qu'au-dessus d'un certain niveau professionnel il faille cacher à un cadre son incompétence ou la perte de ses moyens de façon à ne pas le détruire aux yeux de sa famille, à ceux de ses amis ou à ses propres yeux. Papa estimait que la « société » compassion lui coûtait quelques centaines de milliers de dollars chaque année ; c'était là, me dit-il, une forme de charité que saint Paul n'avait pas prévue. Comme beaucoup de personnes désargentées, Knoppy avait des idées absurdes sur les nantis, avant tout que seuls des individus fondamentalement bas parvenaient à être et à rester riches. Je l'accusai de manquer de charité, ce qui, comme je le savais, était une faute très grave pour lui. Je l'accusai d'une jalousie chrétienne cachée qui l'empêchait de discerner la véritable valeur de papa parce qu'il était incapable de voir au-delà de sa richesse. Parfois, les personnes assez fortes pour faire fortune savaient également résister à l'illusion. Papa était de celles-là.

« Je crois que tu feras un bon avocat, Davey, répondit Knopwood. Tu es déjà très expert à faire paraître bonne une mauvaise cause. Être cynique, ce n'est pas pareil qu'éviter l'illusion, car, en fin de compte, le cynisme n'est qu'une autre forme d'illusion. Toutes les formules destinées à vous aider à affronter la vie, et même un grand nombre de philosophies, sont des illusions. Le cynisme en est une qui ne vaut pas tripette. Quant au *swordsman*... Veux-tu que je te dise ce que c'est? Eh bien, comme le mot l'indique, c'est un homme habile à plonger un objet long et mince, ou gros et courbe, dans le corps d'autrui, toujours avec l'intention de blesser. Tu as beaucoup lu récemment. Entre autre du D.H. Lawrence. Te souviens-tu de ce que cet auteur écrit au sujet de la baise dénuée de sentiments? Voilà précisément la spécialité du *swordsman*, au sens où ce mot est employé de nos jours par le genre de personnes qui l'emploient à propos de ton père. Un *swordsman*, c'est ce que les puritains, que tu méprises avec tant de romantisme, appelleraient un débauché. Tu ne le savais pas? Naturellement, le *swordsman* lui-même ne prend pas ce mot dans cette acceptation; il parlera d'*amoriste*, bien que ce terme désigne généralement quelqu'un comme ta Myrrha qui excelle à faire l'amour sans amour. Est-ce cela qui t'intéresse? Tu m'as beaucoup parlé de tes sentiments pour Judy Wolff. Maintenant tu as eu ta première leçon dans l'art de jouer au *swordsman* et à l'*amoriste*. Et qu'est-ce que c'était en définitive? Rien d'autre que les joyeuses fanfares de l'instinct, une musique simpliste pour âmes simples. Est-ce cela que tu veux faire avec Judy? Parce que c'est justement ce que craint son père. Il s'oppose à ce que le fils d'un débauché, et comme il le soupçonne avec perspicacité, l'élève d'un débauché, vienne gâcher la vie de sa fille. »

Là, il m'atteignait au vif. J'essayai de lui répondre, mais je mourais de honte. Car, croyez-le ou non — et je vous jure que c'est vrai —, je n'avais jamais compris que c'était cela que les gens voulaient dire quand ils parlaient d'un *swordsman*! J'eus soudain l'explication des quelques réactions bizarres que j'avais suscitées en appliquant si fièrement ce terme à mon père. Je me rappelai avec horreur que j'avais même employé ce mot à son propos devant les Wolff et j'étais certain que ceux-ci connaissaient toutes les subtilités du vocabulaire en trois langues. Je m'étais couvert de ridicule et, bien entendu, le fait d'en prendre conscience me rendait à la fois faible et furieux. J'attaquai Knopwood.

« Il vous est facile de critiquer les goûts sexuels des autres, fis-je, mais vous, quelle casquette portez-vous? Tout le monde sait ce que vous êtes. Un pédé. Un pédé refoulé, en plus. Alors, qu'est-ce qui vous qualifie pour parler de vrais hommes et de vraies femmes qui ont des passions que rien ne vous permet de comprendre ou de partager? »

Ces paroles le blessèrent profondément. Du moins, c'est ce qu'il me sembla. Knoppy parut se ratatiner dans son fauteuil, toute sa colère comme évanouie.

« Écoute-moi bien, Davey, dit-il. Je crois que je suis homosexuel, en effet. A la vérité, j'en suis certain. Mais je suis également prêtre. Pendant plus de vingt ans j'ai réussi à toujours rester pleinement conscient de ces deux faits et à mettre ce que je suis, et la direction dans laquelle m'entraîne ma nature, au service de ma foi et de son fondateur. Des individus blessés bien plus sérieusement que moi se sont avérés d'excellents combattants pour cette cause. Je crois avoir fait du bon travail, moi aussi. Dire le contraire serait stupide de ma part et dénoterait une fausse humilité. Je l'ai fait avec joie, bien que cela ne m'ait pas toujours été facile. C'était ma façon d'offrir ce que j'étais en sacrifice à ce que j'aimais. Et maintenant je voudrais que tu te souviennes de ce que je vais te dire car je crains que nous ne nous revoyons pas de sitôt : même si désespérer du monde et des hommes est à la mode de nos jours, et même si cette attitude risque de se répandre encore à l'avenir, tout le monde — pas même une majorité — ne pense pas et ne vit pas en suivant la mode. Vertu et honneur ne seront pas bannis de l'univers quoi qu'en disent certains moralistes en vogue ou journalistes paniquards. Les hommes ne cesseront pas de faire des sacrifices même si des psychiatres ont vulgarisé l'idée que ceux-ci comportaient souvent des motifs égoïstes cachés ; c'est là une chose que les théologiens ont toujours sue. Pas plus que l'amour en tant que valeur supérieure ne disparaîtra ; c'est une chose inhérente à l'esprit des hommes et ceux-ci désirent ardemment lui donner réalité dans leurs propres vies, quels que soient les moyens qu'ils emploient pour y parvenir. Bref, Dieu n'est pas mort, Davey. Et je peux t'assurer qu'il n'est pas raillé. »

10

Ce fut ma dernière rencontre avec Knopwood. Je ne tardai pas à comprendre pourquoi il m'avait dit que nous ne nous reverrions plus : il avait reçu l'ordre de retourner dans une mission, dans l'ouest du Canada. Il y mourut il y a quelques années, de tuberculose, travaillant jusqu'à la fin parmi ses Indiens. Je ne lui ai jamais pardonné d'avoir essayé de noircir mon père. Si son christianisme revenait à ça, il ne valait pas grand-chose.

DOCTEUR VON HALLER : Selon votre récit, le père Knopwood parla de Mme Martindale en termes injurieux et méprisants. La connaissait-il, par hasard ?

MOI : Non. Simplement, il la détestait parce qu'elle était très féminine, et je vous ai dit ce qu'il était, lui. Il avait décidé une fois pour toutes que c'était une putain.

DOCTEUR VON HALLER : Vous ne pensez pas que c'était en partie parce que le comportement de cette femme envers vous l'indignait ? Elle avait, pour ainsi dire, abusé de votre innocence.

MOI : Comment ? Je trouve ça idiot.

DOCTEUR VON HALLER : Elle était complice dans un plan destiné à vous manœuvrer. Je ne parle pas de la perte de votre virginité, qui était simplement physique et technique, mais du projet de vous faire connaître ce que Knopwood appelait les joyeuses fanfares de l'instinct.

MOI : Il faut bien apprendre à les connaître d'une façon ou d'une autre, n'est-ce pas ? Alors, autant que ce soit dans ces conditions-là que dans beaucoup d'autres que nous pouvons imaginer. J'avais oublié que les Suisses étaient si puritains.

DOCTEUR VON HALLER : Ah, maintenant vous me parlez comme si j'étais le père Knopwood. En effet, tout le monde doit rencontrer la sexualité, mais, d'habitude, on est libre de choisir. On la découvre soi-même. Elle ne vous est pas offerte comme un tonique par quelqu'un qui pense qu'elle vous fera du bien. L'individu sait peut-être mieux que quiconque quel est le moment propice pour cette rencontre. Vous ne trouvez pas qu'arranger un rendez-vous galant pour son fils a quelque chose de condescendant ?

MOI : Pas plus condescendant que de l'envoyer à n'importe quelle autre école, pour autant que je puisse en juger.

DOCTEUR VON HALLER : Vous acceptez donc entièrement les dispositions qui avaient été prises pour vous. Voyons un peu... Ne m'avez-vous pas dit que vos derniers rapports sexuels remontaient au 26 décembre 1945 ? Mme Martindale fut-elle alors la première et la dernière femme avec laquelle vous avez couché ? Pourquoi ne vous êtes-vous pas servi de son précieux enseignement pour d'autres aventures ? Prenez tout votre temps pour répondre, monsieur Staunton. Si vous désirez un verre d'eau, la carafe se trouve à côté de vous.

MOI : A cause de Judy, je suppose.

DOCTEUR VON HALLER : Oui. A propos de cette jeune

238

fille, vous rendez-vous compte que vous ne m'en avez parlé que d'une façon fort vague? Je commence à connaître votre père, je me représente bien le père Knopwood et, en très peu de mots, vous m'en avez beaucoup dit sur Mme Martindale. Mais Judy, je la vois très mal. Une fille bien élevée, un peu étrangère à votre monde, juive et qui chante. A part cela, vous n'avez employé à son sujet que des qualificatifs tels que « bonne », « charmante » et autres termes aussi généraux. Votre sœur a suggéré qu'elle avait quelque chose de bovin. J'attache beaucoup d'importance à cette remarque.

MOI : Vous avez tort. Carol est très dure.

DOCTEUR VON HALLER : En effet. Vous m'en avez brossé un portrait précis. Elle est très perspicace. Alors, pourquoi a-t-elle dit une chose pareille?

MOI : Par pure méchanceté. Elle sentait que j'étais amoureux de Judy.

DOCTEUR VON HALLER : Elle sentait que Judy correspondait à votre Anima. Bon, nous allons être obligés de parler technique pendant un moment. Nous avons dit que l'Anima était un terme général désignant l'idée que se faisait l'homme de ce qu'est, ou peut être, une femme. Les femmes sont très conscientes de ce personnage quand celui-ci s'éveille chez un représentant de l'autre sexe. Carol a senti que Judy s'était soudain mise à incarner pour vous l'Anima, et cela l'a agacée. Vous savez ce que les femmes disent souvent d'un homme amoureux : « Qu'est-ce qu'il peut bien lui trouver, à cette fille? » Ce qu'il lui trouve, ce qu'il voit dans l'élue de son cœur, c'est bien entendu l'Anima. De plus, l'amoureux est habituellement incapable de décrire celle-ci en termes autres que vagues. Il est la proie de ce que nous pouvons tout aussi bien appeler un enchantement; ce vieux mot est aussi adéquat que n'importe quel mot nouveau. Or tout le monde sait que, lorsqu'on est enchanté, on ne voit pas les choses très clairement.

Moi : Je voyais Judy très clairement.

Docteur von Haller : Pourtant vous ne semblez pas vous rappeler une seule parole d'elle qui ne soit pas un lieu commun. Oh, monsieur Staunton! Une fille pudique et jolie que vous avez vue pour la première fois alors qu'elle chantait et dans des circonstances enchanteresses, peut-on imaginer Anima plus caractéristique?

Moi : Je pensais que les membres de votre profession n'étaient pas censés influencer leurs témoins.

Docteur von Haller : Peut-être pas devant M. le juge Staunton, mais ici, c'est *mon* tribunal. Et maintenant, dites-moi ce qu'il advint de vos relations avec Judy après la conversation avec votre père, au cours de laquelle il l'appela « ta petite nana juive », la conversation avec son père à elle qui vous dit qu'il ne fallait pas penser à sa fille comme à une compagne de vie possible, et la discussion subséquente avec votre troisième père, le pasteur?

Moi : Elles tournèrent à l'aigre. Ou perdirent de leur saveur. Ou quelque soit l'image qui exprime une perte d'intensité, de puissance. Bien entendu, nous continuâmes à nous voir, à parler et à nous embrasser. Mais je savais qu'elle était une fille obéissante et, quand nous nous embrassions, je sentais la présence invisible de Louis Wolff. Et, malgré moi, j'entendais à ces moments-là une voix — ce n'était pas celle de mon père comme vous pourriez le croire — qui disait : « Ta petite nana juive. » Et le détestable Knopwood semblait toujours à proximité lui aussi, comme le Christ dans ce tableau sentimental qu'il avait défendu, le Christ qui pose sa main sur l'épaule du boy-scout. J'ignore comment les choses auraient évolué si je n'avais pas attrapé une assez vilaine maladie. De nos jours, on l'appellerait probablement une mononucléose, mais à l'époque on ne savait pas ce que c'était. Je restai longtemps absent du collège, enfermé à la maison avec Netty qui servait d'infirmière. A Pâques, j'étais encore très faible et Judy partit dans un pensionnat à Lausanne. Elle m'envoya une lettre que je voulus garder, bien sûr, mais je vous parie tout ce que vous voulez que Netty l'a prise et l'a brûlée.

DOCTEUR VON HALLER : Mais vous vous rappelez son contenu ?

MOI : En partie. Judy écrivait : « Mon père est le plus sage et le meilleur des hommes que je connaisse. J'accepte donc sa décision. » Cela paraît curieux pour une fille de dix-sept ans.

DOCTEUR VON HALLER : Pourquoi curieux ?

MOI : Parce qu'immature. Vous ne trouvez pas ? N'aurait-elle pas dû faire preuve de plus d'indépendance ?

DOCTEUR VON HALLER : N'avez-vous pas eu exactement la même attitude envers votre père ?

MOI : Pas après ma maladie. Et puis, il y a une autre différence : mon père était réellement un grand homme. Dunstan Ramsay a dit un jour qu'il était un génie d'une espèce inhabituelle, non reconnue. Tandis que Louis Wolff, quoique très bien dans son genre, n'était qu'un bon médecin.

DOCTEUR VON HALLER : Et un homme très raffiné, tout de même, d'une manière dont ne l'était pas votre père, il me semble. Et Knopwood ? On dirait que vous l'avez rejeté à cause de son homosexualité.

MOI : Je vois un tas de types comme lui au tribunal. On ne peut pas les prendre au sérieux.

DOCTEUR VON HALLER : Mais n'est-ce pas là votre attitude envers la plupart des personnes que vous voyez dans ce cadre ? Je vous assure qu'il y a des homosexuels que nous faisons bien de prendre au sérieux et que vous ne rencontrerez probablement jamais dans une cour de justice. Ne m'avez-vous pas parlé de charité chrétienne un peu plus tôt ?

Moi : J'ai cessé d'être chrétien et n'ai que trop souvent démasqué de pitoyables faiblesses qu'on voulait faire passer pour de la charité. Ceux qui parlent de charité et de pardon n'ont généralement pas le cran de mener les choses jusqu'au bout. Que je sache, la charité n'a jamais rien apporté d'incontestablement bon.

Docteur von Haller : Je vois. Eh bien, continuons. Au cours de votre maladie, vous avez dû beaucoup réfléchir à votre situation. C'est à cela, vous savez, que servent les maladies – ces maux curieux qui nous arrachent à la vie, mais sans nous tuer. Ce sont des signaux qui nous indiquent que nous nous sommes fourvoyés, des pauses pour méditer. Vous avez eu la chance de pouvoir éviter un séjour à l'hôpital, même si cela vous a fait retomber sous la domination de Netty. Quelles réponses avez-vous trouvées ? Par exemple, vous êtes-vous demandé pourquoi vous étiez tout disposé à croire que votre mère avait été la maîtresse du meilleur ami de son mari alors que vous doutiez que Mme Martindale avait été celle de votre père ?

Moi : Je suppose que les enfants ont toujours une préférence pour l'un de leurs parents. Je vous ai décrit ma mère. Et papa me parlait parfois d'elle quand il venait me voir pendant ma maladie. Plusieurs fois, il m'a déconseillé d'épouser un amour de jeunesse.

Docteur von Haller : Il devait connaître l'origine de votre mal. Cela arrive souvent, vous savez : les gens savent quelque chose, mais pour rien au monde ils n'amèneraient cette certitude profondément enfouie en eux au niveau de leur conscience ou n'admettraient l'avoir. Il sentait que votre maladie, c'était Judy. Et il vous a donné un très bon conseil, en fait.

Moi : Mais j'aimais Judy. Je l'aimais vraiment.

Docteur von Haller : Vous aimiez une projection de votre Anima, je vous assure. Avez-vous jamais connu Judy Wolff ? Vous m'avez dit que lorsque vous la voyiez maintenant, femme adulte mariée et mère de famille, vous ne lui parliez jamais. Pourquoi? Parce que vous protégez votre rêve d'adolescent. Vous refusez tout contact avec cette femme qui est quelqu'un d'autre. Quand vous rentrerez dans votre pays, créez une occasion de rencontrer Mme le professeur Machin-Chose pour conjurer définitivement ce fantôme. Ce sera très facile, croyez-moi. Vous la verrez telle qu'elle est maintenant, et elle, elle verra le célèbre avocat. Tout se passera en douceur et vous serez délivré à jamais... Mais vous n'avez pas répondu à ma question : pourquoi l'adultère pour votre mère et pas pour votre père?

MOI : Maman était faible.

DOCTEUR VON HALLER : Votre mère incarnait l'Anima de votre père et celui-ci a eu le malheur, ou l'imprudence, de l'épouser. Rien d'étonnant à ce qu'elle ait paru faible, la pauvre femme, avec un tel fardeau à porter pour un tel homme. Rien d'étonnant non plus à ce qu'il lui en ait voulu, tout comme vous, vous en auriez voulu à la pauvre Judy si elle avait eu le malheur de tomber entre les mains d'un homme qui pense aussi bien et sent aussi mal que vous. Les hommes se vengent consciencieusement des femmes qu'ils soupçonnent de les avoir enchantés alors qu'en réalité ces pauvres créatures étaient simplement destinées à être jolies, à chanter agréablement ou à rire au bon moment.

MOI : Vous ne croyez donc pas que l'amour comporte une part d'enchantement?

DOCTEUR VON HALLER : Je sais parfaitement qu'il en comporte une, mais qui a jamais dit qu'on pouvait fonder un mariage sur une base pareille? Cet élément sera probablement présent au début, mais il faut une table garnie de mets plus substantiels si on veut éviter pendant soixante ans d'en être réduit à la famine.

MOI : Je vous trouve extrêmement dogmatique aujourd'hui.

DOCTEUR VON HALLER : D'après ce que vous m'avez dit, je croyais que vous aimiez les dogmes... Mais revenons à cette question à laquelle vous ne m'avez toujours pas répondu : pourquoi pensiez-vous votre mère capable d'adultère, mais non votre père?

MOI : Eh bien... chez la femme, l'adultère peut être un écart de conduite, une faute légère, mais chez l'homme, voyez-vous... chez l'homme, c'est une atteinte à la propriété. Exprimé ainsi, c'est assez choquant, mais la loi le fait bien comprendre et l'opinion publique encore plus. Un mari trompé n'est qu'un cocu, un personnage comique, tandis qu'une femme trompée est quelqu'un qui a subi un préjudice. Ne me demandez pas pourquoi; je me contente de présenter ce fait tel que le voient la justice et la société.

DOCTEUR VON HALLER : Mais cette Mme Martindale, si j'ai bien compris, avait quitté son mari, à moins que son mari ne l'ait quittée elle. Quel préjudice pouvait-il y avoir dans ce cas?

MOI : Je pense à ma mère : papa a connu Mme Martindale bien avant la mort de maman. Il s'est peut-être éloigné de maman, mais je ne peux pas croire qu'il ait fait quoi que ce soit qui aurait pu la blesser – qui aurait pu jouer un rôle dans sa mort. Le *swordsman* correspond à une sorte de notion chevaleresque qui peut avoir un côté romantique, mais n'a jamais rien de sordide. Tandis que l'homme adultère... j'en ai vu beaucoup au tribunal et tous, sans exception, étaient sordides.

DOCTEUR VON HALLER : Or vous ne pouvez pas associer votre père à quoi que ce soit qui vous paraît sordide? Ainsi, à la fin de votre maladie, vous vous êtes retrouvé sans votre bien-aimée, sans votre pasteur, mais avec votre père toujours fermement juché sur son piédestal?

MOI : Mais non, même pas. Je continuais à l'adorer, mais mon adoration était entachée de doutes. Pour cette raison, je décidai de ne pas essayer de lui ressembler, de ne pas me permettre la moindre idée de l'émuler, mais de trouver un domaine dans lequel je pourrais montrer que j'étais digne de lui.

DOCTEUR VON HALLER : Dieu! Quel fanatique!

MOI : Vous ne pensez pas que cette remarque sort un peu du cadre professionnel?

DOCTEUR VON HALLER : Pas du tout. Vous êtes un fanatique. Savez-vous ce qu'est le fanatisme? Une sur-compensation pour le doute. Bon, continuez.

Ma vie reprit donc, son manque d'événements marquants compensé par son intensité. Je terminai mes études secondaires d'une façon satisfaisante — mais pas aussi bien que si je n'avais eu cette longue maladie — et me préparai à entrer à l'université. Papa avait toujours supposé que j'irais à celle de Toronto, mais je voulais aller à Oxford. Mon père sauta sur cette idée. Lui-même n'avait jamais été à l'université : durant la période qui aurait correspondu à ses années d'études, pendant la Première Guerre mondiale, il s'était battu en Europe — il obtint même la D.S.O. * Puis il avait voulu plonger tout de suite dans la vie active et était devenu avocat, mais sans diplôme. C'était encore possible à l'époque. Il avait toutefois des idées tout à fait romantiques sur les universités et Oxford l'enchantait. Je partis donc là-bas, et comme papa voulait me voir dans un grand collège, j'entrai à Christ Church.

Dans leurs mémoires, les gens parlent toujours du rôle qu'Oxford joua dans leurs vies. Je ne peux pas dire que cet endroit m'impressionna beaucoup. Il était agréable, bien sûr, et j'aimais ses intéressants bâtiments; les critiques architecturaux sont toujours en train de les dénigrer, mais moi, après Toronto, je les regardais d'un œil

* Distinguished Service Order.

émerveillé. Ils me parlaient d'une notion de l'enseignement qui m'était étrangère; ils exprimaient de l'inconfort, certes, mais pas la moindre austérité destinée à édifier ses occupants. J'aimais aussi l'atmosphère de cette ville de jeunes, ce qu'Oxford semble être, quoique avec un peu de lucidité tout le monde peut voir qu'elle est dirigée par des vieillards. Mais mon Oxford à moi était l'Oxford d'après-guerre, une cité surpeuplée et en passe de devenir une grande ville industrielle. Elle suscitait beaucoup de critiques quant au privilège qu'elle impliquait, surtout de la part de gens qui bénéficiaient de cet avantage et en tiraient le maximum de profit. Oxford faisait partie de mon projet, celui de devenir un homme remarquable, et j'utilisais tout ce que je trouvais sur mon chemin pour réaliser cet unique but.

Je faisais mon droit, matière pour laquelle je me révélai très doué. J'avais la chance d'avoir Pargetter, de Balliol, comme directeur d'études. C'était un professeur formidable. Aveugle, il n'en réussissait pas moins à être un célèbre joueur d'échecs. Comme professeur, il était d'une exigence implacable, attitude que je souhaitais parce que j'avais résolu de devenir un ténor du barreau. Quand je dis à papa que je voulais faire du droit, il crut aussitôt que, suivant son propre exemple, c'était pour entrer dans les affaires. Il était persuadé que je lui succèderais à la tête d'Alpha; en fait, je crois qu'il était incapable d'imaginer un autre avenir pour moi. J'ai sans doute été un peu sournois en ne lui expliquant pas tout de suite que j'avais d'autres projets. Je voulais faire du droit pour dominer un champ d'action où je saurais toujours où j'en étais et qui serait fermé aux caprices et préjugés de personnes telles que Louis Wolff ou Knopwood... ou papa. Je voulais exercer mon art en maître et je voulais un art prestigieux. Comme je tenais également à apprendre beaucoup de choses sur les gens, je voulais acquérir un ensemble de connaissances qui expliquât aussi bien que possible leur psychologie. Je voulais travailler dans une branche qui me procurerait quelque lumière sur le genre d'esprit que j'avais vu à l'œuvre en Bill Unsworth.

Non pas que j'eusse l'intention d'entreprendre une croisade. Une des décisions à laquelle j'étais parvenu durant ma pénible et débilitante maladie, c'était de rejeter à jamais tout ce que le père Knopwood représentait. Je vis que Knoppy voulait manipuler les gens : il voulait les rendre bons, convaincu de savoir ce que cela signifiait. Pour lui, Dieu était omniprésent, le Christ, ici et à chaque instant. Il était prêt à accepter et à imposer aux autres toute une série d'idées irrationnelles au nom de la notion particulière qu'il avait du bien. Il pensait que Dieu n'était pas raillé. Moi il me semblait voir chaque jour le contraire et Dieu récompenser le railleur par une fabuleuse réussite.

Je voulais m'éloigner du monde de Louis Wolff qui, maintenant, m'apparaissait comme un homme extrêmement rusé dont la culture n'avait jamais le droit d'influer sur les antiques idées qui le gouvernaient et devaient gouverner également sa famille.

Je voulais m'éloigner de mon père et sauver mon âme, dans la mesure où je croyais à pareille chose. Par là j'entendais probablement ma dignité ou ma virilité. J'aimais papa, et je le craignais, mais j'avais remarqué de minuscules failles en lui. C'était un manipulateur, lui aussi, et me rappelant son propre adage, je refusais d'être un individu manipulable. Je savais que je serais toujours connu comme son fils, qu'il me faudrait porter le fardeau d'une fortune que je n'avais pas gagnée moi-même, dans une société où la richesse héritée implique toujours un stigmate. Mais, d'une manière ou d'une autre, quelque part dans le vaste monde, je serais David Staunton, un homme que ni Knopwood, ni Louis Wolff, ni papa ne pourraient atteindre parce qu'il les avait dépassés.

Il ne m'était jamais venu à l'esprit de renoncer à la sexualité. La chose arriva tout naturellement et ce n'est que lorsqu'elle fut devenue une habitude bien établie que je m'aperçus que la chasteté faisait maintenant partie de ma façon de vivre. Pargetter y était peut-être pour quelque chose. Il était célibataire et sa cécité le rendait insensible à une grande partie du charme féminin. Comme il le faisait avec tous ses étudiants, il s'empara fermement de moi, mais, dès la fin de la première année, il dût se rendre compte que je lui appartenais tout entier, à la différence des autres, quelle que fût leur admiration pour lui. Si vous espérez apprendre le droit à fond, disait-il, vous êtes un sot car personne n'est jamais parvenu à le maîtriser dans sa totalité; cependant, si vous espérez apprendre à fond une partie du droit, vous feriez bien de mettre vos sentiments au frigidaire, du moins jusqu'à l'âge de trente ans. Je suivis son conseil et, en atteignant la trentaine, m'aperçus que j'avais pris goût à ce froid glacial. Cela contribuait à me rendre un peu effrayant – chose qui, elle aussi, n'était pas pour me déplaire.

Pargetter devait me trouver sympathique, bien qu'il ne fût pas homme à laisser entrevoir ses sentiments. Il m'apprit à jouer aux échecs. Même si je ne parvins jamais à son niveau, je finis par jouer très convenablement. Comme il n'avait pas besoin de lumière, Pargetter n'éclairait jamais assez sa pièce. Je crois qu'il avait un peu la manie de vouloir forcer les voyants à utiliser au maximum le sens qui lui manquait. Nous restions assis près de son médiocre feu, dans une pénombre qui aurait pu être lugubre si de quelque mystérieuse façon il n'avait trouvé moyen de donner à ce lieu une atmosphère de cabinet de consultation. Et nous jouions une partie après l'autre. Tandis que Pargetter se prélassait dans son fauteuil, je restais assis près de l'échiquier et déplaçais les pièces. Pargetter annonçait son coup et je jouais pour lui, puis je l'informais de ma riposte. Lorsqu'il m'avait battu, il analysait la partie que nous venions de terminer et m'indiquait à quel moment précis j'avais commis une erreur. J'étais vivement impressionné par la mémoire et le sens de l'espace de cet homme plongé dans la nuit et qui me témoignait du dédain quand j'étais incapable de me rappeler ce que j'avais fait six ou huit coups auparavant; aussi, par pure nécessité, me mis-je à cultiver ma propre mémoire.

Pargetter était vraiment quelque peu inquiétant : il avait disposé en divers endroits de sa chambre trois ou quatre échiquiers sur lesquels il jouait des parties par correspondance avec des amis habitant au loin. Quand j'avais un cours le matin, il me disait : « Il y a une carte postale sur la table. Je suppose qu'elle vient de Johannesburg. Lisez-la-moi. » La carte décrivait un coup et je déplaçais une pièce en conséquence sur un échiquier que Pargetter n'avait peut-être pas touché depuis un mois. A la fin de notre séance, il me dictait sa risposte que j'exécutais pour lui. Pargetter gagnait un nombre surprenant de ces parties par correspondance qui progressaient à une allure d'escargot.

Il n'avait jamais appris le braille. Il écrivait normalement sur un papier qu'il fixait dans un cadre pourvu de fils de fer horizontaux; ceux-ci permettaient à sa main de suivre les lignes. Il semblait ne jamais rien oublier de ce qu'il avait écrit. Il connaissait presque par cœur des livres de droit qu'il n'avait jamais vus; quand il m'envoyait, avec des indications très précises, chercher une référence sur l'une des étagères, je trouvais souvent dans le manuel un bout de papier sur lequel il avait inscrit une note de sa belle écriture, soignée au point d'en paraître imprimée. Il se tenait au courant des nouveautés – livres et journaux – en se les faisant lire. Quand il commença à me demander ce service, je me sentis privilégié. Tout au long de la lecture, il faisait d'inestimables commentaires, ce qui représentait toujours une leçon magistrale dans l'art d'absorber, de peser, de sélectionner et de rejeter.

C'était précisément ce que je souhaitais et j'en vins presque à lui vouer un culte. Son exactitude, la sérénité de son appréciation, la rigueur de son raisonnement quand il examinait des problèmes engendrés la plupart du temps par les passions brouillonnes des hommes agissaient comme un baume sur mon esprit blessé. Cet enseignement du droit qui sortait de l'ordinaire ne pouvait que vous conduire à exercer votre profession d'une façon peu commune. Nombre d'avocats sont des ignorants au cerveau épais, des victimes de leurs propres émotions et de celles de leurs clients ; certains d'entre eux parviennent à se faire une large clientèle parce qu'ils sont capable de se jeter à corps perdu dans les batailles des autres. Leur indignation est à vendre. Mais Pargetter avait longuement et soigneusement aiguisé son esprit et je voulais être comme lui. Je voulais savoir, je voulais voir, je voulais trier, mais sans jamais être touché. Je voulais m'écarter le plus possible de ce stupide garçon qui n'avait pas compris le sens du mot *swordsman* alors que tout le monde le connaissait, l'amoureux de Judy Wolff que le père de celle-ci avait envoyé s'amuser avec d'autres jouets. Je voulais être fondu, purifié de mes scories et recoulé dans un moule neuf et meilleur. Pargetter était précisément l'homme qui pouvait le faire. J'avais d'autres professeurs, bien sûr, dont certains étaient excellents, mais Pargetter continue à être mon idéal, mon père dans la profession.

11

Toutes les semaines, j'écrivais à mon père. Peu à peu, je me rendis compte que mes lettres devenaient de plus en plus brèves : j'entrais en effet dans un monde où papa ne pouvait me suivre. Je me rendais au Canada une fois l'an pour des séjours aussi courts que possible. J'allais entamer ma troisième année à Oxford quand papa m'invita un soir au restaurant. Après avoir débité quelques balivernes — maintenant je comprends pourquoi : il était un peu gêné par ce qu'il allait dire — il me demanda un étrange service.

« Je me suis interrogé au sujet des Staunton, commença-t-il. Qui pouvaient-ils bien être, selon toi ? Je n'ai pas réussi à découvrir quoi que ce soit sur mon père, à part quelques rares faits. Il a obtenu son diplôme de médecin, ici, à Toronto, en 1887 ; d'après le registre, il avait alors vingt ans ; il est donc né en 1867. A cette époque, on ne leur apprenait pas grand-chose à l'université et je ne crois pas que ses connaissances médicales allaient bien loin. C'était un curieux bonhomme. Comme tu as dû t'en rendre compte, nous ne nous sommes jamais entendus. Tout ce que je sais au sujet de ses origines, c'est qu'il n'était pas né au Canada. Mère, par contre, l'était. J'ai pu remonter son ascendance ; c'était facile et ennuyeux : des fermiers dont l'ascension sociale culmine avec un pasteur. Mais qui était le docteur Henry Staunton ? Je veux le savoir. Vois-tu, Davey, je peux te paraître un peu vaniteux, mais j'ai l'intuition qu'il y a du bon sang quelque part dans notre famille. Ton grand-père avait un sens prononcé des affaires quoique je n'aie jamais pu le persuader de l'exploiter encore davantage. Son investissement dans le sucre, à une époque où personne n'en voyait les possibilités, demandait de l'imagination. Dans sa jeunesse, comprends-tu, beaucoup de gens avaient encore chez eux des pains qu'ils grattaient avec une lime et tout le sucre provenait des Caraïbes. Il était dynamique et prévoyant. Tu me diras que des tas de gens tout à fait ordinaires ont réussi dans la vie, mais je me demande s'il

251

entre dans cette catégorie. Quand j'étais en Angleterre, durant la guerre, je voulais me renseigner et découvrir tout ce que je pouvais à ce sujet, mais le moment n'était pas propice et j'avais des occupations autrement plus urgentes. Toutefois, j'ai rencontré là-bas, en deux occasions différentes, deux personnes qui m'ont demandé si j'étais un Staunton du Warwickshire. Tu sais à quel point les Anglais adorent que les Canadiens jouent les hommes des bois ; aussi ai-je répondu qu'à ma connaissance j'étais un Staunton du comté de Pitt. Mais je n'ai pas oublié leur question. En fait, cela n'aurait rien d'impossible. Qui sont ces Staunton du Warwickshire ? Je n'en ai pas la moindre idée, mais ils semblent être bien connus des gens qui s'intéressent aux vieilles familles. J'aimerais donc qu'à ton retour à Oxford tu prennes quelques renseignements et me les communiques. Nous sommes probablement des bâtards, ou quelque chose de ce genre, mais je voudrais en avoir la certitude. »

Je savais depuis longtemps que papa était un romantique et, deux ou trois ans plus tôt, j'en avais été un moi aussi. Aussi répondis-je que je ferais ce que je pourrais.

Mais faire quoi ? Me rendre dans le Warwickshire, trouver les Staunton et leur demander s'ils avaient jamais entendu parler d'un médecin qui avait été le plus grand spécialiste de la constipation du comté de Pitt et qui, jusqu'à la fin de sa vie, crut fermement qu'on pouvait soigner les rhumatismes avec de la sève de *lignum vitae* ? Non merci, très peu pour moi. Mais un jour que je feuilletais le *Times Literary Supplement* dans la salle commune, mon regard tomba sur une modeste annonce. Je la revois encore :

Oxonien inhabituellement qualifié dresse GÉNÉALOGIES et recherche lignée. Discrétion exigée et assurée.

C'était exactement ce qu'il me fallait. Je notai le numéro de la boîte postale et le même soir écrivis une lettre. Je désirais qu'on recherchât mon ascendance, dis-je, et si cela s'avérait possible, qu'on dressât également ma généalogie.

Je ne sais trop à quoi je m'attendais. L'annonce, en tout cas, suggérait un pédant d'un certain âge au caractère irascible. Je fus donc très surpris lorsque le dit oxonien inhabituellement qualifié se présenta chez moi deux jours plus tard. Il semblait à peine plus âgé que moi. Il avait des manières timides de jeune fille et une voix si douce qu'elle était tout juste audible. Le seul détail un peu vieux jeu ou pédant, c'était ses lunettes. Elles étaient d'un style que personne ne portait à l'époque : à fine monture dorée et petits verres ovales.

« Je me suis dit qu'au lieu de vous écrire il serait tout aussi simple de passer vous voir puisque nous sommes voisins », susurra-t-il.

Il me tendit une carte de visite bon marché sur laquelle je lus :

Adrian Pledger-Brown
Corpus Christi

« Asseyez-vous, dis-je. Vous êtes généalogiste ?

— En effet, chuchota mon visiteur. Ou plutôt, je sais exactement comment établir une généalogie. Je m'explique : j'ai examiné un très grand nombre d'arbres généalogiques déjà dressés et je suis certain de pouvoir les dresser moi-même si on me confiait pareille tâche. Celle-ci, comprenez-vous, implique pas mal de recherches. Or c'est là un travail pour lequel je suis doué et que je pourrais entreprendre avec de bonnes chances de réussir. Je sais en effet *où* chercher. Tout est là. Ou presque. »

Il eut un sourire de pucelle si ingénu et ses yeux me fixèrent si modestement derrière ses étranges lunettes que je fus tenté d'être gentil avec lui. Toutefois, ce n'était pas ce qu'aurait fait Pargetter. Méfiez-vous d'un témoin qui vous est sympathique, disait-il. Réprimez toute réaction personnelle. Si malgré tout vos sentiments semblent prendre le dessus, allez à l'autre extrême et montrez-vous sévère. Si Ogilvie s'était souvenu de ce principe dans l'affaire Cripps-Armstrong contre Clatterbos & Dudley en 1884, il aurait gagné le procès, mais il ne put s'empêcher de plaindre Clatterbos qui avait du mal à s'exprimer en anglais ; c'est un exemple célèbre. Je fondis donc toutes griffes dehors sur le malheureux.

« Dois-je comprendre que vous n'avez jamais dressé de généalogie tout seul auparavant ?

— C'est-à-dire que — oui, en simplifiant, vous pourriez dire cela.

— Il ne s'agit pas de ce que je pourrais dire. Je vous ai posé une question très précise et attends de vous une réponse analogue. Est-ce la première fois que vous faites ce genre de travail pour quelqu'un ?

— Professionnellement ? Comme enquêteur indépendant ? Présenté ainsi, la réponse doit être oui, je suppose.

— Ah ah ! En un mot, vous êtes un débutant.

— Oh non, pas du tout ! J'ai étudié la matière en question et les méthodes employées d'une façon très approfondie.

— Mais vous n'avez encore jamais fait un travail de ce genre contre rémunération. Oui ou non ?

— Pour vous répondre franchement, oui ; ou plutôt non.

— Pourtant dans votre annonce vous vous dites « inhabituellement qualifié ». Dites-moi, monsieur... (regard appuyé à la carte)... ah oui, Pledger-Brown, quelle est au juste cette " qualification inhabituelle " dont vous vous targuez ?

— Je suis le filleul de Garter.

— Le filleul de... ?

– Garter.

– Je ne comprends pas.

– Cela ne m'étonne pas. Mais c'est pour cela que vous avez besoin de moi, voyez-vous. J'entends : les personnages qui veulent faire dresser la généalogie de leur famille et chercher leur ascendance ignorent généralement ce genre de choses. Sutout les Américains. Mon parrain est Garter King-of-Arms *.

– C'est-à-dire ?

– Le directeur du Collège héraldique de Londres. J'espère qu'un jour, avec un peu de chance, je deviendrai moi-même membre de ce Collège. Mais je dois bien commencer quelque part, n'est-ce pas ?

– Quelque part ? Me considérez-vous comme un point de départ ? Me prenez-vous par hasard pour une matière brute sur laquelle vous pouvez vous faire la main ?

– Oh, mon Dieu, non ! Mais il faut bien que je travaille d'abord en indépendant avant de pouvoir espérer obtenir un poste officiel, n'est-ce pas ?

– Comment diable voulez-vous que je sache ce que vous devez faire ? Ce que moi je voudrais savoir, c'est s'il y a la moindre chance que vous puissiez entreprendre le travail dont j'ai besoin et le faire convenablement.

– Écoutez, monsieur, je pense que personne ne le fera pour vous si vous continuez à vous conduire de cette manière.

– De quelle manière ? Qu'avez-vous à reprocher à ma conduite ? »

Pledger-Brown respirait la douceur et son sourire était aussi suave que celui qu'on voit aux jeunes villageoises dans des tableaux victoriens.

« Eh bien, vous montez sur vos grands chevaux et aboyez comme un adjudant alors que je suis simplement

---

* Le chef des trois rois d'armes d'Angleterre. (*N.d.T.*)

venu vous voir en réponse à votre lettre. Vous êtes étudiant en droit, bien sûr. Je me suis renseigné sur vous, voyez-vous. Votre père est un gros industriel canadien. Et vous voulez quelques ancêtres. Je pourrais peut-être vous en trouver. Oui, ce travail m'intéresse mais pas au point d'accepter qu'on me houspille. Certes, je suis un généalogiste débutant, mais j'ai étudié la science héraldique ; vous, vous êtes un avocat débutant, mais vous avez étudié le droit. Alors pourquoi vous montrez-vous si désagréable alors que nous sommes sur un pied d'égalité ? »

Je cessai donc d'être désagréable et, peu après, mon visiteur accepta un verre de xérès et commença à m'appeler Staunton tandis que je l'appelais Pledger-Brown. Nous nous mîmes à parler des services qu'il pouvait m'offrir.

Il faisait sa troisième année à Corpus, collège qui se trouvait à un jet de pierre de ma fenêtre, puisque j'étais à Canterbury Quad, à l'arrière de Christ Church. Il était fou de généalogie et brûlait d'exercer son art. Il avait donc passé cette annonce quoiqu'il fût encore étudiant et exigé de la discrétion parce que son collège n'aurait pas vu d'un bon œil qu'il fît des affaires entre ses murs. Il était manifestement pauvre, mais avait de la distinction, et derrière ses manières de frêle jeune fille se cachait une certaine opiniâtreté. Je le trouvai sympathique parce qu'il se passionnait pour son futur métier comme je me passionnais pour le mien et, pour autant que je pouvais en juger, sa modestie n'était peut-être que l'apanage de sa profession. Il ne tarda pas à me questionner d'une façon serrée.

« Quand nous travaillons pour les Américains, nous rencontrons souvent des gens dont on ignore le lieu de naissance, comme c'est le cas pour le docteur Staunton. Mais nous parvenons généralement à retrouver l'origine de ces personnes en épluchant les registres paroissiaux, les enregistrements de testaments et les archives judiciaires, centrales et locales. Cela prend beaucoup de temps et coûte cher. Aussi commençons-nous par le plus évident en espérant un coup de chance. Bien entendu, Henry Staunton peut être, comme le pense votre père, un Staunton de Longbridge, mais il y a aussi des Staunton dans les comtés de Nottingham, Leicester, Lincoln et Somerset. Tous sont d'une qualité qui plairait à votre père. Parfois, aussi, nous pouvons prendre un raccourci. Votre grand-père était-il un homme cultivé?

— Il était médecin, mais je ne peux pas dire qu'il avait une grande culture.

— Tant mieux. Je m'explique : de telles personnes gardent souvent certaines particularités sous le vernis de leur profession. A-t-il jamais employé des expressions qui vous ont frappé? Des mots inusités qui pourraient être du dialecte local? »

Je réfléchis.

« Un jour, il dit à ma sœur Caroline qu'elle avait une langue si acérée qu'elle aurait pu s'en servir pour raser un galopin *. Je l'ai souvent répété à ma sœur.

— Ah, voilà qui est intéressant. Il employait donc effectivement des mots régionaux. Mais celui de *urchin*, dans le sens de hérisson, est très répandu dans les comtés ruraux. Pourriez-vous trouver quelque chose de moins courant? »

Pledger-Brown commençait à m'inspirer du respect. J'avais toujours cru qu'un *urchin* était un garçon antipathique et je m'étais demandé pourquoi grand-père voulait le raser. Je réfléchis de nouveau.

« Je me rappelle seulement qu'il appelait quelques-uns de ses vieux patients, des vieillards valétudinaires qui lui restaient fidèles, *my old wallowcrops* **. Cela

---

* *Urchin* dans l'original : galopin, mais aussi mot archaïque pour hérisson. (*N.d.T.*)

** *To wallow* : se vautrer dans la boue; *crop* : récolte, tas. « Mon vieux troupeau »? (*N.d.T.*)

offre-t-il un intérêt quelconque? Pourrait-il avoir inventé ce mot?

– Peu de gens simples inventent des mots. *Wallow-crop*. J'en prends note et essaierai de découvrir quelque chose à son sujet. Entre-temps, continuez à penser à votre grand-père, voulez-vous? Je reviendrai vous voir dès que j'aurai une idée plus claire de la marche à suivre. »

Penser à mon grand-père Staunton, personnage marquant mais flou de mon passé... Un homme, à ce qu'il me semblait maintenant, pourvu d'un esprit pareil à une morgue où diverses idées défuntes reposaient sur des plaques de marbre, gardées au froid pour retarder leur décomposition. Qui ignorait tout de la santé, mais pouvait diagnostiquer un certain nombre de maladies. Dont les connaissances médicales dataient d'une époque où l'on avait des spasmes et où l'on croyait à l'efficacité d'odeurs fortes et pures, telles que celle de la menthe poivrée, pour combattre l'infection. Qui ne douta jamais de la valeur éducative des fessées et qui, un jour, nous en administra vigoureusement une, à Caroline et à moi, parce que nous avions mis des sels purgatifs dans le pot de chambre de grand-mère, espérant qu'elle aurait une crise de nerfs en voyant son urine mousser. Un farouche anti-alcoolique qui n'avait que dédain pour ce qu'il appelait les « soûlographes » et qui ne put jamais entièrement accepter le fait que papa bût du vin et des alcools sans pour autant devenir un « soûlographe », sans doute par esprit de contradiction. Un homme que je ne me rappelle que morose, lourd, terne, mais content d'être riche et qui méprisait ouvertement ceux qui n'avaient pas l'intelligence ou l'habileté de l'égaler; il faisait une exception pour les pasteurs qu'il considérait comme appartenant à une classe à part et sacrée, mais qui avaient souvent besoin des conseils d'hommes pratiques pour diriger leurs églises. Bref, un odieux richard de village.

Un curieux véhicule pour le noble sang que papa attribuait aux Staunton. Par ailleurs, papa ne s'était jamais donné la peine de feindre beaucoup de considération pour Doc Staunton. Ce qui, dans un sens, était étrange, papa ayant toujours attaché beaucoup d'importance au respect filial. Non pas qu'il l'eût jamais dit explicitement ou nous ait exhortés, Caroline et moi, à honorer père et mère. Mais je me rappelle qu'il critiqua sévèrement H.G. Wells parce que dans sa *Tentative d'autobiographie*, celui-ci avait écrit que ses parents n'étaient pas très intéressants et qu'échapper à leur influence avait été le premier pas qu'il avait fait sur la voie d'une vie plus valable. Papa n'était pas logique. Doc Staunton l'avait été, mais où cela l'avait-il mené?

Une chasse commençait dans laquelle Doc Staunton était le renard.

Des mots de Pledger-Brown ponctuèrent toute l'année qui suivit. Ma nouvelle connaissance avait une élégante écriture italique comme il sied à un généalogiste. Des bribes d'information arrivaient par le service de coursiers du collège : « *Wallowcrop* : mot dialectal du Cumberland. Suis en train de suivre cette piste. A. P-B. » Puis : « Désolé, mais mon enquête dans le Cumberland n'a rien donné. Je cherche dans le Lincolnshire. » Ou bien : « Taïaut! Un Henry Staunton né en 1866 repéré dans le Somerset! », suivi une semaine plus tard par : « Fausse piste. Henry de Somerset est mort à l'âge de trois mois. » De toute évidence, il vivait une merveilleuse aventure, mais moi je n'avais guère le temps de penser à lui. J'étais plongé jusqu'au cou dans la jurisprudence, cette science formelle du droit en vigueur, et, en plus du travail que j'avais au programme, Pargetter me faisait lire à haute voix *Les Grands Avocats et leurs plaidoiries* et *L'Eloquence du barreau en Angleterre* de Kelly. Je disséquai la rhétorique des ténors du barreau et essayai de faire moi-même des progrès dans ce domaine. Pargetter était déterminé à faire de moi autre chose qu'un chicaneur ignare, comme il disait. Il ne me cachait pas qu'en tant que Canadien je partais avec un gros handicap dans la conquête de la culture et de l'élégance professionnelles.

« Le droit n'est pas seulement une carrière, c'est aussi l'une des humanités », me dit-il et je compris à son ton qu'il faisait une citation. « Qui a dit ça? » Je l'ignorais. « Alors n'oubliez jamais que c'était un de vos compatriotes, votre Premier ministre actuel, Louis Saint-Laurent », m'informa-t-il en me donnant une bourrade dans le côté comme il le faisait souvent pour souligner un argument. « Même si ce n'est pas nouveau, personne ne l'a jamais aussi bien dit. Soyez fier que l'auteur de cette phrase soit un Canadien ». Puis il me fustigea une fois de plus avec la piètre opinion que sir Walter Scott avait des avocats qui étaient nuls en histoire et en littérature. En étudiant ces matières, poursuivit-il, j'apprendrais à connaître les gens et leurs diverses façons de réagir. « Mais n'apprendrai-je pas cela de mes clients? » lui demandai-je pour le mettre à l'épreuve. « Les cli-ents! fit-il, et je n'aurais jamais cru que quelqu'un pouvait étirer autant un mot de deux syllabes, vous n'apprendrez absolument rien d'eux à part la bêtise, la duplicité et l'avidité. Il faut vous placer au-dessus de cela. »

Comme étudiant au sein du système anglais, je devais être inscrit dans l'une des écoles de droit londoniennes et me rendre de temps en temps dans la capitale pour faire acte de présence au réfectoire; immatriculé au Middle Temple, j'y mangeai respectueusement les trente-six repas obligatoires. En y prenant plaisir. J'aimais les côtés cérémonieux et solennels du droit, non seulement parce qu'ils empêchent la banalisation de la loi, mais aussi comme des coutumes agréables en elles-mêmes. J'allais dans les tribunaux étudier les règles et l'étiquette de leur fonctionnement. J'admirai les juges qui semblaient capables de garder en tête une foule de détails et de les condenser ensuite pour les servir en une sorte de consommé juridique aux jurés, une fois plaidoiries et témoignages terminés. J'aimais la note romantique de tout cela : les vedettes du barreau, le frou-frou des robes et le port ostentatoire de sacs bleus peu pratiques mais traditionnels, remplis de papiers. J'étais ravi de voir que, même si la plupart des hommes de loi utilisaient des instruments modernes, tous auraient pu avoir des plumes d'oie et demander du sable pour sécher leur encre avec la certitude que celui-ci leur serait promptement apporté. J'aimais les perruques qui établissaient une hiérarchie palpable et donnaient à des visages banals les traits de prêtres servant une grande cause. Mais si toute cette soie, cette alépine, ce crin de cheval impressionnaient, voire effrayaient les gens simples qui venaient au tribunal pour demander justice ? Eh bien, cela ne leur ferait aucun mal. Dans la salle d'audience, tout le monde, à part certains accusés, paraissaient calmes, dépouillés de leurs préoccupations quotidiennes ; à mes yeux, ceux qui prêtaient serment semblaient très souvent révéler une part du meilleur d'eux-mêmes. Les jurés prenaient leur tâche au sérieux comme de bons citoyens. C'était une arène où luttaient des gladiateurs, mais ils luttaient pour le triomphe du bien, dans la mesure où celui-ci pouvait être défini.

Je n'étais pas naïf. C'est ce que je continue à penser des tribunaux. Je sais que je suis l'un des rares avocats à toujours porter une robe immaculée, au col et aux poignets presque trop empesés, un pantalon rayé impeccablement repassé et des chaussures brillantes. Je suis fier de ce que les journaux parlent souvent de mon élégance à la cour. La loi mérite ce soin. La loi est élégante. Pargetter veilla à ce que je ne l'idéalise pas, mais il savait qu'il y avait une part de romantisme dans mon attitude envers elle ; s'il avait jugé nécessaire de l'extirper, il l'aurait fait. Un jour, il m'adressa un fantastique compliment.

« Je crois que vous ferez un bon avocat, dit-il. Vous avez les deux qualités nécessaires : savoir-faire et imagination. Un bon avocat est l'*alter ego* de son client ; sa tâche consiste à dire ce que son client dirait pour sa défense s'il avait les connaissances et la force requises. Le savoir-faire va de pair avec les connaissances ; la force dépend de l'imagination. Mais, quand je dis " imagination ", je veux parler de la faculté de voir tous les aspects d'un sujet et d'en évaluer les possibilités. Je ne me réfère pas à la fantaisie, la poésie et le clair de lune. L'imagination est un bon cheval pour le transport par voie de terre, ce n'est pas un tapis volant qui vous libère des probabilités. »

Je me sentis grandir d'au moins une aune ce jour-là !

DOCTEUR VON HALLER : Je comprends ça. Quelle chance vous avez eue de rencontrer quelqu'un comme Pargetter ! Il enrichit considérablement votre galerie de personnages.

MOI : Je ne vous suis pas très bien. Ce que je vous raconte, c'est de l'histoire et non de la fiction.

DOCTEUR VON HALLER : Certes, mais même l'histoire comporte des personnages et l'histoire d'une vie comme la vôtre inclut nécessairement quelques individus qu'il serait stupide d'appeler des personnages de répertoire quoiqu'ils apparaissent dans presque tous les récits auto-biographiques. Exprimons ceci d'une façon différente. Vous rappelez-vous le petit poème d'Ibsen que je vous ai cité lors d'une de nos premières séances ?

MOI : Vaguement. Il y était question de jugement de soi.

DOCTEUR VON HALLER : Non, ça, ça vient après. Écoutez-moi, s'il vous plaît.

Vivre, c'est se battre contre des trolls

Dans les caves voûtées du cœur et du cerveau.
Écrire, c'est se pencher en juge sur soi-même.

MOI : C'est bien ce que j'ai fait. J'ai constamment écrit. Tout ce que je vous ai raconté était fondé sur des notes très précises. J'ai essayé d'être aussi clair que possible selon le principe du style sobre préconisé par Ramsay. J'ai fouillé dans mon passé et en ai ramené des choses que je n'avais encore jamais dites à personne. Cela n'est-il pas se juger ?

DOCTEUR VON HALLER : Pas du tout. Vous n'avez fait que me raconter l'histoire de votre combat contre les trolls.

MOI : Est-ce là une autre de vos métaphores alambiquées ?

DOCTEUR VON HALLER : Si vous voulez. J'emploie des métaphores pour vous épargner du jargon. Réfléchissez : quels personnages avons-nous rencontrés jusqu'ici pendant que nous explorions votre vie ? Votre Ombre : cette figure-là était évidente, n'est-ce pas, et nous la retrouverons certainement encore sur notre chemin. L'Ami : Félix a été le premier à jouer ce rôle, mais il se peut qu'un jour vous voyiez en Knopwood un très bon ami même si vous lui en voulez encore aujourd'hui. L'Anima : vous en avez toute une collection puisqu'il y avait votre mère, bien sûr, mais aussi Caroline et Netty qui toutes les trois représentent divers aspects du côté féminin de la vie et, finalement, Judy. Ce personnage-là a subi une éclipse de plusieurs années, du moins sous son angle positif. Je pense que nous devons également considérer votre belle-mère comme une Anima, mais une Anima hostile ; il n'est pas impossible que nous découvrions qu'elle est moins noire que vous ne la dépeignez. Mais certains bons signes annoncent que cette éclipse est presque terminée : votre rêve, par exemple – soyons romantiques et appelons-le « La jeune fille et le manticore » – dans lequel vous étiez certain de me

263

reconnaître. C'est tout à fait normal. J'ai joué tous ces rôles à divers stades de notre travail. Forcément, une analyse comme celle-ci n'est pas une promenade paisible dans le domaine des émotions passées. Vous pouvez donner à ces personnages toutes sortes de noms. La Troupe des Comédiens de la Psyché, par exemple, mais ça serait très désinvolte et injuste quand on songe aux coups que certains d'entre eux vous ont portés. Dans mon métier, on les appelle des archétypes : cela signifie qu'ils représentent et incarnent des types de comportement vers lesquels tendent les hommes et qui se répètent indéfiniment, quoique jamais tout à fait de la même façon. Vous venez de me parler du plus puissant d'entre eux, celui que nous pouvons appeler le Mage, ou le Sage, ou le Gourou, ou par n'importe quel autre nom qui suggère l'idée d'une forte influence formatrice en vue du développement de la personnalité totale. .Pargetter semble avoir été un Mage idéal : un génie aveugle qui vous accepte comme apprenti de son art! Mais il vient seulement d'apparaître, ce qui est assez inhabituel. J'aurais cru qu'il se présenterait plus tôt. Knopwood m'avait tout l'air d'être un Mage pendant quelque temps, mais il nous faudra examiner s'il a eu la moindre influence durable. Il y a aussi un autre homme, ce père éventuel, celui que vous appelez le vieux Buggerlugs. J'avoue que j'en attendais plus. Êtes-vous sûr de m'avoir tout dit sur lui?

MOI : Oui. Et pourtant... il a toujours eu quelque chose d'excitant pour l'imagination. C'était un excentrique, comme je l'ai déjà dit. Un homme qui semblait ne jamais arriver à rien. Il a écrit plusieurs livres et papa m'a dit que certains d'entre eux se vendaient bien, mais ils traitaient d'un sujet bizarre : la nature et la nécessité de la foi — non pas nécessairement la foi chrétienne, la foi en général. Parfois, en classe, il pointait son index sur nous et disait : « Assurez-vous que c'est bien vous qui choisissez votre croyance et connaissez les raisons de votre choix parce que, sinon, vous pouvez être certains que ce sera une croyance — et probablement une croyance peu honorable — qui vous choisira vous. » Puis il critiquait les gens dont les croyances s'appellent Jeunesse, Argent, Pouvoir et cetera, et qui finissent par découvrir que ce sont de faux dieux. Nous aimions l'entendre divaguer ainsi. Certains exemples historiques qu'il nous donnait pour illustrer son propos étaient très amusants, mais nous ne les prenions pas au sérieux. J'ai toujours considéré Ramsay comme un raté. Papa l'aimait bien. Ramsay et lui étaient tous deux du même village.

Docteur von Haller : Mais vous n'avez jamais éprouvé le désir d'apprendre quelque chose de lui?

Moi : Qu'aurait-il pu m'apprendre à part l'histoire et le style sobre?

Docteur von Haller : Je vois. Pendant quelque temps, j'ai pourtant eu l'impression qu'il avait des qualités de Mage.

Moi : Dans votre Troupe de Comédiens, ou collection d'archétypes, vous ne semblez avoir aucun personnage qui pourrait correspondre à mon père.

Docteur von Haller : Un peu de patience. Jusqu'ici nous avons vu les figures les plus courantes. Vous pouvez être sûr que votre père ne sera pas oublié. En fait, j'ai l'impression qu'il a été présent depuis le début de notre travail. Nous ne cessons de l'évoquer. Peut-être s'avérera-t-il être votre Grand Troll...

Moi : Qu'est-ce que c'est que cette histoire de trolls? Parfois on dirait que vous, les jungiens, faites tout pour vous rendre ridicules.

Docteur von Haller : Les trolls ne sont pas jungiens. Ils me servent simplement à tenir ma promesse, celle de ne pas vous assommer avec du jargon. Qu'est-ce qu'un troll?

MOI : Une sorte d'esprit scandinave, n'est-ce pas?

DOCTEUR VON HALLER : Oui. Parfois c'est un insupportable lutin, parfois une espèce d'énorme monstre qui vous étreint, parfois un affreux animal, parfois un auxiliaire, voire une charmante enchanteresse, une vraie princesse lointaine, mais jamais un être entièrement humain. Et ce combat contre les trolls dont parle Ibsen est une bonne métaphore pour décrire les conflits que nous connaissons quand les archétypes enfouis dans notre psyché semblent s'incarner dans des personnes que nous côtoyons dans la vie de tous les jours.

MOI : Mais les personnes sont des personnes et non pas des trolls ou des archétypes.

DOCTEUR VON HALLER : Oui, et notre grande tâche, c'est précisément de les voir ainsi, telles quelles.

MOI : Est-ce cela que nous cherchons à faire ici?

DOCTEUR VON HALLER : Oui, en partie. Nous examinons votre vie et essayons de dépouiller les personnes qui y apparaissent des archétypes dont vous les avez affublés.

MOI : Et qu'est-ce que ça m'apporte?

DOCTEUR VON HALLER : Cela dépend de vous. D'abord vous apprendrez probablement à reconnaître un esprit quand vous en rencontrerez un et à tenir vos trolls bien en main. Et vous réintégrerez dans votre conscient toutes ces projections que vous avez dirigées sur les autres, comme une lanterne magique projette des images sur un écran. Alors vous serez plus fort, plus indépendant. Vous aurez plus d'énergie psychique. Réfléchissez-y. Et maintenant, poursuivez votre histoire de généalogie.

12

Je ne m'en occupais guère car, comme je le dis au docteur von Haller, j'étais très absorbé par mes études dé dernière année. Pargetter escomptait un « très bien » pour moi et, personnellement, je voulais cette mention encore plus que lui. Les messages du généalogiste continuaient à arriver, constats d'échec malgré le déploiement d'une impressionnante activité. J'avais écrit à papa que j'avais confié le travail de recherche à une personne très compétente et j'étais autorisé à avancer à celle-ci les sommes dont elle avait besoin. Les comptes de Pledger-Brown m'enchantaient ; tel Diogène, je me sentais devenir très humble devant un homme si honnête. Parfois, pendant les vacances, il partait à la chasse aux Staunton. Alors il m'envoyait des notes de frais détaillées sur lesquelles figuraient le prix de billets de train de troisième classe, des trajets en autobus de six pennies, dix shillings dépensés en bière pour des vieillards qui auraient pu le renseigner et en tasses de thé et petits pains pour lui-même. Il ne comptait jamais son temps ni son savoir ; quand je lui en demandai la raison, il me répondait que nous parlerions de ses honoraires quand il m'apporterait des résultats. Avec un tel principe, me dis-je, il mourrait certainement de faim, mais j'appréciais sa candeur. En fait, je m'attachai à lui. Nous nous appelions maintenant par nos prénoms. Je trouvais son enthousiasme obsessionnel pour la pratique de l'héraldique très rafraîchissant ; je n'y connaissais rien, n'en voyais ni l'utilité ni l'intérêt, mais, peu à peu, Adrian parvint à me convaincre qu'autrefois elle avait été nécessaire et qu'elle demeurait une agréable occupation. Chose importante, utiliser le blason de quelqu'un d'autre n'était pas différent, dans l'esprit, d'emprunter son nom ; dans les deux cas, c'était de l'usurpation. Transposé sur le plan juridique, c'était aussi délictueux qu'imiter une marque déposée – et là je savais de quoi il voulait parler... Pledger-Brown fut certainement le meilleur ami que je me fis à Oxford. Nous sommes restés en relations. A propos, il est entré au collège héraldique ; maintenant second roi d'armes, il a l'air tout à fait bizarre quand il revêt ses habits de cérémonie, un tabar et un chapeau à plumes.

Ce qui, finalement, nous lia d'une amitié durable, ce fut de partager un secret.

Au début du printemps de ma troisième année, alors que je bûchais dur pour mes examens, le message suivant arriva : « Trouvé Henry Staunton. A. P-B. » Ayant des tonnes de choses à lire, je projetais de passer l'après-midi à la bibliothèque, mais l'importance de la nouvelle justifiait un changement de programme. J'allai donc chercher Adrian et l'emmenai déjeuner. Mon ami était presque aussi triomphant que le lui permettait sa timidité.

« J'étais sur le point de vous offrir un non-grand-père, dit-il : j'avais trouvé un parent des Staunton du Warwickshire – pas un Staunton de Longbridge, mais un de leurs cousins – dont on a perdu la trace et qui a peut-être émigré au Canada vers l'âge de dix-huit ans. C'était peu vraisemblable, mais, sans la preuve du contraire, on aurait pu hasarder que c'était votre grand-père. Puis, durant les vacances de Pâques, j'ai eu une illumination. Pledger-Brown, espèce d'âne bâté, me suis-je dit, tu n'as jamais pensé à Staunton en tant que nom de lieu. Vérifier les noms géographiques constitue une règle élémentaire dans ce genre de travail, vous savez. Il y a un Staunton Harold dans le Leicestershire et deux ou trois Stanton, et, bien entendu, je n'avais pas du tout pensé au village de Staunton, dans le Gloucestershire. Je suis donc parti voir les registres paroissiaux de ces endroits. Et voilà que je tombais sur lui, dans le Gloucestershire ! Albert Henry Staunton, né le 4 avril 1866, fils de Maria Ann Dymock – et trouvez-moi un nom du sud-ouest plus typique que celui-là !

– Quel genre de Staunton était-il ?

– Un Staunton tout à fait particulier. Non seulement vous allez avoir un grand-père, mais aussi une bonne histoire à raconter. Parmi les ancêtres que les gens se dénichent, grand nombre ne sont rien du tout ; je veux dire : ils sont parfaitement valables et respectables, mais leur vie ne présente aucun intérêt. Tandis que celle d'Albert Henry est un roman ! Écoutez-moi. Staunton est un hameau situé à une quinzaine de kilomètres au nord-ouest de Gloucester, du côté du Herefordshire. Au milieu du siècle dernier, il n'y avait là qu'un seul pub appelé *The Angel*. Logiquement, celui-ci aurait dû se trouver près de l'église qui porte le nom d'Annonciation, mais ce n'était pas le cas. Peu importe. Ce qui compte, c'est que, dans les années 1860, une très jolie fille, nommée Maria Ann Dymock, travaillait à l'*Angel*. Elle devait être une sorte d'Hélène locale car on l'avait surnommée Mary Dymock the Angel.

— Une serveuse de cabaret ? fis-je en me demandant comment papa prendrait la chose.

— Pas du tout ! Vous exprimez là une idée typiquement américaine. Dans un pub de campagne, à cette époque, c'était le patron lui-même qui se tenait derrière le comptoir. Maria Ann Dymock était certainement une domestique. Mais elle tomba enceinte et déclara que l'enfant était de George Applesquire, le tenancier. Celui-ci nia toute responsabilité. Plusieurs autres hommes auraient pu être le père du bébé ; tout Staunton, en fait, assura-t-il. Il refusa d'avoir quoi que ce soit à faire avec cette grossesse et chassa Maria Ann — à moins que ça n'eût été sa femme qui la chassa. Voici maintenant le meilleur de l'histoire. Maria Ann Dymock avait certainement du caractère. Elle accoucha à l'asile des pauvres et, en temps voulu, se rendit à l'église pour faire baptiser le bébé. "Quel nom dois-je donner à cet enfant ?" demanda le pasteur. "Albert Henry", répondit Maria Ann. Ainsi fut fait. "Et le nom de famille ? Dois-je dire Dymock ?" "Non, répondit Maria Ann, dites Staunton parce que selon mon ancien patron tout le village aurait pu l'engendrer, et je veux qu'il porte le nom de son père. " J'ai tiré tous ces renseignements des archives de l'association des archéologues du comté. Celles-ci comportaient le journal dudit pasteur, un document intéressant. Pour votre information, cet ecclésiastique s'appelait Theophilus Mynors. Un chic type, apparemment. Il a dû penser qu'Applesquire s'était mal conduit envers la fille car il inscrivit le nom d'Albert Henry Staunton dans le registre. Cela causa évidemment un scandale, mais Maria Ann tint bon. Quand les copains d'Applesquire menacèrent de lui rendre la vie impossible dans la paroisse, elle descendit la rue principale en faisant la quête. " Si vous voulez que je quitte Staunton, donnez-moi de l'argent pour le voyage. " Elle recueillit peu de chose, mais le révérend Theophilus avoue lui avoir glissé cinq livres en douce et il se trouva deux ou trois autres donateurs qui admiraient son cran. Bientôt Maria Ann eut assez d'argent pour partir à l'étranger. En ce temps-là, on pouvait encore aller au Québec en bateau pour moins de cinq livres quand on apportait sa propre nourriture, et les nourrissons voyageaient gratuitement. Maria Ann embarqua donc à la fin de mai 1866 et il ne fait aucun doute que c'était votre arrière-grand-mère. »

Nous déjeunions dans l'un de ces restaurants éphémères d'Oxford qui coulent peu de temps après leur ouverture à cause de l'amateurisme de leur direction. Nous en étions au dessert : de la charlotte russe faite de gâteau rassis, de vieille gelée et de produits chimiques ; je me souviens encore de son goût parce qu'il est associé au désarroi que suscita en moi l'idée de ce que j'allais bien pouvoir dire à papa. Je fis part de mes sentiments à Pledger-Brown.

« Mais mon cher Davey, ne voyez-vous pas le côté merveilleux de tout ceci ! Quelle belle histoire ! Pensez à l'ingéniosité et au courage de Maria Ann ! Est-elle partie furtivement pour aller se cacher à Londres avec son bâtard? Est-elle tombée peu à peu dans la plus basse prostitution tandis que le petit Albert Henry devenait un voleur et un souteneur? Non! Elle était de la trempe de ceux qui ont forgé le grand Nouveau Monde! Elle s'est défendue et a exigé qu'on la reconnaisse comme un individu doté de droits inaliénables! Elle a bravé le pasteur, George Applesquire et toute l'opinion publique. Puis elle est allée se tailler une vie glorieuse dans un pays qui, alors, était encore une colonie, cher ami, et non pas le grand État frère du Commonwealth! Elle était là-bas au moment où le Canada est devenu un dominion! Peut-être faisait-elle partie de la foule enthousiaste qui célébrait cet événement à Montréal, à Ottawa ou ailleurs! Vous ne vous rendez pas compte de ce que cela représente. »

Je m'en rendais très bien compte, mais je pensais à papa.

« J'avoue que j'ai un peu outrepassé les limites de ma compétence, dit Adrian en devenant tout rouge. Garter serait fou furieux s'il savait que j'ai joué aussi impudemment avec ma boîte de peinture. Mais, après tout, c'est la première fois que j'essaie de retrouver un ancêtre tout seul et je n'ai pas pu m'en empêcher. Je vous prie donc, en tant qu'ami, d'accepter que je vous offre ce petit *anitergium*. »

Il me tendit un rouleau en carton. Après en avoir ôté le couvercle, je découvris un parchemin à l'intérieur. J'étendis celui-ci sur la table où la charlotte russe médicinale avait fait place à du café — un poison digne des Borgia. C'étaient des armoiries.

« C'est un essai bien maladroit qui susciterait les moqueries du Collège héraldique, mais ç'a été plus fort que moi, dit Adrian. Dans notre jargon, on décrirait ce blason ainsi : "Gueules à l'intérieur d'une bordure ondée ou l'Ange de l'Annonciation tenant dans sa dextre un trois-mât, dans sa sénestre, une pomme. " En d'autres mots, voici Mary l'Ange avec le bateau qu'elle a pris pour aller au Canada et une bonne vieille pomme à cidre du Gloucestershire sur un fond rouge bordé d'une ligne dorée sinueuse. Et voici le timbre : " un renard posé tenant dans sa gueule une canne à sucre, au naturel ". C'est celui du village de Staunton légèrement modifié à votre intention. La canne à sucre indique la source de votre fric. Cela se fait souvent en héraldique. La devise : *De forte egressa est dulcedo,* Du fort est sorti le doux, est une citation du Livre des Juges. Ça ne pourrait pas mieux coller. Et regardez ici : j'ai donné au renard un membre assez coquin, allusion aux prouesses de votre père dans ce domaine. Qu'en pensez-vous ?

— Vous avez appelé ce dessin un petit... quoi ?

— *Anitergium.* C'est un de ces mots de moyen latin que je m'amuse à employer. Il signifie bagatelle, esquisse, quelque chose que l'on jette. En fait, les moines nommaient ainsi les rebuts de leurs écritoires qu'ils utilisaient comme torche-culs. >

Cela m'ennuyait beaucoup de le vexer, mais Pargetter conseillait de toujours dire les choses désagréables le plus brièvement possible.

< Vous avez raison, déclarai-je, c'est bien un torchecul. Papa ne l'acceptera pas.

— Évidemment ! Ce dessin ne lui était pas destiné, d'ailleurs ! Le Collège héraldique devra vous préparer un blason légitime, et je doute qu'il aura quelque chose à voir avec celui-ci.

— Je ne parle pas de l'*anitergium.* Je parle de toute cette histoire.

— Mais, Davey, vous m'avez raconté vous-même que votre père avait plaisanté à ce sujet, disant que vous étiez probablement des bâtards ! Il doit avoir le sens de l'humour.

— C'est vrai, mais je doute que celui-ci aille jusque-là. Quoi qu'il en soit, je le mettrai à l'épreuve. >

C'est donc ce que je fis, et il s'avéra que j'avais eu raison. Mon père m'envoya une lettre froide et brève.

« On peut plaisanter sur ses éventuelles origines dou-
teuses, mais, dans la réalité, les choses se passent autrement. N'oublie pas que je fais de la politique maintenant. Tu peux imaginer la façon dont mes adversaires
exploiteraient cette affaire. Laissons tomber tout cela.
Paie Pledger-Brown et dis-lui de fermer sa gueule. »

Et les choses en restèrent là pour un temps.

13

Je suppose que, de nos jours, personne ne passe par
une université sans flirter avec la politique et qu'il en
résulte quelques mariages durables. Je fis ma crise de
socialisme, mais comme c'était une rougeole bénigne
plutôt qu'une scarlatine, j'en guéris très vite. Étudiant en
droit, j'avais conscience que, quelles ques soient ses
convictions politiques, l'homme vit aujourd'hui sous un
régime socialiste. En outre, je savais que mon intérêt
pour le genre humain concernait davantage les individus
que les masses et comme Pargetter me poussait à travailler aux tribunaux, surtout à la cour d'assises, je me penchais de plus en plus sur une classe de la société qui n'est
utile à aucun parti politique. Selon Pargetter, un peu
moins de cinq pour cent de la société pourrait être nommée avec justesse la classe criminelle. Ce furent ces cinq
pour cent-là qui constituèrent mon « électorat ».

J'obtins ma mention « très bien » à l'examen et,
quelque temps après, fus appelé au barreau de Londres.
Toutefois, j'avais toujours eu l'intention d'exercer au
Canada ; or cela voulait dire trois autres années d'études.
Bien qu'enraciné dans le droit anglais, le droit canadien
n'est pas tout à fait pareil ; ces différences, et un certain
degré de protectionnisme professionnel, m'obligèrent à

repasser des examens. Cela ne me posa aucun problème. Étant déjà très bon, je pus étudier le droit canadien et consacrer le loisir que cela me laissait à d'autres lectures. Comme nombre de spécialistes, je connaissais peu de choses en dehors de mon travail. Or Pargetter se montrait très sévère pour ce genre d'ignorance. « Si la pratique était tout ce qu'on lui enseignait, celle-ci serait aussi tout ce qu'il connaîtrait jamais », disait-il, citant Blackstone. Je lus donc beaucoup d'ouvrages d'histoire, mes études secondaires avec Ramsay m'ayant orienté vers cette discipline, et aussi de ces grands classiques qui ont formé les esprits pendant des générations. Mais de ces derniers je n'ai gardé que le souvenir qu'ils étaient très longs et la vague impression que les gens qui les aimaient devaient être très intelligents. Ce qui me plaisait vraiment, c'était la poésie. J'en lus énormément.

Ce fut aussi durant cette période que je devins financièrement indépendant de mon père. Il avait fait de moi un homme, dans la mesure où un strict contrôle de mes dépenses pouvait être un moyen de réaliser cet objectif : son dressage, en tout cas, avait été efficace car, jusqu'à ce jour, je suis assez près de mes sous et n'ai jamais dépensé la totalité — tant s'en faut — de mes revenus, ou du moins de ce que le fisc veut bien m'en laisser. Ma fortune personnelle commença d'une façon tout à fait inattendue quand j'eus vingt et un ans.

Grand-père Staunton avait désapprouvé papa qui, selon lui, était atteint de la folie des grandeurs. Il lui légua une partie de ses biens, mais la moitié de sa fortune alla à Caroline, en fidéicommis. Quant à moi, je reçus de lui ce que papa considérait comme une plaisanterie : deux cent cinquante hectares de terre au nord de l'Ontario qu'il avait achetés en tant que spéculateur quand le bruit courait que ce terrain contenait du charbon. C'était peut-être vrai, mais comme il n'y avait aucun moyen économiquement sain d'acheminer le minerai vers un point de vente, le terrain resta inexploité. Personne, même, ne l'avait jamais vu ; on supposait que c'était une étendue sauvage de pierres et de broussailles. L'exécuteur testamentaire de grand-père, une grande société fiduciaire, ne s'occupa de cette propriété qu'à ma majorité. Ses administrateurs me suggérèrent alors de la vendre à une société qui en avait offert deux cents dollars l'hectare. C'étaient cinquante mille dollars à empocher pour rien, si l'on peut dire, et ils me conseillaient d'accepter.

J'étais têtu. Si ce terrain ne valait rien, pourquoi quelqu'un voulait-il payer deux cents dollars l'hectare pour l'acquérir ? J'eus l'intuition que je devais aller le voir avant de m'en séparer. Je partis donc inspecter mon héritage. N'étant pas un homme de plein air, le voyage de la gare la plus proche à ma propriété me parut très pénible. Je le fis en canoë, avec un guide morose, terrifié par la désolation du paysage, le danger de la navigation sur des rapides et la mine patibulaire de mon compagnon. Mais deux jours plus tard nous étions arrivés et, alors que je faisais le tour du propriétaire, je découvris que je n'étais pas seul : il y avait d'autres personnes sur le terrain et, sans le moindre doute possible, elles étaient en train de forer le sol à la recherche de minerai. Leur embarras me donna à réfléchir. Elles n'avaient aucun droit de faire ces travaux. De retour à Toronto, je protestai énergiquement auprès de la société fiduciaire, qui ignorait tout du forage, et fis un véritable esclandre à la compagnie minière. Après quelques empoignades juridiques et un traitement à la Pargetter, je me débarrassai de mon terrain nordique pour deux mille dollars l'hectare, ce qui aurait été une bouchée de pain s'il y avait eu un gisement. Mais le sol ne contenait pas de minerai, du moins pas en quantité suffisante. Je sortis de cette aventure avec un gain d'un demi-million de dollars, une coquette petite somme que mon grand-père n'avait certainement jamais prévue.

Papa était mécontent : il était directeur de la société fiduciaire qui avait négligé mes affaires et, à un certain moment, j'avais menacé celle-ci de poursuites pour mauvaise gestion, ce que papa trouva peu filial. Je maintins toutefois ma position et, quand tout fut terminé, lui demandai s'il voulait que je quitte la maison familiale. Mais papa me pria de rester. Il se sentait seul dans cette grande demeure, quand sa carrière politique lui permettait d'y séjourner. Je restai donc et, de ce fait, retombai une fois de plus sous la surveillance de Netty.

Celle-ci survivait à une interminable série de domestiques. Bien que n'ayant jamais reçu le titre de gouvernante, elle était une sorte de puissance occulte parmi le personnel, ne jasant jamais ouvertement, mais faisant des allusions ou prenant cet air qui ne trompe pas de quelqu'un qui pourrait en dire long si on l'interrogeait. Comme il n'y avait plus d'enfants à soigner, elle était pratiquement devenue le valet de chambre de mon père : elle nettoyait ses vêtements, lavait et repassait ses chemises, déclarant qu'elle était la seule à pouvoir le faire exactement à sa satisfaction.

A la fin de mes études de droit canadien, j'offensai mon père encore une fois. Il avait toujours supposé que je serais très content s'il me trouvait une place à Alpha Corporation. Or j'avais d'autres projets : je voulais défendre des criminels. Pargetter, avec lequel je restais en contact (quoiqu'il ne m'élevât jamais au rang d'adversaire dans une partie d'échecs par correspondance) me recommanda vivement d'acquérir d'abord une pratique générale, de préférence dans un lieu rural. « Trois ans à la campagne vous en apprendront davantage sur la nature humaine et vous donneront une plus grande variété d'expériences que cinq ans passés dans un grand cabinet de la ville », m'écrivit-il. Aussi retournai-je encore une fois, non pas à Deptford, mais dans le chef-lieu voisin appelé Pittstown. Je n'eus aucun mal à obte-

nir une place dans le cabinet de Diarmuid Mahaffey
dont le père avait été autrefois avocat à Deptford et qui
était une connaissance de ma famille.

Diarmuid se montra très gentil avec moi. Il s'efforça
de me fournir un peu de travail de chaque sorte, y
compris quelques-uns de ces clients fous qui semblent
échoir à tous les avocats exerçant en milieu rural. Je ne
veux pas dire par là que les avocats de la ville n'ont
jamais affaire à des fous, mais je crois sincèrement que la
campagne engendre de plus beaux spécimens du *para-
noia querulans,* l'amateur de litiges. Tenant compte du
fait que je voulais plaider, Diarmuid s'arrangea pour me
procurer quelques-unes de ces affaires sur lesquelles la
plupart des avocats débutants se font les dents : un
accusé indigent ou incompétent a besoin d'un défenseur
et le tribunal en désigne un d'office, généralement un
jeune homme.

Ma première affaire de ce genre me donna une précieuse leçon. Un ouvrier agricole maltais était accusé de
violences sexuelles. Le cas n'était pas trop grave car le
violeur présumé avait eu du mal à se déboutonner et la
femme, beaucoup plus grande et plus forte que lui,
l'avait frappé avec son sac à main et s'était enfuie.
« Dites-le-moi franchement : avez-vous commis ce délit ?
demandai-je à mon client. Je ferai de mon mieux pour
vous faire acquitter, mais je dois savoir la vérité » —
« Missié Stown, répondit-il les larmes aux yeux, je vous
jure sur tombe de ma mère que jamais avoir fait chose
dégoûtante. Crachez-moi dans bouche si j'ai même
jamais touché cette femme ! » Je fis donc un beau plai-
doyer et le juge condamna l'accusé à deux ans de prison.
Le Maltais était ravi. « Ce juge, homme très intelligent,
me dit-il après. Lui toujours su que moi coupable. »
Puis il me serra la main et partit avec son gardien, tout
content d'avoir été puni par un si bon connaisseur de la
nature humaine. Je décidai alors de ne plus faire

confiance à la sorte de personnes avec lesquelles j'avais choisi d'avoir des relations, ou du moins, de ne plus les prendre au mot.

Ma deuxième affaire sérieuse fut beaucoup plus importante : rien de moins qu'un meurtre. Une pauvre femme qui avait tué son mari d'un coup de fusil. L'homme, un fermier, avait la réputation d'être une brute qui maltraitait sa femme et son bétail, mais il était bel et bien mort à présent : son épouse avait glissé le canon d'un fusil de chasse par la fenêtre de derrière du cabinet pendant qu'il trônait sur le siège et lui avait fait éclater la tête. Elle avoua son crime et se montra extrêmement silencieuse et résignée pendant tous les préliminaires. Mais on pendait encore les femmes à cette époque et je devais essayer de la sauver de la potence.

Je passais beaucoup de temps avec elle et pensais tellement à cette affaire que Diarmuid commença à m'appeler sir Edward, en référence à Marshall Hall. Mais une nuit, j'eus une brillante idée ; le lendemain, je posai une question à ma cliente et reçus la réponse escomptée. Quand l'affaire passa enfin en jugement, j'invoquai des circonstances atténuantes et, au bon moment, déclarai que l'homme assassiné battait souvent sa femme pour lui faire accomplir un *fellatio*.

« Connaissez votre juge », était l'une des maximes préférées de Diarmuid. Bien entendu, aucun avocat ne connaît un juge ouvertement, mais une grande partie du barreau a connu celui-ci avant sa nomination et a pu se faire une idée de son caractère. De toute évidence, vous ne portez pas une affaire de divorce particulièrement sordide devant un juge catholique ou celle d'un accident de voiture dû à l'ivresse devant un juge anti-alcoolique — si vous pouvez l'éviter. Lors de ce procès, j'eus de la chance : notre juge d'assises pour la saison était Orley Mickley, un homme qui avait la réputation d'être un juriste de premier ordre, mais, dans sa vie privée, la rec-

278

titude en personne et un pourfendeur des péchés de la chair. Comme c'est souvent le cas avec les juges, il ignorait des choses connues des gens du commun et n'avait encore jamais entendu le mot *fellatio*.

« Je suppose qu'il s'agit d'un terme médical, maître, me dit-il. Ayez l'obligeance de l'expliquer à la cour.

— Puis-je vous demander de faire évacuer la salle? répondis-je. A moins que vous ne préfériez suspendre l'audience, auquel cas je vous expliquerai volontiers ce terme dans votre cabinet. Ce n'est pas une chose agréable à entendre. »

J'exploitais mon argument au maximum et j'eus l'intuition — selon le docteur von Haller je n'en manque pas — que les événements tournaient à mon avantage.

Mickley fit évacuer la salle et me demanda d'expliquer le mot *fellatio* à lui-même et au jury. Je tirai la chose en longueur. Caresses buccales et linguales du membre viril en érection jusqu'à ce qu'il s'ensuive une éjaculation, telle fut ma définition. Les jurés connaissaient des termes bien plus simples et imagés pour désigner cet acte et ma délicatesse les impressionna beaucoup. Je n'eus pas besoin d'insister sur le fait que le défunt avait été un homme très sale : tous les jurés l'avaient vu. Pour accomplir le *fellatio*, la femme doit généralement se mettre à genoux, précisai-je, et je vis deux jurés femme se redresser sur leur chaise. C'était un outrage choquant imposé par la force, une perversion pour laquelle certains États américains exigeaient des peines sévères, une cruelle servitude qu'aucune femme pourvue du moindre respect de soi ne pouvait endurer sans tomber dans la dépression nerveuse.

Mon petit discours opéra comme un charme. Les recommandations du juge aux jurés se révélèrent être un modèle d'indignation contenue : ils devaient déclarer la femme coupable, dit-il, mais s'ils n'accompagnaient pas ce verdict d'un avis en faveur d'une commutation de

peine, il en perdrait sa foi dans l'humanité. Naturellement, le jury exauça son vœu et Mickley condamna la
femme à une peine qui, sous condition de bonne
conduite, n'excéderait pas deux ou trois ans. Je suppose
que la pauvre créature mangea et dormit mieux en prison qu'elle ne l'avait encore jamais fait de sa vie.

« Une belle performance, me dit Diarmuid après le
procès. Je ne sais vraiment pas comment vous avez fait
pour deviner ce qu'il y avait au fond de cette affaire,
mais vous l'avez fait, et c'est ce qui compte. Je crois bien
que le vieux Mickley aurait pendu le cadavre si celui-ci
avait encore eu un cou pour lui passer la corde autour. »

Ce succès me valut une réputation exagérée de « brillant jeune avocat plein de compassion pour les misé-
reux ». En conséquence, toute une bande d'épouvantables canailles qui se croyaient incomprises ou
injustement traitées se mirent à réclamer mes services
quand ils s'attiraient des ennuis bien mérités. C'est ainsi
que j'acquis mon premier client à être envoyé au gibet.

J'avoue que, jusque-là, j'avais pris un énorme plaisir à
exercer ma profession. C'est ce que font beaucoup de
mes confrères et Diarmuid comptait parmi eux. « Si les
avocats laissaient libre cours à leurs sens de l'humour, je
parie qu'ils riraient trop pour pouvoir travailler », me
dit-il un jour. Mais le procès et la pendaison de Jimmy
Veale me montrèrent un autre aspect de la justice, ce que
le docteur von Haller appellerait sans doute son Ombre.

Non pas que Jimmy n'ait eu un procès équitable et
que je ne me fusse donné beaucoup de mal pour lui.
Mais il était manifestement coupable et tout ce que je
pus faire ce fut d'essayer d'expliquer son acte et de susciter de la pitié pour un homme qui n'en avait pour personne.

Jimmy avait mauvaise réputation. Il avait été deux
fois en prison pour vol. Bien qu'il n'eût que vingt-deux
ans, c'était déjà un parfait petit escroc. Quand je fis sa

connaissance, la police venait de le pincer alors qu'il se cachait dans les bois, à une cinquantaine de kilomètres au nord de Pittstown, avec soixante-cinq dollars en poche. Il était entré dans la maison d'une vieille femme qui vivait seule à la campagne et avait exigé qu'elle lui remît son argent. Comme la femme refusait, il l'avait assise sur son poêle allumé pour la faire parler. Elle obtempéra, bien sûr, mais quand Jimmy trouva le magot et partit, la vieille paraissait morte. En réalité, elle ne l'était pas complètement et, quand un voisin la trouva au matin, elle vécut encore assez de temps pour décrire Jimmy et assurer à cet homme que son assassin n'avait cessé de jurer qu'il la tuerait si elle s'obstinait à se taire. Le voisin maintint ce témoignage pendant tous les interrogatoires.

La mère de Jimmy, qui trouvait son fils violent mais pas méchant, m'engagea pour le défendre, et je fis de mon mieux en plaidant la démence. Une opinion communément répandue veut que les gens exceptionnellement cruels sont nécessairement fous, bien que le corollaire de cette affirmation serait aussi que toute personne exceptionnellement compatissante ne peut être que folle. Mais le procureur de la Couronne invoqua à propos de Jimmy la décision de justice McNaghton, et je l'entends encore très clairement demander au jury : « L'inculpé aurait-il agi comme il l'a fait si un policier s'était trouvé à ses côtés? » Affalé dans le box des prévenus, Jimmy s'esclaffa : « Ça alors! Vous me prenez pour un dingue? » Après cela, il ne fallut pas longtemps à la cour pour l'envoyer au gibet.

Je décidai qu'il valait mieux que j'assiste à l'exécution. On reproche souvent aux tribunaux d'infliger des peines dont ceux qui exercent des métiers liés à la justice n'ont aucune connaissance directe. Cette critique me paraît justifiée quand c'est vrai, mais c'est en fait bien moins souvent le cas que ne le pensent les gens sensibles. Parmi ceux-ci, il en est qui rejettent avec force le concept même d'une cour de justice et d'autres qui attribuent constamment à la « grâce de Dieu » le fait d'échapper eux-mêmes chaque jour de justesse au box des accusés. Pour ces cervelles d'oiseaux la grâce de Dieu et la chance sont une seule et même chose. Et puis il y a aussi les « démocrates » de la justice, pour qui tout juge devrait commencer sa carrière comme inculpé à la barre et gravir de là tous les échelons jusqu'à son siège de magistrat. Ce sont, sans exception, des gens au cœur tendre, mais ils ignorent tout des criminels. Pour ma part, je voulais apprendre ce qu'était un criminel ; et je fis un très dur début avec Jimmy.

J'avais pitié de sa mère, une sotte qui payait chèrement sa sottise. Pourtant elle n'avait pas gâté Jimmy plus que ne le font les innombrables mères pour qui leurs garçons se révèlent par la suite une source de fierté. Jimmy avait eu droit à tous les soi-disant avantages d'un État démocratique. Il avait reçu la meilleure éducation possible aussi longtemps qu'il avait voulu en profiter, ce qui n'alla pas au-delà des exigences de la loi. Son enfance avait été sauvegardée par tout un ensemble complexe de lois protectrices et ses besoins couverts par le *Mackenzie King's Baby Bonus* *. Mais Jimmy était une crapule au langage ordurier qui avait torturé une vieille femme par le feu jusqu'à ce qu'elle en meure et n'avait jamais, au cours de tous ces mois où je le fréquentai, exprimé le moindre regret.

Il était fier d'être un homme condamné. En prison, en attendant son procès, il avait acquis un vocabulaire typiquement carcéral. A peine vingt-quatre heures après son incarcération, il gratifiait déjà le prévôt chargé de lui apporter ses repas d'un : « Salut, lèche-cul ! », expression utilisée par les prisonniers les plus durs à l'adresse de

* Mackenzie King's Baby Bonus : allocations familiales instaurées par le Premier ministre. *(N.d.T.)*

ceux qui collaboraient avec le directeur. Après sa condamnation, quand l'aumônier avait voulu lui parler, il s'était moqué de lui en criant : « Écoute-moi : quand je pourrai plus siffler, je pisserai un bon coup, et voilà tout. Alors, tes salades merdiques, tu peux te les garder ! » Moi il me traitait avec une certaine considération parce que j'étais un protagoniste important de son drame personnel : j'étais son « porte-parole ». Il aurait voulu que j'essaie de vendre pour lui son histoire à un journal, mais je refusai. Je lui rendis visite au moins deux fois par semaine pendant la période qui précéda son exécution ; jamais je ne l'entendis prononcer un seul mot qui eût pu m'ôter de l'esprit l'idée que le monde se porterait mieux sans lui. Aucun de ses anciens amis ne chercha à le voir et, chaque fois que sa mère lui rendit visite, il bouda et l'injuria.

Quand arriva le jour de son exécution, je passai une nuit lugubre dans le bureau du directeur de la prison, en compagnie du shérif et de l'aumônier. Ni l'un ni l'autre n'avait assisté à une pendaison ; ils étaient nerveux et ergotaient sur des détails : fallait-il, par exemple, hisser un drapeau pour annoncer que justice avait été faite ? C'était une question idiote car un drapeau serait de toute façon hissé sur le coup de sept heures, et c'était là, précisément, l'heure officielle de l'exécution. En fait, Jimmy fut pendu à six heures, avant le réveil des autres prisonniers. Je ne sais pas si ceux-ci dormaient ou non ; en tout cas il n'y eut aucun de ces cris ou coups frappés sur les barreaux des cellules qui, selon la tradition du théâtre romantique, accompagnent ce genre d'événement. De son côté, le bourreau vaquait à ses affaires. J'avais pu l'apercevoir. C'était un homme trapu et fort, mais quelconque ; il avait l'air d'un menuisier habillé pour un enterrement, ce qu'il était en quelque sorte. L'aumônier se rendit auprès de Jimmy, mais il revint très vite. A cinq heures arrivèrent le médecin ainsi que deux ou trois journalistes. En tout, nous nous retrouvâmes enfin une douzaine de personnes dont seul le bourreau avait déjà assisté à une mise à mort.

Tandis que nous attendions, le malaise qui avait envahi le petit bureau devint presque insoutenable et je sortis avec un des journalistes pour faire quelques pas dans le couloir. Un peu avant six heures, nous nous dirigeâmes vers la salle des exécutions. La pièce ressemblait à une cage d'ascenseur, en plus vaste ; elle était mal aérée pour n'avoir pas servi depuis longtemps. Une plateforme de bois brut et neuf d'une hauteur de deux mètres cinquante environ y était érigée ; de cette estrade pendaient des rideaux de coton écru chiffonnés qui avaient l'air d'avoir déjà servi et de venir de loin. Au-dessus de la plate-forme, accrochée au plafond, il y avait une poutrelle en fer solidement étayée, recouverte de l'habituelle peinture rouge sale. De cette poutrelle pendait la corde avec son nœud d'une trentaine de centimètres qui était censé, si tout se passait comme prévu, disloquer les vertèbres cervicales de Jimmy et lui casser la colonne vertébrale. Je constatai avec surprise qu'elle était presque blanche. Je ne sais pas à quoi je m'attendais, mais certainement pas à voir une corde blanche. Vêtu de son complet noir étriqué, le bourreau s'affairait pour vérifier le fonctionnement du levier qui actionnait la trappe. Personne ne parlait. Quand tout lui parut en ordre de marche, le bourreau fit un signe de tête et deux gardiens amenèrent Jimmy.

Le médecin avait dû lui administrer un calmant car il avait besoin d'aide pour marcher. Je l'avais vu la veille dans sa cellule où la lampe demeurait allumée en permanence et où il avait passé tant de jours privé de ceinture, de bretelles ou même de lacets de chaussure. L'absence de ces objets, en le déshumanisant en quelque sorte, lui donnait l'air d'être malade ou fou. A présent il avait perdu toute hargne et il fallut le hisser sur l'échelle qui menait à la plate-forme. Le bourreau, qu'il ne vit jamais, le plaça doucement à l'endroit approprié, lui glissa le nœud coulant par-dessus la tête et ajusta celui-ci avec grand soin — en d'autres circonstances, on aurait pu dire avec sollicitude. Ensuite, il se laissa glisser le long de l'échelle — car ce fut bien une glissade, les pieds posés sur les montants latéraux, comme font les pompiers — et il actionna aussitôt le levier. Jimmy disparut derrière les rideaux avec un bruit sourd quand la corde se tendit.

Le silence, si épais jusqu'alors, se brisa tandis que la corde heurtait les bords de la trappe. Pis que cela : nous perçûmes des gargouillis étouffés et vîmes s'enfler et s'agiter les rideaux au contact du corps. Comme cela arrive parfois, cette pendaison ne s'était pas déroulée normalement et Jimmy se débattait contre la mort.

Le médecin nous avait expliqué que la perte de conscience était immédiate, mais que le cœur pouvait continuer à battre de trois à cinq minutes. Si Jimmy était vraiment inconscient, comment puis-je alors affirmer avec certitude avoir entendu des cris — des jurons, bien sûr, car Jimmy n'employait jamais une autre forme d'éloquence ? En tout cas, je l'entendis crier, et les autres avec moi, et un des journalistes fut pris de violentes nausées. Nous nous dévisageâmes, terrifiés. Que fallait-il faire ? Mais le bourreau, lui, savait. Il se précipita derrière les rideaux et par en dessous, nous vîmes ses pieds se déplacer à toute allure. Très vite le violent balancement s'arrêta et les râles prirent fin. Le bourreau réapparut, énervé et furieux, et s'épongea le front. Il ne regarda aucun de nous. Quand cinq minutes se furent écoulées, le médecin, qui manifestement s'acquittait de cette tâche à contrecœur, passa derrière les rideaux, le stéthoscope à la main. Il ressortit presque aussitôt et fit un signe au shérif. Tout était donc terminé.

Sauf pour moi. J'avais promis à la mère de Jimmy que j'irais le voir avant qu'on ne l'enterre et je tins parole. On l'avait étendu sur une table dans une pièce attenante et je me forçai à le regarder bien en face. Toutefois, je notai aussi une tache humide sur le devant de son pantalon de détenu et quand je levai des yeux interrogateurs vers le médecin, celui-ci m'informa :

« Une émission de sperme. Il paraît que cela arrive toujours. Je ne sais pas. »

C'était donc cela qu'avait voulu dire Jimmy quand il avait crié qu'il pisserait quand il ne pourrait plus siffler. Où avait-il bien pu trouver cette vilaine description, à la fois désinvolte et grotesque, de la mort par pendaison ? Cela lui ressemblait bien. Il avait un flair pour tout ce qui était brutal et macabre et, parce qu'il en était avide, des faits de ce genre venaient naturellement à sa connaissance.

J'avais donc vu une pendaison. Des choses bien plus horribles se passent au cours d'une guerre ou à l'occasion de grandes catastrophes naturelles, mais elles n'ont pas ce caractère délibéré et systématique. C'était ce qu'avaient voulu les compatriotes de Jimmy en mettant au point cette machinerie légale destinée à s'occuper de gens comme lui. Mais c'était incontestablement une affaire sordide, un acte mauvais ; du bourreau aux journalistes, nous y avions tous trempés et en sortions salis. S'il fallait se débarrasser de Jimmy — et je suis convaincu que c'était tout ce qu'on pouvait faire de lui, à moins de le garder enfermé pendant une cinquantaine d'années, ce qui eût constitué une charge onéreuse pour la société — pourquoi fallait-il le faire ainsi ? Je ne me réfère pas seulement à la pendaison. Le glaive du bourreau, la guillotine, la chaise électrique sont également odieux et impliquent les citoyens, par substituts légaux interposés, dans un acte révoltant. Seuls les Grecs semblent avoir connu une solution plus décente.

Le mal qui habitait Jimmy nous avait tous infectés. Il s'était répandu bien au-delà des murs de sa prison et

286

atteignait d'une façon ou d'une autre chacun de ses compatriotes. Il avait contaminé jusqu'à la loi, bien que le but de celle-ci restât pour l'essentiel la défense du bien, ou du moins, de l'ordre et de la justice. Cependant, il aurait été absurde d'attribuer un tel pouvoir à Jimmy en personne : il n'avait été qu'un imbécile dont la sottise avait servi de véhicule au mal pour s'infiltrer dans la vie d'un si grand nombre de personnes. Quand j'allais le voir dans sa prison, j'avais parfois observé sur son visage une expression que je connaissais bien : c'était celle que j'avais vue aussi sur le visage de Bill Unsworth quand il s'était accroupi d'une façon obscène au-dessus du tas de photographies ; celle d'un être qui s'est ouvert à une force destructrice et dont le pouvoir de lancer cette force à l'assaut du monde ne connaît comme limites que les bornes de son imagination, les occasions qui s'offrent à lui et le degré de son audace. J'eus l'impression alors d'avoir lié mon sort à celui des gens de cette espèce puisque j'employais tout mon talent à les défendre.

Par la suite, je devais changer d'avis. A chaque homme inculpé d'un délit, la loi accorde sa chance, et il faut qu'il y ait d'autres hommes pour accomplir pour lui ce qu'il est incapable de faire par lui-même. J'étais de ceux-là. Mais chaque fois que je me consacrais à des affaires de ce genre — qui me valurent d'ailleurs l'essentiel de ma renommée — j'avais conscience de frôler le Mal. J'étais un mercenaire habile et rusé, et extrêmement bien rémunéré, dans un combat aussi ancien et plus vaste que l'homme. J'ai délibérément joué à l'avocat du Diable et je dois dire que j'aimais cela. Car j'aime me battre et, autant le reconnaître, j'aime le danger moral. Je suis pareil à quelqu'un qui aurait construit sa maison au bord d'un volcan, et qui, tant que celui-ci ne le détruit pas, vit en quelque sorte héroïquement.

Docteur von Haller : Très bien. Je commençais à me demander quand est-ce qu'il allait apparaître.

MOI : De qui parlez-vous maintenant?

DOCTEUR VON HALLER : Du héros qui vit au bord du volcan. Nous avons parlé de nombreux aspects de votre vie intérieure et nous les avons identifiés en leur donnant des noms tels que Ombre, Anima, et cetera. Mais l'un d'eux ne nous est apparu que sous un jour négatif : l'homme que vous montrez au monde extérieur, le personnage que vous incarnez au tribunal et devant vos connaissances. Il a un nom lui aussi. Nous l'appelons Persona, ce qui, comme vous le savez, signifie « masque de théâtre ». Cet homme qui vit au bord du volcan, ce sage et mélancolique avocat qui arrache des individus à l'anéantissement, c'est votre Persona. Ce rôle doit beaucoup vous plaire.

MOI : En effet.

DOCTEUR VON HALLER : Très bien. Voilà une chose que vous n'auriez pas admise il y a quelques mois, quand vous vous êtes assis pour la première fois dans ce fauteuil. Alors, vous vous efforciez de me faire prendre ce personnage pour votre véritable moi.

MOI : Il l'est peut-être.

DOCTEUR VON HALLER : Allons donc! Nous créons tous un moi extérieur avec lequel nous affrontons le monde et certains individus en arrivent à croire que c'est ce qu'ils sont en réalité. Ils peuplent l'univers de médecins et de juges qui ne sont rien en dehors de leurs cabinets ou de leurs tribunaux, d'hommes d'affaires qui meurent d'ennui quand ils doivent prendre leur retraite et d'enseignants qui enseignent en toute heure et en tout lieu. C'est pour cela qu'ils sont de si piètres spécimens humains quand on les surprend sans leurs masques. Ils ont surtout vécu par l'intermédiaire de leur Persona. Mais vous, vous n'avez pas fait cette erreur, sinon vous ne seriez pas ici. Tout le monde a besoin de son masque et les seuls imposteurs volontaires sont ceux qui portent le masque d'un homme qui n'a rien à cacher. Car nous avons tous beaucoup de choses à cacher et nous devons le faire pour le bien de notre âme. Même votre Mage, le tout-puissant Pargetter, n'était pas que Mage. Lui avez-vous jamais trouvé une faille?

MOI : Oui, et cela m'a donné un choc. Il est mort sans avoir fait de testament. Or un avocat qui meurt intestat est la risée de sa profession.

DOCTEUR VON HALLER : Oui, mais faire un testament n'a rien à avoir avec la Persona. Pour la plupart d'entre nous, c'est le moment où nous devons regarder notre mortalité en face. Si Pargetter s'y est refusé, c'est triste, mais pensez-vous vraiment que cela diminue ses mérites? Certes, cela le diminue en tant que parfait avocat, mais il doit avoir été quelque chose de plus que cela et une partie de ce quelque chose avait une peur instinctive, pathétique de la mort. Il avait construit sa Persona avec tant de soin et d'habileté que vous l'avez prise pour la totalité de l'homme. Il faut dire que vous n'auriez peut-être pas autant appris de lui si vous aviez eu de lui une vision plus complète : les jeunes aiment les absolus. Mais vous-même semblez avoir une très bonne Persona. Vous avez dû la composer comme une œuvre d'art.

MOI : Oui, mais aussi comme une nécessité. Les pressions sous lesquelles j'ai été amené à vivre étaient telles que j'avais besoin de défenses pour tenir les gens à distance. C'est pourquoi j'ai élaboré ce que, pour ma part, j'ai toujours considéré comme mon personnage public, ma façon d'être professionnelle, mais que vous voulez me faire appeler une Persona. J'avais besoin d'une cuirasse. Car, voyez-vous – j'ai du mal à le dire, même à quelqu'un dont c'est le métier d'écouter l'inexprimable – des femmes commençaient à essayer de me prendre dans leurs rets. J'aurais été une bonne prise. Je venais d'une bonne famille, j'avais de l'argent et j'entamais une carrière que certaines femmes trouvent aussi séduisante que celle d'acteur de cinéma.

DOCTEUR VON HALLER : Et pourquoi leur avez-vous tellement résisté? Cela a-t-il un rapport avec Myrrha Martindale?

MOI : Au bout d'un certain temps, le souvenir de cette expérience finit par s'estomper. J'en étais venu à détester le fait que j'avais été initié au monde de l'amour physique dans des circonstances arrangées par papa. Ce n'était pas le sexe que je rejetais, mais l'attitude abusive que papa avait eu à son égard et envers moi. J'étais jeune, je n'étais ni physiquement froid ni moralement austère, mais, même au plus fort du désir et dans les occasions les plus propices, je ne voulais plus d'aventures. J'avais l'impression que ce serait marcher sur les traces du *swordsman*, du cavaleur, et cela, je le refusais. Toutefois, j'aurais peut-être fini par me marier si papa ne m'avait devancé, là aussi.

DOCTEUR VON HALLER : Vous parlez de son second mariage avec Denyse?

MOI : Oui, j'avais alors vingt-neuf ans. Cela faisait trois ans que j'étais à Pittstown avec Diarmuid, et je me disais qu'il était temps de bouger car on ne devient pas un avocat d'assises de premier plan dans une ville où les criminels sont rares et sans grande ambition. Un jour, je reçus une lettre de papa. Pouvais-je venir dîner avec Caroline à la maison familiale de Toronto? Il avait quelque chose de très important à nous dire. Depuis qu'il faisait de la politique, papa n'avait certainement pas une moins haute opinion de lui et le style de cette convocation correspondait à sa « dernière manière », comme on dit en parlant de peintres. Le jour dit, je partis donc à Toronto. Comme autres convives à ce dîner, il y avait Caroline et Beesty. Caroline avait épousé Beeston Bastable l'année précédente et ce mariage lui avait fait beaucoup de bien. Beesty était loin d'être un Adonis — il avait tendance à l'embonpoint — mais c'était un gars vraiment gentil, une bonne pâte. Quand elle l'eut tourmenté et se fut moqué de lui assez longtemps, Caroline découvrit qu'elle l'aimait et devint sa femme. Papa, lui, n'était pas là. Il avait simplement laissé une lettre que nous devions lire au café. Beesty et moi nous demandions quelle pouvait bien être sa teneur, mais Caroline émit aussitôt une hypothèse qui, naturellement, s'avéra juste. Plutôt pompeux et emberlificoté, le message de papa se réduisait à nous annoncer qu'il allait se remarier. Il espérait que nous approuverions son choix et aimerions cette dame autant qu'il l'aimait lui et autant qu'elle le méritait. Suivait un hommage assez guindé à maman. Et l'assurance qu'il ne pourrait jamais être heureux dans cette nouvelle union sans notre accord. Enfin venait le nom de la dame elle-même : Denyse Hornick. Bien entendu, nous savions qui c'était. Elle avait une assez grande agence de voyages et jouait un rôle politique important en tant que championnne des femmes.

DOCTEUR VON HALLER : Une féministe ?

MOI : Oui, mais pas une fanatique. Une avocate intelligente, modérée, mais résolue et efficace, de l'égalité des femmes devant la loi, dans les affaires et la vie professionnelle. Nous savions qu'elle avait fait partie du groupe des partisans de papa durant sa malheureuse carrière politique de l'immédiate après-guerre. Aucun de nous ne l'avait jamais rencontrée. Nous fîmes sa connaissance ce soir-là : papa l'amena à la maison à neuf heures et demie pour nous la présenter. Ce fut un moment embarrassant.

DOCTEUR VON HALLER : Votre père semble s'être montré assez maladroit dans cette affaire.

MOI : En effet. Je suppose que c'était immature de ma part, mais, quand ils entrèrent, cela m'agaça de le voir si juvénile et empressé. On aurait dit un garçon ramenant chez lui une jeune fille pour la soumettre au jugement de sa famille. Il avait soixante ans, après tout. Quant à elle, elle se montra douce, pudique et respectueuse comme une jeunesse de dix-sept ans, bien qu'elle fût, en fait, une lourde quadragénaire. Je ne veux pas dire par là qu'elle était grosse. C'est d'un point de vue psychologique qu'elle était pesante. C'était une femme manifestement pleine d'assurance et consciente de la considération dont elle jouissait dans son milieu, de sorte que ses airs d'ingénue étaient grotesques. Bien entendu, nous nous montrâmes polis. Beesty s'affaira, servant des boissons à tout le monde avec l'effacement qui convient à un gendre et beau-frère assistant à une réunion de famille plutôt tendue. Finalement, tout le monde embrassa Denyse et la farce de l'approbation filiale fut terminée. Une heure plus tard, Denyse avait si totalement abandonné son rôle d'ingénue que lorsque je commençai à montrer des signes d'ivresse, elle dit : « Et maintenant plus qu'un seul verre, mon petit agneau, sinon vous allez vous haïr demain matin. » A ce moment-là, je compris que je la détestais et qu'un nouveau sujet sérieux de conflit s'était glissé entre mon père et moi.

DOCTEUR VON HALLER : Vous n'avez donc jamais accepté Denyse?

MOI : Vous avez sûrement une famille, docteur. Vous devez avoir remarqué cette sorte de courant passionnel souterrain qui les traverse toutes. Je vais vous en donner un exemple qui moi me stupéfia. Ce fut Caroline qui annonça à Netty le proche remariage de papa. Netty se mit alors à sangloter – sans larmes, à ce qu'il paraît – et s'écria : « Après tout ce que j'ai fait pour lui! » Caroline sauta aussitôt sur cette phrase qui aurait pu constituer une preuve de sa théorie préférée, à savoir que Netty avait tué maman ou du moins l'avait exposée à perdre la vie. Elle ne pouvait tout de même pas simplement faire allusion par là aux chemises d'homme qu'elle repassait si admirablement? Mais avec cette notion qu'elle avait de « rester à sa place », cela n'aurait guère ressemblé à

Netty de penser que des années de service lui donnaient un quelconque droit sentimental sur papa. Caroline ne put faire avouer à Netty d'une manière explicite qu'elle s'était débarrassée de maman parce que celle-ci était une source de gêne pour papa. Il y avait toutefois quelque chose de louche dans cette affaire. Si je pouvais avoir Netty à la barre des témoins pendant une demi-heure, je parie que je finirais par la faire craquer. Que pensez-vous de tout cela ? Et je ne vous parle pas d'une famille mythique de la tragédie antique, mais d'une famille du vingtième siècle, canadienne de surcroît, c'est-à-dire, censée être la quintessence de tout ce qu'il y a de plus terne et de plus conventionnel dans le domaine des émotions.

DOCTEUR VON HALLER : Une trame mythique sous-tend très souvent la vie contemporaine, mais, bien entendu, peu de gens connaissent les mythes et encore plus rares sont ceux qui peuvent distinguer une telle trame dans une foule de détails. Comment avez-vous réagi envers cette femme qui a si vite pris une attitude autoritaire vis-à-vis de vous ?

MOI : Par une dérision proche de la haine. Caroline, elle, s'est contentée de la dérision. Chaque famille sait parfaitement comment mettre un nouveau venu mal à l'aise et nous sommes allés dans ce sens aussi loin que nous l'avons osé. Mon animosité à l'égard de Denyse ne se traduisit pas seulement par des disputes chaque fois que nous nous rencontrions ; je cherchai à découvrir tout ce que je pus sur elle par l'intermédiaire d'organismes financiers et en consultant les archives publiques ; je fis même faire des enquêtes par des types du Milieu qui avaient des raisons de vouloir me rendre service...

DOCTEUR VON HALLER : Vous l'avez espionnée ?

MOI : Oui.

DOCTEUR VON HALLER : Cela ne vous a jamais posé de problème moral ?

MOI : Non. Après tout, elle épousait une fortune qui dépassait de beaucoup les cent millions de dollars. Je voulais savoir qui elle était.

DOCTEUR VON HALLER : Et qui était-elle?

MOI : Oh, une personne tout à fait respectable. Elle avait épousé un militaire quand elle était dans le *Women's Royal Navy Service*. Elle en divorça dès la fin de la guerre. Lorene est le fruit de cette union.

DOCTEUR VON HALLER : La fille arriérée?

MOI : Oui. Un boulet gênant, le problème de Denyse. Mais Denyse aimait les problèmes et elle voulait m'ajouter à sa liste.

DOCTEUR VON HALLER : A cause de votre penchant pour l'alcool. Quand avez-vous commencé à boire?

MOI : Sérieusement? A Pittstown. On se sent très seul quand on vit dans une petite ville où l'on fait tout pour paraître quelconque, mais où chacun sait qu'il y a une grosse fortune « derrière vous », comme on dit. Personne ne sait ni ne veut savoir à quelle distance, exactement, celle-ci se trouve « derrière vous » ou même si vous y avez un droit autre que présumé. Plus d'une fois, j'ai entendu l'un des dignes habitants de Pittstown murmurer à mon sujet : « Il n'a pas besoin de travailler vous savez : c'est le fils de Boy Staunton. » Mais moi je travaillais; j'essayais d'exceller dans mon métier. J'habitais le meilleur hôtel de la ville qui, Dieu sait, était un misérable trou où l'on servait une nourriture infecte. Je limitais mes dépenses à cent vingt-cinq dollars par semaine, ce qui correspondait approximativement aux revenus d'un jeune avocat en début de carrière. Je ne voulais aucune faveur et, si j'avais pu changer de nom, je l'aurais fait. A l'exception de Diarmuid, personne ne comprenait mon attitude, mais cela m'était égal. Du fait de cette situation, j'étais évidemment très seul et tandis que je forgeais le personnage de David Staunton, le jeune avocat plein d'avenir, je créais aussi celui de David

Staunton, l'alcoolique. Aux yeux de beaucoup de gens romantiques qui aiment qu'un homme brillant ait quelque gros et manifeste défaut, ces deux aspects vont bien ensemble.

DOCTEUR VON HALLER : C'est le personnage que vous avez emmené à Toronto. Là, vous l'avez enrichi, je suppose.

MOI : Énormément. J'acquis une certaine célébrité. Lors de procès qui promettaient d'être sensationnels, j'attirais pas mal de spectateurs. Ils venaient me voir gagner ; de temps en temps, ils avaient en prime l'excitant plaisir de me voir tituber. Le bruit courait également que j'avais d'importantes relations dans le Milieu, mais ça, c'était faux. N'empêche que cela me donnait cette bonne odeur de soufre dont raffole le populo.

DOCTEUR VON HALLER : En fait, vous avez créé une Persona romantique capable de rivaliser avec celle du riche Boy Staunton, l'homme à femmes, sans jamais défier celui-ci sur son terrain ?

MOI : Vous pourriez tout aussi bien dire que je me suis fait ma propre réputation sans jamais endosser les vêtements de mon père, retaillés à ma mesure.

DOCTEUR VON HALLER : Et à quel moment éclata le conflit ?

MOI : Le quoi ?

DOCTEUR VON HALLER : L'inévitable conflit entre votre père et vous. Le conflit qui a tellement accentué le sentiment de culpabilité et le remords que vous avez ressentis quand il est mort, ou a été assassiné.

MOI : Je suppose qu'il apparut au grand jour quand Denyse m'expliqua qu'elle ambitionnait pour mon père la fonction de lieutenant-gouverneur de l'Ontario. Elle me fit clairement comprendre que ce qu'elle tenait à appeler mon « image de marque » — elle a toujours une quantité de termes chics en réserve pour désigner n'importe quoi — ne conviendrait guère à ma position de fils d'un représentant de la reine.

DOCTEUR VON HALLER : En fait, elle voulait vous amender et refaire de vous le fils de votre père.

MOI : Oui, mais de quel père ! Pour fabriquer des images, il n'y en a pas deux comme Denyse ! Cela m'écœurait, et me peinait, de voir cette femme impossible raboter et limer papa pour l'adapter à l'idée qu'elle se faisait d'un candidat à un poste d'apparat. Auparavant, il avait eu du style — son style personnel ; Denyse fit de lui ce qu'elle aurait été elle si elle était née garçon. Papa devint la création d'une femme sans imagination. Dalila avait coupé les cheveux de Samson et lui assurait qu'il paraissait beaucoup plus soigné et sérieux ainsi. Il lui donna son âme qu'elle s'empressa de transformer en légume. Elle rouvrit toute l'affaire des armoiries des Staunton parce que, disait-elle, papa aurait besoin de cette sorte d'emblème dans ses nouvelles fonctions et qu'il valait mieux qu'il eût d'entrée de jeu toute la panoplie nécessaire plutôt que d'avoir à la rassembler ensuite, durant les premiers mois de son exercice. Papa ne lui avait jamais parlé de Maria Ann Dymock. Aussi Denyse écrivit-elle sans se gêner au Collège héraldique et je crois comprendre qu'elle exigea presque que les armes des Staunton du Warwickshire fussent accordées officiellement à papa avec, évidemment, quelques modifications.

DOCTEUR VON HALLER : Qu'en pensa votre père ?

MOI : Oh, il se contenta d'en rire. Si quelqu'un au monde pouvait les obtenir, ces armoiries, c'était bien Denyse, me dit-il. Il ne voulait pas en parler. L'affaire n'aboutit jamais. Le Collège mettait un temps fou à répondre aux lettres et demandait des renseignements difficiles à fournir. J'étais au courant de tout parce qu'à cette époque mon vieil ami Pledger-Brown était poursuivant d'armes et que nous avions continué à nous écrire, au moins une fois l'an. Dans une de ses lettres, je me rappelle qu'il disait à peu près ceci : « Comme vous le savez, c'est impossible. Même la détermination bien

296

américaine de votre belle-maman ne pourra faire de vous des Staunton de Longbridge. Le collègue qui s'occupe de cette affaire essaie de persuader Mme Staunton de demander un nouveau blason. Votre père pourrait en recevoir un de parfaitement légitime car, après tout, des sacs d'or constituent, et ont toujours constitué, un gage valable de noblesse. Mais votre belle-mère s'obstine : seule la satisfera une longue et très respectable ascendance. Un des aspects émouvants de notre travail ici, au Collège, c'est de voir qu'un si grand nombre d'entre vous, les habitants du Nouveau Monde, plongés jusqu'au cou dans les délices du républicanisme, aspirent à un lien ancien, délicatement lustré par le temps. C'est plus que du snobisme ou du romantisme : c'est le désir d'une lignée qui postule en quelque sorte une postérité et d'une existence dans le passé qui garantit indirectement l'immortalité dans l'avenir. Vous vantez l'individualisme ; en réalité, vous voulez être les maillons d'une longue chaîne ininterrompue. Mais vous, avec notre secret au sujet de Maria Ann et de l'enfant dont le père aurait pu être tout Staunton, vous connaissez une vérité qui est tout aussi bonne à sa manière, même si vous ne l'utilisez que pour nourrir votre maussade absalonisme. »

DOCTEUR VON HALLER : Absalonisme ? je ne connais pas ce terme. Expliquez-le moi s'il vous plaît.

MOI : C'est l'un de ces mots anciens qu'Adrian s'amuse à réemployer. Il se réfère à Absalon, le fils du roi David, qui résista à son père et se révolta contre lui.

DOCTEUR VON HALLER : Un mot utile. Je le retiendrai.

14

Noël approchait et je savais qu'en raison des fêtes le docteur von Haller allait espacer nos rendez-vous, mais je ne m'attendais pas du tout à ce qu'elle me dit à la séance suivante :

« Eh bien, monsieur Staunton, je crois que nous sommes parvenus à la fin de votre anamnèse. Il faut que vous preniez une décision au sujet de ce que vous allez faire maintenant.

— A la fin ? Mais il me reste encore tout un tas de notes ! Et j'ai encore toutes sortes de questions à vous poser !

— Je n'en doute pas. Il nous serait possible de continuer ainsi pendant plusieurs années. Cela fait un peu plus d'un an que vous vous êtes attelé à ce travail. Nous pourrions encore discuter de points de détail et sonder des blessures pendant au moins une autre année, mais je n'en vois pas l'utilité pour vous. Posez donc ces questions à vous-même. Vous êtes maintenant en mesure d'y répondre.

— Mais si je me donnais les mauvaises réponses ?

— Vous vous en apercevriez très vite. Nous avons examiné à fond les points les plus importants de votre passé ; vous êtes capable de vous occuper des détails.

— Ce n'est pas mon impression. Je n'ai pas dit la moitié de ce que j'ai à dire.

— Avez-vous quelque chose à raconter qui vous paraît extraordinaire ?

— Écoutez, j'ai tout de même eu des aventures spirituelles — ou disons psychologiques — remarquables, non ?

— Aucunement, monsieur. Remarquables dans le contexte de votre expérience personnelle, oui — et c'est ce qui compte — mais, excusez-moi, pas du tout dans la mienne.

— Vous voulez donc dire que mon travail avec vous est terminé ?

— Pas si vous en décidez autrement. Mais c'est la fin de ce que nous avons fait jusqu'à présent : réévaluer une expérience personnelle profonde. Mais ce qui est le plus personnel n'est pas ce qui est le plus profond. Si vous voulez continuer — et réfléchissez bien avant de me donner votre réponse — nous procéderons d'une tout autre manière. Nous examinerons les archétypes, dont vous avez déjà une idée superficielle, et irons au-delà de ce qu'ils ont de personnel. Je peux vous assurer que c'est là un travail très minutieux et astreignant d'un point de vue psychologique. Vous ne pourrez pas l'entreprendre si vous rêvez constamment d'être de retour à Toronto pour vous occuper de la bonne marche des affaires d'Alpha et de Castor. Mais vous buvez de façon modérée maintenant, à ce qu'il me semble. Le symptôme dont vous vous plaigniez a été éliminé. N'est-ce pas ce que vous vouliez?

— Oui, quoique j'avais presque oublié que c'était la raison pour laquelle j'étais venu ici.

— Votre état général s'est beaucoup amélioré, n'est-ce pas? Vous dormez mieux?

— Oui.

— Et vous ne serez ni surpris ni fâché si je vous dis que vous êtes une personne beaucoup plus agréable, plus facile à vivre?

— Mais si je continue, que se passera-t-il?

— Je ne peux pas vous le dire parce que je l'ignore et parce que, dans ce genre de travail, nous ne faisons pas de promesses.

— Oui, mais vous connaissez d'autres patients. Que leur arrive-t-il à eux?

— Ils terminent leur travail ou la partie du travail qui peut se faire ici en ayant une compréhension d'eux-mêmes nettement meilleure, ce qui suppose la compréhension de choses qui vont au-delà de la frontière du moi. Ils maîtrisent mieux leurs talents. Ils sont plus pleinement eux-mêmes.

— Plus heureux, en fait.

— Je ne promets pas le bonheur. Je ne sais pas ce que

c'est. Vous, les Américains, vous êtes obsédés par l'idée de bonheur comme si c'était là une chose constante et mesurable, une chose qui arrangeait et excusait tout. Si l'on pouvait le définir, je dirais que c'est le résultat accessoire d'autres conditions d'existence ; certaines personnes dont la vie ne paraît pas du tout enviable, ou même admirable, sont heureuses. Ne pensez plus au bonheur.

— Alors vous ne pouvez ni ne voulez pas dire dans quel but je travaillerais ?

— Non, parce que la réponse réside en vous, non en moi. Je peux vous aider, naturellement. Je peux poser mes questions d'une manière qui provoquera cette réponse, mais j'ignore ce que celle-ci sera. Disons que le travail que vous avez fait ici durant l'année écoulée vous a appris *qui* vous étiez ; la poursuite de ce travail vous montrerait plutôt *ce que* vous êtes.

— Une autre de vos mystifications. Je croyais que nous en avions terminé avec tout ça. J'ai l'impression que depuis des semaines nous n'avons fait que parler d'une façon sensée.

— Oh, cher monsieur, ceci est indigne de vous ! Retombez-vous dans cet état d'esprit primitif qui suppose que la psychologie doit être divorcée du bon sens ? Bon... voyons comment je pourrais vous présenter les choses. Prenez vos rêves. Nous en avons examiné plusieurs dizaines et je pense que vous êtes maintenant convaincu qu'ils ne sont pas simplement des brouillards incompréhensibles qui envahissent votre cerveau pendant votre sommeil. Rappelez-vous celui que vous aviez fait la nuit précédant votre premier rendez-vous avec moi. Quel était cet endroit entouré de murs où vous inspiriez un tel respect et dont vous êtes sorti pour vous aventurer dans un étrange paysage ? Qui était cette femme que vous avez rencontrée et qui vous parlait dans une langue inconnue ? Ne me dites pas que c'était moi car vous ne me connaissiez pas encore. Bien que les rêves puissent refléter des préoccupations profondes et, de ce fait, donner des indications sur l'avenir, ils ne sont pas de la voyance. Après avoir exploré un peu les environs, vous êtes parvenu en haut d'un escalier qui menait à un sous-sol. Des personnages très quelconques vous ont dissuadé de descendre bien que vous sentiez qu'il y avait un trésor en bas. La décision que vous devez prendre maintenant est la suivante : allez-vous ou non descendre ces marches et trouver le trésor ?

— Comment puis-je savoir que ce sera un trésor ?

— Parce que votre autre rêve récurrent, celui où vous êtes un petit prince dans une tour, vous montre en gardien d'un trésor. Et vous parvenez à le garder, votre trésor. Mais qui sont tous ces personnages terrifiants qui le menacent ? Nous les rencontrerons certainement. Et pourquoi êtes-vous un prince et un enfant ?... Dites-moi, avez-vous rêvé la nuit dernière ?

— Oui. J'ai eu un rêve très bizarre. Il m'a rappelé Knopwood parce qu'il avait quelque chose de biblique dans le style. Je me tenais dans une plaine en train de parler avec mon père. Bien qu'il détournât le visage, je savais que c'était lui. Il se montrait très affectueux et naturel ; je ne pense pas l'avoir jamais vu ainsi de son vivant. Ce qui était étrange, c'est qu'il m'était impossible de voir vraiment sa figure. Il portait un costume de ville ordinaire. Puis, soudain, il m'a tourné le dos et s'est élevé dans les airs — et la chose extraordinaire, c'est que, tandis qu'il montait dans le ciel, il a perdu son pantalon et que j'ai vu son postérieur.

— Quelles associations vous viennent ?

— De toute évidence, le passage de l'Exode où Dieu promet à Moïse de lui apparaître, mais la face cachée ; Moïse voit donc Dieu de dos. Enfant, je trouvais très drôle que Dieu montrât son derrière. Drôle, mais aussi terriblement réel et vrai. Comme ces gens extraordinaires, dans la Bible, qui prêtent un serment solennel en se tenant mutuellement les testicules. Mais cela signifie-t-il que j'ai vu la faiblesse, le côté honteux de la nature de mon père ? Je veux parler du fait qu'il avait confié une si grande part de lui-même à Denyse, alors que cette femme était tout à fait incapable d'en prendre soin convenablement. J'ai essayé toutes sortes d'interprétation, mais aucune ne semble coller.

— Évidemment, car vous avez omis d'appliquer l'un des principes essentiels dont je vous ai parlé à propos de la signification des rêves. Cela se comprend. En effet, lorsqu'un rêve est important et qu'il a quelque chose de nouveau à nous dire, nous oublions, temporairement, ce que nous savons être vrai. Mais nous avons toujours été d'accord, n'est-ce pas, sur le fait que les figures qui apparaissent dans les rêves, quelle que puisse être leur ressemblance avec des personnes que vous connaissez ou leur apparence, sont des aspects du rêveur ? Donc, qui est ce père au visage caché et au derrière nu ?

— Mon idée d'un père, je suppose — de mon propre père ?

— Nous parlerions de sa nature si vous décidiez de poursuivre ce travail et de passer à un stade plus profond d'auto-investigation. Parce que votre vrai père, votre père généalogique, l'homme pathétique que vous avez vu couché sur le quai du port, la figure couverte de boue, puis complètement échevelé et le visage détruit à la suite des manigances de votre ambitieuse belle-mère n'est nullement assimilable à l'archétype de la paternité que vous portez au plus profond de votre être et qui provient de... enfin, laissons cela pour l'instant. Et maintenant, dites-moi une chose : durant les dernières semaines avez-vous de nouveau eu de ces dures et humiliantes séances devant le tribunal de M. le juge Staunton ?

— Non. On dirait qu'elles n'ont pas été nécessaires.

— Je m'en doutais. Eh bien, mon ami, vous savez à

302

présent combien les rêves sont étranges et vous savez aussi qu'ils ne mentent pas. Mais cela m'étonnerait que vous ayez déjà découvert qu'ils aiment parfois faire une petite plaisanterie. C'est le cas ici. Je pense que vous avez vu la fin de M. le Juge Staunton. Le vieux roi des Trolls a perdu ses attributs. Plus de tribunal ni de robe; au lieu de cela, de la gentillesse, de la sollicitude et l'exposition de cette partie de son anatomie qu'il pose sur l'honorable siège des magistrats et à laquelle personne n'a jamais tenté de conférer majesté ou dignité, puis pffuit! envolé! Même s'il revenait, ce qui est possible, il ne produirait plus le même effet: vous avez fait assez de progrès pour le voir avec son pantalon sur les chevilles... Notre séance est terminée. Si vous désirez prendre d'autres rendez-vous, veuillez me le faire savoir durant la semaine qui se situe entre Noël et le Nouvel An. Je vous souhaite de très bonnes vacances.

III

Mon journal de sorgenfrei

Mercredi 17 décembre. Une lettre très triste de Netty ce matin. Me sentais particulièrement bien parce que le docteur Johanna m'a dit lundi que j'avais terminé mon anamnèse, ou du moins que je l'avais menée jusqu'au point qu'elle jugeait nécessaire. Un extraordinaire flot d'énergie et de gaieté. Et maintenant cette tuile.

Sept pages de sa grosse écriture pareille à un écheveau de fil de fer barbelé pour m'annoncer que le méritant Matey s'est finalement révélé être ce que j'ai toujours cru qu'il était : un minable escroc et un opportuniste. Il a truqué les comptes de fonds en fidéicommis qui, par je ne sais quel hasard, lui étaient tombés entre les mains. Netty ne m'éclaire pas là-dessus; sans doute l'ignore-t-elle. Mais elle est persuadée qu'on calomnie Matey. C'est son frère, évidemment, la prunelle de ses yeux. Netty est la loyauté en personne, comme la famille Staunton l'a appris à ses dépens et aussi, je suppose, à son extraordinaire bénéfice. Soyons justes.

Mais comment être juste envers Matey? Il a toujours été le garçon méritant qui travaillait dur pour se faire une situation à la force du poignet tandis que moi, c'était tout juste si j'arrivais à avaler tant pesait dans ma bouche la cuiller d'argent avec laquelle j'étais né. Du moins, c'est ainsi que Netty m'a toujours présenté les choses. Et quand papa refusa d'employer Matey à Alpha et ne laissa jamais la société de Matey s'occuper des comptes de Castor, Netty nous considéra comme des ingrats sans cœur et des oppresseurs. Mais papa flaira tout comme moi que Matey était un vaurien à cause de cette façon qu'il avait de vivre aux crochets de Netty sans réelle nécessité. Et maintenant Netty m'adjure de rentrer le plus vite possible au Canada pour préparer la défense de son frère. « Plus d'une canaille a bénéficié de ton talent ; à présent tu devrais être prêt à faire tout ce que tu peux pour réhabiliter aux yeux du monde un honnête garçon, victime d'une injustice. » Voilà ce qu'elle me dit. Et encore : « Je ne vous ai jamais rien demandé, ni à toi ni à ta famille, pourtant Dieu sait ce que j'ai fait pour les Staunton contre vents et marées, et même certaines choses qui resteront à jamais secrètes. Mais maintenant je te supplie à genoux de venir à mon secours. »

Il y a un moyen très simple de résoudre cette affaire et j'y ai déjà eu recours. J'ai télégraphié à Huddleston en lui demandant de voir de quoi il s'agit et de m'en aviser : il peut faire le nécessaire aussi bien que moi. Alors, maintenant, est-ce que j'écris à Netty pour lui dire que je ne me sens pas bien, que le médecin m'interdit de rentrer, et cetera, et que Frederick Huddleston Q.C. * s'occupera de cette affaire à ma place ? Mais aux yeux de Netty je suis en parfaite santé. Elle a fait savoir à Caroline qu'elle était persuadée que j'étais dans quelque clinique européenne chic pour soûlographes, en train de bien m'amuser et de lire des livres, ce que je n'avais que trop tendance à faire de toute façon. Elle pensera que je me défile. Et, dans un sens, elle aura raison.

Le docteur Johanna m'a libéré de plus d'un problème, mais elle a aussi aiguisé mon sens moral qui éait

* Q.C. : Queen's Counsel. (*N.d.T.*)

déjà pareil à un rasoir. D'après elle, j'ai toujours projeté l'Ombre sur Matey ; j'ai vu en lui ce qu'il y avait de pire en moi. Je me suis conduit en salaud d'innombrables façons. J'ai espionné Carol, j'ai espionné Denyse ; j'ai fait des remarques sarcastiques à Lorene qui était incapable de les comprendre et aurait été blessée si elle les avait comprises ; je me suis très mal comporté avec Knopwood, Louis Wolff et surtout papa ; de plus, en ce qui le concerne, c'était dans un domaine où il était vulnérable et moi, fort. La liste de mes fautes est longue et dégoûtante.

J'ai accepté tout cela. Cela fait partie de moi et à moins d'en être conscient, de le comprendre et de le reconnaître comme mien, il ne peut y avoir pour moi de liberté ni d'espoir d'être moins salaud à l'avenir.

Avant d'en arriver, dans une très modeste mesure, à me connaître, j'étais fort habile à projeter mes propres défauts sur les autres. Dans le cas de Maitland Quelch, expert-comptable, je les lui attribuais tous, et beaucoup d'autres encore. Bien entendu, il avait son propre paquet de défauts parfaitement réels : on ne projette pas son Ombre sur un homme d'un éclatante vertu. Mais je détestais Matey d'une façon exagérée car il ne s'est jamais mis en travers de mon chemin et à sa manière moite et bêtement souriante, il a essayé d'être mon ami. Ce n'était pas quelqu'un de très agréable et je sais à présent que je le haïssais parce qu'au fond je lui ressemblais.

Donc, si je refuse de rentrer au Canada pour tenter de le tirer d'affaire, quelle est ma position morale ? La position légale, elle, est parfaitement claire : si Matey a des ennuis avec la commission des opérations de la Bourse, c'est pour une bonne raison, et tout ce que je pourrais faire pour lui, ce serait d'essayer de convaincre le tribunal qu'il ne savait pas ce qu'il faisait : il aurait alors l'air d'un imbécile si ce n'est un peu moins celui d'un escroc.

Mais si je refuse de bouger et passe l'affaire à quelqu'un d'autre, même si c'est un aussi bon avocat que Huddleston, est-ce que je ne continue pas à suivre une voie dont je tente, au milieu de ma vie, de changer?

Oh, Matey, espèce de saligaud, tu ne pouvais pas te tenir tranquille et m'épargner ce problème à un moment où je suis, pour ainsi dire, en convalescence psychique?

Jeudi 18 décembre. Il faut que je parte d'ci. S'il n'y avait eu l'affaire Matey, je serais peut-être resté à Zurich, mais Netty essaiera de me joindre par téléphone et, si je lui parle, je suis perdu... Que veut-elle dire par « certaines choses qui resteront à jamais secrètes »? Carol pouvait-elle avoir eu raison? Que Netty a exposé maman à perdre la vie (dire qu'elle l'a tuée serait nettement excessif) parce qu'elle pensait que maman avait trompé papa et que papa serait plus heureux sans elle? Mais si Netty est comme ça, pourquoi n'a-t-elle pas mis de la mort-aux-rats dans les martinis de Denyse? Elle déteste ma belle-mère et ça ressemblerait bien à Netty de penser que son opinion dans un tel domaine est parfaitement objective, incontestable.

Pensant à Netty, je me rappelle une mise en garde de Pargetter à propos de témoins, ou de clients, dont *esse in re* est le credo. Pour ces gens-là, le monde est tout à fait clair : ils ne peuvent comprendre que notre point de vue personnel colore tout ce que nous percevons; ils pensent que tout le monde voit les choses exactement comme eux. Après tout, disent-ils, l'univers est objectif; il s'étale sous nos yeux; par conséquent, ce que voit un homme normal et intelligent (là il s'agit toujours d'eux-mêmes) est tout ce qu'il y a à voir et quiconque voit différemment est soit fou, soit malveillant, soit tout bonnement stupide. Un nombre étonnant de juges semblent entrer dans cette catégorie...

Netty en faisait certainement partie. Je n'ai jamais compris pourquoi j'étais constamment en bisbille avec elle (alors qu'en fait je l'aime beaucoup) jusqu'au jour où Pargetter me reprocha d'avoir l'esprit tout aussi de travers qu'elle, quoique d'une façon plus complexe et amusante, parce que mon credo à moi, c'était *esse in intellectu solo*. « Vous pensez que l'univers correspond à l'idée que vous vous en faites », me dit-il un jour de novembre à un cours où je lui avais présenté quelque théorie fantaisiste. « Si vous ne prenez pas conscience de cette tendance et ne la réprimez pas dès mainntenant, votre vie deviendra une gigantesque hallucination. » Prédiction qui, malgré ma réussite, s'est plus ou moins réalisée, et mon plongeon dans la « soûlographie » avait justement pour but principal d'empêcher qu'une vérité désagréable ne vînt déranger mes chimères.

Mais vers quoi vais-je maintenant? Où le docteur Johanna m'a-t-elle emmené? J'ai l'impression que c'est vers la base d'une nouvelle croyance à laquelle Pargetter n'aurait pas pensé et qu'on pourrait appeler : *esse in anima*. Je commence à reconnaître l'objectivité du monde, tout en sachant aussi qu'étant qui et ce que je suis je perçois le monde en fonction de qui et de ce que je suis et projette sur lui une grande partie de qui et de ce que je suis. Conscient de cela, je devrais pouvoir éviter les illusions les plus stupides. La nature absolue des choses est indépendante de mes sens (qui sont tout ce que j'ai pour percevoir) et ce que je perçois est une image dans ma propre psyché.

Tout cela est très joli. Pas trop difficile à formuler ni à accepter intellectuellement. Mais le saisir vraiment, l'introduire dans la vie quotidienne, voilà le hic... Ce serait faire preuve d'une véritable humilité et non pas simplement de fausse modestie. C'est certainement cela que le docteur Johanna tient en réserve pour moi quand nous reprendrons nos séances après Noël.

Entre-temps, je dois m'en aller. Si je reste, Netty s'arrangera pour me coincer... J'irai peut-être à Saint-Gall. C'est assez près et je pourrais même y louer un équipement de skieur si je voulais. Cette ville n'est pas seulement connue pour son paysage, mais aussi pour ses curiosités.

Vendredi 19 décembre. Arrivée à Saint-Gall en début d'après-midi. Plus grand que je ne pensais ; environ 70 000 habitants, la même population que celle de Pittstown, mais cette ville-ci donne incontestablement une impression d'importance. Il paraît que c'est la plus haute d'Europe ; l'air y est pur et raréfié. M'installe dans un bon hôtel (nommé le *Walhalla*, pourquoi ?) et sors faire un tour. Peu de neige, mais toutes les rues sont joliment décorées pour Noël ; pas du tout dans le style « bordel » que nous affectionnons en Amérique du Nord. Trouve la place Klosterhof et l'admire, mais laisse la visite de la cathédrale pour le lendemain. Dîner dans un très bon restaurant (le *Métropole*), puis au Stadttheater. Celui-ci a été reconstruit dans le style moderne-brut : tout y est en béton et de guingois au lieu d'être en angle droit ou arrondi — un curieux décor pour le *Paganini* de Lehar qui est programmé ce soir. Musique joliment viennoise. Que l'amour est donc simple, bruyant et fort dans toutes ces opérettes ! Si j'ai bien compris, Napoléon interdisait à Pag d'épouser sa comtesse parce qu'il était roturier. A une certaine époque, je n'ai pu épouser la fille que j'aimais parce que je n'étais pas juif. Mais Pag a protesté énergiquement et avec éloquence, tandis que moi, je n'ai fait que m'aigrir... Ai-je aimé Judy ? Ou simplement quelque aspect de moi-même en elle, comme le prétend le docteur Johanna ? Cela a-t-il de l'importance maintenant ? Oui, pour moi ç'en a.

Samedi 20 décembre. Touriste méthodique comme à mon habitude, je pars visiter la cathédrale à 9 h 30. Savais qu'elle était baroque, mais ne m'attendais pas à ce qu'elle le fût autant! Partout d'époustouflantes monstruosités dues à des excès spirituels, mais sans effet de fouillis ou de pacotille. N'avais pas pris de guide à dessein ; voulais avoir une impression générale avant de m'intéresser aux détails.

Puis à la bibliothèque de l'abbaye, qui se trouve à côté. J'admire quelques étranges vieux tableaux ainsi que les merveilles de la salle baroque. Je garde mon manteau car il n'y a pratiquement pas de chauffage ; la femme qui vend les billets d'entrée me demande de mettre d'énormes galoches de feutre pour protéger le parquet. La bibliothèque est superbe ; deux ou trois hommes, qui ont l'air d'ecclésiastiques, lisent et écrivent réellement dans une pièce contiguë ; la bibliothèque est donc plus qu'une simple attraction touristique. Je regarde avec respect quelques splendides manuscrits dont un vénérable *Nibelungenlied* et un *Parsifal*. Me demande ce qu'une vieille momie poussiéreuse, qui semble avoir gardé toutes ses dents, fait dans ce lieu. Je suppose qu'à une époque plus ancienne et moins spécialisée que la nôtre les bibliothèques abritaient aussi des curiosités. Me suis penché sur le dessin d'une tête de Christ composée entièrement d'écriture, datée « *nach* 1650 ». Un calligraphe appliqué avait trouvé un moyen d'écrire le récit de la Passion avec une telle abondance de boucles et de fioritures qu'il avait créé un monument de pieuse ingéniosité, sinon une œuvre d'art.

Le froid devenant insupportable, je ressors finalement au soleil. Me mets en quête d'une librairie pour m'acheter un guide qui fera de moi un touriste sérieux. Trouve un beau magasin et le livre que je cherche ; je suis en train de fouiller dans les étagères quand deux silhouettes attirent mon attention : un homme vêtu d'un ample manteau de fourrure par-dessus ce qui m'a l'air d'être un de ces épais costumes en tweed et une femme habillée avec une coûteuse élégance, mais ressemblant d'une façon frappante à l'idée que je me fais d'une ogresse.

Elle avait un énorme crâne et ses os devaient être monstrueusement élargis car elle était affligée d'une gigantesque mâchoire et ses yeux regardaient hors de véritables cavernes. Elle n'avait fait aucune concession pudique à sa laideur : elle portait ses cheveux gris fer coiffés selon la mode et beaucoup de maquillage. Le couple parlait allemand, mais il y avait quelque chose de nettement non-allemand et de non-suisse dans l'apparence de l'homme et, plus je le regardais (par-dessus le bord d'un livre), plus son dos me paraissait familier. Puis il bougea avec un boitillement qui ne pouvait appartenir qu'à une seule personne. C'était Dunstan Ramsay. Le vieux Buggerlugs en personne ! Mais pourquoi à Saint-Gall, et qui pouvait bien être son épouvantable compagne ? Quelqu'un d'important, sûrement, car la libraire se montrait très prévenante envers elle... Bon, allais-je me manifester ou me glisser subrepticement dehors pour préserver la tranquillité de mes vacances ? Comme cela arrive si souvent, la décision m'échappa. Buggerlugs m'aperçut.

« Davey ! Que je suis heureux de te voir !

– Bonjour, monsieur. Quelle agréable surprise !

– Tu es bien la dernière personne que je me serais attendu à rencontrer à Saint-Gall. Je ne t'ai pas vu depuis l'enterrement de ce pauvre Boy. Qu'est-ce qui t'amène ici ?

– De simples vacances.

– Es-tu ici depuis longtemps ?

– Je suis arrivé hier.

– Comment va tout le monde à la maison ? Carol ? Denyse, elle, va sûrement bien. Et Netty ? Toujours aussi dragon ?

— Tous vont bien, pour autant que je le sache.

— Liesl, je te présente un ami de toute une vie – de sa vie à lui, évidemment : David Staunton. David, voici Fräulein Doktor Liselotte Naegeli, mon hôte. >

L'ogresse m'adressa un sourire qui, compte tenu de ses handicaps, avait un charme extraordinaire. Quand elle parla, sa voix se révéla être grave et vraiment belle. J'eus la vague impression de l'avoir déjà entendue quelque part, mais c'est impossible. Le monstre avait une féminité et une distinction tout à fait étonnantes. Nous échangeâmes encore quelques mots, puis ils m'invitèrent à déjeuner.

Pour finir, mes vacances à Saint-Gall prirent une toute nouvelle tournure. J'avais escompté être seul, mais comme beaucoup de gens qui recherchent la solitude, je n'y tiens pas autant que je l'imagine, et quand Liesl – presque aussitôt elle me demanda de l'appeler ainsi – m'invita à passer Noël avec eux dans sa maison de campagne, j'acceptai avant d'avoir eu le temps de réfléchir. Sans même avoir l'air de se donner beaucoup de mal, cette femme vous ensorcelle comme un rien ; quant à Buggerlugs, il a énormément changé. Comme je l'ai dit au docteur Johanna, je ne l'ai jamais vraiment aimé, mais l'âge et la crise cardiaque qu'il a eue peu de temps après la mort de papa semblent avoir tellement amélioré son caractère qu'il en est méconnaissable. Il se montra aussi inquisitorial que jamais, mais il respirait une cordialité nouvelle. Je suppose qu'il est en convalescence chez l'ogresse qui doit être médecin. Elle avait une curieuse attitude envers lui.

« N'ai-je pas de la chance, Davey, d'avoir réussi à convaincre Ramsay de venir vivre avec moi ? C'est un compagnon tellement amusant ! Était-il un prof amusant ? J'en doute. Mais c'est un amour.

— Liesl, Davey va croire que nous sommes amants. Je suis ici pour la compagnie de Liesl, c'est certain, mais presque autant pour ma santé : ce climat est très bon pour moi.

— Espérons qu'il le sera aussi pour Davey. On voit qu'il a été sérieusement malade. Votre traitement est-il efficace, Davey ? Ne me dites pas que vous n'êtes pas en train de suivre un traitement.

— A quoi vois-tu ça, Liesl ? Il a l'air en bien meilleure forme que la dernière fois que je l'ai vu, ce qui n'a rien d'étonnant. Mais qu'est-ce qui te fait penser qu'il suit un traitement ?

— Regarde-le bien, Ramsay. J'ai vécu assez longtemps près de Zurich pour reconnaître le " regard de l'analysant ". De toute évidence, il travaille avec un jungien, sondant son âme et se régénérant. Quel est votre thérapeute, Davey ? J'en connais plusieurs.

— Je me demande comment vous avez fait pour deviner, mais c'est inutile que je nie, je suppose. Cela fait un peu plus d'un an que je vais chez Fräulein Doktor Johanna von Haller.

— Jo von Haller ! Je la connais depuis son enfance. Nous ne sommes pas vraiment des amies, simplement des connaissances. Eh bien, êtes-vous déjà tombé amoureux d'elle comme tous ses autres patients masculins ? Il paraît que cela fait partie du traitement. Mais Jo est quelqu'un de très moral : elle ne les encourage jamais. D'ailleurs, vu qu'elle a un mari — un avocat réputé — et deux fils presque adultes, cela ne serait pas convenable. Mais oui, elle est *Frau* Doktor, vous savez. Comme vous avez dû parler anglais avec elle, vous ne vous en êtes pas rendu compte. Après un an passé avec Jo, vous avez besoin d'un peu d'animation. Je regrette de ne pas pouvoir vous promettre un Noël vraiment joyeux à Sorgenfrei : ça sera certainement très ennuyeux.

— Ne la crois pas, Davey. Sorgenfrei est un château enchanté.

— Pas du tout, mais au moins il risque d'être un petit

314

peu plus agréable qu'un hôtel à Saint-Gall. Pouvez-vous venir tout de suite avec nous ? »

La chose fut décidée. Une heure après avoir fini de déjeuner, j'avais pris mes affaires à l'hôtel et étais assis à côté de Liesl dans une superbe voiture de sport, tandis que Ramsay et sa jambe de bois s'entassaient à l'arrière avec mes bagages. A la sortie de Saint-Gall, nous fonçâmes à l'est, en direction de Constance et de Sorgenfrei — quel que fût ce lieu. Une de ces cliniques privées comme on en trouve tant en Suisse ? Nous ne cessions de monter et enfin, après un kilomètre environ de bois de pin, débouchâmes sur une corniche d'où l'on avait une vue à vous couper le souffle — littéralement, car l'air y était très froid et encore plus raréfié qu'à Saint-Gall — et que surplombait Sorgenfrei.

Tout comme Liesl, cette demeure est une fascinante monstruosité. En Angleterre, on appellerait ce style du néo-gothique : tourelles, fenêtres à meneaux, une petite tour trapue à l'entrée et une autre, quelque part sur le derrière, beaucoup plus haute et plus étroite, pareille à un crayon pointé vers le ciel. L'ensemble porte la double signature du dix-neuvième siècle et d'une grosse fortune. A l'intérieur, la maison est bourrée de peaux d'ours, de meubles énormes dont chaque surface a été sculptée à satiété : fruits, fleurs, oiseaux, lièvres ; sur un objet qui ressemble à un autel dressé à la gloutonnerie, mais qui doit être une desserte, on aperçoit même des chiens de chasse sculptés grandeur nature ; six d'entre eux portent de vraies chaînes de bronze sur leurs colliers. C'est le château de rêve de quelque magnat d'il y a cent cinquante ans ; il a été conçu selon les critères d'une civilisation qui a donné au monde, parmi une multitude de choses plus intéressantes, la boîte à musique et le coucou.

Nous arrivâmes vers cinq heures. On me conduisit dans cette chambre qui est aussi grande que la salle du conseil chez Castor. Je profite de l'occasion pour mettre mon journal à jour. Tout ceci est très stimulant. Est-ce l'air ou la compagnie de Liesl? Je suis content d'être venu.

Plus tard : Le suis-je toujours, content? Il est minuit passé et je viens de passer la soirée la plus éprouvante que j'aie connue depuis mon départ du Canada.

Cette maison me met mal à l'aise, je ne saurais dire pourquoi. En tant qu'invité ou touriste, j'ai vu des maisons magnifiques, des châteaux, de belles maisons de campagne, des maisons confortables. Mais celle-ci, qui, de prime abord, me faisait plutôt penser à une plaisanterie, est bien la demeure la plus bizarre dans laquelle j'aie jamais pénétré. On a l'impression que l'architecte a passé ses années d'apprentissage à illustrer des contes de Grimm; c'est un lieu plein d'imagination, de cette imagination inquiétante du début du dix-neuvième siècle qui n'a rien à voir avec la mièvrerie d'un Walt Disney. Pourtant, quand on y regarde de plus près, tout semble être très sérieux; manifestement, l'architecte était doué car, malgré ses dimensions, cette maison est une habitation et non pas une folie. Ni une clinique. C'est la maison de Liesl, je présume.

Sorgenfrei. Sans-Souci. Le genre de nom qu'une personne dénuée d'imagination pourrait donner à sa maison de campagne. Mais quelque chose ici contredit formellement l'idée d'une retraite où la riche bourgeoisie se reposait de l'effort d'avoir fait de l'argent.

Quand je descendis dîner, je trouvai Ramsay dans la bibliothèque. Ou plus exactement dans ce qui, dans une maison de campagne anglaise, aurait été la bibliothèque, c'est-à-dire, une pièce agréable et confortable. Cependant, à Sorgenfrei, elle est étouffante : les étagères montent vers un haut plafond peint sur lequel sont inscrites, en écriture gothique ornementale, une série de phrases. J'arrive tout juste à comprendre qu'il s'agit des

Dix Commandements. J'aperçois un énorme globe terrestre que contrebalance un globe céleste de même dimension. Un grand télescope, qui a au moins un siècle, est dressé devant l'une des fenêtres qui donnent sur les montagnes. Sur une table basse, un objet très moderne. Je découvre qu'il s'agit de cinq échiquiers montés l'un au-dessus de l'autre dans un cadre en cuivre; les pièces disposées sur chacun d'eux semblent indiquer qu'il y a cinq parties différentes en train; les damiers sont en plexiglas, ou une matière similaire, de sorte que le regard peut plonger à travers tout l'échafaudage et voir la position de chaque pièce. Un bon feu brûlait dans la cheminée. Assis devant l'âtre, Ramsay se chauffait les jambes, celle de chair et celle de bois. Il devina aussitôt mon état d'esprit.

« Quelle maison extraordinaire, n'est-ce pas? fit-il.

— En effet. Vivez-vous ici maintenant?

— Je suis une sorte d'invité permanent. Ma situation ici ressemble à celle qui était assez fréquente au dix-huitième siècle : tu sais, ces philosophes ou érudits que certains mécènes aux goûts intellectuels gardaient chez eux. Liesl aime ma conversation. J'aime la sienne. Quel curieux destin pour un professeur canadien, tu ne trouves pas?

— Vous n'avez jamais été un professeur ordinaire, monsieur.

— Cesse de m'appeler "monsieur", Davey. Nous sommes de vieux amis. Ton père était mon plus vieil ami, si nous étions vraiment amis, ce dont je doute parfois. Mais tu n'es plus un enfant. Tu es un éminent avocat. Évidemment, le problème c'est que je n'aie pas de nom familier à l'usage de mes intimes. Comment m'appelais-tu au collège? Corky? Ou Corky Ramsay? Un nom stupide d'ailleurs. Il y a longtemps que les jambes artificielles ne sont plus en liège.

— Si vous voulez vraiment le savoir, nous vous appelions Buggerlugs. A cause de l'habitude que vous aviez d'introduire votre petit doigt dans votre oreille.

— Ah oui? Je n'aime pas trop ça. Tu ferais mieux de m'appeler Ramsay, comme le fait Liesl.

— J'ai remarqué qu'elle vous appelait presque toujours " mon cher Ramsay ".

— Oui. Nous sommes de très bons amis. Et nous avons même été plus que cela pendant un temps. Cela t'étonne?

— Vous venez de me dire que je suis un avocat expérimenté. Rien ne m'étonne.

— Ne dis jamais cela, Davey! Jamais, jamais. Surtout pas à Sorgenfrei.

— Vous venez de dire vous-même que c'était une maison extraordinaire.

— Absolument. Dans un genre un peu particulier, c'est une vraie merveille. Mais ce n'était pas exactement de cela dont je voulais parler. »

Nous fûmes interrompus par Liesl. Elle était entrée par une porte que je n'avais pas remarquée, une de ces portes dérobées qu'on affectionnait au dix-neuvième siècle, pratiquée dans les étagères et couverte de faux livres. Liesl portait un vêtement en velours foncé, genre smoking, d'une remarquable élégance. Je commençais à oublier sa figure de Gorgone. Ramsay se tourna vers elle avec un peu d'inquiétude, à ce qu'il me sembla.

« Sa Seigneurie dîne-t-elle avec nous ce soir?

— Je crois que oui. Pourquoi?

— Je me demandais simplement quand est-ce que Davey ferait sa connaissance.

— Ne t'agite pas ainsi, mon cher Ramsay. C'est un signe de vieillesse, or tu n'es pas vieux. Regardez, Davey, avez-vous jamais vu un échiquier comme celui-ci? »

Liesl commença à m'expliquer comment jouer ce qui, en fait, est une seule partie d'échecs, mais sur cinq damiers à la fois et avec cinq séries de pièces. La première règle, semble-t-il, c'est d'abandonner toutes les idées qu'on a sur le jeu normal et de s'entraîner à penser à la fois horizontalement et verticalement. Moi qui jouais bien aux échecs, bien que je n'eusse jamais réussi à battre Pargetter, j'étais abasourdi – à tel point, d'ailleurs, que je n'entendis pas quelqu'un entrer dans la pièce. Soudain, une voix dans mon dos me fit sursauter :

« Va-t-on enfin me présenter à monsieur Staunton ? »

La personne qui avait parlé était assez surprenante en elle-même. C'était un petit homme extrêmement élégant doté d'une magnifique chevelure à boucles argentées ; l'habit qu'il portait ne se terminait pas par un pantalon, mais par des culottes en satin et des bas de soie. Je le reconnus tout de suite : c'était Eisengrim, le prestidigitateur que j'avais vu deux fois à Toronto, au théâtre Royal Alexandra, et notamment ce soir où, ivre et bouleversé, j'avais crié à la *Tête d'Airain* : « Qui a tué Boy Staunton ? » Comme les bonnes manières sont enracinées en nous, je tendis ma main pour serrer la sienne.

« Je vois que vous me reconnaissez, dit-il. Eh bien, la police essaie-t-elle toujours de m'impliquer dans le meurtre de votre père ? Elle est vraiment très tenace. Les flics ont même réussi à me retrouver à Copenhague. Mais ils n'ont pas le plus petit élément de preuve sauf que je semble en savoir plus qu'eux-mêmes sur cette affaire. Et puis, ils ont donné toutes sortes d'interprétations fantaisistes aux paroles improvisées de Liesl. Enchanté de faire votre connaissance. Nous devrons parler de tout cela. »

Inutile de rapporter en détails ce qui suivit. Comme Ramsay avait raison ! Il ne faut jamais dire que rien ne peut vous surprendre. Mais que devais-je faire ? Voilà que j'étais confronté à un homme que j'avais méprisé, et même haï la dernière fois que je l'avais vu et dont les premières paroles se voulaient déconcertantes, sinon agressives. Mais je n'étais plus celui qui avait crié une question au théâtre ; un an passé avec le docteur Johanna m'avait transformé. Si Eisengrim montrait du sang-froid, j'en montrerais encore plus que lui. J'ai délicatement tué et dévoré plus d'un témoin impudent au tribunal ; je ne vais pas me laisser embobiner par un charlatan. Je pense que ma conduite faisait honneur au docteur Johanna et à Pargetter. Sur le visage de Ramsay je lus de l'admiration et Liesl n'essaya pas de cacher le plaisir que lui procurait une situation qui paraissait entièrement à son goût.

Nous passâmes dans la salle à manger. Le repas fut excellent, sans rapport avec le style outrancier du lieu. Il y eut une abondance de bons vins, puis du cognac après le repas, mais je me connaissais assez bien pour ne pas en abuser. De nouveau, je constatai que Ramsay et Liesl m'observaient et approuvaient mon comportement. Contrairement aux Anglais, les convives ne faisaient pas semblant de croire qu'aucun sujet sérieux ne peut être discuté à table. Pendant toute la durée du dîner, nous parlâmes du meurtre de mon père, du testament, de leurs conséquences, et de ce que Denyse, Carol, Netty et le reste du monde — dans la mesure où le reste du monde s'intéressait à cette affaire — avaient pensé et dit en ces circonstances.

Pour moi, ce fut à la fois une épreuve et un triomphe. Depuis mon arrivée à Zurich, en effet, je n'avais parlé à personne de ces choses-là, à part au docteur Johanna, et encore avais-je employé avec elle les mots les plus subjectifs possibles. Mais ce soir je trouvai la force d'être relativement objectif, même quand Liesl éclata d'un rire tout à fait impoli au récit du terrible gâchis que Denyse avait fait avec le masque mortuaire. Ramsay manifesta de la compassion, mais il rit lui aussi en apprenant que papa avait laissé une certaine somme d'argent pour mes enfants inexistants.

« Je crois que tu ne t'es jamais rendu compte à quel point ta réserve vis-à-vis des femmes peinait Boy, commenta-t-il. C'était comme si ton attitude lui donnait tort. Il a toujours cru que le plus grand service qu'on pouvait rendre à une femme c'était de l'emmener au lit. Il lui était tout à fait impossible de concevoir qu'il existe des hommes pour lesquels le sexe n'est pas le plus grand des sports, le plus grand des passe-temps, le plus grand des arts, la plus grande des sciences et la meilleure matière à rêverie. J'ai toujours pensé que son obsession des femmes n'était qu'un prolongement de son fantastique savoir-faire dans le domaine du sucre et des sucreries. Les femmes étaient les plus délicieuses confiseries qu'il connaissait et il ne pouvait comprendre que quelqu'un n'aimât pas les douceurs.

— Je me demande ce que votre père aurait pensé d'une femme comme Jo von Haller.

— Boy n'a jamais connu de femmes de ce genre, Liesl. Ou de femmes comme toi, d'ailleurs. Pour lui, une femme intelligente, c'était quelqu'un comme Denyse. »

Constatant que j'avais encore du mal à supporter qu'on parlât de papa d'une façon objective, j'essayai de détourner la conversation.

« Je suppose que pour la plus grande partie de notre vie nous n'avons que peu de prise sur les événements, ce qui nous expose de temps à autre à de grosses surprises. Par exemple : qui aurait pu penser qu'après un si long détour par le cabinet de consultation du docteur von Haller, je tomberais sur vous trois. Voilà bien une coïncidence, n'est-ce pas ? »

Mais Ramsay refusa de laisser passer cette remarque.

« En tant qu'historien, il m'est absolument impossible de croire à la coïncidence. Seuls les rationalistes intransigeants le font. Ils parlent d'enchaînements de faits dont ils distinguent et approuvent la logique ; toute autre structure de la réalité qu'ils ne voient pas clairement et n'approuvent pas est rejetée en tant que coïncidence. Tu devais sans doute nous rencontrer pour une raison précise. Une *bonne* raison, j'espère. »

Eisengrim se montra intéressé, mais distant. Après le dîner, Liesl et lui jouèrent à ce jeu d'échecs horriblement compliqué. Je les regardai pendant un moment, mais comme je ne comprenais rien à ce qu'ils faisaient, je m'assis devant le feu et bavardai avec Ramsay. Bien entendu, je mourais d'envie de savoir comment il en était venu à faire partie de cette étrange maisonnée, mais le docteur Haller m'a rendu plus discret en ce qui concerne les interrogatoires dans la vie privée. Cette allusion au fait que Liesl et lui avaient été amants... était-ce possible ? Je le sondai très très délicatement, mais, ayant un jour été son élève, j'ai encore l'impression qu'il lit en moi comme dans un livre. De toute évidence, c'est d'ailleurs ce qui se passa. Il était cependant d'humeur à faire des confidences et tel un homme qui jette des miettes à un oiseau, il me révéla ceci :

1. Qu'il connaissait Eisengrim depuis son enfance.

2. Qu'Eisengrim était du même village que papa et lui-même, et maman — mon Deptford.

3. Que la mère d'Eisengrim avait joué un rôle prépondérant dans sa propre vie. Il décrivit cette femme comme une « sainte », ce qui me déconcerte. Netty n'aurait-elle pas mentionné une personne de ce genre ?

4. Qu'il avait rencontré Liesl au Mexique, où elle voyageait avec Eisengrim, et qu'ils s'étaient découvert des « affinités ». Celles-ci existaient toujours.

5. Quand nous revînmes à la coïncidence de notre rencontre à Saint-Gall, il rit et cita G.K. Chesterton : « Les coïncidences sont des calembours d'ordre spirituel. »

A ce qu'il paraît, il est venu en Suisse pour reprendre des forces après sa crise cardiaque et il est possible qu'il reste ici. Il travaille à un autre livre — un ouvrage sur la foi dans ses rapports avec le mythe, c'est-à-dire, son thème de toujours — et semble parfaitement content. Finalement, j'ai récolté pas mal de renseignements ; cela m'encourage à poursuivre mon enquête.

Eisengrim affecte des airs royaux. Bien que tout indique que nous soyons dans la maison de Liesl, il semble considérer que c'est lui qui y donne le ton. Quand les deux joueurs interrompirent leur partie (je suppose qu'il faut des jours pour la terminer), Eisengrim se leva et, à ma surprise, je vis Liesl et Ramsay se lever aussi ; je les imitai donc. Le prestidigitateur nous serra tous la main et nous souhaita bonne nuit dans le style d'une tête couronnée prenant congé de ses courtisans. Il semblait dire : « Vous êtes libres de veiller autant que vous voulez, mais nous, nous nous retirons » ; il pensait manifestement que l'ambiance retomberait dès qu'il aurait quitté la pièce.

Il n'en fut rien. Au contraire. Tout le monde parut plus à l'aise. Dans l'immense bibliothèque, où l'on avait à présent tiré les rideaux, cachant le ciel nocturne, les cimes des montagnes et les quelques lumières qui brillaient très loin au-dessous de nous, l'atmosphère parut devenir presque intime. Liesl sortit du whisky et je me dis que je pourrais m'en permettre un bon verre. Ce fut Liesl qui mentionna le sujet qui me préoccupait.

« Je vous assure, Davey, tout ceci n'avait rien de pémédité. Naturellement, quand nous nous sommes rencontrés dans la librairie, j'ai compris que vous étiez le fils de cet homme qui mourut d'une façon si spectaculaire lors du dernier séjour d'Eisengrim à Toronto, mais je ne connaissais pas du tout les circonstances dans lesquelles cela s'était passé.

— Étiez-vous à Toronto avec lui ?

— Évidemment. Nous sommes associés en affaires et nous collaborons sur le plan artistique depuis des années. Je suis son manager, ou impresario, ou ce que vous voudrez. Sur les programmes j'utilise un pseudonyme, mais je vous assure que je suis très présente pendant le spectacle. Je suis la voix de la Tête d'Airain.

— C'est donc vous qui avez donné cette extraordinaire réponse à ma question ?

— De quelle question parlez-vous ?

— Vous souvenez-vous de ce samedi soir, au théâtre, quand quelqu'un a crié « Qui a tué Boy Staunton ? »

— Je m'en souviens fort bien. Comme vous pouvez l'imaginer, cette question posée à brûle-pourpoint m'a donné du fil à retordre. D'habitude, nous savons plus ou moins d'avance ce que les gens risquent de nous demander. C'était donc vous, le provocateur ?

— Oui. Mais je n'ai pas entendu votre réponse dans son entier.

— Cela ne m'étonne pas. A ce moment-là il s'est produit un certain tumulte. Notre pauvre Ramsay, qui se tenait à l'arrière d'une des loges supérieures, a eu sa crise cardiaque. Il a dû effrayer pas mal de gens quand il est tombé en avant, à la vue de tous. Bien entendu, d'autres auront pensé que cela faisait partie du spectacle. Ce fut une nuit mémorable.

— Vous souvenez-vous de ce que vous avez dit ?

— Parfaitement. J'ai dit : " Il fut assassiné par l'habituelle cabale ; par lui-même d'abord ; par la femme qu'il connaissait ; par la femme qu'il ne connaissait pas ; par l'homme qui remplit son vœu le plus cher ; et par l'inévitable Cinquième qui était le gardien de sa conscience comme de la pierre. "

— Serait-il déraisonnable de vous demander de m'expliquer ce galimatias ?

— Pas déraisonnable du tout et j'espère que ma réponse vous satisfera. Toutefois, je ne vous la donnerai pas ce soir. Ce cher Ramsay a l'air un peu pâle et je pense que je devrais l'emmener se coucher. Mais nous aurons tout le temps d'en parler. Je sais que vous ne manquerez pas de remettre ce sujet sur le tapis. »

Je dois donc me contenter de cette promesse, du moins jusqu'à demain.

Dimanche 21 décembre. Ce matin, Liesl m'a fait visiter la maison. A ce qu'il paraît, celle-ci a été construite en 1824 par un de ses aïeux qui avait fait fortune dans l'industrie horlogère. Une pendule, qui devait être son chef-d'œuvre, domine tous les autres objets dans l'entrée ; elle est pourvue d'aiguilles qui montrent les secondes, les jours de la semaine, les jours du mois, les mois, les saisons, les signes du zodiaque, l'heure de Sorgenfrei et celle de Greenwich, et les phases de la lune. Elle a un carillon de trente-sept clochettes qui joue plusieurs airs et s'orne de personnages représentant le jour et la nuit, les saisons, deux têtes du temps et Dieu sait quoi encore, le tout d'un très beau vert antique. Elle est monstrueuse mais fascinante, tout comme Liesl, qui semble l'adorer. Alors que nous parcourions la maison, montant des escaliers inattendus et regardant des vues époustouflantes par des fenêtres habilement placées, je manœuvrai pour amener la conversation sur les étranges paroles que la Tête d'Airain avait prononcées au sujet de la mort de papa. Mais Liesl connaît l'art d'éluder une question ; de plus, étant son invité, je ne pouvais pas la coincer comme je l'aurais fait devant un tribunal. Elle me dit tout de même deux ou trois choses.

« Ne prenez pas ces paroles trop à la lettre. Rappelez-vous que moi, qui parlais pour la Tête, je n'ai eu que fort peu de temps — même pas dix secondes — pour réfléchir. J'ai donc donné une réponse tout à fait banale, comme n'importe quelle diseuse de bonne aventure un peu expérimentée. Certaines phrases peuvent convenir indifféremment à toutes les personnes qui consultent ; vous les dites et le client se charge de les interpréter. " La femme qu'il connaissait, la femme qu'il ne connaissait pas "... D'après ce que je sais maintenant, et qui se réduit à ce que Ramsay m'a raconté un jour, je dirais que " la femme qu'il connaissait ", c'était votre mère, " la femme qu'il ne connaissait pas ", votre belle-mère. Votre père se sentait coupable envers votre mère, et la femme qu'il a épousée en secondes noces s'est révélée beaucoup plus forte qu'il ne l'avait pensé. Mais d'après le tas d'histoires qu'a faites votre belle-mère, je crois comprendre qu'elle s'est prise pour " la femme qu'il connaissait " et était furieuse à l'idée qu'on l'accusât d'avoir joué un rôle dans la mort de son mari... Je ne peux vraiment pas vous en dire plus sur les raisons qui m'ont poussée à vous répondre ainsi. J'ai un tout petit don dans ce domaine, c'est pour cela qu'Eisengrim m'a chargée de parler pour la Tête. J'ai peut-être eu une intuition — parce que ça arrive, vous savez, quand on est disponible. Mais cessez de ruminer tout cela, n'y attachez pas trop d'importance. Laissez tomber.

— Toute ma formation me l'interdit.

— Mais, Davey, votre formation et la façon dont vous avez abusé de vous-même vous ont finalement conduit à entreprendre cette analyse à Zurich ! Je suis certaine que Jo von Haller, qui est vraiment une excellente thérapeute, quoique pas du tout mon genre, vous a fait comprendre cela. Continuerez-vous à travailler avec elle ?

— C'est justement ce que je dois décider.

— Surtout ne vous pressez pas de dire oui. >

Suis parti faire une longue promenade solitaire cet après-midi et ai réfléchi au conseil de Liesl.

Ce soir, après le dîner, Eisengrim nous a montré quelques films d'amateur dans lesquels on le voit faire des tours avec des pièces de monnaie et des cartes. Un nouveau numéro, paraît-il, pour une tournée qui commencera début janvier. Il est prodigieux, et il le sait. Quel égotiste ! N'empêche qu'il n'est qu'un simple illusion-

niste. Qui est-ce que ça intéresse ? Qui a besoin de pres-
tidigitateurs ? Pourtant je suis désagréablement conscient
qu'il existe un lien entre Eisengrim et moi. Il veut que
les autres le craignent et gardent leurs distances vis-à-vis
de lui ; j'en fais autant.

Lundi 22 décembre. Eisengrim a dû sentir l'ennui et le
dégoût que j'éprouvais hier soir. Ce matin, en effet,
après le petit déjeuner, il a recherché ma compagnie et
m'a emmené voir son atelier – les anciennes écuries de
Sorgenfrei. Cet endroit est rempli de l'attirail de sa profession. Il y a aussi quelques beaux établis. A l'un d'eux,
Liesl bricolait quelque chose, une loupe de joaillier coin-
cée dans l'œil.

« J'ai hérité du talent familial pour la mécanique,
savez-vous », me dit-elle.

Mais Eisengrim voulait monopoliser la conversation.

« Je vous suis antipathique, n'est-ce pas, Staunton ?
Allez, ne le niez pas. Flairer les pensées d'autrui fait partie de mon métier. Soit. Mais je vous aime bien, et je
voudrais que vous me rendiez la pareille. Je suis un Narcisse, évidemment. Un grand Narcisse, même, mais ce
qui me distingue des autres, c'est que je suis conscient de
l'être et que je me plais ainsi. Pourquoi pas ? Si vous
connaissiez ma vie, vous comprendriez, je pense. Mais,
voyez-vous, c'est précisément ce que je ne veux pas, ce
que je ne demande pas. Tant de gens passent leur existence à s'agiter et à crier : " Comprenez-moi ! Oh, je vous
en prie, comprenez-moi ! Tout savoir, c'est tout pardonner. " Moi je me fiche pas mal d'être compris et je ne
demande pas qu'on me pardonne. Avez-vous lu ma biographie ? »

[Je l'ai lue parce que c'est le seul livre qui se trouve
dans ma chambre. De plus, il est posé en évidence sur la
table de chevet, de sorte qu'on se sent pratiquement

obligé de le lire. Je l'avais déjà vu auparavant : papa en avait acheté un exemplaire pour Lorene, le jour d'anniversaire de la jeune fille, quand nous étions allés voir le prestidigitateur pour la première fois. *Phantasmata : la vie et les aventures de Magnus Eisengrim.* Un volume assez mince : environ cent vingt pages. Mais quel conte de fées! Né de parents lituaniens très distingués, des exilés politiques ayant fui la Pologne; enfance passée dans l'Arctique où son père travaillait à un projet scientifique secret (on comprend à demi-mots que c'était pour les Russes, quoique ceux-ci, en raison de la haute naissance du savant, niaient toute association avec lui); un chaman esquimau s'aperçoit que le petit Magnus possède des dons étranges; entre quatre et huit ans, Magnus apprend du chaman et de ses collègues l'art de la divination et de l'hypnose. Ayant terminé ses travaux dans l'Arctique, le père part accomplir une mission similaire au cœur de l'Australie (là, l'auteur de la biographie donne à entendre que c'était une sorte de génie qui faisait des recherches de pointe dans le domaine de la météorologie). Dans ce pays, le petit Magnus aura pour précepteur un grand savant qu'une vilaine et impardonnable faute oblige à vivre quelque temps à l'écart de la civilisation. A la puberté, le jeune Magnus commence à exercer une irrésistible attirance sur toutes les femmes, mais il doit faire très attention à ce sujet, le chaman l'ayant averti que les rapports sexuels risquaient d'avoir un effet déséquilibrant sur son système nerveux particulièrement délicat. L'auteur nous fait cependant comprendre que Magnus eut malgré tout quelques liaisons passionnées; ici l'on tombe sur un beau morceau de sadisme épicé de pornographie. Après avoir goûté aux études dans plusieurs grandes universités, puis les avoir rejetées avec mépris, Magnus Eisengrim décide de consacrer sa vie à cette science noble, mais méconnue, qu'il avait apprise dans l'Arctique et pour laquelle il était fait... Toute cette histoire est censée expliquer pourquoi il parcourt le monde avec un spectacle de prestidigitation. Un très bon spectacle, certes, mais cet homme n'en reste pas moins un saltimbanque.}

« Faut-il la prendre au sérieux?

— Oh oui, et beaucoup plus, même, que la plupart des biographies et autobiographies. Ces dernières, en effet, ne reflètent que la surface polie d'une vie. Ce que les analystes de Zurich appellent la Persona — le masque. En revanche, ce livre-ci, par son titre même — *Phantasmata* — annonce d'emblée ce qu'il est : une illusion, une vision. Ce qui correpond exactement à ma propre nature. Or comme je suis une illusion entièrement satisfaisante, que j'étanche cette soif de merveilleux que presque tout le monde éprouve, ce récit est beaucoup plus vrai qu'une biographie ordinaire qui, elle, n'avoue pas que son but est de tromper et manque cruellement de poésie. Ce livre est fort bien écrit, vous ne trouvez pas?

— En effet. Cela m'a surpris. Qui en est l'auteur? Vous?

— Non. Ramsay. Comme il a écrit tant d'ouvrages sur les saints et le merveilleux, Liesl et moi avons pensé qu'il serait parfaitement à même de me fournir la sorte de vie qui convient à mon personnage.

— Vous admettez donc que c'est un tissu de mensonges?

— Ce n'est pas un procès-verbal juridique, mais, comme je viens de vous le dire, il rend compte de l'essence de ma vie mieux que ne pourrait jamais le faire un simple et ennuyeux énoncé des faits. Comprenez-vous? Je suis ce que je me suis fait : le plus grand illusionniste depuis Moïse et Aaron. Les faits suggèrent-ils ou expliquent-ils ce que je suis? Non. En revanche, le livre de Ramsay y parvient. Je suis réellement Magnus Eisengrim. L'illusion, le mensonge, c'est un Canadien nommé Paul Dempster. Si son histoire vous intéresse, interrogez Ramsay. Il la connaît et vous la racontera peut-être. Ou peut-être pas.

– Merci pour votre franchise. Seriez-vous un peu plus disposé que Liesl à m'éclairer sur la réponse de la Tête d'Airain ?

– Voyons... " L'homme qui remplit son vœu le plus cher ", c'est certainement moi. Vous ne devineriez jamais ce qu'était ce vœu. Eh bien, il me le confia. Car j'attire les confidences, voyez-vous. Lorsque je fis sa connaissance, la nuit même de sa mort, il offrit de me déposer en voiture à mon hôtel. Pendant le trajet, il me dit – et il était alors à l'un des sommets de sa carrière et sur le point de réaliser un rêve longtemps caressé, ou caressé par votre belle-mère : " Vous savez, parfois j'ai envie d'appuyer sur l'accélérateur et de quitter tout ceci, les obligations, les jalousies, les ennuis et les gens qui ne cessent de vous demander quelque chose. " – " Parlez-vous sérieusement ? demandai-je. Parce que je pourrais arranger ça. " – " Vraiment ? " fit-il. – " Rien de plus facile ", répondis-je. Alors son visage se détendit, devint aussi doux que celui d'un enfant. " Très bien, dit-il, je vous en serais très reconnaissant. " J'arrangeai donc les choses. Il n'a pas connu la douleur, croyez-moi. Seulement la réalisation de son vœu.

– Mais le caillou ? Qu'était ce caillou qu'il avait dans la bouche ?

– Ah, ça, ça ne fait pas partie de mon histoire. Vous devez interroger le gardien de la pierre. Je vais toutefois vous confier une chose que Liesl ignore, à moins que Ramsay ne la lui ait révélée : " la femme qu'il ne connaissait pas ", c'était ma mère. Oui, elle a joué un rôle là-dedans. >

Je dus me contenter de cela car Liesl et un ouvrier voulaient parler à Eisengrim. Cependant, à ma surprise, je découvris que, d'une certaine façon, je trouvais le prestidigitateur sympathique. Et, plus étrange encore, je découvris que je le croyais. Mais c'était un très grand hypnotiseur : je l'avais vu à l'œuvre au théâtre. Avait-il hypnotisé puis envoyé papa à la mort? Et dans ce cas, pourquoi?

Plus tard : C'est en ces termes que je posai la question à Ramsay quand, cet après-midi, je le coinçai dans la pièce où il écrit. Un conseil de Pargetter : allez toujours voir un homme dans *sa* chambre car ainsi il ne peut pas s'échapper, tandis que vous, vous pouvez partir quand vous voulez. Que m'a-t-il répondu?

« Davey, tu es en train de te conduire comme un détective amateur dans un roman policier. En réalité, la mort de ton père est beaucoup plus compliquée que tout ce que tu pourras découvrir de cette façon. Pour commencer, tu dois comprendre que personne — que ce soit Eisengrim ou un autre — ne peut faire accomplir à un homme sous hypnose un acte qu'il n'est pas réellement enclin à faire. Donc : qui a tué Boy Staunton? La Tête n'a-t-elle pas répondu : " Par lui-même d'abord " ? A moins que quelque accident imprévisible ne nous emporte, c'est toujours nous qui nous tuons, tu sais. Nous déterminons le moment de notre mort et peut-être même la façon dont nous mourrons. Quant à " l'habituelle cabale ", je pense pour ma part que " la femme qu'il connaissait et la femme qu'il ne connaissait pas " étaient une seule et même personne : ta mère. Boy ne s'est jamais fait une idée très juste de la faiblesse ou de la force de sa femme. Car elle en avait, de la force, tu sais. Ton père, cependant, n'en a jamais voulu, n'y a jamais eu recours. Elle était la fille de Ben Cruikshank, ce qui n'était pas rien, crois-moi, même si Ben n'était pas comme Doc Staunton le grand manitou du village. Boy ne s'intéressait pas à ta mère en tant que femme adulte, aussi resta-t-elle une enfant dans l'espoir de lui plaire. Quand nous avons lié notre destin à une autre personne, nous ne pouvons négliger celle-ci impunément. C'est là une chose que Boy n'a jamais comprise. Il était si séduisant, si doué, si génial, même, pour ce qui était de faire de l'argent, qu'il n'était jamais conscient de la réalité des autres. La faiblesse de ta mère l'exaspérait, mais la force qu'elle montrait parfois lui faisait honte.

— Vous étiez amoureux de maman, n'est-ce pas?

— Adolescent, je croyais l'être. Mais les femmes que nous aimons vraiment sont celles qui nous complètent, qui ont les qualités que nous pouvons faire nôtres pour nous rapprocher de l'état d'homme achevé. Tout comme nous les complétons elles, bien sûr; ce n'est pas un processus à sens unique. Sous les dehors romantiques de notre relation, Leola et moi étions trop semblables. Ensemble, nous aurions doublé nos pertes et nos gains. L'amour, toutefois, c'est autre chose.

— Avez-vous couché avec elle?

— Je sais bien que les temps ont changé, Davey, mais ne trouves-tu pas que c'est une question plutôt curieuse à poser à un vieil ami au sujet de ta mère?

— Autrefois, Carol affirmait que vous étiez mon père.

— Eh bien, Carol est une petite garce. Je t'avouerai tout de même ceci : un jour, ta mère m'a demandé de lui faire l'amour, et j'ai refusé. En dépit d'un très bel exemple que j'ai eu dans ma vie, j'ai été incapable de considérer l'amour comme un acte de charité. Ç'a été pour moi un échec très amer. Bon, mais je ne vais pas sacrifier aux conventions et te dire que j'aurais voulu que tu sois mon fils. Des fils, j'en ai beaucoup : des hommes de bien qui étaient mes élèves et qui porteront une parcelle de moi en des lieux que je n'atteindrais jamais. Écoute-moi, espèce de grand et bruyant bébé-détective, il y a quelque chose que tu devrais tout de même savoir à ton âge : tout individu de quelque valeur a plusieurs pères et l'homme qui l'a engendré, que ce soit dans la luxure, la boisson, à cause d'un pari où même dans la douceur d'un amour sincère, peut ne pas être son père le plus important. Ce sont les pères qu'on se choisit qui comptent. Mais toi tu n'as jamais choisi Boy et tu ne l'as jamais connu. Non, aucun homme ne connaît son père. Si Hamlet avait connu le sien, il n'aurait pas fait tant d'épouvantables histoires au sujet d'un homme qui avait eu la sottise d'épouser Gertrude. Alors, ne joue pas les sous-Hamlet en t'accrochant au fantôme de ton père jusqu'à ce que cela te détruise. Boy est mort, mort de sa propre volonté, sinon complètement de sa propre main. Écoute mon conseil et occupe-toi de tes propres affaires.

— Mes affaires *sont* celles de mon père, je ne peux l'éviter. Alpha m'attend, ainsi que Castor.

— Non, ce ne sont pas les affaires de ton père : ce sont tes royaumes. Va donc régner, même si Boy t'a joué un tour à sa façon en te laissant un marteau de président là où il employait un sceptre d'or.

— Je vois que vous ne voulez pas me parler franchement. Mais je dois encore vous poser une question : qui était " l'inévitable Cinquième, gardien de sa conscience comme de la pierre "?

— C'était moi. Mais en tant que gardien de sa conscience et quelqu'un qui a beaucoup d'estime pour toi, je ne te dirai rien là-dessus.

— Mais la pierre? La pierre qu'on a trouvée dans sa bouche quand on l'a sorti de l'eau? La voilà. Ramsay, pouvez-vous la regarder et vous taire?

— Elle m'a servi de presse-papier pendant plus de cinquante ans. C'est ton père qui me l'avait donnée, d'une façon très personnelle, je dois dire. Il l'avait lancée contre moi, enveloppée dans une boule de neige. L'homme de la-pierre-dans-la-boule-de-neige était un aspect du père que tu n'as jamais connu, ou jamais reconnu.

— Mais pourquoi était-elle dans sa bouche?

— Je suppose qu'il l'y a mise lui-même. Regarde-la. Un morceau de ce granite rose qu'on trouve un peu partout au Canada. D'après un géologue qui l'a vue sur mon bureau, on estime actuellement que ce type de roche a quelque chose comme mille millions d'années. Où était-elle avant qu'il n'y ait des hommes pour la lancer et où sera-t-elle quand toi et moi ne serons même plus une pincée de poussière? Ne t'y accroche pas comme si elle t'appartenait. C'est ce que j'avais fait. Je l'ai conservée pendant soixante ans dans l'espoir, peut-être, d'une vengeance. Finalement, je l'ai perdue. Boy l'a récupérée, puis perdue, et toi tu la perdras certainement aussi. Aucun de nous ne compte beaucoup dans la longue et muette histoire de cette pierre inerte... Et maintenant je vais faire valoir mon privilège d'infirme et te demander de te retirer.

— N'avez-vous plus rien à ajouter?

— Oh si! Des volumes! Mais à quoi serviraient toutes ces paroles? Boy est mort. Ce qui vit, c'est une idée, un rêve, une simple image que tu appelles père, mais qui n'a jamais eu de véritable rapport avec l'homme auquel tu l'attachais.

— Un dernier mot avant que je ne parte : qui était la mère d'Eisengrim?

— J'ai passé des décades à essayer de répondre à cette question. Je n'y suis jamais entièrement parvenu. »

Plus tard : Ai découvert ce soir un peu plus de détails sur le super-jeu d'échecs. Chaque joueur joue à la fois avec les pièces blanches et les pièces noires. L'adversaire auquel échoient les pièces blanches au début de la partie jouera avec celles-ci sur les échiquiers un, trois et cinq, mais doit jouer avec les pièces noires sur les échiquiers deux et quatre.

« Étant donné qu'on ne joue pas cinq parties successives, mais une seule, ça doit donner une partie follement compliquée, fis-je remarquer à Liesl.

— Beaucoup moins compliquée, et de loin, que celle que nous jouons pendant soixante-dix à quatre-vingts ans. Jo von Haller ne vous a-t-elle pas expliqué que vous ne pouviez pas jouer avec les pièces blanches sur tous les tableaux? Seul les gens qui jouent sur un tableau plat unique peuvent le faire et alors ils passent leur temps à se torturer les méninges pour essayer de deviner quel sera le prochain coup des Noirs. Il vaut beaucoup mieux savoir ce qu'on fait et jouer des deux côtés. »

Mardi 23 décembre. Liesl possède vraiment l'art de vous tirer les vers du nez. En raison de mon tempérament et de ma profession, je suis un homme auquel on fait des confidences; or avec Liesl, par je ne sais quel mystère, c'est l'inverse qui se produit. Je suis tombé sur elle – pour être tout à fait franc, je dois avouer que je la cherchais – ce matin, dans son atelier. Assise là, sa loupe d'horloger à l'œil, elle bricolait un petit fragment de mécanisme. Cinq minutes plus tard, elle m'avait entraîné dans une de ces conversations que je déteste mais à laquelle, ayant été lancée par Liesl, je ne pus résister.

« Vous devez donc dire à Jo si vous continuez votre analyse? Quelle sera votre réponse?

– Je suis vraiment déchiré à ce sujet. On a besoin de moi au Canada. Mais le travail avec le docteur von Haller offre la promesse d'une satisfaction que je n'ai encore jamais connue. Je voudrais faire les deux choses, sans doute.

– Eh bien, cela n'a rien d'impossible. Jo vous a montré la voie. Avez-vous besoin d'elle pour visiter votre labyrinthe intérieur? Pourquoi n'essayez-vous pas d'y aller tout seul?

– Je n'y ai jamais songé. Je ne saurais comment m'y prendre.

– Alors découvrez-en le moyen. Ce serait déjà la moitié du chemin de fait. Jo est très compétente, je ne dis pas le contraire, mais ces analyses, Davey, sont des duos entre l'analyste et l'analysant, et vous ne serez jamais capable de chanter plus fort ou plus haut que votre psy.

— Une chose, en tout cas, est certaine : elle m'a vraiment beaucoup aidé au cours de cette année.

— Je n'en doute pas. Et elle ne vous a jamais poussé trop loin ou effrayé, n'est-ce pas ? Jo est pareille à un œuf à la coque : une merveille, un miracle, facile à digérer, mais, même avec une bonne pincée de sel, elle reste une nourriture pour malades, vous ne trouvez pas ?

— D'après ce que j'ai cru comprendre, elle est l'un des meilleurs thérapeutes de Zurich.

— Certes. Une analyse avec un très bon analyste est une aventure dans le domaine de l'auto-exploration. Mais combien y en a-t-il de très bons analystes ? Vous ai-je jamais dit que j'ai vaguement connu Freud ? Un géant. Je trouve que c'est apocalyptique de parler de soimême à un homme de cette envergure. Je n'ai jamais rencontré Adler, que tout le monde oublie, mais c'était certainement un géant lui aussi. Je suis allée une fois à un séminaire de Jung, à Zurich : une expérience inoubliable. Mais il faut se rappeler qu'ils étaient tous des hommes à systèmes. Freud, complètement obnibulé par le sexe (que, personnellement, il a peu pratiqué) et ignorant presque tout de la Nature ; Adler qui réduisait presque tout à la volonté de puissance, et Jung, qui était certainement le plus humain et le plus gentil des trois, peut-être même le plus grand, mais néanmoins le descendant de pasteurs et de professeurs et lui-même un super-pasteur et un super-professeur. Tous trois d'une trempe extraordinaire et les systèmes qu'ils inventèrent portent à jamais l'empreinte de leur caractère... Davey, vous est-il jamais venu à l'esprit que ces trois hommes qui comprenaient si fantastiquement les autres ont dû commencer par se comprendre eux-mêmes ? Leurs théories reposaient sur la connaissance de leur moi. Ils n'allèrent pas consulter un médecin et ne se laissèrent pas docilement guider par lui parce qu'ils étaient trop paresseux ou trop effrayés pour faire ce voyage intérieur tout seuls. Héroïquement, ils osèrent. Et il ne faudrait jamais oublier qu'ils se livrèrent à cette exploration tout en travaillant comme des forçats pour accomplir leurs tâches quotidiennes, étudier les problèmes des autres, élever leurs enfants, vivre pleinement. C'étaient des héros dans un sens où aucun astronaute ne peut l'être car ils partaient dans l'inconnu complètement seuls. Leur héroïsme était-il simplement destiné à produire toute une nouvelle série d'infirmes? Pourquoi ne rentrez-vous pas chez vous pour reprendre le collier et être un héros vous aussi?

— Je n'en ai pas l'étoffe, Liesl.

— Oh, avec quel petit air triste et modeste il dit cela! Et vous vous attendez sans doute à ce que je pense : c'est vraiment formidable de sa part d'accepter ses limites avec autant de dignité. Eh bien non, je ne le pense pas. Toute cette modestie à l'égard de sa propre personne fait partie de l'attitude démissionnaire de notre époque. Vous ne savez pas si vous êtes un héros ou non et vous êtes foutument bien décidé à ne pas le découvrir car vous avez aussi peur du fardeau que cela représente si vous l'êtes que de la certitude de ne pas l'être.

— Un instant. Le docteur von Haller, que vous tenez en si piètre estime, a dit un jour que j'étais plutôt enclin à prendre des mesures héroïques envers ma personne.

— Bravo Jo! Mais elle ne vous a pas encouragé à le faire, n'est-ce pas? Selon Ramsay, vous êtes un héros au tribunal : vous êtes la voix des muets, l'espoir des désespérés, le dernier recours de ceux que la société a condamnés. Mais, bien entendu, c'est là votre personnalité publique. A propos, pourquoi avez-vous ce genre de relations avec toutes sortes de fripouilles?

— Comme je l'ai dit au docteur von Haller, j'aime vivre au bord d'un volcan.

— Une belle réponse romantique. Mais connaissez-vous le nom de ce volcan? C'est ce qu'il vous faut découvrir.

— Qu'êtes-vous en train de me suggérer, Liesl? Que je rentre chez moi, que je recommence à exercer mon métier, que je m'occupe d'Alpha et de Castor et que je voie ce que je peux faire pour disculper des escrocs comme Matey Quelch? Et que, le soir, je m'assoie tranquillement pour réfléchir afin de résoudre tous mes problèmes et d'essayer de comprendre ma vie?

— Réfléchir pour résoudre vos problèmes! Davey, qu'est-ce qui ne va pas chez vous? Que vous a dit Jo? Manifestement, il vous manque une case; comme à nous tous, d'ailleurs. Quel mal a-t-elle trouvé à la racine de vos ennuis?

— Pourquoi vous le dirais-je?

— Parce que je vous le demande et que cela m'intéresse vraiment. Ce n'est pas une simple curiosité de vieille commère. De plus, je vous aime beaucoup. Alors, dites-le-moi.

— Oh, ce n'est rien de bien terrible. Le docteur von Haller n'a cessé de me répéter que je suis un type Pensée très développé mais plutôt faible en matière de Sentiment.

— Je m'en doutais.

— Mais franchement, je ne vois pas ce que penser a de mal. N'est-ce pas ce que tout le monde s'efforce de faire?

— Oh, bien sûr. Une très noble activité, penser. Mais c'est aussi la plus grande échappatoire et le plus grand alibi de notre temps. Cela sert d'excuse à tout... " Je pense que... Je pensais que... Vous n'y avez pas assez réfléchi... Réfléchissez, bon sang!... L'assemblée (ou le comité ou, Dieu nous en préserve! le symposium) estime que... " Mais une grande partie de toute cette réflexion n'est que masturbation mentale : son but n'est pas

338

d'engendrer quoi que ce soit... Ainsi vous êtes un peu faible en matière de Sentiment? Je me demande pourquoi.

— Grâce au docteur von Haller, je suis en mesure de vous répondre. Dans ma vie, le sentiment n'a jamais été pleinement récompensé. Au contraire, il m'a fait salement souffrir.

— Cela n'a rien d'extraordinaire. C'est toujours comme ça. Mais vous pourriez toujours essayer. Vous souvenez-vous de ce conte qui a pour héros un garçon incapable de frissonner et qui s'en vante? Personne n'aime tellement ça, les frissons, mais il vaut mieux pouvoir en avoir, croyez-moi.

— Je semble être davantage prédisposé à penser qu'à sentir. Le docteur von Haller m'a beaucoup aidé à cet égard. Mais je n'ambitionne pas de devenir un type Sentiment très évolué. Cela ne conviendrait pas du tout à mon style de vie, Liesl.

— Si vous ne sentez pas grand-chose, comment allez-vous découvrir si vous êtes un héros ou non?

— Je ne veux pas être un héros.

— Alors? Il n'est pas donné à tout le monde d'être le héros triomphant du roman de sa propre vie. Et, quand nous en rencontrons un, il y a des chances pour qu'il soit un monstre de narcissisme comme mon cher Eisengrim. Mais ce n'est pas parce que vous n'en êtes pas un que vous devez vous laisser séduire par le verbiage en vogue sur le thème de l'antihéros et la mini-âme. C'est ce que nous pourrions appeler l'Ombre de la démocratie. Grâce à elle, il devient si louable, si confortable, si juste et facile d'être un avorton spirituel, de s'appuyer sur tous les autres avortons et d'applaudir en une spendide apothéose de nullité. Des avortons pensants, bien sûr — oh, certainement! et se perdant en folles cogitations sans dépasser toutefois le point où ils se mettraient en danger. Mais il y a encore des héros. Le héros moderne est l'homme qui sort vainqueur de sa lutte intérieure. Comment savez-vous que vous n'êtes pas ce genre de héros?

— Vous êtes une compagne aussi inconfortable qu'un de mes vieux amis qui exigeait de l'héroïsme spirituel d'une autre façon. " Dieu est omniprésent, le Christ est ici et à chaque instant ", disait-il, et il vous demandait de vivre comme si cette affirmation était une vérité irréfutable.

— C'est une vérité irréfutable, sauf qu'on pourrait tout aussi bien dire : " Odin est omniprésent, Loki est ici et à chaque instant. " Le monde héroïque s'étend tout autour de nous, attendant d'être exploré.

— Mais nous ne vivons plus ainsi de nos jours.

— Qui a dit ça? Une minorité le fait. Soyez le héros de votre propre épopée. Si d'autres ne veulent pas l'être, ce n'est pas votre faute. L'une des grandes erreurs de notre époque, c'est de croire à quelque Destin nivelateur, à quelque *Wyrd* démocratique.

— Vous pensez donc que je devrais entreprendre ce voyage intérieur tout seul?

— Je ne pense pas. Je *sens* que vous devriez au moins en envisager la possibilité au lieu de vous accrocher à Jo comme à une bouée de sauvetage.

— Je ne saurais par où commencer.

— Si vous éprouviez un sentiment assez fort, celui-ci baliserait peut-être votre chemin.

— Oui, mais lequel?

— L'effroi religieux est un sentiment très puissant, quoique démodé. Quand avez-vous ressenti ce genre d'effroi devant une chose, n'importe laquelle, pour la dernière fois?

— Dieu, je ne me souviens pas avoir jamais ressenti ce que vous semblez entendre par là.

— Pauvre Davey! Comme vous avez été privé! Un vrai petit garçon de l'assistance, un Oliver Twist de l'esprit! Je crains que vous ne soyez un peu vieux pour vous y mettre.

– Le docteur von Haller n'est pas de votre avis. Je peux commencer la seconde partie de cette exploration avec elle, si je veux. Mais de quoi s'agit-il? Le savez-vous?

– Oui, mais c'est difficile à expliquer. C'est une chose dont on fait l'expérience, que l'on sent, si vous préférez. C'est apprendre à se reconnaître comme totalement humain. Une sorte de renaissance.

– On m'a beaucoup parlé de ça dans mon adolescence, quand je me croyais chrétien. Je n'y ai jamais rien compris.

– Les chrétiens semblent avoir tout mélangé. Il ne s'agit certainement pas de remonter dans le ventre de sa mère; ce serait plutôt rentrer dans le sein de l'humanité et en ressortir. Une compréhension plus profonde de son humanité.

– Tout cela ne veut pas dire grand-chose pour moi.

– Cela ne m'étonne pas. Ce n'est pas un truc pour des types Pensée.

– Et pourtant vous me conseillez de me lancer seul dans cette aventure?

– Je ne sais pas. Je commence à avoir des doutes. Vous réussirez peut-être. Une expérience importante, ou même un bon choc psychologique, vous mettrait peut-être sur la voie. Peut-être ne devriez-vous même pas m'écouter.

– Alors pourquoi parlez-vous autant et faites-vous un si grand nombre de suggestions dangereuses?

– C'est mon métier. Vous, les penseurs, vous me poussez à vous secouer. »

Cette femme me rendra fou!

Mercredi 24 décembre, veille de Noël. Cette journée fut-elle la pire ou la meilleure de ma vie? Les deux.

Ce matin, Liesl a absolument voulu que je fasse une

excursion avec elle. « Vous verrez les montagnes sous leur meilleur jour, dit-elle : il fait trop froid pour les touristes à sandwiches et il n'y a pas assez de neige pour les skieurs. » Nous roulâmes donc pendant environ une demi-heure, sans cesser de monter. Enfin, nous arrivâmes à un téléphérique qui nous emmena en oscillant et en tressautant vers le contrefort d'une lointaine montagne. Quand nous sortîmes de la cabine, je découvris que j'avais du mal à respirer.

« Nous sommes maintenant à deux mille cent mètres, m'informa Liesl. Vous sentez-vous oppressé ? Vous vous habituerez très vite à l'altitude. Venez, je voudrais vous montrer quelque chose.

— La vue est sûrement la même partout.

— Espèce de paresseux ! Ce n'est pas une vue que je veux vous montrer. »

C'était une grande grotte. Dès que, sortant du soleil, nous y pénétrâmes de quelques mètres, elle s'avéra glaciale, mais sèche. Je n'y voyais presque rien. C'était la première grotte que je visitais, mais cette expérience me convainquit que je n'aimais pas ce genre d'endroits. Liesl, en revanche, était très enthousiaste. Apparemment, cette caverne est célèbre parce que quelqu'un, dont je n'ai pas saisi le nom, a prouvé dans les années 1890 que des hommes primitifs y avaient vécu. On l'avait vidée de tous ses silex taillés, morceaux de bois calciné et autres objets, mais il reste quelques entailles sur les murs. Il paraît qu'elles ont un sens, bien que pour moi elles avaient l'air d'être de simples éraflures.

« Imaginez-les accroupis ici dans le froid, au coucher du soleil, avec juste un petit feu et quelques peaux de bêtes pour se réchauffer. Mais ils supportaient patiemment ces dures conditions de vie. C'étaient des héros, Davey.

— Sans doute étaient-ils incapables de concevoir une meilleure existence. Ils ne pouvaient pas être beaucoup plus évolués que des animaux.

— C'étaient nos ancêtres. Ils étaient plus proches de nous que de n'importe quel animal.

— Physiquement, peut-être. Mais quel cerveau avaient-ils? Quel genre d'esprit?

— L'esprit grégaire, probablement. Mais ils savaient peut-être deux ou trois choses que nous avons perdues au cours de ce long voyage qui nous a menés des cavernes aux... aux tribunaux, disons.

— A quoi sert d'idéaliser les sauvages? Ils savaient comment survivre péniblement pendant vingt-cinq à trente ans. Mais toute caractéristique humaine, le moindre élément de culture ou de civilisation, ou comme vous voudrez l'appeler, n'apparaît sûrement que des siècles plus tard.

— Non, non! Vous vous trompez! Et je peux vous le prouver tout de suite. C'est un peu dangereux. Alors suivez-moi de près et faites bien attention. ›

Elle se dirigea vers le fond de la grotte qui devait avoir quelques six mètres de profondeur. Je la suivis avec répugnance car l'obscurité s'épaississait à chaque pas et la lumière dispensée par l'énorme torche électrique que tenait Liesl paraissait bien faible dans ces ténèbres. Mais quand nous arrivâmes au bout, ma compagne se tourna vers moi.

‹ C'est ici que les difficultés commencent. Alors, restez sur mes talons et gardez votre sang-froid. ›

Là-dessus, elle contourna une saillie rocheuse qui avait l'air d'être une paroi parfaitement lisse et pleine, et grimpa dans une ouverture située à un peu plus d'un mètre au-dessus du sol.

Je la suivis, très alarmé, mais trop lâche pour déclarer forfait. Une fois dans le trou, où l'on ne pouvait avancer qu'à quatre pattes, je rampai à la poursuite de la lumière. Celle-ci vacillait par intervalles parce que, chaque fois que Liesl levait le dos, elle cachait le faisceau de la lampe. Après avoir progressé d'une douzaine de mètres sur de la pierre rugueuse, nous entamâmes ce qui fut pour moi une descente infernale.

A aucun moment, Liesl ne me parla ou ne m'appela. Quand le boyau se rétrécit, elle allongea les jambes et se mit à ramper sur le ventre. Il ne me resta plus qu'à l'imiter. Je n'avais jamais eu aussi peur de ma vie, mais je n'avais d'autre remède que de la suivre car je n'aurais pas su comment retourner en arrière. Moi non plus je ne parlais pas; le silence de ma compagne me faisait taire. J'aurais donné cher pour entendre Liesl prononcer quelques paroles et pouvoir lui répondre, mais tout ce que je percevais c'était le bruit de frottement qu'elle produisait en glissant sur le sol; de temps en temps, l'une de ses bottes me frappait à la tête. J'ai entendu parler de gens dont le sport favori consiste à s'introduire dans ces trous de montagne et j'ai lu que certains d'entre eux y sont restés coincés et sont morts. Malgré ma terreur, je continuais, je ne sais comment, à avancer comme un ver. N'ayant pas rampé sur le ventre depuis mon enfance, c'était un exercice très douloureux : les épaules et le cou commencèrent à me faire affreusement mal et à chaque reptation mon torse, mes parties et mes genoux raclaient le plancher. Liesl m'avait équipé de vêtements d'hiver qu'elle avait empruntés à l'un des ouvriers de Sorgenfrei, mais, bien qu'ils fussent épais, ils ne me protégeaient pas de ces meurtrissures.

J'ignorais quelle distance nous avions pu parcourir ainsi. Plus tard, Liesl, qui avait fait plusieurs fois ce trajet, me dit qu'il ne dépassait pas quatre cents mètres; pour moi, il aurait pu s'agir de dix kilomètres. Enfin, je l'entendis annoncer : « Voilà, nous y sommes. » Alors que je me glissai hors du boyau et me levai avec précaution – pour une raison inconnue Liesl n'employait pas sa lampe de poche; il faisait noir comme dans un four et je n'avais aucune idée de la hauteur du plafond – je vis briller une allumette et bientôt une lueur plus vive provenant d'un flambeau qu'avait allumé ma compagne.

« Ceci est une torche de résine, dit-elle. C'est la lumière la plus appropriée pour ce lieu. L'électricité y serait un blasphème. La première fois que je suis venue ici, il y a environ trois ans, j'ai trouvé des restes de torche près de l'entrée. C'est donc ainsi qu'ils devaient s'éclairer.

— De qui parlez-vous?

— Des hommes des cavernes. Nos ancêtres. Tenez cette torche pendant que j'en allume une autre. La résine met un certain temps à donner assez de lumière. Restez où vous êtes et laissez le spectacle se déployer devant vos yeux. »

J'imaginai que nous avions pénétré dans une de ces grottes couvertes de magnifiques peintures rupestres. Mais quand je demandai à Liesl si c'était de cela qu'il s'agissait, elle se contenta de répondre : « Oh, non, c'est bien plus ancien que ça. » Et elle demeura immobile, sa torche levée très haut.

A la lueur vacillante du flambeau, la grotte apparut peu à peu à mon regard. Elle avait les dimensions d'une petite chapelle, disons qu'elle aurait pu contenir cinquante personnes, et elle était très haute car la clarté de nos torches n'atteignait pas le plafond. Bien qu'il fît terriblement froid, on ne voyait pas de glace sur les parois; seuls des morceaux de quartz y scintillaient d'une façon mystérieuse. Liesl était d'une humeur que je ne lui avais encore jamais vue. Toute son ironie et son sens de l'humour avaient disparu. Dans ses yeux, je lus une sorte de respect craintif.

« J'ai découvert cet endroit il y a environ trois ans. La grotte extérieure est très connue, mais personne n'a remarqué l'entrée qui mène à celle-ci. Je crois bien avoir été la première à y pénétrer depuis... Depuis quand, à votre avis?

— Je ne saurais le dire. Sur quoi vous fondez-vous?

— Sur ce qui se trouve ici. N'avez-vous rien remarqué encore?

345

– J'ai l'impression que c'est juste une grotte. De plus, il y fait un froid de canard. Croyez-vous que quelqu'un ait pu l'utiliser dans un but quelconque?

– Oui, ces hommes. Nos ancêtres. Venez voir. »

Liesl me conduisit vers le mur opposé à celui de l'entrée. Là, il y avait un petit enclos fait de pierres empilées; dans la paroi, au-dessus de cette barrière, j'aperçus sept niches. Dans chacune d'elles, je distinguai vaguement un objet en os, du très vieil os, d'un brun foncé. Graduellement, je reconnus ce que c'était : des crânes d'animaux.

« Ce sont des ours. Nos ancêtres leur rendaient un culte. Regardez : dans ce crâne-ci, ils ont placé des os dans les orbites; là, ils ont soigneusement entassé des fémurs sous le menton.

– Des ours vivaient-ils dans cette grotte?

– Non, ils n'auraient pas pu passer par la galerie. Ce sont des hommes qui ont porté ici ces crânes et ces os. Cet endroit leur servait de lieu de culte. L'un d'eux revêtait peut-être une peau d'ours et procédait à un sacrifice.

– C'était donc cela leur culture? Jouer aux ours dans les profondeurs de la terre?

– Espèce d'imbécile! Oui, c'était cela leur culture.

– Ne m'engueulez pas. Franchement, moi cela ne me touche guère.

– Vous êtes trop ignorant pour que cela vous touche. Pis : vous êtes trop insensible.

– Liesl, allons-nous recommencer la même discussion à l'intérieur de cette montagne? Je veux sortir. J'ai peur, si vous voulez le savoir. Bon, je m'excuse de ne pas avoir montré assez de respect pour votre découverte. Je suis certain qu'elle est très importante d'un point de vue archéologique, ethnologique, ou ce que vous voudrez. Les hommes qui vivaient dans cette région adoraient les ours. Très bien. Et maintenant, retournons à la lumière.

– Pas seulement les hommes de cette région : les

346

hommes d'une grande partie de la planète. On trouve de telles grottes un peu partout en Europe, en Asie, et on en a même découvert quelques-unes en Amérique. La baie d'Hudson, c'est loin de chez vous?

— A mille six cent kilomètres, plus ou moins.

— On adorait l'ours là-bas, entre les grandes périodes glaciaires.

— Cela a-t-il de l'importance de nos jours?

— Oui. Qu'adorons-nous aujourd'hui?

— Croyez-vous que ce soit vraiment l'heure et le lieu de débattre de cette question?

— Absolument. Nous partageons les grands mystères avec ces êtres. A l'endroit où nous nous tenons, des hommes ont autrefois fait face aux réalités de la mort, de la mortalité, de la continuité. Il y a combien de temps de cela, selon vous?

— Pas la moindre idée.

— Eh bien, certainement pas moins de soixante-quinze mille ans; peut-être plus, beaucoup plus. Ils adoraient l'ours et la pratique de ce culte leur donnait le sentiment d'être meilleurs et plus grands. Comparée à cette grotte, la chapelle Sixtine est toute neuve, mais les deux endroits remplissent la même fonction. Des hommes sacrifiaient et mangeaient la chose la plus noble qu'ils pouvaient concevoir, espérant s'en approprier les vertus.

— Oui, oui, j'ai lu *Le Rameau d'or* quand j'étais jeune.

— Oui, oui, et vous avez mal interprété le contenu de ce livre parce que vous avez accepté son ton rationaliste au lieu de comprendre les faits qu'il présentait. Ce lieu ne vous parle-t-il pas de la grandeur, de l'invincibilité et de la splendeur spirituelle de l'homme? L'homme est un noble animal, Davey. Pas un bon animal : un noble animal.

— Vous distinguez entre les deux?

347

– Oui, espèce de… espèce d'avocat.

– Je vous en prie, Liesl, ne nous querellons pas. Pas ici. Dès que nous serons sortis, je discuterai avec vous autant que vous voudrez. Si vous tenez à dissocier la morale – une sorte de code admis – des plus hautes valeurs que nous ayons, je vous promets une longue dispute. Comme vous le dites, je suis avocat. Mais, pour l'amour de Dieu, retournons à la lumière.

– Pour l'amour de Dieu! Dieu ne se trouve-t-il pas aussi dans les ténèbres? D'accord, cher amoureux de la lumière et de la loi, allons-y. »

Mais, à mon étonnement, Liesl se jeta alors à terre et inclina la tête devant les crânes d'ours. Pendant près de trois minutes, je demeurai là, immobile, avec ce malaise qu'on éprouve quand quelqu'un prie à côté de vous sans que vous participiez à sa ferveur. Mais quelle forme pouvaient bien prendre ses prières? Cette scène était pire, bien pire, que la Troupe des Comédiens de la Psyché du docteur Johanna. Parmi quelle sorte de gens avais-je bien pu tomber pendant ce séjour en Suisse?

Liesl se releva, un rictus aux lèvres. Tout le charme que j'avais appris à voir sur sa terrible figure avait disparu.

« Retournons à la lumière, enfant de la lumière. Il vous faudra renaître dans ce soleil qui vous est si cher, aussi ne perdons pas de temps. Laissez votre torche ici, près de la sortie. »

Elle éteignit son propre flambeau en l'écrasant sur le sol; j'en fis autant. Alors qu'il ne restait plus que quelques étincelles, j'entendis un déclic. Je compris que Liesl actionnait l'interrupteur de sa lampe électrique, mais aucun faisceau n'apparut.

« La lampe ne fonctionne plus. Ça doit être un problème de pile ou d'ampoule.

– Comment allons-nous sortir sans lumière?

– Vous ne pouvez pas manquer le chemin. Il suffit de ramper droit devant soi. Passez le premier.

« — Liesl, vous voulez vraiment que j'entre dans ce tunnel sans la moindre lueur pour m'éclairer ?

— Oui, à moins que vous ne préfériez rester ici dans le noir. Moi, je m'en vais. Vous avez intérêt à passer devant. Et ne changez pas d'avis en route car si quelque chose vous arrivait, Davey, moi je ne peux pas faire demi-tour ou redescendre à reculons. Pour tous les deux, c'est monter et sortir, ou mourir... Ne réfléchissez pas tant. Allez-y ! »

Liesl me poussa vers l'ouverture du tunnel. J'heurtai violemment ma tête contre le rebord supérieur du trou. Terrifié par le danger et intimidé par Liesl qui s'était transformée en une telle furie dans la grotte, j'entrai à tâtons dans le boyau et commençai à ramper.

L'aller, si horrible parce qu'il avait fallu descendre, avait été la chose la plus difficile que j'eusse jamais entreprise jusqu'à ce que j'entame le trajet du retour. A présent, il s'agissait en effet de remonter à plat ventre une pente dont l'inclinaison ne semblait jamais inférieure à quarante-cinq degrés. C'était comme grimper dans une cheminée en s'appuyant sur les coudes et les genoux et en se cognant fréquemment le crâne. Je sais que je dus donner plus d'un coup de pied dans la figure de Liesl, mais ma compagne n'émit aucun son à part les grognements et les halètements sans lesquels il eût été impossible d'avancer. Entrer m'avait fatigué ; pour sortir, je dus puiser de l'énergie à des sources nouvelles et insoupçonnées. Je ne pensais pas ; j'endurais, et ma souffrance, au lieu d'être passive, prit le caractère d'un effort angoissé. Était-ce seulement hier qu'on m'avait appelé le garçon incapable de frissonner ?

Soudain, de l'obscurité devant moi, sortit un rugissement si fort, si proche et si terrifiant que je ressentis à cet instant les affres de la mort. Je ne perdis pas connaissance. Au lieu de cela, je compris avec une honte qui remonta violemment de mon enfance que mes entrailles s'étaient relâchées et vidées dans mon pantalon, et que la terrible puanteur qui remplissait le tunnel était la mienne. A bout de forces, effrayé, souillé et, à ce qu'il me semblait, complètement impuissant, j'entendis Liesl me dire : « Avancez, espèce de gros dégoûtant ! » Mais je fus incapable de continuer. D'abord chaude comme du porridge, la mélasse que je traînais avec moi refroidissait rapidement dans l'air glacé du tunnel.

« Ce n'était qu'un effet du vent. Avez-vous cru que c'était le dieu-ours qui venait vous emporter ? Avancez. Il reste encore au moins deux cents mètres. Je n'ai pas envie de m'attarder dans cette odeur infecte. Avancez !

— Impossible, Liesl. Je n'en peux plus.

— Avancez quand même.

— Comment ?

— Qu'est-ce qui vous donne de la force ? N'avez-vous pas de Dieu ? Je suppose que non. Les gens comme vous n'ont ni Dieu ni Diable. N'avez-vous pas d'ancêtres ? »

Des ancêtres ? Qu'avais-je à faire de tels accessoires dans cette affreuse situation ? Puis je pensai à Maria Dymock plantée au milieu de la rue, à Staunton, et demandant de l'argent aux passants pour pouvoir partir au Canada avec son bâtard. Maria Dymock que Doc Staunton avait cachée et dont papa ne voulut plus entendre parler après cette première lettre qu'il m'avait envoyée pour exprimer son mécontentement. (Que m'avait dit Pledger-Brown : « C'est dommage, Davey. Il voulait du sang et tout ce que nous pouvions lui offrir, c'était de l'estomac. ») Maria Dymock m'aiderait-elle à traverser cette épreuve ? Vu l'état de faiblesse, de frayeur et d'humiliation dans lequel je me trouvais, je fis peut-être appel à elle ; en tout cas, quelque chose — mais ce serait absurde de penser que ça pouvait avoir été elle — me donna la force de parcourir en rampant les deux cents derniers mètres. Enfin un air plus frais, mais non moins glacial, m'annonça que nous approchions de la grotte extérieure.

Des ténèbres à la pénombre. De la pénombre au soleil. Et l'étonnement de constater qu'il était environ trois heures par une belle après-midi, la veille de Noël, et que je me trouvais à plus de deux mille mètres d'altitude sur une montagne suisse. Trajet extrêmement gênant et inconfortable jusqu'au téléphérique, mais je découvris – bénis soient les Suisses! – que la petite station disposait de bonnes toilettes pour hommes avec une abondance de serviettes en papier. Descente vertigineuse dans l'une de ces oscillantes cabines durant laquelle Liesl n'ouvrit pas la bouche, mais bouda comme quelque chaman offensé de l'époque des adorateurs d'ours. Nous rentrâmes à la maison en silence; même quand elle me pria de m'asseoir sur un exemplaire de la *Neue Zürcher Zeitung* qui se trouvait dans la voiture, de manière à ce que je ne salisse pas le siège, Liesl le fit uniquement du geste, sans prononcer une parole. Mais en arrivant dans la cour qui menait aux garages, à Sorgenfrei, je dis :

« Je suis vraiment navré, Liesl. Pas d'avoir eu peur ou d'avoir souillé mon pantalon, mais de vous avoir déçu. Vous m'avez cru digne de voir l'autel des ours, mais mon esprit était encore trop limité pour comprendre ce que vous vouliez dire. Cependant, je crois que je commence à entrevoir la lumière et vous prie de ne pas me retirer votre amitié. »

Une autre femme aurait souri, m'aurait pris la main ou embrassé. Pas Liesl. Elle me regarda droit dans les yeux d'un air furieux.

« Les excuses sont extrêmement faciles et je ne leur accorde aucune valeur. Mais il se peut que vous ayez appris quelque chose. Dans ce cas, je ferai plus qu'être votre amie. Je vous aimerai, Davey. Je vous placerai dans mon cœur, et vous me placerez dans le vôtre. Je ne parle pas d'amour physique, bien que cela pourrait nous arriver aussi si nous jugions que ce serait une bonne chose. Je parle de cet amour qui donne tout et prend tout, qui est inconditionnel. »

Vers cinq heures, après avoir pris un bain, je me couchai, épuisé. Mais l'esprit humain est une telle merveille que, le soir, je me levai et fus capable de faire un bon dîner ; puis en compagnie de Ramsay, Eisengrim et Liesl je regardai à la télévision une émission de Noël transmise de Lausanne, me sentant régénéré, oui, comme si je venais de renaître, par la terreur éprouvée dans la grotte et la grande promesse que mon amie m'avait faite quelques heures plus tôt.

Jeudi 25 décembre, jour de Noël. A mon réveil, me suis senti mieux que je ne l'ai fait depuis des années. Suis descendu prendre le petit déjeuner. J'avais une faim de loup (pourquoi le bonheur vous donne-t-il autant d'appétit ?). Ramsay était seul dans la salle à manger.

« Joyeux Noël, Davey. Te rappelles-tu m'avoir dit une fois que tu détestais Noël plus que tout autre jour de l'année ?

— Oui, il y a bien longtemps de cela. Joyeux Noël, Dunny. C'était bien ainsi que vous appelait papa, n'est-ce pas ?

— Oui, mais j'ai toujours détesté ce nom. A tout prendre, je préfère encore Buggerlugs. »

Eisengrim entra et posa un petit étui à côté de mon assiette. Je compris qu'il voulait que je l'ouvre. Quand je le fis, il en tomba une jolie paire de dés. Je les lançai deux ou trois fois, mais je n'eus guère de chance. Eisengrim les ramassa.

« Quels points voulez-vous que je vous amène ?

— Deux six, évidemment. »

Le prestidigitateur les fit rouler sur la table et, naturellement, les faces demandées apparurent.

« Sont-ils pipés ?

— Non, rien d'aussi grossier. Ils sont tout à fait normaux, mais recèlent un petit secret. Tout à l'heure je vous montrerai ce que c'est. »

Ramsay se mit à rire.

« Tu ne crois tout de même pas qu'un éminent avocat comme Davey va se servir de trucs pareils, Magnus? Il se ferait exclure de tous ses clubs!

— J'ignore ce qu'un éminent avocat pourrait faire avec des dés, mais je sais fort bien ce qu'il fait au tribunal. Êtes-vous quelqu'un qui a de la chance? En avoir, c'est pouvoir toujours jouer avec... eh bien, avec des dés comme ceux-ci. Vous pourriez peut-être les garder dans votre poche, Davey, simplement pour vous souvenir de... enfin, de ce que notre ami Ramsay appelle le caractère changeant, muable et, d'une façon générale, bizarre, des choses. »

Liesl était entrée. A présent, elle me tendait une montre.

« De la part de la Tête d'Airain. »

C'était un bel objet. Au dos de celui-ci étaient gravés ces mots : « Temps présent... temps passé... temps révolu », ce qui est parfaitement adéquat quand on aime des montres portant une inscription. Bien entendu, c'étaient les paroles par lesquelles Liesl et Eisengrim commençaient leur numéro de la Tête d'Airain. Et je savais qu'entre mon amie et moi elles faisaient allusion au mystère et à l'âge immémorial de la grotte. J'étais embarrassé.

« Je n'avais pas la moindre idée que nous allions échanger des cadeaux. Je suis désolé, mais je n'en ai aucun pour personne.

— Ne vous tracassez pas. Chacun fait comme bon lui semble. Vous voyez, notre cher Ramsay n'en donne pas, lui non plus.

— Tu te trompes, Liesl. J'ai mes cadeaux ici. J'attendais que tout le monde soit présent pour les distribuer. »

De dessous la table, Ramsay tira un sac en papier et d'un geste solennel nous remit à chacun un superbe ours en pain d'épice. Debout sur ses pattes de derrière, l'animal tenait une bûche.

« Ce sont les vrais ours de Saint-Gall. Les magasins en regorgent à cette époque de l'année. »

Eisengrim grignota un bout du sien pour le goûter.

« Ils ont la même forme que l'ours qui figure sur l'emblème de la ville, n'est-ce pas? demanda-t-il.

— En effet. Ils en sont la reproduction exacte. Vous connaissez la légende? Au début du septième siècle, un moine irlandais, Gallus, arriva dans cette partie du monde pour convertir les farouches montagnards. Ils adoraient l'ours, je crois. Il installa son hermitage dans une grotte près de l'endroit où se trouve la ville actuelle, prêcha et pria. Mais sa sainteté était telle qu'il planait au-dessus des contingences matérielles, de sorte qu'il avait besoin d'un serviteur ou d'un ami pour l'aider. Mais où pouvait-il bien en trouver un? Or il se trouvait que la grotte de Gallus abritait un autre habitant : un gros ours. Le moine, qui était extrêmement avisé, passa un marché avec l'animal. Si celui-ci lui portait du bois pour son feu, il le nourrirait avec du pain. Ainsi fut fait. Et cet excellent pain d'épice — sans vouloir vanter mes propres cadeaux — nous rappelle encore aujourd'hui que si nous sommes vraiment sages nous concluons un accord avec l'ours qui vit avec nous, car sinon nous mourrons de faim ou serons peut-être dévoré par le fauve. Comme vous voyez, chaque histoire de saint a une morale. Celle-ci est mon cadeau de Noël pour toi, Davey, pauvre Canadien étrangleur d'ours, pour toi, Magnus, fascinant imposteur, et pour toi, ma très chère Liesl, bien que tu n'en aies pas besoin : aimez votre ours et celui-ci alimentera votre feu. »

Plus tard. Promenade avec Ramsay. Il était peu après trois heures, mais déjà le soleil se couchait dans la montagne. Ramsay ne peut pas aller bien loin avec sa jambe estropiée, mais nous avons quand même marché sur quelques centaines de mètres, jusqu'à un précipice. Un petit mur de pierre nous interdit de nous approcher du bord : le terrain descend à pic vers la vallée et quelques petites fermes. Parlé à Ramsay de la décision que Liesl voudrait me voir prendre et demandé son avis.

« Liesl aime pousser les gens à des extrêmes. Es-tu un homme des extrêmes, Davey ? Je ne crois pas pouvoir t'aider. A moins que... As-tu toujours cette pierre... Tu sais, celle qu'on a trouvée dans la bouche de Boy. »

Je la sortis de ma poche et la lui tendit.

« Je peux toujours faire ça pour toi », dit-il.

Il leva haut le bras et avec une brusque torsion du poignet lança le caillou dans la vallée. A cet instant, il me fut possible de voir qu'il avait été un garçon autrefois. Nous suivîmes la pierre des yeux jusqu'à ce qu'elle disparût dans la pénombre de la vallée.

« Voilà une bonne chose de faite. Prions Dieu qu'elle ne soit tombée sur la tête de personne. »

Nous retournâmes vers Sorgenfrei dans un silence amical. Je pensais au rêve que j'avais fait la nuit qui précéda ma première rencontre avec le docteur von Haller. Je me le rappelai avec une merveilleuse netteté. J'avais quitté ma vie protégée, respectable et organisée. Oui. Et je m'étais aventuré en terrain inconnu où des archéologues procédaient à des fouilles. Oui. J'avais essayé de descendre l'escalier circulaire dans cette étrange cabane à l'aspect trompeur, si misérable à l'extérieur et si riche à l'intérieur, mais mon projet s'était heurté à l'opposition de deux types tout à fait quelconques qui me traitèrent comme si je n'avais rien à faire en ce lieu. Oui. Mais pendant que j'y pensais, le rêve changea : les deux jeunes gens avaient disparu et j'étais libre de descendre si je le désirais. Or je le désirais ardemment car je sentais qu'il y avait un trésor en bas. Je fus envahi d'un grand bonheur et compris que c'était là mon vœu le plus cher.

Tout en marchant avec Ramsay, j'étais pleinement conscient de ce qui m'entourait ; pourtant, c'était le rêve qui me paraissait avoir le plus de réalité. Mais l'étrange femme, la bohémienne qui parlait avec tant d'insistance dans une langue incompréhensible, où était-elle? Dans mon rêve éveillé, je regardai par la porte de la cabane. Alors je la vis qui marchait vers moi et je sus que c'était pour me rejoindre. Qui était-elle? « Chaque pays a les étrangers qu'il mérite. » Ces mots qui m'avaient paru si stupides s'attardaient encore dans ma mémoire. Ils avaient un sens plus important que celui que je pouvais saisir pour le moment. Je cherchai désespérément une explication. Cet escalier me mènerait-il à un pays inconnu où je serais un étranger? Mais comment pouvais-je être un étranger dans un lieu où gisait mon trésor? Je devais sûrement y être né, quelque fût le laps de temps qu'avait duré mon absence.

Sur le sol inégal, la femme se rapprochait d'un pas léger. Toutefois, j'étais toujours incapable de distinguer si elle avait les traits de Liesl ou ceux de Johanna.

Puis Ramsay parla, et le rêve, ou la vision, ou quoi que ce fût, perdit son caractère hypnotique. Mais je sais que dès demain il me faudra découvrir quel est le visage de cette inconnue, de celle qui me guidera vers mon trésor.

TABLE

IMPRIMERIE BRODARD ET TAUPIN À LA FLÈCHE
DÉPÔT LÉGAL AVRIL 1991. N° 13122 (6736D-5)

Collection Points

Collection Points

SÉRIE ESSAIS

Collection Points

SÉRIE HISTOIRE

Collection Points

SÉRIE POINT-VIRGULE

DERNIERS TITRES PARUS